隱墟堂
은허당

은허당 1

초판 1쇄 찍은 날 § 2009년 7월 17일
초판 1쇄 펴낸 날 § 2009년 7월 24일

지은이 § 김인숙
펴낸이 § 서경석

편집장 § 문혜영
편집책임 § 유경화
편집 § 조수희

펴낸곳 § 도서출판 청어람
등록번호 § 제1081-1-89호
등록일자 § 1999. 5. 31
어람번호 § 제5-0236호

주소 § 경기도 부천시 원미구 심곡 2동 163-2 서경B/D 3F (우) 420-822
전화 § 032-656-4452 팩스 § 032-656-4453
http://www.chungeoram.com
E-mail § eoram99@chollian.net

ⓒ 김인숙, 2009

ISBN 978-89-251-1876-5 04810
ISBN 978-89-251-1875-8 (SET)

hungeoram romance novel

隱墟堂

은허당

김인숙 지음

1

도서출판
청람

목차

"아직 아무 소식이 없느냐?"

장막 안에서 들려오는 목소리는 사시사철 은허당을 감싸고 있는 짙은 안개처럼 음침하다.

"예."

당녀의 짧은 대답에 한숨인 듯 신음인 듯 분간이 가지 않는 소리가 길게 새어 나왔다. 보고를 올리던 당녀는 호기심 가득한 눈으로 길게 드리워진 장막 너머를 살폈다. 저 장막 깊은 곳에 70여 년간 은허당을 철권으로 이끌어온 당주 부란이 누워 있다. 여든이라든가, 아흔이라든가? 남들의 두 배가 넘는 생을 살고도 스물의 처녀 같은 피부에 별처럼 총명한 정신을 지녔다고 들었다. 그러나 장막 너머에서 들리는 당주의 음성은 생의 마감을 눈앞에 둔 사람의 그것처럼 음침하고 느리다.

"어찌하여 이리 시일을 끄실까?"

선원당녀들에게 둘러싸인 채 침상에 누운 부란은 들릴 듯 말 듯 중얼거렸다.

몸속의 혈류가 느려지고 있다. 때가 다가오는 것이다. 이것이 멈추어 버리기 전에 자신의 뒤를 이을 당주가 결정되어야 한다. 은허의 신들이 이 땅을 맡기신 지 어언 70년, 길고도 긴 세월을 짧은 숨으로 살았다.

내 숨이 내 것이 아닌 듯 단 한 번도 나로 살지 못했던 삶……이제 그만 놓여나고 싶구나.

부란은 무거운 눈꺼풀을 가만 감았다.

"당주님!"

다급한 선원당녀들의 음성이 다시 그녀를 깨웠다. 부란은 가물 꺼져 가는 정신을 모으려 아무도 몰래 주먹을 가만 그러쥐었다. 당주의 약한 모습은 독약과 같은 것이니 쉽게 보여서는 안 된다. 부란은 무거운 눈꺼풀을 들어 선원들을 둘러보았다.

"몇 날이 흘렀는가?"

"불같은 볕이 닷새째입니다. 많은 아이들이 쓰러져 나가고 이제 세 아이가 남았습니다."

부란은 알았다는 듯 고개를 끄덕이고 다시 눈을 감았다. 그 셋 중의 하나가 선택을 받을 것이다.

일곱 번째 은허당의 주인이 될 그 아이는 누굴까?

신탁은 일곱 번째 태어날 은허당의 주인이 선택하는 자가 이 땅의 왕이 될 것이라고 했다.

당주가 사내를 선택하다니! 감히 상상치도 못할 일이다. 은허당의 당주는 은허신의 여인이다. 죽는 순간까지 가장 신성하고 고결한 몸으로 신을 섬겨야 할 사람. 그러나 신탁은 분명히 일곱 번째 당주가 선택을 할 것이라고 했다.

그것은 무엇을 의미하는 것일까?

정신이 흐려진 건지 아무리 생각하여도 그 진정한 의미를 다 모르겠다. 사내를 선택하고 왕을 세워 은허신의 이름으로 세상을 지배하라는 건지, 은허당을 버리고 평범한 인간의 삶으로 돌아가 세상 속에 섞여 살라는 건지?

"은허당의 사방을 봉쇄해라. 새로운 당주가 결정되는 그날까지 개미 한 마리도 드나들어서는 안 된다."

"예, 당주님."

아무리 길어도 이레는 넘기지 않을 것이다. 그 안에 하늘은 말씀을 내릴 것이다.

이 땅의 왕이 될 자를 선택할 당주, 은허의 신이 아닌 사내를 선택할 당주, 어쩌면 그것은 은허당의 해체를 뜻하는 것인지도 모른다. 상상할 수 없는 일이지만 그것이 하늘의 뜻이라면 어쩔 수 없는 일이다.

당주가 한 여인으로 무르익을 때까지 되도록이면 바깥세상의

힘과는 연을 맺지 말아야 한다. 때가 되면 반드시 힘의 논리가
아닌 당주 스스로 마음을 읽어 짝이 될 사내를 선택하게 해야
한다.

　뜨거운 열기로 하얗게 바랜 하늘이 연일 불덩이를 토해내고
있다. 일 년 중 볕이 가장 뜨겁다는 8월이었다. 검은 돌로 만들
어진 제단 위에는 조그만 몸을 웅크린 여자아이 셋이 금방이라
도 고사할 꽃처럼 앉아 있다. 물기가 말라 버린 꽃잎처럼 고개
를 떨군 아이들의 머리 위로 장작 같은 불덩이가 쏟아져 내린
다. 한 아이의 몸이 풀잎처럼 흔들리더니 순식간에 옆으로 픽
쓰러졌다. 다급하게 달려온 당녀들이 아이의 몸을 수습해 들것
에 싣고 소리없이 제단을 내려갔다.
　은현은 들것에 실려 제단 아래로 사라지는 언니뻘의 당녀를
멍하니 바라보며 울먹였다.
　"나도 얼른 내려가고 싶어. 흑⋯⋯."
　목은 타버릴 듯 말랐고 온몸은 불덩이처럼 뜨겁다. 그러나 정
신이 놓아지지 않는다. 시간이 흐르면 흐를수록 이상하게 정신
이 말똥말똥해지는 것이다. 몸은 고통스러운데 정신은 더더욱
말개지니 얼마나 이 볕에서 더 견뎌야 할까 두려워 눈물이 잘금
난다.
　은현은 우물가에서 놀다가 선원당녀들의 손에 이끌려 제단으
로 왔다. 그곳에는 이미 백여 명에 가까운 아이들이 올라와 있

었다. 은현은 무슨 재미난 놀이라도 발견한 듯 신나하며 아이들 사이를 뛰어다니다가 선원당녀들의 엄한 눈을 보고서야 저보다 목 하나는 큰 아이들 사이에 자리를 잡고 앉았다.

은허당에 적을 두고 있는 일곱 살에서부터 열다섯까지의 어린 당녀들이 한자리에 모였다. 그들은 자신들이 왜 이 자리에 앉아 있는지도 모른 채 그저 선원당녀들의 명에 따라 제단에 올라 절을 올렸다. 영원히 늙지도 죽지도 않을 것 같던 당주의 환후 소식에 은허당이 술렁이기 시작한 지 한 달이 넘어가는 시점이었다.

제를 올린 지 이틀 만에 절반 이상의 아이들이 쓰러져 실려 내려갔다. 나이 어린 아이들이 먼저 쓰러지고 언니뻘인 당녀들도 하나둘 쓰러져 갔다. 그리고 이레째 접어드는 날, 드디어 제단 위에는 은현만이 남았다.

선원당녀들은 당혹스런 마음으로 제단 위에 앉은 조그만 아이를 살폈다. 마지막까지 남으리라 예상했던 아이들이 일찌감치 쓰러지면서 불안하기는 했지만 이런 난감한 사태가 벌어질 줄은 몰랐다. 은현은 제단에 오른 아이 중 가장 어린, 이제 겨우 일곱 살짜리 코흘리개였다.

"당주님 예상대로 은현이가 남았습니다."

유현란이 죽은 듯 눈을 감고 있는 부란의 귀에 속삭였다.

기어이 그리되었구나.

부란은 힘겹게 눈을 떴다. 방금 전 은현의 소식을 자신의 귀에 속삭여 준 유현란 외에 주위에 아무도 없다는 것을 확인한 그녀는 천천히 입을 열었다.

"선원들은 어찌하고 있느냐?"

"다들 난감해하는 기색들입니다. 믿었던 아이들이 일찌감치 떨어져 나가 버린지라……."

"그럴 테지."

"하늘의 말씀이 늦어지면 선원들의 반발이 클 것입니다."

유현란의 음성에 걱정이 서려 있다. 선원들은 자신들의 세력을 유지하기 위해 당주로 앉히고 싶은 아이들이 따로 있었다. 그 아이들 중 누군가가 차기 당주로 지목만 된다면 은허당은 물론 그 아래 수십 가지로 뻗은 부족들마저 한 손아귀에 쥘 수 있으리란 생각에서였다. 부란이 은허당에서는 철권이었지만 아래 부족들에게 너무나 많은 자유를 허락한 것이 선원당녀들의 반발을 사고 있었던 것이다. 그것이 은허당의 힘을 약화시켰고 급기야는 대전쟁의 시발이 되었다고 생각하고 있다. 대전쟁의 패배 후, 산 아래 사람들은 이제 더 이상 은허당을 신성시 여기지 않는다. 이대로라면 은허당은 전설로만 남을지도 모른다는 불안이 그들 사이에 떠돌았다.

이레째 밤이 깊어가고 있지만 하늘은 여전히 아무 반응이 없다. 부란은 눈을 감고 은현을 떠올렸다.

은현은 출신을 알 수 없는 아이다. 6년 전, 은허당의 북쪽 관문인 사천문 왕대밭에서 갓 태어난 핏덩이로 발견되었었다. 어째서 은허당으로 들어오지 않고 그곳에 버려두었을까? 은허당은 어떤 죄를 지었든 아이를 가진 여인을 거부한 적이 없다. 이곳은 모든 목숨을 품어 안는 어머니의 땅이니까.

"하온데…… 어찌하여 은현입니까?"

묻는 유현란의 얼굴에 의문이 가득하다. 처음부터 은허당에 뿌리를 두고 은허당의 자손으로 태어난 당녀가 당주가 되어야 하는 게 당연한 이치가 아닌가? 은현이 선택된다면 굴러온 돌이 박힌 돌을 뽑아내는 격이다. 당녀들이 과연 그것을 인정할지 의문이다.

"어찌하여 은현이냐고? 그건 내가 물어보고 싶은 말이다, 유현란. 어찌하여 은현일까? 어찌하여 은허의 신들은 그 아이를 지목했을까?"

6년 전, 은현이 은허당으로 들어오던 날 밤 부란은 신비한 꿈을 꾸었다.

꿈속에서 그녀는 혼자 초성단에 올라 별을 관찰하고 있었다. 별을 관찰하여 다가올 재앙을 예방하고 눈과 비를 예측해 백성들이 한 해의 농사를 가늠하게 하는 것은 수백 년간 은허당이 해온 일이다.

그날은 별의 기운이 특이했다. 각각의 빛으로 아름다워야 할 별들이 하나의 별 앞에서 제 빛을 발휘하지 못하고 있었다. 그

별은 동쪽 끝, 갈왕산의 하늘에 있었다.

죽은 자의 영혼만이 넘을 수 있다는 갈왕산은 봉족에 의해 자신들의 뿌리가 형성된 땅 은파를 잃고 미지의 땅으로 떠난 매족들이 의지해 살고 있다는 산이다.

은허당 아래의 수많은 부족 중 유일하게 봉족의 그늘을 거부한 부족이 매족이다. 수백 년간 평화롭던 그 땅에 남쪽에서부터 흘러들어 온 부족인 봉족이 지배 야욕을 드러내자 매족은 분연히 일어났다. 그러나 앞선 문물과 신무기를 가진 봉족군을 막아내기엔 역부족이었다. 대전쟁에서 패한 후 매족은 죽은 이의 영혼만이 넘을 수 있다는 갈왕산을 넘어 은거했다.

전쟁이 멈춘 지 어느덧 2년, 봉족의 일방적인 승리로 끝난 그 전쟁에서 매족의 편에 섰던 은허당도 힘을 잃었고, 매족은 대부분의 용사를 잃었다. 그들에게 남은 것은 늙고 병든 노인들과 힘없는 아녀자들, 그리고 부모 잃은 어린아이들뿐이었다. 그 무리를 이끌고 그들은 저 갈왕산을 넘어간 것이다.

그들이 정말 갈왕산을 넘었는지, 아니면 떠도는 소문처럼 얼음 속에 갇혔는지 아무도 알지 못한다. 얼음 속에 갇혀 죽었다는 말이 더 신빙성이 있게 들리지만 설사 저 산을 무사히 넘었다고 하더라도 다시 일어서려면 족히 한 세대는 흘러야 하지 않을까 싶다. 그런데 그 하늘에서 별이 빛이 나다니! 또 한 번의 전쟁을 예고하는 것은 아닐까?

두려운 마음으로 별을 살피고 있는데 갑자기 하늘이 어두워졌다. 어둠 속에서도 하늘이 더욱 어두워지고 있음을 뚜렷이 느낄 수 있었다. 동쪽 하늘로부터 검은 용이 요동을 치며 날아들고 하늘 어디에선가 포효하는 소리가 들렸다. 번쩍 내려치는 불덩이에 부란은 그대로 정신을 잃으며 꿈을 깨었다. 밖에서 술렁이는 소리가 들렸다.

"당주님, 나와보십시오!"

다급하게 부르는 소리에 밖으로 나가니 유현란이 갓 태어난 아기를 안고 있었다.

"사천문 앞에서 발견된 아이입니다. 아직 탯줄조차 끊어지지 않았습니다."

부란은 강보를 슬쩍 들춰보았다. 아이에게서 건강한 울음소리가 들렸다. 아이를 보는 순간 부란은 동쪽 하늘에서 반짝이던 그 별을 떠올렸다. 그 별의 기운이 몰아쳐 달려와 내려치던 불덩이가 떠올랐다. 그 별의 기운을 가진 불덩이가 이 아이일지도 모른다는 생각이 문득 들었다. 그날 이후, 부란은 은현이 장차 은허당을 이끌 당주가 될 것임을 확신했다. 이유는 모른다. 단지 은허당의 당주인 부란만이 가진 신묘한 기운이 자신과 같은 기운을 가진 다음 당주를 알아보았을 뿐이다.

어른도 견디기 힘든 불덩이 같은 별을 겨우 일곱 살짜리 아이인 은현은 말짱한 얼굴로 감당해 내고 있었다. 이레 동안 먹은 것이라고는 당녀들이 간간이 가져다주는 태대산의 맑은 약수가 전부다.

"괜찮으냐?"

청화잔(靑花盞)에 약수를 담아 건네는 사람은 선원당녀 유현란이다. 그녀는 아무 연고 없는 은현을 받아들여 스스로 어머니가 되어준 사람이다.

"어머니……."

그렁한 눈으로 올려다보는 은현을 보며 유현란은 약해지는 마음을 다잡았다.

"어허! 신성한 제단에서 어찌 부정스럽게 눈물을 보이는 것이냐!"

엄한 호통 소리에 눈물이 쑥 들어가 버린다. 유현란은 평소에는 한없이 따뜻하나 화가 나면 범처럼 무서운 분이다.

"마음을 깨끗이 하고 정신을 모아 하늘의 소리를 들어라. 그래야만 이곳에서 내려올 수 있을 것이다."

그래도 행여나 하는 마음에 애절한 눈으로 올려다보는 은현을 보며 유현란은 엄한 말로 일침을 놓고 돌아서셨다. 이 뜨거운 볕 아래에서 이레 동안 물만 마시고도 은현의 눈빛은 형형하게 살아 있었다. 당주인 부란의 예언이 점점 사실로 다가오는 것같다. 그래서 마음이 편치 않다. 은현이 짊어지고 가야 할 운명의 굴레가 유현란의 어깨 위로 묵직이 내려앉는다.

여드레가 지나고 아흐레째의 날이 밝았다. 아침부터 당주의 거처인 은화원으로 몰려온 선원당녀들로 밖이 술렁거렸다. 당주 부란의 침실 앞까지 찾아온 그들은 은현은 자신들이 기다리는 차기 당주가 될 수 없다고 했다. 그리고 아흐레가 되도록 하늘의 말씀이 없으니 제단을 그만 치우자고 주장했다.

"애초에 은현은 우리 은허당의 자손이 아니었습니다. 그 출신조차 모호한 아이를 당주로 모실 수는 없습니다!"

"부란님! 혼미하신 정신에서 깨어나십시오!"

그들은 부란의 병을 핑계로 당주로서의 판단 능력까지 의심하는 말들을 함부로 입에 담았다. 하늘 아래, 땅 위에 절대적인 존재인 은허당의 당주를 스스럼없이 모욕하고 있는 것이다.

"무엄하다!"

휘장이 거칠게 걷히면서 유현란이 나왔다. 유현란의 서슬 푸른 호통에 움찔 물러나는 선원당녀들을 헤치고 양월이 앞으로 나왔다.

"유현란, 우리는 당장 당주님을 뵈어야겠네. 비키시게!"

"당주님이 환후 중이심을 모르는가!"

"그러니 더더욱 뵈어야겠네! 환후 중이신 당주님을 자네 홀로 독차지하고 며칠째 아무도 접근 못하게 하고 있으니 이곳에서 나오는 말이 당주님의 명이신지 아니면 자네의 사사로운 말인지 확인을 해야겠어!"

유현란을 울컥 밀고 들어서려는 그들의 귀에 어느 때보다 또렷한 부란의 음성이 들렸다.

"소란 떨지 말고 들어오라."

부란은 침상에서 내려와 의자에 앉은 채로 그들을 맞았다. 며칠 전에 보았을 때만 해도 금방 숨을 거둘 듯했었는데 말끔히 단장한 모습으로 앉아 있는 것을 보니 전혀 아픈 사람 같지가 않았다. 부란과 눈이 마주치자 양월은 움찔하며 고개를 숙였다.

부란은 정신을 놓지 않으려 애쓰며 양월을 노려보았다.

"무엇이 문제냐?"

부란의 위엄에 잠깐 움찔하던 양월은 다시 용기를 내어 입을 떼었다.

"제단을 그만 치웠으면 하는 게 우리 선원들의 뜻입니다."

"제단을 차리는 것은 우리 마음대로지만 치우는 것은 마음대로 할 수 없는 일이다."

"이미 아흐레가 지났습니다. 여직 하늘에서 아무 대답이 없으니……."

"그만큼 그 아이의 기운이 강하다는 뜻이다."

"은현은 안 됩니다!"

무엄하게도 양월은 도전적인 눈으로 목소리를 높였다. 지난 70년간 어느 누구도 넘보지 못했던 당주의 권위에 정면으로 도전하는 것이었다. 부란은 보이지 않게 주먹을 가만 그러쥐었다. 잠깐 앉아 버티기도 힘들 만큼 혈류가 느려지고 있었다. 그녀는 얼굴에 잔잔한 미소를 지어 그것을 감추었다.

"어찌하여 은현은 안 된다는 것이냐?"

"그 아인 애초부터 우리 은허당의 아이가 아니었습니다. 그 출신조차 모호한 아이를……!"

"이 땅의 만백성은 모두가 은허당의 자손이다."

"당주님은 저 포악한 매족조차……!"

"아무도! 어느 누구도 사사로이 정할 수 없는 것이 은허당의 당주 자리다! 그 선택은 오로지 하늘만이 하실 수 있느니라! 당장 돌아가라!"

한순간에 눌러 내리는 위엄 어린 음성에 양월을 따라왔던 선원당녀들은 머리를 땅에 박을 듯 수그렸다. 양월과 몇몇 선원들의 선동에 휩쓸려 우르르 몰려온 터라 꼿꼿이 앉은 부란을 보는 순간 그들은 이미 자신들이 잘못된 일을 저질렀음을 깨닫고 있었다. 태어나는 그 순간부터 자신들에게는 하늘이었고 땅이었던 부란이다.

"그만 물러가라!"

무어라 한마디 더 하려던 양월은 뒤에 서 있던 선원들이 이미 물러간 것을 확인하고 어쩔 수 없는 듯 밖으로 나갔다. 양월이 사라지기 무섭게 부란의 몸이 옆으로 휘청 꺾였다.

"당주님!"

"조용히……."

부란은 힘없이 팔을 흔들었다. 자신의 상태를 밖에서 눈치 채지 못하도록 조용히 행동하라는 뜻이었다. 마지막 남은 기운을 모두 쏟아버린 듯 부란은 오래도록 정신을 놓은 채 잠 속에 빠져 있었다.

날은 어두워 아흐레 밤을 지나 열흘째로 접어들고 있었다. 낮에 잠깐 보았던 은현의 상태도 좋지 않았다. 눈동자는 풀려 흐릿했고, 몸을 가누지 못한 채 제단 위에 쪼그리고 엎드려 있었다. 은현이 그렇게 버티는 것은 오로지 정신을 놓지 말라는 유현란의 명 때문으로밖에 보이지 않았다. 아주 조그마할 때부터 유현란의 명이라면 죽는시늉까지 하던 아이였다.

어찌하여 하늘은 이토록 긴 시간 동안 아무 징조도 보여주지 않는 것인지?

다시 한 번 '과연 은현일까?' 하는 의구심이 고개를 든다.

"유현란……."

가느다란 부란의 부름에 유현란은 상념을 털고 침상으로 다가갔다.

"예, 당주님."

"어찌 되었느냐?"

"아직……."

부란의 눈빛이 가뭇 꺼지다 다시 돌아왔다.

"매화대를 불러들여라."

"이 밤에 말씀입니까?"

부란은 아무 대답이 없었다. 부란의 눈은 먼 허공을 향하고 있었다. 시간이 많아 보이지 않는다. 유현란은 침상을 둘러싸고 있는 선원들 중 몇을 뽑아 매화원림으로 보내고 별을 관찰하기 위해 잠깐 밖으로 나왔다. 빗방울이 돋고 있었다. 처음 한두 방울로 시작되던 비는 순식간에 장대비로 변했다. 은현이 걱정되어 제단으로 가보려던 유현란은 급히 달려오는 매화대의 모습을 보고 얼른 다시 안으로 들어갔다.

매화대가 침상을 빙 둘러서자 방 안은 순식간에 긴장감에 휩싸였다.

매화대는 어릴 적부터 전투병으로 훈련되어 온 당녀들이다. 태대산 아래 여러 부족의 어지간한 무사들도 매화대 앞에서는 함부로 칼을 뽑아 들지 못했다. 그녀들을 이길 수 없어서가 아니라 매화대란 그 이름만으로도 함부로 덤벼서는 안 되는 신성한 힘을 가진 전사들이라는 의식이 뿌리 깊게 박혀 있기 때문이다.

"감울란."

부란은 가뭇한 눈으로 매화대의 대장 감울란을 가까이 불렀다. 거친 그녀들의 생활을 말해주듯 감울란의 얼굴은 깊은 상처가 여러 군데 남아 있어 섬뜩한 느낌이 들었다.

"예, 당주님."

부란은 가까이 다가온 감울란의 손을 잡았다. 여남은 살에 매화대에 뽑혀 40여 년을 은허당과 부란의 목숨을 지켜온 감울란이다. 그녀의 볼에 움푹 팬 흉터가 부란의 눈에 들어왔다. 볼 때마다 마음을 아프게 하는 치유할 수 없는 깊은 흉터다. 감당할 수 없는 감울란의 깊은 슬픔이 저 흉터 속에 들어 있을 것이다.

그것은 감울란을 감울란이게 하는 상처이기도 하다.

유현란 혼자서는 양월을 비롯한 저 거센 선원들을 이겨내기 힘들 것이다. 그들이 오래전부터 봉족과 연줄이 닿아 있음을 안다. 은허당의 힘이 저들에게 기울면 결국 세상은 봉족의 아래에 평정이 되고 말리라.

봉족이 누구던가? 그들은 자신들을 하늘 아래 유일한 선민(選民)이라고 생각하는 오만한 자들이다. 그들에게 세상이 평정된다면 다른 부족들은 한낱 미물보다 못한 취급을 받을 것은 불을 보듯 뻔하다. 그것은 결코 은허당의 뜻이 아니다. 모든 부족이 차별없이 평화로이 사는 것, 그것이 이 어머니의 땅 은허당의 오랜 숙원이고 세상이 나아가야 할 방향이라고 부란은 생각한다. 은허당이 지난 전쟁 때 매족 편에 섰던 것도 바로 그 때문이었다. 자신의 이 뜻을 가장 잘 알고 있고, 또 실천에 옮겨줄 수 있는 사람이 유현란이고 감울란이다.

부란은 감울란을 잡은 손에 힘을 주었다. 그러나 이미 서늘한 기운이 감도는 부란의 손아귀는 아무 힘이 없다. 오히려 감울란이 부란의 손을 감쌌다.

"당주님."

감울란의 안타까운 목소리를 들으며 부란은 정신을 모아 천천히 명을 내렸다.

"은허당의 여섯 번째 당주 부란이…… 매화대에게 마지막 명을 내리노라."

그 소리와 함께 침상을 둘러싼 매화대원들이 부동자세로 부란이 내릴 마지막 명을 기다렸다.

"새로운 당주가 자라…… 스물이 되는 그날까지 매화대는…… 유현란의 명만을 받든다. 유현란의 명은 또한 나의 명이니…… 그에 대한 불복은 곧 나에 대한 불복이요, 은허의 신들에 대한 불복이라…… 여기겠다. 새로운 당주의 목숨은 세상의 모든 산 자들 위에 있음을 명심할 것이며……."

쾅광!

하늘이 쪼개지는 듯한 천둥소리와 함께 번개가 번쩍였다.

쾅광!

연이은 굉음에 놀라 뛰어나온 당녀들로 인해 문밖이 어수선했다. 금방이라도 사그라질 것 같던 부란의 눈에 광채가 일었다.

"유현란! 감울란!"

"예, 당주님."

"나를 일으켜라. 제단으로 가겠다."

"이 몸으론 아니 되십니다. 제가 다녀오겠습니다."

부란은 만류하는 유현란의 손을 뿌리친 채 일어나려고 허우적거렸다. 감울란이 부란의 몸을 안아 일으키며 매화대에 명을 내렸다.

"수레를 준비해라."

제단을 차린 지 열흘째로 접어든 날 새벽, 부란이 누워 있는 수레의 뒤를 따라 수십 명의 당녀들이 장대비를 맞으며 제단을 향해 걸었다. 뒤를 따르는 수많은 당녀들이 태어나기도 전, 그녀들의 어머니의 어머니 때부터 은허당의 당주였던 부란의 존재가 사라지고 있다는 것에 대해 그들은 두려움을 느끼고 있었다. 그리고 새로운 당주의 탄생을 의심했다. 제 눈으로 보기 전에는 어느 누구도 부란을 대신할 수 없다고 생각했다. 지금껏 그들에게 부란은 영원불사의 존재였던 것이다.

앞뒤에서 밀고 당기는 매화대에 의해 수레는 힘겹게 제단이 차려진 언덕으로 올랐다. 그동안에도 천둥과 번개는 멈추지 않았다.

번쩍번쩍! 우르릉…… 콰쾅!

순간적으로 주위는 대낮처럼 밝았다가 다시 암흑의 세상이 되었다. 그때마다 당녀들 사이에서는 두려움에 찬 비명 소리가 들렸다.

수레가 언덕에 다다랐을 즈음 부란은 눈을 떴다. 그리고 저 멀리 제단에 꿇어앉은 조그만 아이를 바라보았다. 뒤따르던 당녀들도 모두 놀란 눈으로 제단 위를 살폈다. 저녁때까지만 해도 정신을 잃은 채 쓰러져 있던 은현이 단정히 앉아 기도를 올리고 있는 것이 아닌가. 이제 겨우 일곱 살짜리 아이가 하늘을 쪼갤 듯 번쩍이는 번개와 뇌성에도 놀란 기색조차 없다. 아니, 은현은 번개와 뇌성을 인식하지 못하는 듯했다.

부란의 손짓에 따라 매화대가 당녀들을 뒤로 물리고 멀찌감치 떨어져서 은현을 지켜보았다.

비는 좀처럼 멎을 생각을 하지 않았다.

쏟아지는 장대비가 어린 살을 아프게 때렸다. 뜨겁게 달구어졌던 대지가 식으면서 은현의 몸도 급격히 식어갔다. 은현은 조그만 몸을 웅크리고 두 손을 모았다. 그 행동에 무슨 의미를 담은 것은 아니었다. 그저 춥고 배가 고팠다. 하늘이 무슨 말씀이시든 얼른 내려주시어 자신을 이 고통에서 구해달라고 빌었다.

세상을 쓸어가 버릴 듯 쏟아지는 빗줄기와 우레, 대낮처럼 번쩍이는 번개와 휘몰아치는 바람에 정신을 차릴 수가 없었다. 매화대는 흔들리는 수레를 지키기 위해 수레를 커다란 나무에 밧줄로 묶었다. 그리고 부란에게 비바람이 몰아치지 않도록 우산을 씌우고 인벽으로 감쌌다. 당녀들이 바람에 밀려 이리저리 쓰러지고, 두려운 비명 소리에 언덕 위는 아수라장이 되었다.

그런 시간이 얼마나 흘렀을까? 집어삼킬 듯 몰아치던 비바람이 순식간에 멈추며 적막 같은 고요가 흘렀다. 그리고 어느 순간 세상을 쪼갤 듯한 뇌성과 함께 제단 위에 불덩어리가 떨어졌다. 그것이 새로운 당주를 선택하는 하늘의 말씀인지, 아니면 은허당을 향한 하늘의 경고인지 알 수 없었다.

태대산의 지류를 따라 수백 개의 봉우리를 넘어 동으로 달려 온 산맥은 갈왕산에 이르러 마침내 절정으로 솟아오른다. 갈왕 산이 웅장한 사내의 기질이라면 저 멀리 구름 속에 보일 듯 말 듯 마주 보이는 산은 주변을 압도하듯 솟아 있지만 웅장한 사내 의 기질이라기보다 풍만하고 온화한 여인을 닮았다. 저 산이 바 로 그 아래 수십 가지로 뻗은 산맥을 따라 퍼져 살고 있는 모든 부족이 모태산으로 추앙하고 있는 태대산이다. 사시사철 짙은 안개에 둘러싸여 들어가기도 나오기도 어렵다는 산, 그 깊은 골 은밀한 곳에 세상을 다스리는 어머니의 땅이 있다고 들었다.

세상이 처음 생기던 그때부터 존재했다는 곳, 짐승처럼 살고 있던 이 땅 사람들에게 농사를 가르치고, 가축 기르는 법을 가르치고, 수치를 겨우 가린 나뭇잎과 짐승의 가죽을 벗기고 의복을 내려주어 마침내 사람의 형상을 갖출 수 있도록 해주었다는 어머니의 땅, 숨은 언덕 은허당.

'어머니의 땅'이라는 그 말이 묘한 끌림이 되어 유한의 호기심을 자극한다.

언젠가는 꼭 저곳에 가볼 거야!

구름 속에서 보일 듯 말 듯 가물거리는 태대산을 집어삼킬 듯 노려보던 유한은 잊고 있었던 친구들과의 약속을 떠올리고 급하게 몸을 돌려 산을 내려가기 시작했다. 숲을 헤치고, 가파른 벼랑을 미끄러져 내리고, 거침없이 바위를 뛰어 건너는 모습이 맹수처럼 날렵하다.

갈왕산은 짙은 숲과 거칠고 가파른 산세를 지니고 있어 아무나 쉽게 접근할 수 있는 산이 아니다. 게다가 사시사철 머리에 잔설을 이고 있어 영험한 기운마저 감돈다.

산 중턱을 지나 재웅골 계곡을 따라 한참을 달리자 하늘을 찌를 듯 솟아 있던 침엽수림이 조금씩 사라지면서 평평하고 너른 초원이 펼쳐졌다. 그 초원의 군데군데 둥근 원을 그리고 앉아 검술 시합을 구경하고 있는 소년들을 발견한 유한은 입가에 웃음을 머금으며 그들을 향해 달려갔다. 무리 사이에서 누군가 그를 발견하고 소리를 쳤다.

"유한이다! 유한이 돌아오고 있어!"

그 소리와 함께 함성 소리가 울려 퍼졌다.

"와! 유한이다!"

달려와 옷자락에 매달리는 아이, 주위를 돌며 기쁨에 겨워 춤을 추는 아이, 환호성을 지르고 만세를 부르는 아이들을 둘러보는 유한의 눈은 따듯하다 못해 물기까지 어려 있다. 자신보다 나이가 많거나 또래의 친구들은 갈왕산을 넘어오기 전 은파에서 태어났지만 자신보다 나이가 어린 이 아이들은 모두 이 척박한 땅으로 넘어와 나고 자란 아이들이다.

"잘들 있었어?"

"응! 근데 유한, 왜 이렇게 컸어? 이제 어른이 된 거야?"

가슴에 안겨 있던 아이가 동그란 눈으로 올려다보며 물었다. 그 소리에 소년들은 일제히 거뭇한 유한의 턱을 신기한 듯 바라보았다. 그저 자신들보다 나이가 조금 많고 힘이 센 형쯤으로 생각했던 유한은 2년 만에 어른이 되어 매족의 품으로 다시 돌아왔다. 소년들의 눈이 무한한 희망으로 반짝였다. 유한이 돌아오면 날개 꺾인 매족을 다시 세상 밖으로 날아오르게 해줄 것이라는 소문을 그들은 진실로 믿고 있다. 말로만 들어온 그들 조상의 땅인 은파로 돌아갈 날을 앞당겨 줄 거라 믿고 있다.

어린 소년들 뒤로 한 무리의 청년들이 다가왔다.

"유한!"

"미루!"

청년들 무리에서 미루를 발견한 유한이 반갑게 다가갔다. 미루는 유한보다 나이가 일곱 살이나 많지만 아주 어릴 적부터 스스럼없이 이름을 부르며 친구로 지내왔다. 2년 전 함께 갈왕산을 넘었다가 봉족의 수도인 남광에서 헤어진 후 1년 만에 다시 만난 것이다. 그들은 서로의 변한 모습에 놀라며 손을 잡았다. 마주 잡은 손에서도 전에 없던 불끈한 힘이 느껴진다.

갈왕산을 넘어올 당시 대부분 열 살 이전의 어린아이였던 그들은 대전쟁에서 아버지를 잃고, 혹은 두 부모를 모두 잃고 부상투성이의 용사들 손에 이끌려 죽음의 산을 넘어와 가슴에 분기를 키우며 자란 청년들이다. 2년 전 그들은 유한의 스무 살 성인식을 치르고 매족을 떠났었다. 몇 해 전부터 유한이 얼른 성인이 되기만을 기다려 온 그들이었다. 매족 마을을 이끄는 사람이 천강이니 천강의 아들인 유한은 자연히 청년들의 구심점이 되었다.

처음 유한과 몇몇 청년들이 갈왕산을 넘어 바깥세상으로 나가겠다고 했을 때 어른들은 모두 반대했었다. 일신의 영달을 위해 부족을 떠나는 것이라고 경멸했었다. 대전쟁이 끝난 후 20년 동안 갈왕산 너머의 세상은 매족에게 불신의 땅이었고 거부의 땅이었다. 그들은 은허당은 물론 봉족에게 흡수된 모든 부족과 인연을 끊은 채 매족만의 세상에 갇혀 살았다. 그 길만이 부족의 자존을 지키는 길이라 믿었기 때문이다. 그러나 유한의 생각은 달랐다. 그는 언제까지나 매족의 세상에만 갇혀 살 수는 없다고 생각했다. 고립된 부족은 발전할 수 없다.

'이대로 영원히 갈왕산 그늘에 숨어 불안하고 고단한 삶을 살든지, 아니면 언젠가 봉족에게 잡아먹히든지.'

이렇게 고립되어 사는 한 매족의 미래는 그 둘뿐이란 생각이 들었다.

"갈왕산을 넘겠습니다."

성인식이 치러지던 날 밤, 유한은 부족의 어른들과 아버지 천강 앞에서 그렇게 말했다. 사람들의 눈이 순식간에 유한에게로 쏠렸다. 횃불에 비친 유한의 얼굴은 이제 막 물이 오른 버들강아지처럼 보송하다. 스물이나 되고서도 여전히 여리고 순해 보이는 그 모습에 천강은 이마를 찌푸렸다.

"가슴이 답답한 것이냐?"

좁고 척박한 매족의 땅에 갇혀 사는 것이 답답하냐는 천강의 물음이었다. 스물이면 충분히 그럴 나이다. 어디로든 달려나가고픈 욕망이 들불처럼 끓을 나이다.

마른바람만 이는 매족의 땅을 벗어나고픈 것이냐고 묻는 천강의 눈을 보며 유한은 대답했다.

"저는 우리 매족의 살길을 찾으려 합니다."

살길을 찾으려 갈왕산을 넘는다?

천강은 유한의 생각이 몹시도 어리고 위험하다고 생각했다. 목구멍에 기름칠을 하고자 부족의 자존마저 버린다면 그것은 버러지와 다를 바 없다. 그런 버러지 같은 삶을 선택한 절반의 매족이 저 갈왕산 너머 은파에 살고 있다.

"우리가 살길은 갈왕산 그늘 아래에서 매족을 지키는 것이다."

"우물 안에 갇혀 지낸 개구리는 도태되고 맙니다!"

유한은 지지 않고 제 뜻을 전했다. 발끈 대어드는 유한의 눈이 젊은 혈기로 번뜩였다. 유한과 함께 갈왕산을 넘겠다고 나선 청년들의 눈도 마찬가지였다. 마치 지난날의 자신들을 보는 듯했다. 순간 천강의 눈썹이 꿈틀했다.

대전쟁 이후 장졸들이 사라져 버린 매족에게 남겨진 것은 늙고 병든 노인들과 아녀자, 그리고 어린아이들이 대부분이었다. 그중 절반의 매족은 은파에 남는 길을 선택했다. 그들은 죽음의 길을 떠나느니 비굴하게나마 목숨을 부지하는 길을 택했던 것이다. 매족답지 못한 선택이라고 생각했지만 천강은 그들의 뜻을 존중하고 이해했다. 갈왕산을 넘는 쪽을 택했던 사람들은 대부분이 전쟁 중 최전방에서 싸웠던 용사들과 그 가족들, 그리고 고아가 된 아이들이었다. 그들은 곧 봉족의 표적들이다. 남아 있어 보아야 목숨을 부지하기 힘든 사람들이었다.

그렇게 패전의 상처를 고스란히 안은 채 부족을 이끌고 죽은 자의 영혼만이 넘을 수 있다는 갈왕산을 넘어온 용사들에게 남겨진 짐은 더 이상 그들을 용사로 살 수 없게 만들었다. 창칼을 휘두르던 손에 농기구가 들려지고, 화살을 재어 적을 노려보던 빛나는 눈동자에는 삶의 그늘이 드리워졌다. 그렇게 사는 20년의 세월 동안 어느 부족도 감히 따를 수 없었던 용맹무쌍한 매족의 용사는 그저 옛이야기 속에 존재하는 전설이 되어버렸다.

천강은 제 속에서 꿈틀거리는 뜨거운 기운을 억누르며 경고하듯 말했다.

"봉족은 너희들이 생각하는 만큼 그리 만만한 자들이 아니다."

"알고 있습니다."

당당하게 대답하며 앞으로 나온 청년은 미루였다. 대전쟁 당시 천강과 함께 매족을 이끌다 마지막 전투에서 목숨을 잃은 단성의 아들이다. 당시 매족은 단성을 잃음으로써 전투력의 절반을 상실해 버렸다고 할 만큼 그는 뛰어난 용사였다.

"그들이 어떤 자들인지 잘 압니다. 사람의 목숨을 어찌 다루는지 제 눈으로 다 봤으니까요. 또다시 그리 죽을 순 없기에…… 그러기에 세상 밖으로 나가려는 것입니다."

일곱 살짜리 어린 눈에 그렁그렁 고여 있던 눈물은 어느새 스물일곱 청년의 눈 속에서 이글이글 타오르는 불꽃으로 변해 있었다.

천강은 미루의 눈을 똑바로 바라볼 수 없었다. 미루를 키우는 내내 그랬다. 그것은 살아남은 자의 원죄 같은 것이었다.

천강은 뜨거워진 가슴을 움켜쥐었다. 스무 해 동안 잠들어 있던 피가 불끈거리며 들끓는 소리가 들리는 듯하다. 미루가 간다면 막을 수 없다. 이것은 어쩌면 단성과 죽은 용사들의 무언의 부름일지도 모른다.

천강의 눈이 유한에게로 향했다. 아직도 어린, 그러나 어느새 스물인 아들의 얼굴이 새삼스럽게 낯설다. 겨우 삼칠일밖에 지나지 않은 핏덩이로 만난 아들은 이제 다 자라 그의 품을 벗어나려 하고 있다.

유한은 자신을 바라보는 아버지의 눈에 고뇌가 서려 있음이 느껴진다. 아버지의 피가 얼마나 들끓어대는지 유한은 잘 안다. 철이 든 이후 아버지가 한 번도 깊은 잠이 드는 것을 보지 못했다. 밤이면 어둠 속에서 뒷짐을 진 채 마당을 서성이는 아버지를 볼 수 있었다. 주먹을 쥐고 서성이는 아버지의 모습은 잔설을 이고 우뚝 선 갈왕산을 노려보며 포효를 준비하는 범을 연상케 했다. 종일 산으로 들로 다니며 농사를 짓고 사냥을 하여 부족을 돌보던 평범한 사내는 그렇게 밤만 되면 피가 들끓는 범이 되어 마당을 어슬렁거리며 고통스럽게 분기를 억누르고 있었던 것이다. 그 뜨거운 피는 고스란히 유한에게로 옮아왔다.

얼른 자라 힘센 용사가 되어 미루의 아버지와 현고의 아버지, 그리고 수많은 아이의 아버지인 매족 용사들과 어머니들을 앗아간 봉족에게 원수를 갚을 것이다. 갈왕산 너머에 있는 잃어버린 매족의 땅을 되찾을 것이다. 그 결심을 단 하루도 잊은 적이 없다.

"보내주십시오. 매족이 살길을 찾아오겠습니다. 잃어버린 땅을 되찾을 길을 알아오겠습니다."

그렇게 유한을 비롯한 십여 명의 청년들은 어른들의 불안과 만류를 뿌리치고 갈왕산을 넘었었다. 그리고 태대산 지류의 여러 땅으로 뿔뿔이 흩어진 지 2년이 지나 다시 이렇게 돌아온 것이다.

마을로 들어서자 이미 소식을 접한 많은 사람들이 그들을 맞으러 나와 있었다. 처음 갈왕산을 넘는다 했을 때 모두 의심의 눈초리로 그들을 떠나보냈지만 사실은 이 어린 청년들이 매족이 나아갈 길을 찾아와 주기를 바라는 마음도 없지 않았다. 이렇게 갈왕산의 그늘에 숨어 목숨을 연명하는 것이 비참하고 치욕스럽기는 그들도 마찬가지였다. 그 옛날 이 땅을 호령하던 범의 종족 매족의 영광을 재현해 줄 영웅이 나타나 주기를, 이 청년들이 그들이기를 바랐었다.

천강은 2년 사이에 더욱 건장해진 모습으로 돌아온 유한과 미루의 어깨를 아프도록 움켜쥐었다.

유한과 미루 일행이 갈왕산을 넘어간 후 천강은 재웅골에 훈련터를 만들고 놓아버렸던 창칼과 활을 다시 들었다. 태대산의 범도 발소리를 죽이고 비켜간다는 매족의 용사들을 다시 길러낼 참이었다. 유한과 미루의 젊은 혈기가 20년간 숨죽이고 살아온 천강과 매족 용사들의 피를 꿈틀거리게 했던 것이다.

예상대로 봉족의 지배하에 들어간 많은 부족들은 노예와 같은 생활을 하고 있다고 했다. 그러나 여전히 봉족에 대항하는 무리들이 곳곳에 깔려 그들을 괴롭히고 있다는 반가운 소식도 전했다.

봉족은 은허당 아래 태대산의 줄기를 타고 흩어져 살고 있는 여러 부족들과는 뿌리부터 다른 부족이다. 매족을 비롯한 많은 부족들이 처음부터 태대산 줄기에서부터 형성된 것에 비해 봉족은 남쪽에서 흘러들어 온 부족이다. 그들은 처음부터 다른 부족이 가지지 못한 무기들을 가지고 있었고 스스로를 선민(選民)이라고 칭하던 자들이다. 오만이 하늘을 찌르는 자들…….

"은허당의 주인이 바뀌었다 합니다."

미루가 전하는 말에 천강은 저도 모르게 주먹을 불끈 쥐었다.

"무슨 소리냐? 부란님께 무슨 변고가 생긴 거냐?"

"병환으로 돌아가셨답니다. 벌써 10년이나 지났다던걸요?"

이런……! 방패막이였던 저 갈왕산이 귀마개 역할도 함께한 모양이다. 그토록 큰일을 깜깜하게 모르고 지나갔다니!

하긴 살아 있다면 이미 90이 넘었을 나이이니 부란의 죽음을 예측 못한 것이 오히려 실수다.

부란은 누구보다 공평한 시각을 가진 사람이었다. 아니, 오히려 은허당 내에 팽배해 있는 봉족의 세력을 누르고 매족에게 기울어 있던 사람이었다. 전쟁 막바지에는 확연히 매족의 편에 섰던 부란이다. 그로 인해 은허당 또한 힘을 잃어버리는 결과를 가져왔었다.

이제 유일한 희망이었던 은허당의 힘마저 꺾여 버린 건가?

"새 당주에 대해서는 들은 것이 없느냐?"

"그것이…… 묘연합니다. 은허당 아래 사람들 누구도 새로운 당주를 보았다는 사람이 없습니다. 간혹 당녀들의 선택을 받아 올라가는 사내들이 있긴 하지만 그들도 중간마을에 머물며 당녀들과 밤을 보내고 올 뿐 당주가 계신 은허당에는 접근조차 하지 못한다고 합니다."

"봉족의 사내들도 말이냐?"

"예."

미루가 전하는 말로써는 새 당주의 성향을 파악할 수가 없다. 부란이 없는 이상 은허당의 힘은 봉족에 심하게 기울어 있을 텐데 그들의 접근마저 막다니, 무슨 꿍꿍이속인지 알 수가 없다.

"하온데 서라촌이란 곳을 지나다가 괴이한 소리를 들었습니다."

유한은 스스로 들은 말이 미심쩍은 듯 고개를 갸웃하며 말을 이었다.

"은허당에는 오래전부터 전해오는 신탁이 있다고 합니다. 전 당주인 부란이 당주에 오르기 전에 받은 것이라고 하는데…… 은허당의 일곱 번째 당주에게 선택을 받은 자가 이 땅의 왕이 될 것이라고 했습니다."

순간 찬물을 끼얹은 듯 주위가 고요해졌다.

당주의 선택을 받은 왕이라니! 이미 신에게 선택받은 이상,

당주에게는 사내를 선택할 자격이 없다. 그런데 선택이라니, 그리고 왕이라니? 세상을 하나의 지배 아래 두겠다는 뜻인가?

봉족이라는 거대한 힘 앞에 속절없이 무너져 버렸던 수많은 부족들, 힘을 잃은 은허당, 그리고 그들 위에 군림하는 봉족. 왕이란 결국 힘으로 지배하는 권력에서 나오기 마련이다. 아무런 힘이 없는 은허당이 어떤 선택을 할지는 불을 보듯 뻔하다.

당주의 선택을 받은 왕, 은허당이 선택한 왕이 탄생하면 세상의 힘은 왕에게 집중될 것이다. 당주는 은허 신들의 지배를 받는 세상의 어머니다. 그런 당주가 세상을 지배할 사내를 선택하고 그 사내의 여인이 되어버린다면 은허당은 더 이상 존재 가치를 잃을 것이고 결국 세상은 왕의 발아래 무릎을 꿇고 말겠지.

그만 쉬라는 말로 유한과 미루를 내보낸 천강은 밤새 장막 안을 서성거렸다. 대전쟁이 끝난 후 부족을 이끌고 갈왕산을 넘어올 때의 참담한 심정이 되살아났다. 늙고 병든 부족의 어른들만 없었더라면, 아이를 품은 여인들만 없었더라면, 자신에게 목숨줄을 맡긴 어린것들만 없었더라면, 그리고 핏덩이 유한만 없었더라면…… 절대로 갈왕산을 넘어오지 않았을 것이다. 단성과 부족의 용사들처럼 자신도 태대산 자락 어느 곳에 뼈를 묻었겠지.

당주의 선택을 받은 자로 이 땅의 왕을 삼는다고? 흠, 도도하던 은허당도 이제 명을 다했군.

깨문 입술에서 비릿한 핏물이 도는 것을 느끼며 천강은 밖으로 나왔다. 성큼성큼 걸어 마구간으로 간 그는 손에 잡히는 대로 말을 한 마리 끌고 나와 올라탔다. 이곳으로 와서 발견한 가장 큰 행운은 바로 야생의 말을 길들여 키웠다는 것이다.

"이럇!"

어둠 속에서 채찍을 휘두르는 팔이 몹시도 화가 나 있다.

감울란……!

"핫!"

다시 화난 채찍이 허공을 가른다.

유현란! 이 구역질나도록 도도한……!

매운바람에 눈자위가 따갑다. 그것이 제 속에서 울컥 올라온 더운 기운 때문이라 인정하고 싶지 않다.

감울란, 유현란…… 그대들이 선택한 것이 겨우 이런 건가? 겨우 이것을 위해 그리도 어리석고 도도하게 살았던가?

말은 갈왕산 중턱에서 천강을 떨어뜨리고 거품을 뿜으며 달아났다. 이어 미친 범의 울음 같은 포효 소리가 갈왕산에 울려 퍼졌다.

"도대체 어디로 가셨단 말이냐? 항상 그림자처럼 지키라 일 렀거늘!"

"저희들로서도 도무지 알 수가 없습니다. 십여 명의 매화대를 감쪽같이 따돌리고 사라지실 수는 없는 일입니다."

"그렇지만 사라지셨지 않느냐!"

다그치는 쪽도 대답하는 쪽도 당황스럽기는 매한가지다. 별 을 살펴보겠다고 초성단에 오른 은현이 감쪽같이 사라져 버린 것이다. 은현의 곁에서 잔심부름을 하던 어린 당녀의 말로 사라 진 은현의 행보를 짐작할 수 있었다.

"당주님께서는 며칠 전부터 바깥세상을 보고 싶다는 말씀을 내내 하셨습니다."

태어나 지금껏 은허당 밖으로는 한 발자국도 나가보지 못한 은현이다. 그런 은현이 세상구경을 하겠다고 태대산을 내려가다니, 더구나 세상 밖으로는 털끝 하나 내비치지 않으면서 숨겨왔던 은허당의 당주가 아니던가. 단 한 번도 유현란의 뜻을 거역해 본 적이 없는 은현이다. 한 걸음을 걸어도 조심을 했고 말한마디, 눈길 한 번, 심지어는 가벼운 웃음조차 조심하여 쉽게 내비치지 않던 은현이다. 그리 가르쳤던 은현이다. 유현란은 지끈거리는 머리를 의자에 기댔다.

어느새 열아홉, 한 번쯤 벗어나고 싶기도 했겠지. 지난 12년 내내 한 치의 흐트러짐도 용납되지 않는 삶을 살아왔으니.

유현란은 갑작스럽게 밀려오는 피곤함에 눈조차 뜰 수가 없다. 은현을 다그치는 동안 두 배, 세 배의 마음으로 스스로를 다그치며 살아온 그동안의 긴장이 순식간에 풀려 버린 기분이다.

"제 탓입니다."

침울한 목소리에 눈을 뜨니 감울란이 들어와 있었다. 부란의 마지막 유언에 따라 유현란의 명을 철저하게 수행하고 있는 감울란이다. 도무지 빈틈이 없고 옆을 돌아볼 줄도 모르는 그 성격이 가끔은 답답하기도 하다.

"이것이 어찌 자네의 잘못이겠는가. 그림자처럼 붙어 있던 호위들도 어쩌지 못했거늘. 아마도 이곳이 답답하셨던 모양이야. 그럴 나이지 않은가. 미처 그 마음을 헤아리지 못한 내 불찰

일세."

"매화대를 뒤쫓아 보내겠습니다."

"그러시게. 말이 나지 않도록 각별히 조심하고. 그리고 당분
간 은화원에는 아무도 들이지 말게. 당주님께서는 지금 기도 중
이신 것이네."

"예."

감울란은 짧게 대답하고 돌아섰다. 움푹 팬 얼굴의 상처가 오
늘따라 유난히 깊어 보인다. 그래서일까? 유현란은 감울란에게
저도 모를 가당찮은 연민이 인다.

"자네…… 괜찮은가?"

다시 돌아선 감울란이 고개를 갸웃했다. 유현란은 그것에 답
하듯 말을 이었다.

"얼굴이 좋아 보이지 않아."

"괜찮습니다."

가벼운 목례를 하고 돌아서는 감울란을 다시 불러 세우려던
유현란은 그만 입을 다물어 버렸다. 감울란의 어두운 얼굴 속에
여전히 천강의 그림자가 가득했기 때문이다.

쯧쯧, 어리석은 사람.

혀를 차면서도 한쪽 가슴이 무겁다. 과연 누가 어리석었던 건
지……?

유현란은 고결한 선원당녀가 되기를 소망했고, 천강은 유현
란의 선택을 기다렸고, 감울란은 천강의 마음을 기다렸다. 어느

누구도 만족시킬 수 없었던 묘한 그림이었다. 그러나 유현란은 안다, 가장 마지막 순간에 천강의 마음을 차지한 사람은 감울란이었다는 것을.

태대산 줄기를 따라 무작정 아래로 아래로 내려온 은현은 은파가 한눈에 내려다보이는 언덕에 이르러서야 걸음을 멈추었다. 하늘과 땅이 맞닿는 곳까지 너른 들이 펼쳐져 있는 은파는 태대산 지류의 땅 중 가장 기름진 곳이다. 그 옛날 매족의 뿌리가 형성된 땅, 그래서 봉족의 땅이 된 지금도 여전히 그곳은 매족의 후예들이 매족의 방식으로 살고 있는 곳이라고 했다. 이러한 옛이야기들은 유현란으로부터 귀가 닳도록 들어 머릿속에 가득하지만 사실 은현은 봉족이니, 매족이니 하는 것들이 특별히 가슴에 와 닿지 않는다.

그저 사람이 그리웠다. 가시 끝처럼 뾰족한 정신으로 마음을 읽어 내려가지 않아도 되는 사람, 가슴 끝자락에서 이는 조그만 웃음까지 숨김없이 다 보여 버려도 되는 편안한 사람, 눈에 보이는 그대로, 그것이 전부라고 믿어도 되는 사람이 그리웠다. 그래서 한 번쯤 제멋대로 날뛰어대는 이 마음을 놓아버려도 안심이 되는 곳을 찾아 나선 것이다. 그러나 오래 떠돌진 않을 것이다. 자신이 어디에 있어야 하는지, 무엇을 해야 하는지 너무도 잘 알고 있으니까.

은파 벌판을 내려다보는 은현의 눈이 반짝였다. 저곳에 가면 무언가 재미난 일이 가득할 것 같다. 그런 생각을 하며 입가에 슬몃 미소가 지어진다. 그제야 어둡던 얼굴에 열아홉 소녀의 표정이 드러났다. 태대산에서부터 따라온 향이 조심스럽게 다가왔다.

"그만 올라가시지요, 당주님. 유현란님께서 찾으실 것입니다."

"감울란이 두려운 것이냐?"

향의 걱정스런 말을 받아치는 은현의 목소리에는 왠지 모를 오기 같은 게 느껴진다. 당돌하게 돌아보는 눈이 평소의 은현 같지가 않다. 사시사철 은허당을 감싸고 있는 짙은 안개처럼 알 듯 모를 듯한 눈으로 유현란과 감울란의 울타리 안에 갇혀 있던 은현이 아니다.

"당주님."

"이제부터 그리 부르지 마. 그냥 은현이라고 불러."

"제가 어찌……."

"괜찮아. 그리 불러. 명이다."

명이라 하니 듣지 않을 수도 없고 그렇다고 감히 범접할 수 없는 존재인 은허당 당주의 이름을 부를 수도 없는지라 향은 난감하다. 난감해하는 향을 바라보는 은현의 얼굴이 뾰로통하다. 매화대란 이름으로 은현을 가까이서 모신 지 벌써 9년, 그동안 부란의 껍질 속에 갇혀 있던 은현이었기에 한 번도 자신보다 어리다는 생각을 해본 적이 없었는데 지금 은현의 모습은 한참은 어린 동생을 보는 듯해서 향은 저도 모르게 마음이 저렸다.

"향이 네 나이가 몇이냐?"

"스물일곱입니다."

"나보다 팔 년은 위구나."

아, 그래! 아직 스물도 안 되신 분이지!

향은 그제야 은현의 나이가 깨달아졌다.

향을 바라보는 은현의 눈빛이 씁쓸하다. 은현은 일곱 살 이후
로 한 번도 자신의 나이를 생각해 본 적이 없다. 세상 모든 이를
한 가슴에 품어야 하는 은허당의 당주로서만 살았다. 유현란이
이끄는 대로 부란의 눈빛으로, 부란의 마음으로 세상을 보고 사
람을 대해야 했던 날들. 양월을 비롯해 여전히 은현을 못마땅해
하는 선원당녀들을 잡음 없이 이끌어야 하고, 유현란의 명에 죽
고 사는 매화대마저 경계해야 했다. 그것은 마음속에 늙은 구렁
이를 서너 마리쯤은 품고 살아야 가능한 일이었다.

"이름을 부르기 힘들면 아가씨는 어떠냐? 나랑 함께 다니려
면 그렇게 부르는 것이 편할 거다."

더 이상 향의 의사는 상관없다는 듯 은현은 성큼 걸음을 내디
뎠다. 너른 은파 땅에 숨어 있을 온갖 신기한 세상들이 눈앞으
로 성큼 다가오는 것 같다.

"은파는 우리 매족의 뿌리가 형성된 땅이다. 태대산 아래 끝없
이 너른 땅 중 가장 기름진 땅이지. 봉족의 지배하에 놓여 있다고

는 하나 그곳을 지키는 사람들은 여전히 우리 매족이다. 비록 목숨을 부지하기 위해 비굴함을 택했던 사람들이지만 난 그들을 믿는다. 그들도 역시 우리처럼 매족의 부활을 꿈꾸고 있을 거라고 말이다."

유한과 미루는 천강의 지시를 받고 다시 갈왕산을 넘었다. 그리고 오랜 시간이 걸려 이렇게 은파에 닿았다. 그들은 호기심 어린 마음으로 은파를 돌아다녔다.

태어나 이처럼 번화한 거리는 보지 못했다. 태어나 지금껏 갈왕산 그늘에 숨어서만 살다가 2년 전 처음 그 산을 넘었으니 유한에게는 눈에 비치는 모든 세상이 신기하고 낯선 것은 당연한 일이다. 지난번 산을 넘었을 때는 봉족의 본거지인 남광만을 돌아다녔었다. 그곳 또한 번화한 곳이었지만, 아니, 은파보다 오히려 더 발전된 곳이 남광이었지만 그의 눈과 마음을 사로잡는 곳은 오히려 이곳 은파다.

밤이 되자 거리는 화려한 등불이 수놓아지고 객점은 밤이 늦도록 흥청거렸다. 이국에서 들여온 화려한 비단장포를 걸친 사내들이 방방마다 들어앉아 어린 여자를 희롱하고 음탕한 교성이 흘러나왔다. 마치 별천지의 세상처럼 눈에 보이는 모든 것이 낯설고 신경을 자극했다.

유한과 미루는 마땅찮은 얼굴로 객점에 앉아 술잔을 기울이고 있었다. 꽃처럼 단장한 여자들은 하나같이 몹시도 어려 보였다. 많아보아야 열대여섯? 매족 마을에서는 소중히 보호받는 나이들이다. 여인들은 부족의 미래를 이어주는 소중한 존재들이니.

위층 마루에서 요란한 소리가 들렸다. 우당탕 달리는 소리와 함께 거친 사내의 음성이 들렸다.

"야, 거기 서! 어딜 도망가려는 것이냐! 천한 것이 감히 반항을 해!"

아래층에서 술잔을 기울이던 사람들의 시선이 순식간에 위층으로 향했다. 인형처럼 단장한 조그만 여자아이가 거대한 덩치의 사내 손에 뒷목을 잡힌 채 계단에 끌려 올라가고 있었다.

"사, 살려주십시오. 살려주십시오!"

아이의 목소리는 몹시도 어렸고 공포에 질려 온몸을 떨고 있었다.

"내가 언제 널 죽이겠다더냐? 그냥 곱게 가만 누워 있으면 된다 하지 않았느냐."

사내의 음흉한 목소리에 아이는 얼굴이 노랗게 질린 채 아무 말도 못하고 끌려 올라갔다. 그러나 잠시도 지나지 않아 다시 도망쳐 내려오는 아이의 모습이 보였다. 머리는 헝클어졌고 윗도리도 절반은 벗겨져 속살을 드러낸 채였다. 술기운이 돌아 붉게 상기된 얼굴의 사내가 칼을 뽑아 든 채 아이를 따라 달려 내려오는 것을 본 유한과 미루는 누가 먼저랄 것도 없이 자리에서 벌떡 일어났다. 그러나 그들보다 먼저 사내의 앞을 가로막는 그림자가 있었다.

가냘픈 체구의 칼잡이가 순식간에 칼을 뽑아 사내가 들고 있
는 칼을 쳐내고 그의 목을 겨누었다.

"천박하구나!"

들고 있던 칼이 계단 아래로 떨어지고 예리한 칼끝이 목을 찔
러오자 사내는 흠칫 놀라며 한 걸음 물러났다.

"무, 무엄하다. 내가 누군 줄 알고……."

아래층에서 술잔을 기울이던 사람들의 시선이 일제히 그들에
게로 쏠렸다. 유한과 미루도 그들의 뒤편으로 다가갔다. 전광석
화 같은 솜씨로 칼을 뽑아 사내를 제압하는 칼잡이를 자세히 보
기 위해서였다. 사람들의 시선을 의식한 듯 사내는 옷매무새를
고치며 소리를 높였다.

"나는 은파의 수비대장 수경장군이다. 남광에서 파견 나온 관
리에게 감히 칼을 겨누다니 죽고 싶은 것이냐!"

봉족 관리란 소리에 주위가 술렁거렸다. 이 철없고 가냘픈 칼
잡이가 쓸데없는 호기를 부리다가 큰일을 저지른 것이 아닌가
하는 걱정 어린 시선들이었다. 그러나 칼잡이는 여전히 칼을 거
둘 생각이 없어 보인다. 오히려 사내의 목으로 칼을 더욱 예리
하게 들이대었다.

"관리면 관리답게 굴어야지. 어찌 딸 같은 어린아이 앞에서
추태를 부리는가!"

칼잡이에게서 흘러나오는 목소리가 그 체구만큼이나 여리다

는 것을 느끼며 유한은 슬쩍 앞으로 나가 얼굴을 살폈다. 놀랍게도 칼잡이는 사내가 아니라 남장을 한 여인이었다.

문 쪽에서 시끌벅적한 소리가 나서 돌아보니 방금 전 도망을 쳤던 여자아이가 주인에게 잡혀 끌려오고 있었다.

"네 이년! 죽으려고 환장을 한 것이냐! 이리 굴 거면 애초에 이곳에 발길을 말았어야지. 네년이 우리 청화루를 망치고 싶은 게로구나!"

"살려주십시오. 엉엉…… 살려주세요, 아저씨."

눈물 콧물 범벅이 되어 끌려오는 아이는 처음 보았을 때보다 훨씬 어려 보였다. 아이를 끌고 오던 주인은 스스로를 수경장군이라 말한 자에게 칼을 겨눈 칼잡이를 보자 기겁을 하며 달려왔다.

"이게 무슨 짓이오! 이분이 누군 줄 알고 이러시는 게요?"

칼잡이는 주인에게 눈길조차 주지 않은 채 여리지만 단호한 음성으로 말했다.

"아이를 놓아주면 이자도 살려주마."

"무, 무슨 소리요? 이 아이는 오늘 밤을 위해 장군님이 거금을 들여 사 온 아이란 말이오. 이미 장군님의 소유인 아이를 댁이 놓아주라 마라 할 자격은 없소! 목숨이 서넛은 되는 게요? 어찌 겁도 없이 함부로 칼을 뽑아……!"

순간 거품을 물며 떠들어대는 주인의 말을 끊는 음성이 있었다.

"사람을 금전으로 사고판단 말이냐?"

나직하지만 긴장이 실린 음성이 묘하게 귀를 자극했다. 칼잡이의 뒤에서 한 여자가 걸어나왔다. 유한은 숨을 죽이고 여자를 살폈다. 어린 여자는 어린 여자이나 얼굴에서 뿜어 나오는 기운이 왠지 전혀 어리지 않고 묵직하다고 느껴졌다. 천천히 걸어 칼잡이의 옆으로 다가온 여자는 청화루의 주인과 수경장군을 응시했다. 푸릇한 기운이 뿜어져 나올 만큼 투명한 얼굴과 음울한 눈빛을 가진 여자다.

"다시 묻겠다. 사람을 금전으로 사고파느냐?"

나직하지만 위압감이 느껴지는 묘한 목소리에 주인은 저도 모르게 움찔 물러났다. 여자에게서 왠지 범접할 수 없는 기운이 느껴졌기 때문이다.

"그, 그렇습니다. 저런 천것들이 굶어 죽지 않으려면 어, 어쩔 수 없는 일이 아니겠습니까."

여자의 눈에 일순 고통이 스쳐 가는 것 같더니 다시 소리가 들렸다.

"얼마면 되겠느냐?"

"예?"

"저 아이 값이 얼마냐고 물었다."

재빠르게 여자의 행색을 살피던 주인이 대답했다.

"은자 열 냥은 주셔야 합니다. 저렇게 깨끗하고 어린아이는 구하기 힘든지라……."

순간 수경장군을 겨누고 있던 칼잡이의 칼이 발끈하며 주인에게로 옮겨왔다. 그러나 옆에 선 여자가 먼저 그것을 제지했다.

"당…… 아, 아가씨!"

바짝 화가 난 칼잡이의 얼굴로 보아 옆에 선 여자의 제지가 없었다면 주인을 단칼에 베고도 남았을 성싶다. 여자는 칼잡이를 향해 고개를 가만 끄덕였다. 칼잡이는 마지못한 얼굴로 허리춤에서 은자가 든 주머니를 꺼내더니 주인의 가슴으로 툭 던졌다.

"운이 좋은 줄 알아라."

둘러선 사람들이 웅성거리는 사이 여자와 칼잡이는 어느새 아이를 데리고 밖으로 나가고 있었다. 유한은 미루의 옷자락을 당겨 그들을 따라 밖으로 나왔다.

객점을 나와 성큼성큼 앞서 걷는 은현의 표정이 좋지 않다. 향은 불편한 마음으로 은현을 따라 걸었다. 자신이 괜한 일에 끼어들어 은현을 언짢게 한 것은 아닌가 걱정되었다. 그러나 사내가 하는 짓거리를 그냥 보아 넘기기가 힘이 들었었다. 여인을 그리 함부로 다루다니! 은허당에서 나고 자란 향으로서는 이해할 수도, 묵과할 수도 없는 일이었다.

"송구하옵니다."

"괜찮다."

뒷짐을 진 채 걷는 모습이 뭔가 깊은 생각에 잠긴 듯하다. 처음 당주의 자리에 오른 일곱 살 적부터 은현은 늘 저런 애어른 같은 모습으로 다녔었다. 조그만 아이가 뒷짐을 진 채 깊은 생각에 빠져 걷는 모습이 불경스럽게도 귀여워 보였던 적이 많았다.

"원래 그러한 것이냐?"

"예?"

"재물로써 사람을 사고파는 것 말이다."

객점에서의 일이 은현에게는 충격이었던 모양이다. 땅 위에 존재하는 만물 중 으뜸은 사람이며 그 사람을 있게 하는 것은 남과 여의 조화로운 만남에서 비롯된다고 배웠다. 그런데 재물로써 여자를 사고 강제로 취하려는 모습을 본 것이다.

"원래는 그렇지 않습니다. 세상에 재물이 넘쳐 나면서 가진 자와 못 가진 자가 생겨 이런 일이 벌어지는 겁니다."

문득 은현이 걸음을 뚝 멈추었다. 종종 따라오는 낯선 걸음소리가 들렸기 때문이다. 돌아보니 객점에서 구해준 여자아이가 고개를 수그린 채 뒤에 서 있었다. 많아봐야 열넷, 다섯? 곱게 단장한 얼굴이 너무도 앳되어 보인다.

향이 아이에게로 다가갔다.

"넌 그만 네 갈 길로 가거라."

그 소리에 아이가 의아한 눈으로 바라보았다.

"절 사셨지 않습니까?"

사놓고는 왜 돌려보내느냐는 물음이다. 향은 난감한 눈으로 은현을 돌아보다가 다시 아이에게 설명했다.

"이분은 널 사신 것이 아니라 구해준 것이다. 그러니 그만 집으로 돌아가거라."

"돌아갈 집이 없는걸요?"

"무슨 소리냐?"

"제 어미는 어제 청화루에 은자 닷 냥에 절 넘기고 동생들을 데리고 이곳을 떴습니다."

제가 내뱉는 말이 얼마나 어이없는 말인지도 인지하지 못한 채 아이는 향을 빤히 올려다보았다. 아이의 값이 은자 닷 냥이라니! 청화루의 주인은 그것에 배를 보태어 다시 은현에게 아이를 넘긴 것이다. 사람을 사고파는 행태가 정말 어이없었다. 은현이 난감해하는 향의 곁으로 다가왔다.

"나이가 몇이냐?"

은현에게서 나직하고 긴장된 음성이 들리자 아이는 저도 모르게 움찔 뒤로 물러났다. 객점에서도 느꼈지만 은현의 음성은 왠지 모르게 상대를 주눅 들게 했다. 나이는 칼잡이보다 아래로 보이는데 풍기는 느낌은 마치 부족의 나이 든 어른들처럼 대하기가 어렵다.

"열, 열다섯입니다."

자신보다 네 살이나 어린 아이인데 그런 감당 못할 일을 당하고도 아무 일도 없었던 양 빤히 쳐다보는 눈이 안타까웠다.

"데리고 가자."

"하지만……."

"갈 곳이 없다 하지 않느냐."

어느새 앞서 걷는 은현을 보던 향은 어쩔 수 없이 아이에게 따라오라 명하고 재바른 걸음으로 은현을 따랐다. 자신들의 발걸음이 어디로 향할지도 모르는 판국에 혹까지 붙여 어쩌자는 것인지, 도무지 은현의 속을 모르겠다.

따라오라는 말에 아이의 얼굴이 금세 환해졌다. 딴에는 갈 곳이 없어 걱정이 되었던 모양이다.

"아가씨들께서는 봉족 나리들이시지요? 그렇게 많은 은자를 쉽게 쓸 수 있는 사람들은 그들뿐입니다. 우리같이 천한 부족들은 평생 살아도 만져 보지 못할 재물입니다."

은현의 곁으로 바짝 다가온 아이는 종알종알 말이 많다. 자신조차 감히 곁에 서보지 못한 은현과 어깨까지 나란히 하고 걷는 아이의 모습에 향이 못마땅한 표정을 지었지만 은현은 개의치 않았다.

"제 아비는 해족이고 어미는 매족입니다. 봉족 관리들이 제일 싫어하는 사람들이니 전 어딜 가도 천대만 받습니다."

"봉족이 해족과 매족을 왜 싫어하느냐?"

"말을 안 들으니까요. 우리는 다른 부족들처럼 고분고분할 줄 모릅니다. 특히나 매족은 아주 고집이 세고 거칠기까지 하거든요. 킥킥, 제가 매족의 피를 받아 그 돼지 같은 작자를……!"

제 말이 과하다 싶었는지 아이는 두 손으로 입을 가렸다. 아무리 자신을 도와주었다고는 하나 이들도 봉족인 것을 깜빡한 것이다.

"네가 고분고분하지 않은 매족의 피를 받아 오늘 저녁 그자에게서 도망쳤다, 그 말이냐?"

"예. 제 친구는 나로족 출신인데 저처럼 객점에 팔려갔다가 불덩이 같은 사내의 커다란 물건에 찔려 밑이 다 찢어졌다고 했습니다. 한동안 걸음도 못 걸었는걸요."

"말조심해라!"

뒤따르던 향의 엄한 목소리에 아이는 다시 두 손으로 입을 막았다. 은현은 아이의 말이 무슨 뜻인지 생각하다가 향이 왜 화를 낼까, 하고 다시 생각했다. 하여튼 은허당을 내려오니 못 알아들을 말들이 참 많은 것 같다.

저자의 끝자락 즈음에 이르러 향은 조용한 객잔으로 은현을 이끌었다. 태대산을 내려오면서부터 이틀을 꼬박 잠도 제대로 자지 못했으니 은현이 몹시도 피곤할 것이다.

일찌감치 자리에 누웠던 은현은 요란한 풀벌레 소리에 잠이 깼다. 눈을 뜬 그녀는 한동안 침상에 누워 천장을 가만 응시했다. 늘 방 안을 떠돌던 은은한 향내가 나지 않는다. 소리없이 문밖을 서성이는 매화대의 그림자도 없다. 그리고 밤새 오며 가며 이불을 다독여 주던 유현란의 손길도 느껴지지 않는다.

뭐지? 아……!

그제야 자신이 은허당을 떠나왔다는 것을 깨닫고 은현은 벌떡 일어나 주위를 살폈다. 그리고 작고 아늑한 방의 조그만 침상 위에 앉아 있는 자신을 발견했다.

무슨 마음으로 태대산을 내려왔을까?

그날의 마음을 스스로도 모르겠다. 별을 살피러 올라갔다가 무슨 연유인지 마음이 어수선해졌었다. 무수히 반짝이는 별을 보며 마음이 두근거렸고, 한 번도 궁금하지 않았던 산 아래의 세상이 궁금해졌다. 사시사철 거두어지지 않는 태대산의 안개가 답답했고, 그림자처럼 따라다니는 매화대도 답답했고, 까칠한 선원당녀들의 눈길도 답답했다. 그래서 잠깐 정신을 흐리게 하는 연기를 피우고 매화대를 따돌렸다. 향이 따라붙은 것을 안 것은 은허당의 경계를 훨씬 벗어난 후였다.

유현란이 몹시도 화가 났을 것이다.

어머니…….

일곱 살 이후, 한 번도 입 밖에 내어보지 못한 말이지만 은현의 마음속에서는 늘 어머니인 유현란이다. 무섭도록 단호하고 차가운, 그래서 두렵고 원망스러운 유현란이다.

은현은 생각을 떨치고 다시 일어났다. 문틈으로 스며드는 달빛이 묘한 흥분을 일으켰다. 언제나 안개 속 같던 마음이 산을 내려온 후 훨씬 선명해진 듯하다. 그래서 선명해진 마음이 시키는 대로 달빛을 따라 밖으로 나왔다.

청화루에서부터 세 여자의 뒤를 밟은 유한은 그들이 객잔으

로 들어가는 것을 보고 그만 돌아가자는 미루를 당겨 객잔으로
따라 들어갔다. 뒤를 밟으며 엿들은 얘기로 미루어 남장을 한
칼잡이와 투명한 얼굴의 여자는 봉족인 모양이었다. 봉족에게
도 저런 의기에 찬 칼잡이가 있다는 것이 놀라웠고, 더구나 남
장을 한 여인이란 사실이 더욱 호기심을 발동시켰다. 은파에 터
를 잡고 세력을 결집하려면 알아두어야 할 자들 같았다. 아니,
좀 더 솔직히 말하자면 음울한 눈빛의 여자에게서 뿜어져 나오
는 기운이 그를 이끌었다고 하는 게 옳겠다.

청화루에서 그녀의 푸릇하고 투명한 얼굴과 음울한 눈빛을
보는 순간 서늘한 기운이 가슴에 들어찼다. 부족의 부활을 꿈꾸
며 늘 불덩이처럼 뜨겁기만 하던 가슴에 바람이 스륵 불어드는
느낌이라고나 할까? 마치 다른 세상의 사람 같은, 설명할 수 없
는 묘한 기분에 사로잡혀 저도 모르게 여자를 따라온 것이다.

침상에 누워서도 잠을 이룰 수 없었다. 유한은 알 수 없는 불
안에 사로잡혀 뒤척이다가 침상을 내려왔다. 달빛이 조금 전에
보았던 그 여자의 낯빛처럼 무섭도록 투명하게 방 안을 비쳐 들
었다.

객잔의 뒷마당에 있는 조그만 연못에도 투명한 달이 들어앉
았다. 유한은 천천히 걸음을 옮겨 연못으로 다가갔다. 갈왕산
너머 매족 마을에 있는 소라연에야 비견할 수 없었지만 달이 들
어앉은 조그만 연못은 너무도 맑아 보인다. 그 맑은 연못에 달
을 따라온 구름과 주변의 나무까지 들어앉은 모습이 환하게 보

일 정도로 밝은 밤이다. 여름의 끝자락으로 접어든 새벽이라 이슬을 머금은 달빛이 시렸다. 오랜만에 느껴보는 소년 같은 감상이 그를 들뜨게 했다. 그는 정원을 더 구경하기 위해 시린 달빛을 밟고 나무가 우거진 안쪽으로 걸음을 옮겼다. 그러나 이내 우뚝 멈추어 서고 말았다. 정원에 난 좁은 돌길 가운데에 누군가 서 있었기 때문이다.

달빛을 온몸으로 받으며 좁은 돌길 위에서 밤하늘을 바라보고 서 있는 사람은 여자다. 두 손을 뒤로한 채 여자는 무슨 노래인가를 흥얼거리며 소리없이 내려앉는 이슬처럼 조그맣고 고요하게 걸음을 옮겼다. 그리고 간간이 손을 뻗어 제 손 위에 비친 달빛을 들여다보기도 했다. 그것은 마치 달빛을 가지고 노는 아이처럼 보였다.

유한은 한눈에 그녀가 객점에서 본 음울한 눈빛의 여자란 것을 알았다. 달빛을 가지고 노는 그 형상이 그녀의 눈빛만큼이나 은은하고 시렸던 탓이다. 나직이 흥얼거리는 소리마저 왜 이토록 시리게 들리는 건지 알 수 없었다.

다시 알 수 없는 불안이 밀려왔다. 계속 그곳에 있어야 할지 아니면 그녀의 눈에 띄기 전에 돌아가야 할지 판단이 서지 않았다. 어느 순간 나직한 흥얼거림이 뚝 끊어졌다. 멍하니 서 있던 유한은 그제야 여자가 자신을 뚫어지게 바라보고 있다는 것을 알았다. 유한은 잘못을 들킨 아이처럼 황급히 고개를 돌렸다.

"누구냐?"

여자가 물었다. 그 목소리는 마치 나이 지긋한 어른이 아이를 대하듯 부드럽고 완고해서 유한을 당황스럽게 했다. 유한이 아무 말이 없자 여자가 두어 걸음 다가와 다시 물었다.

"너는 누구냐?"

달빛에 드러난 여자의 검은 눈에 아이 같은 호기심이 가득하다. 유한 또한 어른 같기도 하고 아이 같기도 한 여자에게 묘한 호기심이 일었다.

"나는 유한이라고 하오."

"유한?"

고개를 갸웃하며 자신이 가르쳐 준 이름을 되뇌는 여자의 모습이 귀여웠다.

은현은 유한이라고 하는 사내를 가만히 바라보았다. 태대산을 내려온 후 처음으로 제대로 바라보는 사내의 얼굴이다. 은파를 이틀이나 돌아다니면서도 사내들의 얼굴을 제대로 바라보지 않았었다. 태어나 한 번도 보지 못한 사내였기에 눈을 마주한다는 것이 몹시도 어색했기 때문이다. 그런데 이 사내는 한번에 빤히 바라보아진다. 밤이라는 것이 은현에게 용기를 준 듯하다.

"그쪽은 누구요?"

유한은 자신의 이름을 가르쳐 주었으니 은현에게도 이름을 가르쳐 달라고 하는 것 같았다. 은현은 잠깐 망설이다가 자신의 이름을 알려주었다.

"은현."

"은현?"

유한은 조금 전 은현의 흉내를 내듯 그녀의 이름을 되뇌며 고개를 갸웃했다. 아주 짧은 순간 은현의 입가에 달빛 같은 웃음이 스쳐 갔다. 순식간에 사라져 버리는 그 웃음에 유한은 다시 마음이 불안해졌다. 손가락 끝으로 스륵 기운이 빠져나갔다. 유한은 그것을 들키지 않기 위해 주먹을 가만 그러쥐었다.

매족의 용사가 여자 앞에서 이토록 당황하다니!

은현은 옷자락에 숨은 꼭 그러쥔 유한의 손을 훔쳐보았다. 저 사내도 나처럼 마음을 조절할 수 없는가 보다, 생각했다. 사실은 유한과 마주친 순간부터 마음이 감당할 수 없도록 불안하고 혼란스러웠다. 한 번도 이런 적이 없었는데 달빛 탓인지, 아니면 유한이라는 저 사내의 눈빛 탓인지 모르겠다.

이슬을 머금은 달빛인지 안개인지 아니면 요란한 풀벌레 소리가 주는 혼란인지 모를 미미한 기운이 그들 사이를 떠다녔다.

몹시도 불편하고 불안한, 낯선 사람 앞에 자신을 속속들이 비추는 저 밝은 달이 성가신, 그러나 또한 그 달이 구름 속에 숨어 눈앞의 저 사람을 가릴까 두려운…….

은현은 그 모든 감정들이 당황스러웠다. 무슨 말이든 해야 했다.

"달이…….."

"달빛이…….."

두 사람의 입에서 동시에 말이 나왔고 다시 멈추었다. 연못

쪽에서 은현을 찾는 소리가 들렸다.

"아가씨! 아가씨!"

다급한 향의 목소리였다. 은현은 가벼운 눈인사를 남기고 유한의 곁을 스쳐 재빠르게 정원을 빠져나갔다. 은현이 스쳐 가는 아주 짧은 순간 동안 유한은 숨을 멈추었다. 감당할 수 없는 저 달빛처럼 은현이 곁을 스치는 느낌도 그랬다. 아무 소리도 들리지 않았고 심장이 화가 난 듯 경직되었다. 그들이 뒷마당을 완전히 빠져나가고서야 다시 풀벌레 소리가 들려왔다. 유한은 허탈한 숨을 내뱉었다.

이런! 몹시도 바보처럼 굴었다. 은현이 자신을 말도 제대로 못하는 바보 같은 사내라고 생각할 것 같아 속이 상했다. 그녀를 마주한 순간 왜 아무 말도 떠오르지 않았는지 모르겠다. 그저 머릿속이 깜깜한 절벽 같았다.

객점에서 구해준 아이의 이름은 혜수라고 했다. 아이는 아주 말이 많았다. 은현에게 들려주기에는 거북한 말들이 여과없이 쏟아져 나왔기 때문에 매번 향에게 질책을 받으면서도 꿋꿋이 제 할 말을 쏟아내었다. 그래도 은파의 지리에 밝은 혜수 덕분에 은현이 보고 싶어하던 저잣거리를 구석구석 돌아볼 수 있었다.

저자는 세상의 흐름을 가장 쉽게 읽을 수 있는 장소다. 한눈에도 이곳 은파는 아주 풍요로운 곳이라는 느낌이 들었다. 저자는 늘 긴장해 있던 향마저 잠깐씩 정신을 놓아버릴 정도로 온갖 신기한 물건들이 넘쳐 났다. 은현은 그것들에 잠깐씩 눈을 주었을 뿐 별 흥미를 못 느끼는 것 같았다. 이런 곳에 오면 누구보다 눈을 반짝이며 다닐 것 같았는데 의외의 모습에 향은 내심 걱정되었다. 어제 아침 객잔을 나설 때부터 은현의 표정이 밝지 않았었다.

새벽에 혼자 산책을 하시더니 고뿔이라도 걸리신 것일까?

"괜찮으십니까? 어디 불편하신 데라도……."

"괜찮다."

은현 특유의 나직하고 짤막한 대답 소리가 들렸다. 그러나 향의 눈에는 조금도 괜찮아 보이지 않는다. 무언가에 정신을 놓은 듯 가끔씩 멍해 보이기까지 하는 은현의 모습이 낯설다. 며칠 함께 다니며 느낀 것은 은현이 자신이 알던 것보다 훨씬 더 여리고 나약한 마음의 소유자라는 것이다. 은허당에서는 워낙 말이 없고 감히 범접할 수 없는 위엄이 느껴졌던 탓에 그 앞에서는 얼굴조차 쉬이 들 수 없었는데 지금 향의 눈에 비치는 은현의 모습은 물가에 내놓은 어린아이처럼 불안하기만 하다.

갑자기 저자 골목이 시끌벅적했다.

"도둑이다, 잡아라!"

소리가 나는 쪽에서 골목을 빠져나오는 아이가 보였다. 머리는 산발을 하였고 누더기 같은 옷을 걸친 채 정신없이 도망치는 아이의 손에는 떡판이 들려 있었다. 다람쥐처럼 사람들 사이를 헤치고 달아나는 아이의 뒤를 칼을 빼어 든 봉족 군사들이 따라붙었다. 새파랗게 날이 선 칼날이 볕을 받아 눈이 부셨다. 달아나는 아이의 표정은 절박했다. 그러나 그 절박함이 등 뒤에 따라온 칼 때문이 아니라 손에 들고 있는 떡판 때문이라는 느낌이 들었다.

"거기 서라! 저놈 잡아라!"

저자에 있는 어느 누구도 달아나는 아이를 잡으려고 하는 사람은 없었다. 오히려 아이가 달아나기 쉽도록 길을 터주고 있었다. 아이가 은현 일행의 앞으로 가까이 다가왔을 즈음 치켜든 병사의 칼이 아이의 등을 향해 내리꽂혔다. 이번에는 향의 재빠른 칼도 채 나설 틈이 없었다. 아이는 떡판을 안고 앞으로 고꾸라졌다. 예닐곱 명의 병사들이 순식간에 아이를 둘러쌌다.

"네 패거리들이 있는 곳을 불어라!"

아이의 등에서 피가 흘러내리고 고통스런 신음 소리가 들렸지만 그들은 신경 쓰지 않았다. 그 모습을 보고도 서슬 푸른 병사의 칼 앞에서 어느 누구 하나 쉽게 나서지 못했다.

"이 새끼! 어서 불어라!"

무지막지한 병사의 발이 아이를 걷어차려는 순간 그들의 앞을 막아서는 사람이 있었다.

"멈춰라!"

여리지만 단호한 목소리. 왠지 모를 위엄이 느껴지는 음성이다. 사람들을 헤치고 나와 병사들의 앞을 막아서는 은현에게서 서늘한 기운이 뿜어져 나왔다. 병사들을 스륵, 훑어보던 은현은 그들의 서슬 푸른 칼 따위 신경 쓰지 않는다는 듯 곧장 쓰러진 아이에게로 다가갔다. 그리고 무릎을 굽혀 아이를 일으켜 안았다.

"괜찮으냐?"

아이의 눈에는 죽음의 공포가 담겨 있었다. 자신을 안고 있는 은현에게마저 두려움을 느끼는 듯 그녀의 손을 떼어내고 엉덩이를 슬금슬금 뒤로 뺐다. 그리고 다시 도망칠 태세를 취했다. 병사의 칼이 은현과 아이에게로 향하는 순간 향의 칼이 막아서면서 순식간에 저자는 아수라장이 되었다.

여린 몸매의 조그만 칼잡이가 예닐곱 명의 병사들을 상대로 싸우면서도 조금도 밀리지 않았다. 칼을 잡은 지 15년이 넘는 칼잡이 향의 검술 실력은 매화대 내에서도 단연 으뜸이었으니 시시한 병사 예닐곱은 수월하게 대적할 수 있었다. 사람들 사이에 숨어 있던 혜수가 얼른 다가와 은현을 도와 아이를 일으켜 세웠다.

"너, 모화촌에 살지?"

그리고 아이의 대답을 들을 필요도 없다는 듯 은현에게 말했다.

"제가 이 아이가 사는 곳을 잘 압니다."

요란한 칼 부딪는 소리를 뒤로하고 아이를 부축한 은현이 혜수와 함께 막 그곳을 빠져나올 즈음 또 한 무리의 병사들이 몰려오는 것이 보였다. 돌아보니 향이 있는 쪽으로도 이미 병사들이 몰려들고 있었다. 세 사람은 병사들에 둘러싸였다. 이대로 꼼짝없이 잡히거나 병사들의 칼에 죽거나, 그 길밖에 없어 보였다. 향은 은현을 등 뒤에 숨기고 방어 태세를 갖췄다. 여차하면 가슴에 품은 연막을 피우고 은현만 안고 빠져나갈 참이었다. 혜수와 다친 아이가 걱정이 되긴 했지만 그것은 이차적인 문제다.

'새로운 당주의 목숨은 모든 산 자의 목숨 위에 있으니……'

그것은 죽은 부란이 매화대에 내린 마지막 명이었고, 또한 향에게 있어 진리와 같은 말이기도 하다.

유한은 아침에 눈을 뜨자마자 객잔의 뒷마당에 있는 정원으로 달려갔다. 조그만 연못도 연못에 들어앉은 구름과 나무 그림자도 간밤에 보았던 그대로였다. 그러나 그 여자의 그림자는 없었다.

지난밤, 은현이 사라지고도 유한은 한동안 무엇에 홀린 듯 찬 이슬을 맞으며 서 있었었다. 마음이 너무도 혼란스럽고 불안했다. 아니, 그것은 혼란이나 불안과는 종류가 다른 것이었다. 몸 속 어딘가가 저릿하고 가슴이 두근거렸다. 달빛을 받고 서 있는 은현의 모습이 자꾸만 눈앞에 어른거렸다. 다시 한 번 보고 싶다는 생각이 들었다. 매족의 부활 외에는 아무것에도 관심이 없던 자신이 우연히 스친 여인에게 이토록 마음을 뺏기다니, 어이가 없었다. 더구나 봉족 여인에게 말이다.

유한은 입술을 질끈 깨물었다. 자신들이 은파에 온 목적은 이곳에 갈왕산 너머에 있는 매족에게 힘이 되어줄 동조 세력을 만드는 것이다. 나아가서는 언젠가 다시 갈왕산을 넘어올 매족의 전초기지를 구축하는 것이다. 이렇게 작은 일에 쉬이 흔들려서도 안 되고 한눈을 팔아서도 안 된다는 것을 알면서도 그녀에 대한 생각은 멈추어지지 않았다.

"뭐 하는 거야, 유한?"

어느새 길 떠날 차비를 갖춘 미루의 부름에 유한은 정신이 든 듯 정원을 벗어나 객잔을 나섰다.

달빛이 보여준 환영일 뿐이야.

스스로에게 그 말을 각인시키며.

이틀 동안 은파의 구석구석을 돌다가 저자에 이르렀을 때였다. 무장을 한 병사들이 어디론가 우르르 몰려가고 있었다. 유한과 미루는 본능적으로 그들을 따라 달렸다. 은파의 곳곳을 돌며 느낀 것은 미미하지만 봉족에 저항하는 세력이 감지되고 있다는 것이었다. 달려가는 만만찮은 병사의 숫자로 보아 지금도 분명 그들이 움직였을 거라고 생각했다.

골목을 가로질러 병사들을 앞질러 간 그곳에서 유한과 미루가 본 것은 가느란 세검을 휘두르며 나비처럼 사뿐거리는 칼잡이였다. 그는 예닐곱 명의 병사들을 놀리듯 간간이 잔재주까지 부리며 오직 칼등으로만 그들을 후려치고 있었다. 마치 꽃잎을 넘나드는 나비처럼 부드러웠지만 군더더기없는 간결한 칼 놀림이었다.

싸움 속으로 움찔, 뛰어들려던 그들은 여린 체구의 칼잡이의 모습에 넋을 놓은 채 잠깐 서 있었다. 유한이 은현을 발견한 것은 뒤늦게 합류한 병사들에게 은현 일행이 완전 포위되고 난 후였다.

수십 명의 군사들에 둘러싸인 그들은 옴짝달싹할 수 없는 상황이 되어 있었다. 유한은 조심스런 발걸음으로 병사들의 뒤를 돌아갔다. 병사들 사이로 얼핏 스치는 은현의 얼굴은 조금도 동요한 빛이 없었다. 밝은 빛에 드러난 그녀의 얼굴은 고운 흙으로 빚어놓은 듯 눈을 뗄 수 없을 만큼 아름다운 얼굴이었다. 지지난밤 자신의 온 마음을 사로잡았던 여자는 그저 달빛이 보여준 환영만은 아니었다.

유한은 다시금 마음이 불안하게 두근거렸다. 마른침을 꿀꺽 삼키며 날카로운 눈으로 병사들을 살피던 유한은 반대편으로 돌아간 미루와 눈이 마주치는 순간 강렬한 기운을 뿜으며 날아올랐다. 동시에 반대편에서 유한을 따라 병사들 가운데로 날아드는 미루가 보였다.

"하앗!"

바람을 일으키며 날아드는 무사들에게서는 이제껏 경험 못한 강렬한 힘이 느껴졌다. 은현만 데리고 빠져나가려던 향은 낭패감을 느끼며 다시 칼을 고쳐 잡았다. 요란한 칼 부딪는 소리와 비명 소리에 저자는 다시 아수라장이 되었다. 병사들은 향은 물론이고 유한과 미루의 적수가 되지 못했지만 수가 워낙 많았다. 더구나 향은 칼날이 아닌 칼등을 사용하고 있었기 때문에 그 수가 좀처럼 줄어들지 않았다. 얼른 이곳을 빠져나가는 수밖에 없다는 판단을 내린 유한은 손을 뻗어 은현의 손목을 잡아채었다. 유한과 눈이 마주치자 은현은 조금 놀란 표정을 지었지만 이내 다친 아이의 손을 잡고 유한을 따라 달렸다. 그들은 미루가 조금씩 터주는 길을 따라 칼을 휘두르며 재빨리 그곳을 빠져나왔다.

저자를 벗어난 유한은 민가가 즐비한 골목으로 숨어들었다. 따라오던 병사들이 반대편 골목으로 우르르 몰려가자 다친 아이를 돌아보며 물었다.

"가까운 곳에 몸을 숨길 만한 곳이 없느냐?"

어디로든 숨어들어 아이의 상처를 살피는 것이 우선 같았다. 아이는 등에 입은 상처의 고통이 어느 정도 잦아든 듯 눈을 반짝이며 유한과 은현을 이끌었다.

"따라오십시오."

아이는 좁은 골목을 지나 은파를 가로지르는 강인 건천을 한참 거슬러 올라가더니 문득 멈춰 서서 언덕 아래를 가리켰다.

"모화촌이라는 곳입니다."

멀리서도 지금까지 보아왔던 은파의 모습과는 다르다는 것이 느껴졌다. 화려한 집들과 북적이는 사람들, 넘쳐 나는 물건, 그리고 흥청대던 밤거리. 그것이 요 며칠간 보아온 은파의 모습이었다. 그러나 언덕 아래의 모화촌은 군데군데 만들어진 움막들과 금방이라도 쓰러질 것 같은 조그만 집들만 즐비하다. 아이를 따라 언덕을 내려가려던 유한은 그제야 은현을 돌아보았다.

"괜찮소?"

도망치느라 힘이 들었는지 푸른 기운이 돌 듯 투명하던 얼굴에 제법 붉은 기가 돈다. 눈이 마주치자 내내 잡혀 있던 손이 스륵 빠져나갔다.

"괜찮다."

여전히 긴장감이 느껴지는 목소리다. 지지난밤에도 느꼈지만 그녀는 존댓말을 쓰는 것이 익숙하지 않은 듯했다. 그것이 아니면 유한을 자신이 부리는 사람들과 같은 존재쯤으로 느꼈거나.

모화촌에 도착해 유한과 은현이 이곳까지 오게 된 경위를 겨우 설명한 아이는 그대로 쓰러져 정신을 놓아버렸다. 상처가 깊다기보다 피를 너무 많이 흘린 탓이 컸다. 자신을 마을의 촌장이라고 소개한 노인이 아이의 상처를 살피고 유한과 은현에게 감사 인사를 했다. 그러나 그 눈에는 경계하는 빛이 역력하다.

"이놈이 몹시도 배가 고팠던 모양이오."

그래서 떡판을 훔쳐 달아났을 거라는 얘기다.

"두 분 덕분에 목숨은 건졌으나 상처가 깊어 영영 못 일어날까 걱정이오."

아이를 걱정스럽게 내려다보던 노인은 저녁 요기를 준비해
두었으니 나오라는 말을 남기고 움막을 나갔다. 배가 고팠지만
유한은 쉽게 나갈 수 없었다. 새파란 입술로 거적 위에 누워 있
는 아이가 걱정되었다. 이곳에서는 아이를 치료해 줄 만한 사람
도 방법도 없어 보였다. 이럴 줄 알았으면 태산 어르신께 의술
을 배워둘 걸 그랬다. 갈왕산 너머 매족 마을에서는 태산 어르
신이 있어 수명이 10년은 길어졌다는 말이 있을 정도로 그의 의
술은 뛰어났다.

유한은 안타까운 마음으로 아이의 손을 꼭 잡았다. 자신이 해
줄 수 있는 것이 아무것도 없어서 속이 상했다. 겨우 여남은 살
쯤 되었을까? 배고픔이란 이토록 어린아이가 이겨내기엔 너무
가혹한 형벌이란 생각이 들었다. 겨우 떡 몇 개에 목숨을 걸 만
큼 말이다.

"잠깐……."

독특한 긴장감이 느껴지는 은현의 목소리가 들렸다. 그녀의
눈이 유한에게 잠깐 자리를 비켜달라고 말하는 것 같았다. 얼떨
결에 아이의 손을 놓은 유한이 그녀가 다가올 수 있도록 자리를
내주었다. 곁에 다가와 앉은 은현은 가느다란 손으로 아이의 이
마를 짚었다. 그 손길에 안타까움이 묻어났다. 이마를 스친 손
이 볼을 지나고 입술을 스쳤다. 그리고 다시 올라온 손이 산발
한 아이의 머리칼을 더듬어 숨골을 지그시 눌렀다. 무슨 의식을
치르듯 똑같은 행동을 여러 번 반복하던 은현의 몸이 갑자기 바

짝 긴장하는 것이 느껴졌다.

빳빳하게 굳은 은현의 손이 놀랍게도 아이의 심장 위에서 자력을 만들고 있었다. 아니, 그것이 자력인지 무엇인지 확실히 모르겠지만 유한의 눈엔 은현이 강한 기로 자력을 만들어 아이를 끌어당기고 있는 듯 보였다. 은현의 몸에서 푸른빛을 띤 기운이 안개처럼 번져 나와 은현과 아이를 감쌌다. 놀란 유한이 손을 뻗어 은현을 잡으려 했지만 그림자 같은 형상만 있을 뿐 은현은 그곳에 없었다. 순식간에 두 공간이 분리되었다. 은현과 아이가 있는 공간, 그리고 유한이 있는 공간은 다른 시간이 흐르는 것 같았다.

넋을 놓고 있는 사이 그들을 감싸고 있는 푸른 안개가 서서히 걷히고 있었다. 아주 오랜 시간이 흐른 것 같았지만 사실은 한 호흡 정도의 극히 짧은 시간이었다. 다시 바라본 은현의 얼굴은 달빛 아래에서 보았던 그때처럼 투명하다 못해 창백했다.

유한은 방금 보았던 것이 실제였는지 환각이었는지 분간이 가지 않았다.

"괜…… 찮소?"

은현은 혼란스런 눈으로 묻는 그를 돌아보았다. 그녀는 대답 대신 고개를 끄덕였다. 소리를 내어 대답할 기운이 없었다. 담담하던 은현의 눈에 왠지 모를 슬픔이 비친다.

은현이 당주로 결정되었을 때 양월을 비롯한 반대파 선원들은 은현에게 은허당의 당주로서 자신들이 받아들일 수 있는 특별한 능력을 보이라고 다그쳤다. 제단을 다 태워 버린 벼락을 맞고도 다친 곳 하나 없이 살아남은 것, 그것만으로는 은허당의 당주 자격을 인정할 수 없다는 것이었다. 전 당주 부란의 지목을 받았다지만 이미 죽고 없는 부란의 존재가 더 이상 힘이 되어주지는 못했다.

은현은 유현란과 매화대의 보호 아래 당주의 처소인 은화원에 갇혀 지냈다. 유현란과 감울란이 은현이 보여줄 영험을 찾기위해 노력했지만 일곱 살짜리 아이가 할 수 있는 것은 유현란의 가슴을 파고들며 칭얼거리는 것밖에 없었다. 왜 마음대로 밖으로 나갈 수 없는지, 동무들과 어울릴 수도 없는지, 그리고 왜 유현란을 어머니라 부를 수 없는지. 그런 것들만이 은현을 슬프게했다.

갇혀 지낸 지 백 일 만에 유현란은 가슴에 매달린 은현을 모질게 떼어내었다. 그리고 그날부터 혹독한 훈련이 시작되었다. 유현란은 은현에게 부란이 되기를 주문했다. 스스로 능력을 보일 수 없다면 부란의 흉내라도 내라는 주문이었다. 그렇게 하는 것이 은현이 살기 위한 길이라고 했다. 말하는 것 하나, 몸짓 하나, 심지어는 먹고 자는 것까지 조금의 흐트러짐도 용납되지 않았다.

당녀들을 감동시킬 아무런 능력도 가지지 못했으면서 어찌하여 나는 당주의 운명을 타고났을까?

훈련이 힘들면 힘들수록 그러한 자괴감이 은현을 괴롭혔다.

어느 날 산을 내려갔던 당녀 하나가 피투성이의 몸으로 업혀 돌아왔다.

스물이 넘은 당녀는 해마다 두 번씩 봄과 가을에 사내를 선택할 수 있다. 그 선택에 따라 은허당을 떠나든지, 아니면 다시 돌아오든지, 그것은 본인의 자유에 달렸다. 은허당의 당녀들은 고결하고 아름다운 여인으로 인식되어 많은 사내들의 흠모의 대상이 되었다. 그러다 보니 간혹 사내들끼리 다툼도 생겼다. 피투성이로 돌아온 당녀도 그랬다. 그녀를 사모했으나 그녀로부터 선택을 받지 못한 사내가 앙심을 품고 칼부림을 한 것이었다. 선원당녀들은 그녀의 부도덕한 행실을 질책했다. 여러 사내에게 함부로 눈을 주어 마음을 혼란시킨 것이 죄라고 했다. 그녀의 맥을 짚어본 의(醫)당녀 사혜는 고개를 흔들었다. 워낙 많은 피를 흘려 얼굴은 이미 창백했고 손에 잡히는 맥박도 가늘었다. 살아날 가망이 없어 보였다.

그날 밤, 당녀들이 살고 있는 태대산의 중간마을로 은현이 내려왔다. 소문으로만 듣던 일곱 살짜리 조그만 당주가 매화대를 이끌고 나타나자 수많은 당녀들이 호기심 어린 눈으로 몰려들었다. 당주의 존재에 대해 의구심을 가진 선원들이 많다는 소리를 익히 들은지라 그들의 눈에도 의구심이 가득했다. 뒷짐을 진 채 짧은 다리를 벌려 성큼성큼 걷는 모습이 영락없는 부란이다. 걸음걸이도 눈빛도 그리고 꼭 다문 입 모양까지 부란을 연상케 했다.

시체처럼 누워 있는 당녀 곁으로 다가간 은현은 제 몸의 기가 흐르는 대로, 끌리는 대로 손을 뻗어 죽어가는 당녀를 일으켜 세웠다. 그렇게 은허당의 모든 당녀들이 지켜보는 가운데 은현은 당주로서의 능력을 처음으로 선보였었다.

그때, 무엇에 이끌려 그곳까지 갔는지는 뚜렷이 기억이 나지 않는다. 다친 당녀의 소식을 들었을 때 몸속의 피가 소용돌이치듯 들끓어 온몸이 뜨거워져 무작정 중간마을로 가자고 고집을 부렸었다. 그리고 죽어가는 당녀를 보자 마음이 아팠다. 당녀의 심장을 쓰다듬으며 어린 생각에도 자신의 몸에서 어떤 기운이 빠져나가는 것을 느꼈지만 정말 그녀가 살아날 줄은 몰랐다. 어쨌든 그 일 이후, 은현이 하늘의 명을 받은 당주인 것을 의심하는 사람은 더 이상 없게 되었다.

유한이 아이의 손을 꼭 잡는 모습을 보며 은현은 자신이 은허당의 당주로서 유일하게 가진 신비한 치유의 능력을 사용하고 싶어졌다. 창백한 아이의 얼굴보다 그 아이의 손을 꼭 잡고 있는 유한의 얼굴이 더 아파 보였기 때문이다. 그래서 마음이 움직인 것이다.

다시 한 번 저녁 요기를 하러 나오라는 촌장의 부름을 받고 유한과 은현은 촌장이 기거하는 움막으로 갔다. 움막 안은 부엌과 침실, 그리고 여럿이 둘러앉아 얘기를 나눌 수 있는 공간까지 있어 움막이라기보다는 한 채의 커다란 집 같았다. 식탁에는 생각보다 훌륭한 음식이 차려져 있어서 은현과 유한은 잠깐 놀란 표정을 지었다.

"아이의 목숨을 구해준 것에 대한 보답으로는 턱없이 부족하겠지만 우리 모화촌이 내어놓을 수 있는 최고의 음식들이라오."

"보답을 바라고 한 일이 아닙니다."

유한의 말에 촌장은 설핏 미소를 지었다. 얼굴의 반 이상을 덮고 있는 텁수룩한 수염으로 인해 그의 본 얼굴을 쉬이 짐작할 수 없었다. 입고 있는 의복이나 행색은 초라했지만 촌장은 어딘가 기품이 느껴지는 사람이다. 식사를 하는 내내 함께 앉은 사람들의 시선이 유한과 은현을 떠나지 않았다. 그들의 시선에서 왠지 모를 경계심이 느껴진다.

"어디서 오신 분들이시오?"

촌장의 물음에 유한은 은현을 돌아보았다. 행색으로 보나 말투로 보나 이 여자는 몹시 귀하게 자란 여자일 거란 생각이 들었다. 무슨 생각으로 그 싸움에 끼어들었는지는 모르겠지만 그녀가 봉족인 것을 알면 이곳 사람들의 시선이 곱지 않을 것 같았다.

잠깐 생각하던 유한이 대답했다.

"우린 태대산 너머 호족 마을에서 왔습니다. 평소 아가씨께서 은파를 보고 싶어하셨기에 제가 모시는 중입니다."

유한의 능청스런 거짓말을 들으면서도 은현은 전혀 동요의 빛이 없었다. 오히려 그의 말이 맞다는 듯 촌장에게 머리를 끄덕이기까지 했다. 호족은 대전쟁 때 어느 편도 들지 않고 중립을 지켰던 부족이다. 그래서 유일하게 한 방울의 피도 흘리지 않았던 부족, 매족은 그들을 비겁자라고 이름 지었었다.

"본의 아니게 싸움에 끼어들어 쫓기는 신세가 되었습니다."

은파에 삼엄한 경계령이 내려졌다고 하니 이곳에 며칠 숨어 있어야 할 처지이기에 유한은 쫓기는 신세라는 말을 강조했다.

"누추하지만 이곳에 며칠 머무르겠소?"

촌장의 흔쾌한 말이 의외로 빨리 나오자 유한은 기다렸다는 듯 재빠르게 대답했다.

"그리해 주신다면 저희들이야 감사하지요."

은현은 유한이 하는 양을 가만 지켜보았다. 모닥불이 일렁이자 오뚝한 콧날이 얼굴에 그림자를 만들었다. 짙은 음영이 드리워진 그의 얼굴에서 시선을 뗄 수 없었다. 달빛 아래에서 그를 보았을 때 마음이 주체할 수 없이 혼란스럽고 불안했던 것이 우연이 아니었던지 또다시 마음이 혼란스러워졌다.

천둥 번개가 몰아쳐도 흔들리지 않는 마음을 가져야 당주라고, 당주의 얼굴에는 마음의 모습이 드러나서는 안 된다고 유현란이 말했다. 지금껏 은현은 철저하게 그 말을 따랐다. 그런데 세상에는 생각만으로 조절되지 않는 마음도 있는 모양이다.

무언가 끌리는 느낌에 돌아보니 은현이 그를 뚫어지게 바라보고 있었다. 그 눈길이 무안하여 유한은 설핏 웃었다. 창백하던 은현의 얼굴에 붉은 기운이 돌자 유한은 조금 전 움막에서 다친 아이에게 다 쏟아부었던 그녀의 기운이 다시 돌아온 모양이라고 생각했다. 모닥불에 달아오른 발간 얼굴이 아름다워 보였다.

유현란은 사내들이란 원래 거칠고 예의가 없는 족속이라고 했다. 그래서 뭐든 제멋대로 생각하고 행동한다고. 그 말대로 유한도 거칠고 예의가 없을까? 모닥불로 향했던 은현의 눈이 다시 유한의 얼굴을 스륵 훑는다. 마음의 모습을 최대한 숨기며.

촌장이 안내해 준 곳은 낡았지만 침상의 모습이 갖추어져 있는 조그만 움막이었다.

"어쩌지요? 지금 비어 있는 움막이 이것 하나뿐이니…… 내가 기거하는 곳에 가서 주무시겠소?"

난감한 얼굴로 두 사람을 살피던 촌장이 유한에게 말했다. 유한은 잠깐 생각하다가 이내 고개를 흔들었다. 이 낯선 곳에 은현을 혼자 자게 둘 순 없었다.

"괜찮습니다. 밖에서 자는 거야 이미 이력이 난 몸입니다."

아낙 두엇이 침상을 정리해 주고 나가자 두 사람만 남은 움막 안은 갑자기 서먹한 기운이 감돌았다. 은현은 두 손을 모은 채 움막 안을 살폈다. 아무리 살펴보아도 이곳은 사람이 잠을 잘 만한 곳은 못 되는 것 같았다. 은화원의 제 침실을 떠올리며 은현의 입에서 저도 모르게 조그만 한숨이 새어 나왔다.

유한은 은현의 한숨 소리에 마음이 조금 당황되었다. 이런 곳에서는 한 번도 자본 적이 없는 여자 같은데 어떻게 해줄 방법이 없다. 오늘 밤만 지나면 어쩌면 이곳을 떠날 방법이 생길지도 모른다. 그게 안 되면 내일은 덮고 잘 모포라도 깨끗한 걸로 구해주어야겠다, 생각하고 있는데 은현이 손으로 침상을 쓰다듬어 보더니 조심스럽게 앉았다. 몹시도 피곤한 듯 자신만 나가면 그대로 쓰러져 누울 것처럼 보였다. 유한은 무슨 말인가 건네려다가 은현을 두고 밖으로 나왔다.

움막에서 조금 떨어진 풀밭에 털썩 앉은 그는 하늘을 올려다보았다. 한쪽이 기울긴 했지만 달은 여전히 밝았다.

미루는 어찌 되었을까?

그의 검술이야 유한과 함께 매족 마을에서도 따를 자가 없을 만큼 뛰어나니 크게 걱정이 되진 않았다. 더구나 은현의 수하인 그 날렵한 칼잡이와 함께 있었으니. 하지만 다시 그를 만날 날까지 얼마의 시간이 걸릴지 장담할 수가 없다. 이런 날을 대비해 다시 만날 장소를 미리 정해놓지 않은 것은 실수였다.

유한은 팔베개를 하고 풀밭에 누웠다. 모래알처럼 박힌 별들이 금방이라도 퍽, 쏟아져 내릴 듯하다. 그의 눈은 하늘을 한바퀴 돌아 동쪽 끝으로 향했다. 갈왕산 곳곳의 계곡으로 퍼져 검술 익히기에 여념이 없을 벗들과 아우들, 그리고 여전히 당신들을 매족 최고의 용사들이라 자부하는 부족의 어른들, 아버지⋯⋯. 그들에게 유한과 미루는 희망, 그 이상의 존재일 것이다. 유한은 가슴이 뻐근해지는 것을 느끼며 주먹을 불끈 쥐었다.

"별이 많구나."

독특한 긴장감이 느껴지는 목소리에 유한은 벌떡 일어났다. 어느새 나왔는지 은현이 풀밭 가운데에 우뚝 서서 하늘을 바라보고 있었다.

"주무시지 않고?"

"잠이 오질 않아."

은현의 고운 얼굴선이 달빛에 선연히 드러났다. 가슴께에 두 손을 모은 채 하늘을 바라보는 은현의 모습은 무언가를 갈구하는 듯 간절해 보였다. 객잔의 정원에서 노래를 흥얼거리며 달빛을 가지고 놀던 은현의 모습이 떠오르자 유한의 입가에 슬몃, 미소가 지어졌다. 지금도 그렇지만 그날의 은현은 정말 숨이 막힐 듯 아름다웠었다. 머릿속이 깜깜해지고 말문이 막혀 버렸을 만큼.

풀밭 아래에서 강물 흐르는 소리가 영롱하게 들렸다. 밝은 달빛과 축축해진 공기, 그리고 영롱한 강물 소리, 아름다운 풀벌레 소리가 주변을 가득 메웠다.

"좀 앉지 않겠소?"

유한은 칼집으로 풀을 눕히고 자리를 만들었다. 은현이 다가와 앉자 싱그러운 풀 냄새가 났다. 유한은 괜히 풀잎을 뜯으며 하늘을 응시하고 있는 은현을 훔쳐보았다. 무슨 말이든 건네고 싶은데 또다시 그날 밤처럼 머릿속이 깜깜한 절벽이 되어버렸다. 천하의 매족 용사가 여자 앞에서 매번 이게 무슨 바보 같은 꼴인가 싶어 자괴감이 일었다.

"수하는 걱정 마시오. 미루의 칼 솜씨는 따를 자가 없으니……."

내내 망설이다 기껏 한다는 소리가 그것이다. 칼 솜씨로 따지면 은현의 수하 또한 미루 못지않아 보였었는데. 유한의 말을 들었는지 말았는지 은현은 여전히 하늘만 바라보고 있었다. 그리고 한참 만에 입을 열었다.

"머잖아 큰비가 올 것 같다."

"큰비요?"

곧 가을이 시작될 텐데 큰비라니? 큰비는 이미 지난여름에 다 내리지 않았나?

유한의 의문을 풀어주듯 은현이 다시 입을 열었다.

"별의 기운이 그래. 올핸 예년보다 여름이 길어질 거다. 다 지나간 듯하지만 아직 큰비가 두어 번은 남아 있어. 저 강이 차고 넘칠 만큼 큰비."

은현은 혼잣말처럼 중얼거렸다. 유현란에게 별을 살피는 법을 배운 이후, 은현의 예측이 빗나간 적은 거의 없었다.

은현이 하는 말들을 들으며 유한은 고개를 갸웃했다. 다친 아이와 함께 있었던 움막 안에서의 일도 그렇고, 지금의 모습도 어딘가 신비로운 구석이 많은 여자다. 그냥 툭툭 내뱉는 말이지만 왠지 신빙성이 있게 느껴진다. 갈왕산 너머 매족 마을에도 별을 살펴 일기를 알아맞히는 사람이 있었다.

은현의 말을 알아들었다는 듯 고개를 끄덕이던 유한은 문득 그녀의 말투에 시비를 걸고 싶어졌다. 나이도 자신보다 어려 보이는 여자가 매번 수하에게 건네듯 하대를 하는 것이 거슬렸다.

"원래 말투가 그러오?"

퉁명스런 유한의 말에 은현이 고개를 돌렸다. 그리고 여태껏 자신이 유한에게 하대를 했다는 것을 그제야 깨달았다. 선원당 녀들과 감율란, 그리고 나이가 아주 많은 당녀들 외에는 누구에게도 존대를 해본 기억이 없다. 오래된 버릇이라 유한에게도 자연스럽게 하대를 하게 되었다. 자신의 말투 때문에 유한이 마음이 상한 듯해서 당황스러웠다.

"한 번도 위를 두어보지 못해서……."

그래서 처음 보는 사내에게 하대를 했다는 변명이다.

"단 한 번도?"

"일곱 살 이후론 단 한 번도……."

그렇게 말하는 은현의 표정이 왠지 쓸쓸해 보였다. 그 어린 나이에 남들의 위에만 있었다니 그녀의 지위가 대단할 거란 생각보다 몹시 힘들었을 거란 생각이 먼저 들었다.

"마음이 상하였다면 고쳐 보도록 하겠…… 소."

순간 유한은 픗 웃음을 터뜨렸다. 공대의 말이 이토록 어색하게 느껴지는 사람은 처음 본다. 높은 곳에서 도도한 빛을 뿜어야 어울리는 여자일까? 유한은 호기심이 불끈 일어 얼굴을 가까이 가져갔다.

"마음 상할 것까지야 없지만 아주 즐겁지도 않소. 음, 이러면 어떻겠소? 그대는 공대를 하기 힘들고 나 또한 혼자서는 공대를 하고 싶지 않으니 서로 말을 틉시다, 친구처럼."

그의 눈에 전에 없던 장난기가 가득하다. 유한의 그런 모습이 왠지 마음을 편하게 했다. 친구처럼 말을 트자는 그의 말이 전혀 거부감이 들지 않았다.

"난…… 한 번도 친구를 가져본 적이 없어. 일곱 살 이후론."

은현의 얼굴은 담담했지만 유한의 눈엔 그녀가 어린아이처럼 속상해 있다는 것이 느껴졌다. 그녀를 위로해 주고 싶어졌다. 유한은 그녀의 말투가 한결 편해졌다는 것을 깨달았다. 친구처럼 말을 트자는 자신의 제의를 받아들인 모양이다. 눈을 마주친 은현이 다시 한 번 고개를 끄덕이자 유한의 입가에 웃음이 번졌다.

"한 번도 친구를 가져본 적이 없다니, 불쌍하게 자랐군?"

"응, 불쌍하게 자랐어."

대답하는 은현의 입가에 조그만 미소가 빛처럼 지나갔다. 정말 빛처럼 순식간에……. 그 순간이 너무도 짧아 마음에 상처가 생길 것만 같다.

"근데 봉족이 어째서 그 싸움에 끼어든 거야?"

"봉족 아닌데?"

"아냐?"

유한은 놀라움과 함께 그녀가 봉족이 아니라 참 다행이란 생각이 들었다. 유한이 다시 궁금한 눈으로 바라보았지만 은현은 더 이상 대답해 주지 않았다. 자신의 신분을 쉬이 드러내고 싶지 않은 모양이었다.

"난 매족."

유한이 서글한 눈으로 자신을 매족이라 소개하자 은현의 눈이 동그래졌다. 매족은 고분고분할 줄을 모른다고 했다. 고집이 세고 거칠다고. 객점에서 구해주었던 혜수가 했던 말이다. 매족은 정말 그런지 물으려는데 유한이 먼저 입을 열었다.

"매족은 비굴하지 않아."

은현의 눈을 바라보며 유한은 자랑스럽게 말했다. 그 말은 아마도 맞을 것 같았다. 대전쟁 당시 모든 부족이 봉족에게 무릎을 꿇었지만 매족만은 마지막까지 항전을 하다 대부분의 용사를 잃었다고 들었다. 병든 늙은이들과 힘없는 아녀자들, 그리고 어린아이들만 이끌고 갈왕산을 넘어갔는데 그들이 살아남았는지 죽었는지 생사를 알 수 없다고 했다. 유현란이 들려준 얘기였다.

"이곳 은파 사람은 아닌 것 같고…… 그럼 갈왕산을 넘어온 거야?"

"쉿!"

유한이 검지를 세워 입술을 막는 시늉을 했다. 유한은 너무 쉽게 자신의 비밀을 말한 것은 아닌가, 은근 걱정이 되었다. 매족이 갈왕산을 넘어왔다는 말이 봉족의 귀에 들어가서는 안 된다. 갈왕산은 살아서는 넘을 수 없는 산, 죽은 자의 영혼만이 넘을 수 있는 금단의 땅이다. 그래서 봉족에게 있어 갈왕산 너머에 있는 지금의 매족의 존재는 죽은 것이나 다름없어야 한다. 더 이상 봉족의 세계를 위협하지 못할 존재들일 뿐이어야 한다.

어느새 군데군데 피어 있던 모닥불이 꺼지고 마을은 짙은 어둠에 잠겼다. 그만 자야 하지 않느냐고 물었지만 은현은 도무지 들어갈 생각을 하지 않았다.

얘기가 고팠던 건지, 사람이 고팠던 건지, 아니면 그저 들어가고 싶지 않을 뿐인지?

여러 가지 생각을 하며 유한은 그녀를 살폈다. 달빛을 받아 은은한 그녀의 얼굴은 볼 때마다 가슴을 떨리게 한다. 객잔의 정원에서 보았던 그녀에 대한 신비로움과 불안한 떨림이 고스란히 되살아나는 것 같다. 문득 이 여자는 그 새벽의 만남을 기억할까, 궁금했다.

이름이…… 은현이라고 했었지, 아마?

유한의 따가운 시선을 느끼며 은현은 향을 떠올렸다. 자신이 사라진 걸 알고 얼마나 놀랐을까? 생각만 해도 눈에 선하다. 아마도 제 목숨이 끝난 듯 안달이 나 있을 것이다. 모든 살아 있는 자의 목숨 위에 존재하는 생명인 당주의 행방이 묘연해졌으니 말이다.

어쨌든…… 언젠간 찾아오겠지만…… 조금 늦게 찾아왔으면 좋겠어.

뜬금없는 생각을 하며 은현은 다시 유한을 돌아보았다. 이 남자는 참 이상한 것 같다. 가만 보고 있으면 입안이 바싹 마르고 손끝이 떨린다. 그래서 저도 모르게 자꾸 주먹을 꼭 쥐게 되는······.

이런 느낌을 주는 사람은 좋은 사람일까? 나쁜 사람일까?

좋든, 나쁘든······ 어쨌든······ 싫지 않은 건 사실이다. 혼자 움막으로 들어가고 싶지 않은 걸 보면. 그 마음을 들킬까 봐 은현은 주먹을 가만 그러쥐었다.

밤이 어지간히 깊었는지 눈앞이 몽롱해지고 있었다. 스르륵 눈이 감기며 은현의 머리가 저도 모르게 유한의 어깨에 기대어졌다.

"유한······."

놀라 돌아보니 은현은 눈을 감고 있었다. 조그만 머리가 어깨에 기대어진 모습이 이유없이 마음 아팠다.

"기억하고 있었어, 내 이름?"

"응."

은현이 자신을 기억하고 있었다는 소리에 유한은 기분이 좋았다. 무어라 더 얘기를 하고 싶은데 은현은 눈을 뜨지 않았다. 정말 잠이 들어버린 사람처럼.

그날 아침, 객잔을 나오던 그 순간부터 은현은 내내 마음이 울적했다. 몹시도 피곤함을 느끼며 다시 객잔으로 되돌아가

고 싶었던 것은 달빛 아래에서 보았던 유한 때문이었다는 것을
이제야 문득 깨닫는다. 향의 부름에 놀라 유한을 혼자 두고 방
으로 돌아왔지만 내내 이상한 기분에 사로잡혀 잠을 이루지 못
했었다. 아침 일찍 객잔을 나설 때는 걸음이 잘 떨어지지 않았
었고, 저자를 돌아다니는 동안도 마음은 객잔으로 향하고 있었
다. 만약 저자에서 그런 싸움이 없었다면 그 밤에 은현은 다시
객잔으로 돌아갔을 것이다.

은현은 당황스럽다. 신의 여인인 은허당 당주가 난생처음 본
사내에게 이토록 마음이 흔들리다니! 유현란은 선택의 때가 되
기 전까진 절대 사내를 마음에 품지 말라고 했는데…… 그래서
지금껏 사내의 형상조차 보여주지 않았었는데…… 그 '때' 가 어
쩌면 지금이 아닐까, 은현은 생각했다. 그러기를 바랐다. 늘 안
개 같던 마음이 놀랍도록 선명하다. 너무도 선명하게 느껴져서
두려웠다.

"우리 언제까지 여기에서 지내게 될까?"

은현이 잠결처럼 중얼거렸다. 유한은 은현이 불안한 모양이
라고 생각했다. 그래서 이렇게 움막에도 들어가지 못한 채 낯선
남자인 자신의 어깨에 기대어서 잠든 거라고.

"잠깐, 아주 잠깐이야. 미루가 금방 우릴 찾을 거야."

아주 잠깐……? 그럼 아주 잠깐만 이렇게 기대어도 될까?

이상하게 유한의 어깨가 참 편하다. 은허당의 그 두터운 침상
과 솜털 같은 이불보다 유한의 딱딱한 어깨와 서늘하게 내려앉

는 이슬이 더 편하게 느껴진다는 것이 스스로도 이해가 되지 않는다.

일어나야 하는데 잠이…….

그만 움막 안으로 들어가야지 생각하며 은현은 까무룩 잦아드는 잠 속으로 빠져들었다. 멀리 산자락으로부터 짙푸른 새벽빛이 몰려들고 있었다. 강에는 물안개가 피어오르고 풀밭 위에 이슬이 내린다. 유한은 축축해진 은현의 어깨를 가만 감쌌다. 어깨 위에서 숨소리가 가늘게 들렸다.

순식간에 사라지던 조그만 웃음처럼 이 가느란 숨소리도 가만 듣고 있으니 상처가 생길 것 같다. 잠든 은현을 돌아보며 유한은 조그맣게 한숨을 쉬었다. 모든 것이 눈에 박히고 가슴에 박히는 여자다. 그래서 왠지 인연을 맺어서는 안 될 것 같은 여자. 순식간에 마음을 잠식해 들어오는 은현의 존재에 잠깐 당황스러웠지만 어깨를 감싼 손을 풀지는 않았다. 그녀에게 말한 것처럼 아주 잠깐일 테니까.

어제 다쳤던 아이가 멀쩡한 모습으로 일어나 앉은 일로 아침
부터 마을이 발칵 뒤집혔다. 밤새 아이를 간호했던 아낙의 말로
는 내내 죽은 듯이 자던 아이가 새벽녘이 되면서 혈색이 돌더니
아침이 되자 혼자 일어나 앉아 있더라는 것이다. 어제 본 아이
의 상태로 보아 밤을 넘기기 전에 거적때기에 말려 땅에 묻힐
거라 여겼었는데 정말 멀쩡한 모습으로 앉아 죽을 먹고 있는 아
이를 보자 촌장은 제 눈을 의심했다.

"잠깐 돌아앉아 보아라."

아이를 돌려 앉힌 그는 등에 난 상처를 살폈다. 상처는 놀라
울 정도로 아물어 있었다. 그는 설명할 수 없는 신비한 일이 아

이의 몸에서 일어났다는 것을 직감했다.

간혹 제 몸을 스스로 치유하는 능력이 있는 사람이 있긴 하지만 아이에게 없던 능력이 하루아침에 생겼을 리는 없고……?

촌장은 의구심이 가득한 눈으로 돌아서며 유한과 은현을 살폈다. 유한의 서글한 눈을 스쳐 맑다 못해 푸른빛이 도는 은현의 눈과 마주쳤다. 어제도 느낀 거지만 이 여자의 얼굴에서는 도무지 아무것도 읽을 수가 없다.

촌장은 다시 돌아서 아이의 어깨를 다독였다.

"하늘의 도우심이고 태대산의 도우심이다. 이제 다시는 그런 못된 짓 하지 말거라."

"……예."

아이는 기어들어 가는 음성으로 대답했다.

"다 나으면 이 할애비가 널 위해 떡을 만들어주마."

금세 환해지는 아이의 얼굴을 뒤로하고 그는 움막을 나갔다. 이제 보니 촌장은 한쪽 다리를 심하게 절고 있었다. 마을의 장정들이 그를 감싸듯 에워싸고 뒤를 따랐다. 그 모습은 흡사 매족 마을에서 장정들을 이끄는 아버지 천강을 연상케 했다. 비록 다리를 절룩이지만 촌장은 꽤나 강력한 힘으로 마을을 이끄는 듯 보였다.

천막으로 돌아와 장정들을 내보낸 촌장은 유한과 은현을 불러 마주 앉았다. 그는 긴 생각 없이 단도직입적으로 물었다.

"내 경험으로 그 아이는 살아날 가망이 없었소. 헌데 멀쩡히 살아났소. 더구나 상처가 스스로 치유되고 있소. 이것에 대해 설명해 줄 수 있겠소?"

촌장의 눈은 은현을 향해 있었다. 이미 모든 것을 짐작하고 있는 듯 묻고 있는 노인의 눈을 피할 수 없었다. 은현은 잠깐 망설이다 담담한 표정으로 말했다.

"나도 모르는 능력이 내게 있습니다."

"그대도 모르는?"

"예, 그것이 어디에서 오는지 나도 모릅니다."

더 이상 알려고 하지 말라는 듯 은현의 눈빛은 단호했다. 왠지 모를 위압감이 느껴져 촌장은 더 이상 캐물을 수 없었다. 잠깐 머물다 떠날 사람들이니 굳이 캐물을 이유도 없었다. 촌장은 고개를 끄덕이고 그들을 내보냈다. 멀어지는 은현을 보며 촌장은 생각에 잠겼다.

저런 능력을 가진 여자를 안다. 차가운 몸에서 푸른 기운을 뿜어내던 여자. 일생에 단 한 번 보았던…… 어머니의 땅 은허당의 주인 부란.

대전쟁 이후 부란은 칩거에 가까운 생활을 했고 그 죽음이 알려진 것도 한 해가 지나서였다. 새 당주의 탄생 후 은허당으로 오르는 길은 폐쇄되었다. 은허당에서 내려오는 당녀들도 극히 드물었다. 때가 되면 간간이 당녀들이 내려왔고 그래서 선택된 자들만이 중간마을로 오르곤 했다. 그렇게 20여 년간 은허당은 세상과 격리되어 있었고 당주의 존재 또한 철저한 베일에 가려져 있었기에 부란의 뒤를 이은 당주가 누구인지 아는 사람은 아무도 없다.

은현이 사라진 곳을 의심스런 눈으로 응시하던 촌장은 이내 고개를 흔들었다. 은허당의 당주가 사내를 수하로 두었을 리가 없다. 그렇다면 그런 신비한 능력은 어디에서 나오는 것일까?

"천성아."

조용한 부름에 한 청년이 들어왔다. 촌장은 유한과 은현이 사라진 풀밭을 턱짓으로 가리켰다.

"저들을 잘 살펴라."

여러모로 의심이 가는 자들이다. 여자도 여자지만 그 수하라는 청년의 눈빛도 예사롭지가 않다. 서글한 눈 속에 숨긴 것이 많아 보였다.

은현의 신비한 능력이 놀랍고 궁금하기는 유한도 마찬가지였다. 그러나 쉬이 물을 수가 없다. 말없이 은현을 따라 걷던 유한은 결국 궁금증을 이기지 못하고 그녀를 불러 세웠다.

"저기……."

"……?"

"어떻게 그럴 수 있지?"

"뭘?"

"그 아이 말이야. 어떻게 죽을 뻔한 아이를 살린 거야?"

"몰라, 나도."

"그냥 돼?"

"마음이 아프면 돼."

"마음이 아프면?"

"응, 마음이 아프면……."

그 말은 사실이었다. 태대산에 있을 때도 마음이 움직이지 않으면 능력은 보여지지 않았었다. 어제도 아이의 손을 잡고 있는 유한의 얼굴이 너무도 아파 보여서 마음이 움직인 것이다. 다친 아이 때문이 아니라 유한의 모습이 아파서 마음이 움직였다는 사실에 은현은 가슴이 덜컥했다. 유한으로 인해 마음이 아픈 건 싫다. 세상 밖으로 나와 처음으로 만난 남자다. 은허당으로 돌아가면 다시는 볼 수 없는 사람. 그래서 예쁘게, 곱게, 아름답게 기억되었으면 좋겠다. 그냥 잠깐, 아주 잠깐 행복한 마음으로 스쳐 갔으면 좋겠다.

유한은 은현이 마음 아팠다는 사실이 싫었다. 그 이유가 무엇이든, 그리고 그로 인해 아이를 살릴 수 있었다 하더라도.

따갑게 얼굴을 스치는 은현의 눈을 받으며 유한이 퉁명스럽게 말했다.

"다시는 그런 일 하지 말았으면 좋겠어."

은현이 의아한 눈으로 고개를 갸웃하자 유한이 다시 퉁명스럽게 말했다.

"당신이 마음 아픈 게 싫어."

햇살에 반사된 풀빛이 유한의 얼굴을 비췄다. 그의 얼굴은 수줍은 고백을 하는 소년 같았다. 주먹까지 불끈 쥐고 있다. 그래서 웃음이 났다.

사람을 대하며 이렇게 행복한 감정이 인다는 것이 생소하다. 마음을 숨기려 애쓰지 않아도 되고 마주한 사람의 숨긴 속내를 알려고 애쓸 필요도 없다. 보이는 대로, 들리는 대로, 열아홉 어린 마음 그대로 받아들이고 보여주어 버리면 되는 이런 편함이 너무 좋다. 은현은 비로소 12년 동안 가슴에 질러놓은 빗장이 풀려 버린 느낌이 들었다.

"나도…… 다시는 그런 일을 해야 할 상황이 생기지 않았으면 좋겠어."

그 말속에 '당신이 아파 보이지 않으면 당신 앞에서 그런 모습을 보일 일은 없을 거야'란 뜻이 들어 있다는 것을 유한이 알리가 없다. 은현은 보일 듯 말 듯 웃음을 지어 보이고 돌아섰다. 유한의 눈이 뒤를 따르는 것이 느껴졌다. 마음이 울컥해지고 뜨거워졌다. 이런 느낌은 정말이지 감당이 되지 않는다. 마음의 모습을 얼굴에 드러내어서는 안 된다고 귀에 딱지가 앉도록 다그쳤던 유현란의 말들이 다 헛것이 되어버렸다. 은현은 입술을 가만 깨물었다.

병사들을 완전히 따돌리고 저자를 빠져나왔지만 향은 여전히 손에서 칼을 내려놓지 못한 채 망연자실 서 있었다. 생각보다 병사들의 수가 너무 많았다. 나중에 합류해 온 병사들은 창칼로 완전 무장한 정예병 같았고, 아무리 검술이 뛰어나다고 해도 세 사람만으로 막기엔 역부족이었다. 그러나 그 어떤 것도 은현을 놓쳐 버린 것을 정당화시켜 주진 못했다.

"댁의 주인은 내 친구와 함께 빠져나갔으니 무사할 것이오."

미루가 향의 어깨를 툭 치며 걱정 말라는 듯 말했다. 순간 향은 들고 있던 칼을 미루의 목에 들이대었다.

"정체가 뭐냐? 무슨 연유로 싸움에 끼어들어 우리 아가씨를 빼내어간 거냐!"

적반하장도 유분수지, 기껏 구해주었더니 보따리 내놓으라는 꼴이다. 미루는 발끈하며 향의 칼을 쳐내었다.

"감사하다고는 못할망정 무례하구나! 우리가 아니었으면 꼼짝없이 당했을 거면서!"

"혼자서도 충분히 빠져나올 수 있었다! 네놈들이 끼어드는 바람에 오히려 일이 커졌어!"

다시 목에 칼을 들이대며 새파란 눈으로 몰아붙이는 모습이 가당찮다. 저자를 함께 빠져나오며 보았던 그녀의 칼솜씨 또한 보통이 아니었다. 혼자서도 충분했다는 그 말이 헛말로 들리지 않을 정도로.

불꽃을 튀기며 노려보고 있는 두 사람 사이를 혜수가 갈라놓았다.

"지금 이렇게 싸울 게 아니라 아가씨부터 찾아야 하지 않겠습니까?"

그 말이 일리가 있다 생각되었던지 목에 닿아 있던 향의 칼이 내려졌다. 서늘한 칼날이 치워지자 미루는 제 목을 스륵 훔쳤다. 큰소리를 쳤지만 순간적으로 땀이 났다.

"어디로 숨었는지 짐작 가는 곳이 있느냐?"

"우린 은파가 처음인 사람들이다. 따로 짐작 가는 곳이 있을 리가 없지."

퉁명스런 대답에 향이 다시 발끈했지만 혜수가 나서 말렸다.

"아이 참! 이러다 또 싸우시겠어요. 은파라면 제가 손바닥 들여다보듯 하니 저만 믿으세요."

자신만만한 혜수의 표정을 보니 조금은 위안이 되지만 향은 여전히 불안을 떨치지 못했다. 한 번도 혼자서는 세상 밖으로 나와보지 않은 은현이다. 은허당 안에서는 절대적인 존재였던 은현이지만 세상 밖으로 나온 이상 향에게 은현은 물가에 내놓은 어린아이만큼이나 불안한 존재가 되었다.

다시 은파로 들어가지도 못한 채 그들은 혜수가 안내한 허름한 빈집에서 하룻밤을 지내기로 했다. 향은 밤새 잠을 이루지 못하고 뒤척였다. 미루는 그녀들과 조금 떨어진 곳에 누워 뒤척이는 소리를 다 듣고 있었다. 얼마나 대단한 신분의 여자이기에 향이 저렇게 안절부절못할까 싶은 생각이 들었다.

그나저나 유한은 그 여자를 데리고 어디로 숨은 것일까?

여자의 손을 잡고 저자를 빠져나가던 유한의 모습이 떠올랐다. 비록 나이는 어리지만 누구보다 치밀하고 신중한 모습으로 매족 청년들을 이끌던 유한이었다. 그런 유한이 그렇게 대책없이 싸움에 뛰어드는 모습은 처음 보았다.

다친 아이가 완전히 몸을 털고 일어나던 날, 마을에 축제가
벌어졌다. 촌장은 아이와 약속한 대로 떡을 해서 내놓았다. 강
가의 너른 풀밭에 모닥불이 피워지고 커다란 돼지가 그 위에서
빙글빙글 돌며 익혀지고 있었다. 아이들은 신이 나서 풀밭을 구
르며 놀기도 하고 손을 잡고 빙글빙글 돌며 노래를 부르기도 했
다. 한쪽에서는 씨름판이 벌어지고 또 한쪽에서는 검술 대회가
벌어지고 있었다. 유한은 검술 대회가 벌어지고 있는 곳으로 걸
음을 옮겼다.

마을 사람들이 빙 둘러선 가운데 두 청년이 목검을 세우고 서
로를 노려본 채 천천히 돌고 있다. 한쪽은 건장한 체구이고 또
한쪽은 바람이 불면 날아갈 듯 날렵한 몸매를 가진 자다. 상대
를 관찰하는 예리한 눈빛과 목검을 재는 모습, 그리고 바짝 긴
장한 발놀림까지. 한눈에 보아도 그것은 오랜 기간 검술을 수련
한 자들의 몸놀림이었다. 호기심이 인 유한은 사람들을 헤치고
좀 더 앞으로 나아갔다.

"한칼에 끝장을 내줘, 가한!"

"겁먹지 마, 천성아!"

구경꾼들은 두 패로 나뉘어 응원을 하고 있었다. 가한이란 자
를 응원하는 축은 제법 나이가 든 청년들이었고, 천성이란 자를
응원하는 축들은 아직은 어려 보였다. 유한은 날렵한 몸매를 가

진 천성이란 자를 유심히 살폈다. 요 며칠 은현과 자신의 뒤를 밟고 있던 자다. 뒤에서 은현이 가만 옷깃을 잡아왔다. 그녀도 천성의 얼굴을 기억하는 모양이었다. 유한은 안심하라는 뜻으로 옷깃을 잡은 그녀의 손을 꼭 잡아주었다. 손바닥에 닿은 피부가 차갑다. 차갑고 보드라운 감촉이 마음을 아릿하게 했다.

이슬을 맞으며 서로의 어깨에 기대어 잠이 들었던 그날 이후, 두 사람은 뭘 해도 함께 있었다. 이상하게 눈빛만으로도 유한은 은현의 뜻을 알아챘고, 그것은 은현도 마찬가지였다. 말하지 않아도 서로의 마음을 읽을 수 있다는 것이 불가사의한 일이었다.

돌아보는 유한과 눈이 마주치자 꼼짝도 않고 잡혀 있던 은현의 손이 빠져나가려 했다. 그러나 유한이 놓아주지 않았다.

"꼭 잡고 있어. 사람이 너무 많아 잃어버릴지도 모르니까."

그리고 잡은 손을 다시 깍지 끼듯 꼭 쥐었다. 은현의 얼굴이 붉어졌다. 은허당의 당주는 세상 어떤 여자보다 고결해야 한다던 유현란의 말을 떠올리며 자신이 꼭 몹쓸 짓을 하는 것만 같아 죄책감이 들었다. 그러나 유한의 손을 뿌리치고 싶지 않다. 그의 손이 전해주는 따듯한 감촉이 마음을 두근거리게 했다.

지금껏 마음이 이토록 혼란스러웠던 적이 없다. 언제나 고개를 반듯하게 들고 유현란이 이끄는 대로 은허당의 규율에 따라 생각하고 상상하며 마음을 조절해 왔다. 은현이라는 본연의 자신은 없고 부란의 껍질 속에 숨은 은허당의 당주만 존재했던 삶이었다. 그것이 유현란의 뜻이었다. 그러나 유한을 만나는 순간 그 가르침은 한순간에 무너졌다. 은현을 감싸고 있던 껍질, 부란은 깨어졌다. 사내는 더 이상 경계의 대상도 아니고 위험한 존재도 아니다. 바라보고 있으면 행복해지고 마음을 떨리게 하는 존재, 생각만으로도 마음을 조절하기가 힘이 드는 몹시도 이상한 힘을 지닌 것이 사내 같다. 아니다. 그 상대가 유한이라서 그런 걸 거다.

깍지 낀 유한의 손에 힘이 주어지자 다시 마음이 두근거렸다. 이런 혼란이 좋기도 하고 싫기도 하다. 두렵고 불안하기도 하다.

유한이 가까이 오라는 눈짓을 하며 손을 당겼다.

잠깐…… 아주 잠깐이라고 했다. 그의 친구인 미루와 향이 찾아올 때까지, 아주 잠깐.

은현은 보일 듯 말 듯 미소를 지으며 유한의 곁으로 바짝 다가갔다.

그녀를 당겨 자신의 옆에 세운 유한은 다시 검술 대련을 하고 있는 두 청년에게로 눈을 돌렸다. 그들은 여전히 숨을 고르며 상대를 노려보고 있었다. 느린 걸음으로 빙글빙글 돌던 천성이 가한의 옆구리가 빈 것을 발견하고 먼저 짓쳐 들어갔다. 가한은 여유롭게 칼을 피하며 빙글 돌았다. 순식간에 등을 보이는 천성을 향해 가한의 목검이 떨어져 내렸다. 그러나 그의 칼은 천성의 목덜미 위에서 멈추었다. 그 순간을 놓치지 않고 재빠르게 빠져나온 천성이 다시 공격을 시도했다.

천성의 칼은 급하고 가벼웠다. 거기에 비해 가한의 칼은 묵직하고 자비롭다. 가한의 칼끝이 매번 급소 가까이에서 멈춰지고 있다는 것이 유한의 눈에 뚜렷이 보였다. 시간이 길어지면서 구경하는 사람들의 시선이 흩어졌다 싶은 순간, 가한은 천성의 옆구리를 찌르며 일격에 시합을 끝내 버렸다. 천성이 비명 소리한 번 내지 못한 채 고꾸라지자 일제히 함성 소리가 들렸다. 그러나 정작 천성을 가격하던 가한의 마지막 공격을 본 사람은 많지 않은 듯했다. 매족 마을에서도 보지 못한 놀라운 솜씨였다.

유한은 들판에 흩어져 있는 사람들을 살펴보았다.

다 해진 낡은 옷을 걸치고 뛰노는 아이들, 지팡이에 의지해 나온 노인들, 국을 끓이고 전을 부치느라 정신없이 바쁜 아낙들, 활기에 넘치는 청년들.

하나같이 가난에 찌든 모습이지만 표정들은 밝다. 뛰노는 아이들을 돌보고 음식을 나누고 시합을 진행하는 젊은이들의 행동은 들판 가운데 자리를 마련하여 앉은 촌장을 중심으로 일사불란하게 이루어지고 있었다. 모화촌은 단순한 빈민촌 같아 보이지 않는다.

생각에 잠긴 유한의 눈앞으로 목검이 불쑥 들어왔다.

"한번 겨뤄보지 않겠소?"

방금 천성을 쓰러뜨린 가한이었다. 악의없는 눈빛으로 건네는 목검을 거부할 수 없었다. 그의 칼을 맞받아보고 싶은 호기도 있었다. 사람들의 시선이 일제히 자신들에게 쏠려 있는 것을 느끼며 유한은 은현의 손을 가만 놓았다. 그리고 가한이 건네는 목검을 잡았다.

검을 들고 마주 서보니 가한은 마치 돌로 쌓아놓은 담벼락 같다. 검을 쥔 그의 자세는 곳곳에 듬성듬성 구멍이 뚫린 돌담처럼 허술해 보인다. 천성이 왜 그렇게 급하게 공격을 했었던가를 그제야 알 것 같다. 그러나 천성은 돌로 쌓은 성이 그 어떤 성보다 견고하다는 걸 알지 못했으리라.

가한 또한 유한만큼이나 쉽게 공격해 들어오지 못했다. 두 사람의 탐색은 오래도록 계속되었다. 멀찌감치 앉아 있던 촌장이 다가오자 주변에 흩어져 있던 많은 사람이 시합장 주변으로 몰려들었다. 어느새 가한을 외치는 소리가 풀밭을 울렸다.

"가한! 가한! 가한!"

주먹을 불끈 쥔 채 가한을 외치는 사람들의 표정은 비장해 보였다.

유한은 가한을 노려보며 빙글빙글 돌다가 시합장을 둥글게 에워싼 사람들 틈에서 은현을 발견했다. 그녀는 두 손을 가슴에 모은 채 유한을 바라보고 있었다. 풀밭을 가득 울리는 저 커다란 외침보다 그녀의 간절한 시선 하나가 유한에게는 더 큰 울림으로 들렸다. 은현이 보는 앞에서 상대를 멋지게 제압해 보이고 싶었다.

슬쩍 돌아보는 시선에 땅을 박차고 튀어 오르는 가한의 모습이 잡혔다. 유한도 함께 튀어 올랐다. 공중에서 따닥! 목검이 맞부딪는 소리가 들렸다. 손바닥으로 저릿하게 올라오는 목검의 울림에 땅으로 내려앉는 두 사람의 몸이 동시에 휘청했다.

때를 놓치지 않고 목검을 곧추세운 가한이 다시 유한을 향해 달려오고 있었다. 유한도 목검을 가로세우고 가한을 향해 달렸다. 발아래 풀들이 바람에 쓰러지듯 몸을 누인다. 가한의 검이 내려치는 번개라면 유한의 검은 홰쳐 오르는 회오리다. 내리꽂히는 번개와 감아올리는 회오리의 힘이 팽팽히 맞서 버틴다. 스무 합이 넘도록 만만찮게 버티는 유한의 힘에 지친 가한은 재빠르게 검을 빼며 한발 물러났다.

가한의 검술은 단칼에 끝을 보는 일타의 검술이다. 거기에 비해 상대인 유한은 지치지 않는 힘으로 밀어붙이는 연타의 검법이다. 그래서 부딪힘이 길면 길수록 유한에게 유리할 수밖에 없었다. 가한은 이미 지친 기색이 역력했다. 이대로 몰아붙이면 쉽게 끝을 낼 수 있을 것도 같았다. 그러나 유한은 그렇게 하지 못했다. 병풍처럼 둘러싸고 있는 사람들의 함성 소리가 그를 머뭇거리게 했다.

가한! 가한! 가한……!

마치 거대한 성벽처럼 가한을 향한 믿음의 함성은 견고하다. 가한을 꺾어버린다면 이곳을 무사히 빠져나가지 못할 것 같은 두려움마저 일었다. 유한은 함성 소리 사이에서 은현을 찾았다. 그녀는 아까처럼 두 손을 모으지도 않았고, 간절한 눈빛도 아니다. 팔을 편안하게 내리고 담담한 눈으로 그를 바라보고 있었다. 유한은 은현이 이미 자신의 승리를 보았다는 것을 알았다.

그럼 되었다.

은현에게 보일 듯 말 듯 고개를 끄덕여 주고 눈을 돌리는 순간 번개처럼 떨어지는 가한의 목검이 보였다.

유한은 이마를 찌푸리며 눈을 떴다. 밤처럼 검은 은현의 눈이 그를 내려다보고 있었다.

"정신이 들어?"

내려다보는 눈동자가 가늘게 떨렸다. 잠시 정신을 잃었던 모양이다. 하지만 왜 정신을 잃었었는지는 전혀 기억이 나지 않는다. 풀밭에서 가한과 검술 시합을 하고 있었고 자신이 분명 이긴 시합이었었는데 왜 정신을 잃고 침상에 누워 있는 것인지?

유한의 의문을 알아챈 듯 은현이 설명을 해주었다.

"그 사람, 가한이란 자의 검을 유한이 피하지 못했어."

은현의 말을 듣고도 이해할 수 없다는 표정을 짓고 있던 유한은 한참 만에야 마지막으로 본 담담하던 은현의 눈빛을 떠올렸다. 그리고 번개처럼 내려치던 가한의 목검도 기억이 났다.

"아……!"

은현은 다시 물수건으로 이마를 닦아내었다.

"피가 많이 났었어."

몹시도 속이 상한 음성이다. 물수건이 스칠 때마다 이마가 쓰라렸지만 은현의 말은 듣기 좋았다. 물수건을 거두어낸 은현의 따듯한 손이 이마를 스쳤다.

"주먹만 한 혹이 생겼어."

이번에는 스치는 손끝에도 속상함이 묻어난다. 유한은 풀밭에서 그녀의 손을 잡아 깍지를 꼈던 것을 떠올리며 이마 위에 놓인 은현의 손을 꼭 잡았다. 그때의 느낌처럼 마음이 아릿했다. 그녀의 속상함을 달래주고 싶었다. 그래서 말했다.

"내가 이긴 시합이었어."

"알아. 유한이 이겼어."

이긴 시합이었지만 어쨌든 쓰러진 쪽은 유한이었다. 그 순간 풀밭을 뒤흔들던 함성 소리를 그가 듣지 못한 것이 다행이었다. 그들이 어찌나 기고만장하던지, 그걸 봤다면 유한은 아마 분함을 이기지 못해 자괴감에 빠졌을지도 모른다. 지켜보던 그녀마저 그 상황이 분할 정도였으니.

은현의 눈빛이 한층 애틋해지자 유한은 용기를 내어 손등으로 그녀의 얼굴을 쓰다듬었다.

"마음…… 아팠어?"

은현은 작은 한숨을 내쉬었다.

잠깐 눈을 마주쳐 주고 얼굴을 돌리던 유한은 가한의 목검이 떨어지면서 순식간에 고꾸라졌었다. 뛰어가 유한의 얼굴을 돌려보니 이마에서 검붉은 피가 흘러내리고 있었다. 그 순간 풀밭을 뒤흔들던 함성 소리가 은현의 귀에는 들리지 않았었다. 몸속에서 뜨거운 기운이 끓어올라 오는 것을 느꼈었다.

"내 몸에서 푸른 기운이 흘러나올 만큼."

푸른 기운이 안개처럼 번져 나와 죽어가는 아이를 치유하던 그때처럼, 은현은 그만큼 아팠다고 말했다. 유한은 뭉클한 마음으로 그녀의 볼을 쓰다듬었다.

"그러지 말라고…… 당신이 다시는 그런 일 하지 말았으면 좋겠다고 말했잖아."

"안 했어. 하려고 했는데 유한이 먼저 눈을 떠버렸잖아."

유한은 뜨거워지는 마음을 이기지 못하고 엄지손가락으로 그녀의 입술을 가만 쓸었다. 가늘게 떨리는 것이 자신의 손가락인지 까칠하게 마른 그녀의 입술인지 모르겠다. 달빛 아래에서 처음 보았던 그날처럼 마음이 설명할 길 없이 불안했다. 그것이 불안이 아니라 설렘이란 걸 어렴풋이 느꼈다.

유한은 떨리는 마음으로 입술을 가까이 가져갔다. 은현의 입술이 흠칫 달아났다. 잠깐 망설이던 유한이 다시 가까이 다가가자 은현은 눈을 질끈 감은 채 입을 꼭 다물었다. 겁먹은 조그만 숨결이 코끝에 느껴졌다. 그것이 마음을 간질이는 것 같다. 망설이던 유한은 떨리는 마음으로 입술을 살짝 대었다가 뗐다. 닿을 듯 말 듯 스친 입술의 여운이 상처처럼 마음을 아리게 한다. 마주 보고 있는 그녀의 눈 속에도 아릿한 상처가 스며들었다.

"떨려, 유한."

"나도……."

은현의 떨리는 숨결을 느끼며 유한이 다시 입술을 가져가려

는 순간, 천막이 걷히며 밝은 빛이 스며들자 두 사람은 화들짝
놀라 떨어져 앉았다. 불쑥 들어서던 가한은 화들짝 놀라 떨어져
앉는 두 사람을 보고 그 자리에 우뚝 서버렸다. 유한이 깨어났
을까 확인하러 들어온 건데 아무래도 때를 잘못 잡은 것 같다.
어찌할 바를 몰라 달아나는 유한의 눈을 보며 가한은 피식 웃음
을 흘렸다. 칼을 잡았을 때는 마치 몰아치는 폭풍 같더니 여자
앞에서는 순한 부끄럼쟁이의 모습이다.

"흠, 내가 잘못 들어온 모양이오."

빙긋 웃음을 흘리며 나가려는 가한을 유한이 급히 잡았다. 은
현이 들고 있던 수건을 빨아오겠다며 나가자 가한은 그제야 헛
기침을 하며 의자를 당겨 앉았다. 그는 유한의 이마에 난 상처
를 보며 잠시 얼굴을 찌푸렸다.

처음엔 호기로 유한에게 칼을 건넸었는데 결과는 칼을 잡은
이후 가장 두려운 상대를 만난 듯했다. 한 번만 더 몰렸다면 그
대로 무너지고 말았을 순간에 유한이 잠깐 허점을 보였었고 자
신은 그 순간을 놓치지 않았던 것이다. 칼을 든 자는 마지막 순
간까지 경계를 놓쳐서는 안 된다. 검술로만 따진다면 분명 자신
이 진 싸움이었다. 그러나 승패는 결과를 두고 말하는 것이지
과정을 두고 말하지는 않는다. 그러니 자신이 진 싸움이라고 말
하고 싶지 않았다. 그렇지만 유한의 검술을 인정하지 않을 순
없다.

가한은 자신보다 한참은 어려 보이는 유한을 새삼스런 눈으

로 바라보았다.

"정말 대단한 실력이었소."

"과찬입니다. 그쪽도 쉬이 대적할 수 있는 상대는 아니었습니다."

칭찬에 잔뜩 고무된 유한이 그렇게 대답하자 가한이 다시 빙긋 웃으며 말했다.

"칼 가진 자가 잠시나마 집중력을 잃은 것은 어떤 이유로도 용납될 수 없는 일이었소."

가한은 유한의 실수를 꼬집었다. 자신의 패배를 인정하고 싶지 않아 하는 말이겠지만 또한 틀린 말도 아니다. 힘으로, 실력으로 몰아붙였으나 결국 쓰러진 쪽은 유한 자신이었다. 결코 쉽지 않았을 지적을 스스럼없이 해주는 가한이 고마웠다. 유한은 가한에게 손을 내밀었다.

"패배를 인정합니다."

가한은 자신의 지적을 전혀 마음 상해하지 않고 받아들이는 유한이 대단해 보였다. 어디서 무얼 하다 흘러들어 온 자인진 모르겠지만 그 검술만큼이나 마음 또한 큰 자다.

"다시 풀밭으로 나가지 않겠소? 술자리를 마련해 두었소."

가한을 따라 나오던 유한은 수건을 빨아 들고 들어오는 은현의 손목을 잡아끌었다.

"함께 가."

어느새 손목을 잡는 것도, 애틋한 눈빛을 나누는 것도 스스럼

없다.

어느덧 밤은 깊어 아이들과 노인들, 그리고 아낙들은 모두 집으로 돌아가고 풀밭에는 젊은이들만 남아 술판이 벌어지고 있었다. 청년들 사이에 간간이 끼어 앉은 처녀들의 모습도 보였다. 가한이 유한을 데리고 나타나자 청년들이 환호성을 지르며 반겨주었다. 비록 가한이 이겼다고는 하나 유한의 검술 실력이 얼마나 대단한지 보았던 터라 간간이 선망의 눈빛까지 보였다.

유한은 그들이 내어준 자리에 은현과 나란히 앉았다. 은현은 비슷한 또래의 사람들과 이렇게 한자리에 모여 얘기를 나누는 것이 난생처음이다. 일곱 살 이후 그녀는 유현란을 비롯한 나이 많은 선원당녀들에게 둘러싸여 살았다. 그래서 이런 자유롭고 풋풋한 분위기가 감당이 되지 않았다.

유한은 이런 분위기에 익숙한 듯 금세 그들과 어울렸다. 가벼운 농담과 함께 다투어 술을 권하는 눈빛들이 따듯했다. 술잔이 여러 번 돌고 한껏 거나해지자 맞은편에 앉아 있던 청년 하나가 은현과 유한을 바라보며 큰소리로 말했다.

"아하! 이제야 그대들의 정체를 알겠다! 그대들은 귀한 집 아가씨와 그 댁의 무사야. 신분이 차이나 사랑할 수 없는 사이에 사랑을 하여 도망 나온 것이 분명해!"

그 소리에 청년들의 시선이 일제히 두 사람에게로 향했다. 은현이 은파를 보고 싶어하여 모시고 있다는 유한의 말을 더 이상 믿지 않는다는 표정들이었다. 그도 그럴 것이 축제가 벌어지는 내내, 그리고 술잔을 기울이는 지금까지 유한이 은현의 손을 꼭 잡고 있었으니 은현을 주인으로 모시고 있다는 말을 믿지 못하는 것은 당연한 것이리라. 어쩌면 귀한 집 아가씨와 도망친 무사로 비치는 것이 숨어 지내기에는 훨씬 편할지도 모른다는 생각이 들었다. 은현의 생각을 묻기 위해 돌아보니 그녀의 입가에 웃음이 번져 있었다.

은현은 마주 앉은 청년이 하는 말이 재미있었다. 술자리가 무르익으면서 처음 불편했던 느낌은 어느새 사라지고 여기 이 자리, 이 사람들, 이런 분위기도 점점 재미있어졌다. 말 한마디, 걸음걸이 하나, 그리고 웃음 한 번 짓는 것까지 조심하며 살아야 했던 은허당에서의 삶이 얼마나 답답했었는지 새삼 느낀다.

은현은 유한의 생각을 눈치 채고 동의한다는 듯 머리를 끄덕이며 조그맣게 웃었다. 신분이 낮은 무사와 사랑에 빠져 도망친 귀한 집 아가씨로 사는 것도 재미있을 것 같았다. 은현은 호기심 어린 눈으로 바라보고 있는 청년들을 향해 말했다.

"내가 유한을 꼬드겼어요."

예상치 못한 은현의 말에 와! 하는 함성 소리가 터졌다. 모화촌 청년들의 자유분방한 천진스러움이 은현에게 건너온 듯 그녀의 얼굴에 처음 보는 환한 웃음이 번졌다. 보일 듯 말 듯 스쳐가버리는 웃음이 안타까움을 넘어 마음에 상처처럼 남았었는데 그것을 다 치유해 주고도 남을 만큼 환한 웃음이다.

당신이 언제나 이렇게 웃었으면 좋겠어……

귓가를 스치는 유한의 나직한 속삭임. 따듯한 눈빛이 마음을 행복하게 했다.

유한은 은현의 손목을 잡아끌었다. 그리고 푸른 밤안개가 피어오르는 강가의 풀밭으로 숨어들었다.

"이상해. 당신을 보고 있으면 불안해서 견딜 수가 없어."

유한은 불안하게 두근대는 제 심장 위에 은현의 손을 가져갔다. 펄떡이는 심장이 은현의 손으로 건너왔다. 제 마음을 빼어 닮은 유한의 마음을 확인하는 것 같아 은현은 눈물이 날 것 같았다.

"나도, 유한. 나도 당신을 보면 자꾸 불안해."

달빛 아래에서 처음 보던 그 순간부터 마음이 조절이 되지 않았었다. 기쁨이라든가, 슬픔이라든가, 분노라든가, 절망이라든가 그런 감정쯤은 얼마든 숨길 자신이 있었다. 조절할 자신도 있었다. 그런데 느닷없이 찾아온 이 불안은 영 자신이 없다. 두근대는 심장은 불쾌하기 짝이 없도록 제멋대로다.

"당신은 도대체 누구지?"

유한의 반짝이는 눈이 바짝 다가와 물었다. 은현에 대해서 이름 외에 아는 것이 아무것도 없다. 누구기에 느닷없이 나타나 부족의 부활 외에는 어떤 것에도 관심이 없던 자신을 이토록 흔들어놓는지 궁금했다. 그러나 은현의 까만 눈은 여전히 장막 속에 숨어 웃고만 있다.

"은현…… 나는 그냥 은현일 뿐이야."

그리고 손가락으로 유한의 두근대는 심장을 콕 찌르며 말했
다.

"내가 누군지는 당신 여기에게 물어봐."

그리고는 청년들이 있는 풀밭으로 달아나 버렸다. 그녀는 유
한이 알기 전의 자신이 누구인지 기억하고 싶지 않았다. 유한에
게도 지금 이전의 자신에 대해서는 알려주고 싶지 않았다. 유한
에게 말했듯 지금 자신은 그냥 은현일 뿐이다. 유한의 두근대는
심장이 말하는 은현. 유한에게는 그렇게만 기억되고 싶다.

5. 씻지 못할 죄를 짓다

"당주가 은화원 내에 없다는 것이 확실하냐?"

양월은 번뜩이는 눈으로 매화대에 심어놓은 자신의 눈인 무연에게 다그쳐 물었다.

"그렇습니다. 이미 여러 날이 지난 것으로 짐작됩니다. 수일 전 매화대원 십여 명이 황급히 태대산을 내려갔는데 아마 그때쯤이 아닐까 생각됩니다. 아, 그러고 보니 당주가 기도에 들어간 것도 그즈음이었습니다."

양월은 무연의 얘기를 들으며 매서운 눈을 반짝였다. 그리고 유현란이 도대체 무슨 일을 꾸미고 있을까, 생각했다. 당주의 나이 벌써 열아홉, 성년이 되는 스물이 몇 달 남지 않았다. 선택의 날이 다가오고 있는 것이다. 당주의 선택에 따라 이 땅의 세력판도가 결정날 것이다. 지금처럼 봉족의 지배 아래 부를 만끽하며 살아가게 될지, 아니면 또다시 저 야만스런 매족이나 또 다른 미개한 부족의 손아귀에 이 땅을 넘기는 어리석은 우를 범하게 될지.

아무리 은허당의 힘이 거품 같은 허실이 되었다고 하지만 그래도 여전히 많은 사람은 은허당 당주의 힘을 절대적으로 믿고 따른다. 아무리 인정받지 못하는 권력이라도 은허당의 인정을 받게 되는 순간, 그것에 대한 반발은 더 이상 힘을 얻지 못한다. 그것이 수백 년 태대산을 지켜온 은허당의 힘이다. 이 땅 여인들의 힘이고 모태산의 힘이다.

지금 세상이 이렇게 혼란스러운 것은 대전쟁 당시 봉족에게 완전히 힘을 실어주지 못한 전 당주 부란 탓이라고 양월은 생각한다. 봉족이 조금만 더 몰아붙이도록 두었더라면 매족을 완전 멸족시킬 수 있었는데 부란이 중재에 나서며 달아날 시간을 벌어준 것이 문제였다. 그때 온전히 힘을 실어주어 완전한 봉족의 세상을 만들어주었더라면 이 땅은 앞선 문명을 일찌감치 받아들여 부를 축적하며 풍족하고 편한 삶을 살고 있을지도 모른다.

지금도 여전히 곳곳에서 봉족에게 반기를 드는 무리가 출몰하고 있다니, 그 배후에는 매족이 있거나 매족의 영향을 받은 미개한 족속의 떨거지들이 있을 것이 뻔하다. 하여튼 매족이 늘 문제다. 고집불통 같은 인간들, 쯧.

유현란은 부란의 생각을 고스란히 이어받은 사람이다. 아니, 어쩌면 부란보다 더 매족의 편에 서 있는 사람인지도 모른다. 매화대를 이끌고 있는 감울란 또한 마찬가지다. 아주 묘한 사이인 두 사람이 이제껏 당주를 모시며 아무 일 없이 지내는 걸 보면 두 사람의 뜻이 일치하고 있다는 뜻이리라.

멍청한 감울란! 그런 수모를 당하고도 유현란의 명을 받고 있다니 간도 쓸개도 없는 인사가 아닌가!

양월은 어이가 없어 픽, 웃음을 흘렸다.

매족의 용사 천강과 마음을 나누었던 당녀는 유현란이었지만 몸을 나누었던 당녀는 매화대원 감울란이었다. 온 은허당에 소문이 다 나도록 마음을 몽땅 유현란에게 줘버린 허깨비 같은 사내 천강을 선택했던 감울란. 천강이 감울란의 선택을 받아들였던 것은 순전히 유현란의 외면에 대한 반발에서였다는 것을 모르는 사람은 없었다. 그 후에도 감울란은 유현란을 잊지 못해 방황하는 천강을 두 번이나 더 자신의 사내로 선택했다. 그러는 와중에도 여전히 마음을 나누는 사랑을 멈추지 않았던 유현란과 천강의 이기란 지켜보는 모든 당녀들이 다 치를 떨 지경이었다.

그리고 봉족과 매족의 마지막 전투가 끝나고 패배한 매족이 갈왕산 너머로 달아나던 그날 무슨 일이 있었던가! 부란과 은허당을 지키기 위해 유현란이 벌인 그 끔찍한 일을 양월은 하나도 잊지 않고 있다. 자신 또한 그 계획에 동조를 했었기에 감히 입 밖으로 발설할 수 없는, 죽어서도 용서받지 못할 그 일……

움푹 팬 감울란의 흉터가 떠오르자 양월은 세차게 머리를 흔들었다. 고상한 척 얌전을 떨고 있지만 유현란의 그 속이 얼마나 더러운 욕망으로 가득 차 있는지 고지식한 감울란이 다 모르는 것이라는 생각이 들었다.

실룩 올라가는 양월의 입술이 분기에 떨린다. 자신이 키우고 있던 어린 당녀가 당연히 부란의 뒤를 이을 은허당의 당주가 될 줄 알았는데 유현란이 키운 은현에게 그 자리를 빼앗겼다. 양월은 유현란의 요사스러운 세 치 혀가 부란의 마음을 흩뜨려 놓은 것이라고 생각했다. 은허당의 모든 권력을 한 손에 쥔 채 세상을 저 무식한 매족에게 넘기려는 유현란의 음모를 두고 볼 수만은 없다. 신탁의 주인은 반드시 봉족이 되어야 한다는 것, 그것이 양월의 생각이다. 그녀는 단호한 눈으로 수하로 부리는 당녀를 불러들였다.

"너, 남광에 좀 다녀와야겠다."

"은파가 아닙니까?"

"이번엔 은파가 아니라 남광이다. 먼 길이니 무연이를 데려가거라."

남광으로 직접 사람을 보내 봉족의 중심 세력을 은파로 끌어들일 참이다. 그들은 아직도 태대산 줄기에 기대어 사는 사람들에게 미치는 은허당의 힘을 다 모르는 것 같다. 피 한 방울 안흘리고 이 땅의 온전한 주인이 될 수 있는 답이 바로 은허당 안에 있다는 것을 말이다.

유현란은 초조한 마음으로 방 안을 서성거렸다. 당주가 기도 중이라는 핑계로 모든 당녀들의 은화원 출입을 막은 것이 벌써 보름이 가까워 온다. 눈치 빠른 양월이 은현이 사라진 사실을 언제 낌새챌지 알 수 없는 일이다.

"산을 내려간 매화대에서는 아직 소식이 없는가?"

"웬 젊은 여인들이 청화루에서 여자아이 하나를 구해 나갔다는 정보가 있는데 그게 아무리 봐도 당주님과 향이 같다는 정보입니다. 아직 은파 어딘가에 머무르고 계신 듯하니 조만간 찾을 수 있을 것입니다."

"벌써 보름째다!"

"⋯⋯."

짜증 섞인 다그침에 감울란은 다 제 잘못인 양 고개를 수그렸다. 괜한 초조로 자꾸 감울란만 다그치게 된다. 미안한 마음에 이어지는 말이 다소 누그러졌다.

"별일⋯⋯ 없겠지?"

"향이 옆에 있으니 별일 없을 것입니다."

"그래. 향이가 있으니⋯⋯."

감울란의 말을 듣고 나니 그나마 마음이 좀 안정이 되었다. 매화대가 아무 일 없이 무사히 은현을 자신 앞에 데려다 줄 것이라는 믿음이 생겼다. 은허당에 감울란이 있어 그나마 견딜 만하다는 것이 유현란을 괴롭게 했다. 감울란으로부터 이런 식의 심적 위로까지 받게 될 줄을 어찌 알았겠는가. 움푹 팬 볼의 흉터가 눈에 들어오자 유현란은 얼굴을 돌려 버렸다.

유현란은 천강을 사랑했다. 아니, 사랑했었다고 생각한다.

아직 사내를 선택할 권한이 없던 열여덟에 선원당녀들을 따라 은파에 내려갔다가 천강을 보았다. 그는 태대산 중간마을로 올라오던 수많은 사내와는 어딘가 다른 사내였다. 은허당의 당녀를 보고도 눈 하나 깜빡 않고 담담한 얼굴로 바라보던 사내는 처음이었다. 제대로 거만한 자라는 생각이 들었다.

그 후, 부란의 명을 받아 은파로 내려갈 때마다 천강 또한 약속한 것처럼 유현란의 앞에 나타났다. 그러나 단 한 번도 눈길을 준 적이 없었다. 왜냐하면 유현란은 천강보다 더 제대로 도도한 당녀였으니까.

제대로 거만하던 사내 천강이 제대로 도도하던 여자 유현란에게 사랑을 고백해 온 것은 그로부터 일 년이 지나서였다. 눈길 한 번 주지 않았다고 생각했지만 그녀의 눈은 내내 천강을 따라다녔고, 은허당의 당녀를 보고도 눈 하나 깜빡 않고 담담한 얼굴이라고 생각했지만 그녀의 앞에 선 천강의 얼굴은 내내 안타까움이 묻어 있었다고, 서로의 마음을 확인한 그날 서로에게 한 말이다.

유현란은 자신이 성년이 되어 만약 사내를 선택하게 된다면 그 상대는 천강뿐일 거라고 생각했다. 그러나 선원당녀가 되고 픈 꿈을 포기하고 싶지도 않았다. 그러한 망설임은 스물두 살이 될 때까지 계속되었다. 은파에서나 중간마을에서나 천강은 이미 유현란의 남자로 소문이 나 있었다. 그래서 그를 남몰래 사모하는 당녀는 많았지만 어느 누구도 그를 선택하지 못했다.

사랑은 아름다웠다. 눈빛만 봐도 서로의 마음을 알 수 있었고, 무엇을 원하는지 어디가 아픈지 단번에 알아보았다. 서로가 있어 삶이 행복하다고 느껴지는, 마음을 다한 그런 사랑이었다. 그것으로 충분했다.

유현란은 그를 바라보는 마음이 넘치는 것이 두려웠다. 손을 잡으면 입술을 탐하고 싶을 터이고, 입술을 탐하고 나면 품에 안기고 싶을 것이다. 그러나 그런 욕심을 따를 수는 없었다. 그것은 자신이 목표했던 삶으로 가는 길이 아니었다. 태어나면서부터 운명처럼 지워졌던 선원당녀의 꿈. 결국 유현란은 은허당의 뜻을 이어갈 고결한 여자로 살기로 마음을 굳혔다. 어리석게도 천강이 이해해 줄 거라고 믿었다. 자신이 어떤 모습으로 살든 천강은 언제나 그 자리에서 자신만을 바라보고 있을 거라고 생각했었다. 얼마나 어리석은 자만이고 이기였던가.

"감울란."

유현란은 나가려는 감울란을 불러 세웠다. 또다시 움푹 팬 볼의 흉터가 먼저 눈에 들어온다.

상처는 그날의 격렬함을 말해주듯 굴곡이 깊다. 이제는 영원히 돌이킬 수 없는 흉이 되어버린 저 상처처럼 감울란의 마음에도 돌이킬 수 없는 상처가 새겨져 있겠지?

그러나 감울란의 눈빛은 너무도 담담하다.

나를 용서한 걸까? 이해한 걸까?

유현란은 목젖까지 올라온 많은 말을 가만히 삼켰다.

"고맙다."

감울란은 고개를 갸웃했다. 유현란이 무엇에 대해 고맙다고 하는 것인지 모르겠다는 표정이었다.

"여러모로…… 이번 일도 그렇고, 자네가 없었으면 지금껏 나혼자 이 은허당을 어찌 꾸려왔을까, 아득할 지경……."

진심이 담긴 유현란의 눈빛을 보며 감울란은 그녀의 말을 끊었다.

"전 부란님의 마지막 명을 수행하는 것뿐입니다."

감울란은 짧은 순간 저도 모르게 날카로워지려는 눈빛을 숨기며 가벼운 목례를 하고 그곳을 나왔다.

세상에 참지 못할 분노는 없다. 참는다는 건 결코 잊었다는 뜻이 아니니까.

꽉 깨문 입술로 인해 볼의 흉터는 더욱 움푹 들어가 보였고 칼집을 움켜쥔 주먹의 뼈마디가 사내의 그것처럼 툭툭 불거져 나왔다.

은파의 외곽으로 빠지는 길목마다 물샐틈없이 군사들이 깔렸다. 저자에서 의외의 많은 피해를 입은 봉족군은 그 사건을 단순한 떡 도둑 사건을 넘어 봉족에 저항하는 세력들의 소행이라고 판단한 모양이었다.

혜수는 미루와 향을 데리고 모화촌으로 들어갈 길을 찾고 있었다. 떡을 훔쳤던 아이가 모화촌 아이였고, 또 은파에서 도망친 죄인이 가장 안전하게 숨어들 수 있는 곳은 모화촌뿐이었기 때문이다. 그러나 아무리 봐도 은현과 유한보다 더 급한 것은 눈만 마주치면 싸움이 날 것 같은 저 두 사람인 것 같다. 은현과 유한은 싸움 중간에 빠져나갔지만 미루와 향은 마지막까지 남아 있었고 그들의 칼에 병사가 여럿 상했다. 그런데도 이들은 겁이 없는 것 같다. 벌건 대낮에 이렇게 은파를 활보하고 다니니 말이다.

"아저씨, 겁나지 않으세요?"

혜수는 향의 눈치를 살피며 미루의 옆에 착 달라붙어 물었다.

"뭐가 말이냐?"

"아저씨나 향이 언니 얼굴이 거리마다 대문짝만 하게 나붙었는데 이렇게 벌건 대낮에 나다니기 겁나지 않냐고요?"

흠, 미루는 대답 대신 헛기침을 하며 향을 슬쩍 돌아보았다. 도무지 겁도 없고 조심성도 없는 여자다. 머릿속에는 온통 제 주인을 찾겠다는 생각뿐인 여자 같다.

저자를 돌아 객점이 즐비한 골목으로 몇 걸음 들어서려는데 한 무리의 병사들이 몰려왔다.

"저기 있다! 저자들을 잡아라!"

이미 뒤편에서도 병사들이 몰려오고 있었다. 겁도 없이 칼을 빼려는 향의 손목을 낚아챈 미루는 재빨리 옆 골목으로 뛰었다. 혜수는 이런 도망이 익숙한 듯 미루보다 먼저 골목으로 뛰어들어 저만치 앞서 달리고 있었다. 은파를 손바닥 보듯 한다더니 그 말을 증명이라도 하듯 혜수는 좁은 골목길을 이리저리 다람쥐처럼 빠져나가더니 순식간에 객점과는 반대편 골목으로 그들을 이끌었다.

"여기까지 쫓아오진 않을 거예요. 안심하세요. 저놈들이 쫓아오는 길은 늘 빤하거든요."

혜수는 이런 도망이 꽤나 익숙한 모양이다.

"은파에 살면서 봉족을 피해 한 번쯤 도망 다녀보지 않은 사람은 없을 거예요. 근데 저놈들이 하는 양을 보니 며칠 꽁꽁 숨어 있는 것이 제일 좋을 것 같은데……."

눈치를 보며 말을 꺼내기 무섭게 향이 날카롭게 쏘아붙였다.

"숨어 지내고 싶으면 너희들이나 숨어 지내!"

"잠깐 몸을 숨겼다가 잠잠해지면 다시 나서는 것도 방법이다."

타이르듯 하는 미루의 말에 향은 발끈하며 돌아보았다. 사사건건 제가 어른인 듯 대하는 그의 태도가 거슬리던 참이었다.

잠잠해질 때까지……? 친구를 잃은 그는 그럴 수 있을지 모르지만 은현을 잃은 자신은 그럴 수 없다. 매화대의 가장 큰 사명인 당주를 지키는 일을 해내지 못했다. 만약 은현에게 무슨 일이 생긴다면 자신의 목숨도 없다는 걸 안다. 매화대가 이미 은파에 내려와 있을 것이다. 그들이 은현을 찾아내기 전에 먼저 찾아야 한다.

"모화촌으로 가는 길을 알려줘. 그리고 넌 네 갈 길을 가."

향은 미루를 무시한 채 혜수에게 말했다. 표정을 보니 아무리 말려도 소용없을 것 같았다. 혜수는 갈 곳도 딱히 없거니와 객점에서 자신을 구해준 사람을 위험에 혼자 둔 채 숨어버리고 싶지 않았다. 나이도 어리고 칼질도 못하지만 길을 찾고 도망 다니는 데는 셋 중 자신이 가장 낫다고 생각한다.

"길이야 알려줄 수 있지만 그런 번드르르한 옷을 입고는 모화촌에 발조차 들여놓을 수 없을걸요? 거긴 봉족만 보면 몹시도 괴팍해지는 사람들이 사는 곳이라."

하며 혜수가 향을 따라 쪼르르 달려가자 미루도 어쩔 수 없다는 듯 어깨를 으쓱하며 향의 뒤를 따랐다.

"정말 못 말릴 여자들이군."

한쪽은 나이만 찼지 세상 물정을 너무 모르는 것 같은 겁없는 칼잡이고, 또 한쪽은 어지간한 어른보다 더 눈치가 빠른 어린 여자다. 이상한 것은 눈치는 빠르나 제 몸 보호할 재주 하나 없는 어린 여자보다 어디서든 제 몸 하나는 거뜬히 지켜낼 검술 실력을 갖춘 저 싸늘한 칼잡이가 더 걱정된다는 것이다.

"내일쯤 모화촌 밖으로 나가볼까 해. 미루와 당신 수하에게 무슨 일이 생긴 건 아닌가 걱정도 되고……."

유한은 풀을 꺾어 입에 물며 중얼거렸다. 모화촌으로 숨어든 지 벌써 열흘이 지났다. 모화촌에 숨어 미루와 향이 일행이 찾아오기를 기다리면서 한편으로는 그들이 좀 더 오래 은파를 헤매기를 바라는 마음도 있었다. 은현과 함께하는 날이 길어질수록 그 마음은 더욱 간절해졌다. 그러다 순간 더럭 겁이 나기도 했다. 이러다 이대로 안주해 버리고 싶어지는 건 아닐까? 그런 생각이 들 때마다 머릿속으로 하얀 눈을 이고 있는 갈왕산의 차가운 바람이 밀려들어 왔다. 그러면 다시 정신이 번쩍 드는 것이다. 매족 마을에서 자신들을 기다리고 있을 수많은 사람들, 이제는 늙어버린 용사들과 아버지, 그리고 어린 소년들의 눈동자가 눈앞으로 불쑥 다가와 그에게 속삭였다.

유한! 우릴 잊지 마…….

유한은 침을 꿀꺽 삼키며 은현을 돌아보았다. 그녀는 평화로운 얼굴로 강을 내려보다가 유한의 눈길을 느끼고 돌아보며 생긋 웃었다. 걱정 한 점 없는 천진한 웃음이 유한의 마음을 아프게 했다. 그녀는 긴 머리칼을 쓸어 넘기며 유한의 어깨에 기댔다.

"며칠 더 있다가 나가."

그녀는 지나가는 말처럼 그렇게 말했다. 지금쯤 향의 속은 새

까맣게 탔을 것이고, 어쩌면 은허당에서 매화대를 은파로 내려보냈을지도 모른다. 그렇다면 그들이 찾아오는 것은 시간문제다. 굳이 유한이 나서지 않아도 그들은 나타날 것이다. 그 시간이 조금만 늦춰졌으면 하는 바람뿐이다.

유한은 그녀의 긴 머리칼을 쓰다듬었다.

그녀는 자신이 누군지 여전히 함구 중이다. 행복한 눈빛 너머로 가끔 보이는 슬픈 빛이 그녀의 정체를 더욱 궁금하게 한다. 그러나 한편으로는 이대로 아무것도 모른 채 지내는 것이 좋을 거라는 생각도 든다. 다 알아버리면 헤어지기 힘들지도 모르니까. 한줄기 바람이 쓰다듬던 머리를 헝클어놓고 달아난다. 유한은 머리를 쓰다듬던 손을 멈칫했다.

이렇게 스쳐 가는 바람처럼 두어야 할까?

아래 강에서 고기를 잡던 아이들이 그들을 향해 내려오라는 손짓을 했다. 은현의 손을 잡고 내려가니 아이들뿐 아니라 가한을 비롯한 마을의 청년들까지 모두 모여 물고기를 잡고 있었다. 위쪽에서 아이들이 발을 첨벙거리며 고기를 몰아 내려오면 아래에서 그물을 든 청년들이 재빠르게 고기를 떠 올렸다. 그물을 불쑥 들어 올릴 때마다 펄떡이는 물고기들이 잡혀 올라왔다.

은현은 생전 처음 해보는 그 놀이가 신기하고 재미있었다. 유한은 강가에 서서 천진해 보이는 은현의 모습을 신기한 눈으로 바라보았다. 처음 보았을 때는 꼭 나이 지긋한 늙은이 같더니 시간이 지날수록 어린 모습이 드러나고 있다. 음울해 보이던 눈빛도 한층 맑아졌다.

가한이 슬쩍 다가와 말을 걸었다.

"모화촌이 완전히 포위되었어."

"무슨 소리지?"

"봉족 군사들로 사방 길이 다 막혔다고. 자네 친구들이 생각
보다 일을 크게 벌인 것 같아. 그날 목숨을 잃은 군사가 스물은
넘는다더군."

아, 그래서 미루가 나타나지 않았던가 보다.

"걱정 마. 이곳은 저들이 함부로 들어올 수 없는 곳이니까."

그의 말처럼 잠깐 지낸 모화촌은 변화하던 은파의 거리와는
격리된 느낌이 들었었다. 그들이 왜 모화촌을 함부로 들어올 수
없는지는 모르지만 일단은 안심이 된다. 그러나 언제까지 이곳
에 머물러 있어야 하는 걸까? 까르르, 웃는 소리에 돌아보니 은
현이다. 그녀의 얼굴은 물빛을 받아 반짝였다.

아이들 틈에 끼어 물고기를 몰던 은현은 가한과 진지한 얘기
를 나누고 있는 유한을 발견했다. 유한의 얼굴이 밝아 보이지
않는다.

무슨 일일까?

어쩌면 미루와 향의 소식일지 모른다. 그것이 아니면 은허당
의 당주를 찾는 매화대의 소식인지도.

한참 신나던 일이 그만 재미없어졌다. 은현 속에 들어앉은 부
란의 흔적들이 불쑥 고개를 든다. 돌아가야 할 때가 된 것일까?

반짝이는 물비늘에 유한의 형상이 부서져 떠간다.

저렇게…… 사라지겠지?

요란한 풀벌레 소리보다 유한의 나직한 숨소리가 더 선명하게 들리는 밤이다. 반짝이는 물비늘에 부서져 떠내려 가던 유한의 형상이 뇌리를 떠나지 않는다. 유한이 눈앞에서 사라진다는 것, 은현에게는 그것이 받아들일 수 없는 충격처럼 다가왔다. 아주 잠깐만 유한의 어깨에 기대어 마음을 놓아버리자 했던 것이 치명적 실수였던가 싶다.

은현은 표나지 않게 몸을 돌려 누웠다. 몸을 잔뜩 웅크린 유한이 바닥에 누워 있다. 밤마다 이슬을 맞으며 자게 할 수 없어 움막에 들어오라 한 지 사흘째인데 마치 스스로를 경계하듯 유한은 내내 저렇게 몸을 잔뜩 웅크린 채 돌아누워 잠을 잤다.

은현은 어둠 속에서 가만히 유한을 불러보았다.

"유한……."

밖으로 다 나가지 못한 소리가 목을 타고 들어와 가슴으로 스며들었다. 누군가의 이름을 부르는 일이 이렇게 뜨겁고 가슴 아픈 일인 줄 몰랐다. 이렇게 아픈 이름은 불러서는 안 되는 건지도 모른다. 그냥 가슴속에 꽁꽁 묻어두는 것이 옳은 일인 것 같다. 그러나 생각과는 다르게 은현의 입에서 다시 유한의 이름이 새어 나왔다.

"유한……."

유한은 대답이 없었다. 그러나 은현은 그가 잠들지 않았다는 것을 알았다. 어느 순간부턴가 고르게 들리던 그의 숨소리가 뚝 끊겼기 때문이다.

"유한……."

은현은 다시 그의 이름을 불렀다. 그러나 여전히 유한은 대답이 없다. 정말 깊이 잠이 들어버린 듯. 순간, 요란한 풀벌레 소리 사이로 꿀꺽 침 삼키는 소리가 들렸다.

"깨어 있다는 거 다 알아."

이 좁은 움막에서 그녀와 말을 섞고 싶지 않았는데 어쩔 수 없게 되었다. 유한은 이곳에 들어와 자는 내내 한 번도 돌아눕지도, 펴보지도 못한 몸을 뒤척여 반듯하게 누웠다. 힐끗 돌아보니 은현은 옆으로 누운 채 그를 빤히 내려다보고 있었다. 칠흑처럼 어두운 움막 안이었지만 어둠에 눈이 익어서인지 그런 모습 하나하나가 또렷하게 다 보였다. 처음 음울해 보이던 눈이 푸른빛이 걷혀 따뜻해지고 다시 촉촉하게 젖어드는 것까지 다 보였다. 자신만큼 은현도 이 시간들을 힘들어한다는 것을 알았다. 그러나 흘러나오는 목소리는 성가시다는 듯 퉁명스럽다.

"자지 않고 왜 자꾸 불러."

"아까 가한이랑 무슨 얘기 나눴어?"

"그냥, 이런저런."

모화촌 사방이 봉족의 군사들로 에워싸였다는 말은 하고 싶지 않았다. 향이 찾아오기만 손꼽아 기다리는 은현이니.

"혹시 당신 친구 소식이야? 아니면……?"

"그런 거 아냐."

아…….

은현은 조그맣게 대답하며 고개를 끄덕였다. 그것은 안도의 한숨이기도 했다.

그들의 소식이 아니어서 다행이다. 아직은 매화대가 나타나지 않은 듯하니 그것도 다행이다. 그러나 이런 시간이 얼마나 오래갈까?

유한은 팔을 이마에 올린 채 반듯하게 누워 있었다. 여름의 끝으로 달리는 날씨라 저녁이면 제법 싸늘했다. 겨우 거적 하나만 깔고 누웠으니 바닥에서 올라오는 냉기가 만만찮을 것이다. 이런 생각이 들자 은현은 유한의 등에 스며들 서늘한 냉기가 제 몸으로 건너오는 듯 한기가 들었다.

"유한."

어둠 속에서 다시 은현의 목소리가 들렸다.

"응."

"여기…… 올라올래?"

"……!"

은현은 돌아누우며 다시 말했다.

"추워서 그래."

잠깐 망설이던 유한은 덮고 있던 모포를 들고 다가왔다. 그리고 그것을 펼쳐 은현을 감싸듯 덮어주었다. 사실 추운 건 몸이 아닌데 유한은 모포를 목까지 바짝 올려 은현의 몸을 덮었다. 뒤쪽에서는 더 이상 기척이 없었다. 유한이 다시 제자리로 돌아간 모양이라고 생각하는 순간, 침상이 출렁 흔들렸다. 이어 유한의 커다란 팔이 모포 위를 감쌌다. 등 뒤에서 유한의 따뜻한 체온이 느껴졌다.

"이제 괜찮아?"

따뜻한 입김이 목덜미를 스쳤다. 은현은 오히려 오슬한 한기를 느끼며 몸을 움츠렸다. 그가 가까이 누워 있다는 것이 이렇게 감당 못할 불편함인 줄 미처 몰랐다. 그냥 자게 둘 걸 그랬다.

달빛 아래에서 처음 보던 그 순간부터 마음이 조절되지 않던 사람이었다. 다친 아이를 바라보는 슬픈 눈빛이 견딜 수 없이 아파 몸속의 기운을 요동치게 만들었던 사람이다. 이마에서 흐르던 피가 제 피인 양 아파 눈물짓게 만들었던 사람.

그렇게 유한은 은현의 감정을 끝없이 건드리고 일깨우는 사람 같다.

은현에게 있어 감정이라는 것은 밖으로 드러내어서는 안 되는 것이었다. 그저 부란의 껍질 속에 숨어 사시사철 똑같은 감정으로 오롯한 모습으로 흔들리지 않는 바위처럼…… 그렇게 보여야만 은화원의 주인이 될 수 있다고 유현란은 말했다.

그 자리를 지키는 것만이 삶의 이유이고 목적이었던 지난 십여 년. 그러나 그곳을 떠나온 지 보름여 만에 은현은 그것이 삶의 전부가 아니란 걸 깨달아 버렸다. 은화원의 주인, 은허당의 당주보다도 더 마음이 끌리는 것이 생긴 것이다.

은현은 숨소리조차 내지 못한 채 유한의 체온을 느끼고 있었다. 불편하기도 했지만 따듯하고 포근했다. 일곱 살에 당주가 되며 유현란의 품에서 밀려나 언제나 혼자였던 밤들. 밤새 매화대의 그림자가 문밖에서 서성이던 그 화려한 침상 위에서 은현은 작은 몸을 웅크리고 숨죽여 울었었다. 많이 외로웠었나 보다. 두려웠던가 보다.

하늘과 가장 가까운 땅에서, 그 땅의 주인으로 세상을 한 가슴에 품고, 신성한 여인으로 추앙받는 그 삶이 주는 안락한 침상보다 바람이 숭숭 드는 움막의 낡은 침상 위, 유한의 품 안이 더 좋은, 이것이 낯선 환경에 대한 호기심인지 아니면 또 다른 무엇인지⋯⋯?

은현은 긴장을 가라앉히기 위해 눈을 감았다. 유한의 호흡에 제 호흡을 맞추며 눈을 감고 있는 사이 이내 마음이 평화로워졌다. 어릴 적 유현란의 품에 안겨 잠이 들던 그때처럼 유한의 가슴은 따듯했다. 태대산을 내려온 후 처음으로 그녀는 달고 깊은 잠에 빠져들었다.

모포 속 그녀의 몸은 아주 조그맣게 느껴졌다. 그 조그만 여자에게서 아이처럼 고른 숨소리가 들려왔다. 유한은 그제야 안은 팔에 가만 힘을 주었다. 조그만 몸이 한 가슴에 다 들어왔다.

아무도 이곳으로 찾아오지 않으면 좋겠다.

무언가 코끝을 간질였다. 유한은 그것을 손으로 비벼 털어내고 다시 잠을 청했다.

간질간질…… 그것은 볼을 타고 콧잔등을 지나 눈두덩을 간질이다가 이마 위를 살금살금 기어다녔다. 유한은 성가신 듯 이마를 찌푸렸다. 밤새 바짝 긴장한 채 은현을 안고 있느라 잠을 제대로 못 잔 터였다.

다시 간질간질…… 그리고 가느란 웃음소리.

유한이 반짝 눈을 떴다. 눈앞에 풀잎을 든 은현이 웃으며 내려다보고 있었다.

"일어나, 유한."

"응?"

"일어나라고. 물안개가 자욱해."

그녀는 유한의 손을 잡아끌었다. 얼결에 몸을 일으킨 유한은 은현의 손에 이끌려 움막을 나왔다. 사방이 안개에 갇혀 눈앞이 아득했다.

"저기."

은현이 가리킨 쪽을 내려다보니 강에서 물안개가 김처럼 피어오르고 있었다. 마치 한 폭의 그림을 보는 듯 너무도 아름다운 풍경이었다. 그제야 잠이 완전히 깬 유한은 꼭 잡힌 제 손을 내려다보다가 다시 은현을 바라보았다. 간밤의 일은 모두 잊어버린 듯, 아니면 유한 자신에게만 가슴 떨리는 일이었는지 그녀의 얼굴은 그저 담담하다.

사시사철 자욱한 안개에 둘러싸인 태대산에 살던 은현에게 사실 안개 낀 풍경이 새삼스러울 것은 없었다. 그러나 오늘 아침의 안개는 특별하게 느껴진다. 특별하게 느껴지는 것은 안개뿐이 아닌 것 같다. 축축이 내린 이슬도, 멀리 보이는 저 강도, 그리고 꼭 잡은 유한의 손도 아주아주 특별나게 느껴지는 아침이다.

아침에 눈을 떴을 때 여전히 유한의 품 안에 있음을 알고 느낀 그 안온함이란 말로 다 표현할 수가 없었다. 이대로 모든 것을 버린 채, 잊어버린 채 안주하고 싶은 생각에 가슴이 아려왔다.

은허당을 버리고 살 수 있을까?

유한만 곁에 있다면 그럴 수도 있을 것 같다는 생각까지 들었다. 그러나 은허당이 자신을 놓아주지 않을 것이라는 걸 안다. 유현란과 감울란, 그리고 매화대가 그녀를 놓아주지 않을 것이다. 자신 또한 언제나 놓여나고 싶다고 생각했지만 스스로 그곳을 버리진 못할 것이란 걸 안다.

그녀는 가슴에 놓인 유한의 손을 꼭 잡았다가 놓았다.

이대로 꼭 잡을 수도, 그리고 다시 놓아버릴 수도 있는 사람, 놓아버리는 그 손이 힘들지 않을 사람. 유한의 존재가 그러기를 바랐다.

놓아버려도 아프지 않을 만큼, 딱 그만큼만 사랑…… 해도 될까?

돌아보니 유한의 눈은 안개 속에 축축이 젖어 평화로워 보였다.

신의 여인인 은허당의 당주는 고결해야 한다고 했는데 이 아침, 은현은 자신이 이미 고결과는 거리가 먼 사람이 되어버린 것 같다.

풀밭에서 다시 모화촌 청년들의 검술 대회가 열렸다. 이 조그만 마을에 그들 모두가 살고 있다고 믿어지지 않을 만큼 꽤 많은 수의 청년들이 모였다. 유한은 그들을 볼 때마다 의아한 생각이 들었다. 시합을 치르는 동안 곳곳에 경계병을 세워두는 모습이라든가 표나지 않게 위계질서가 철저한 모습, 그리고 놀라운 검술 실력까지. 그들은 마치 갈왕산 너머의 매족 마을처럼 조직적인 훈련을 받는 집단 같다.

이번에는 유한도 끌어들이지 않은 채 철저한 그들만의 시합을 치렀다. 유한은 바짝 긴장한 채 시합을 지켜보았다. 역시나 가한의 실력은 출중하다. 그는 좀처럼 흥분하지 않았고 쓸데없이 힘을 낭비하는 일도 없었다. 한참 시합에 빠져 보는데 누군가 어깨를 툭 쳤다. 은현과 자신을 주시하며 늘 주위를 맴돌던 천성이다.

"촌장님께서 찾으신다."

은현의 손을 잡고 가려니 그가 제지했다. 혼자 오라는 뜻이었다.

촌장은 얼굴이 온통 텁수룩한 수염 속에 덮여 있어 나이를 짐작할 수 없었다. 어떨 때는 생명이 다해가는 늙은이처럼 보이다가 또 어떨 때는 혈기 넘치는 청년의 기운이 느껴지기도 했다. 한 가지 분명한 것은 어떤 모습으로든 촌장이 모화촌을 한 손에 장악하고 있다는 것이다. 남녀노소를 불문하고 촌장을 바라보는 사람들의 눈빛은 무한한 믿음과 존경, 그리고 약간의 두려움을 안고 있었다.

촌장은 다리를 절룩이며 차를 들고 왔다.

"불편한 곳은 없는가?"

"덕분에 편히 잘 지내고 있습니다."

유한은 가볍게 대답하며 촌장을 살폈다. 자신들로 인해 모화촌에 어떤 불상사가 생긴다면 더 이상 이곳에 머물 수 없다고 생각하던 차였다. 어쩌면 은현을 데리고 어디로든 떠나야 할지도 모른다는 각오까지 하고 있다. 그러나 유한은 짐짓 느긋한 표정으로 차를 마시며 촌장의 말을 기다렸다.

스물두 살이라고 하기에는 놀라울 정도의 느긋함을 지닌 청년이다. 찻잔을 드는 모습도 느릿느릿, 이리저리 살피는 눈은 느릿하다 못해 나른해 보이기까지 한다. 그러나 목검을 들고 있던 순간만큼은 폭풍 같았다. 한순간에 쓸어버릴 폭풍처럼 그의 칼은 거칠고 야만스러웠다.

거칠고 야만스러웠던 칼…… 그런 칼을 쉼없이 휘두를 수 있는 사람은 자신이 아는 한 세상에 한 사람뿐이었다.

매서운 눈매로 유한을 살피던 그는 이내 고개를 흔들었다. 호
족의 청년에게서 감히 매족의 피를 느끼다니, 쓴웃음이 지어진
다. 며칠 천성을 붙여 지켜보았지만 특별히 의심 가는 점을 발
견하지 못했다. 도망 나온 호족이라는 말이 거짓은 아닌 듯싶었
다. 그 재주가 탐이 나도록 아깝지만 그저 조용히 제 갈 길을 가
도록 도와주는 것, 유한과의 인연은 그것만으로 족할 것이다.

여인을 얻고자 칼을 버리고 도망 나온 자다. 무슨 희망을 가
지랴.

"봉족 군사들이 모화촌을 에워싸고 있다는 소리를 들었는
가?"

촌장은 유한을 주시하며 물었다. 유한은 고개를 끄덕이며 그
의 다음 말을 기다렸다.

"워낙 상한 사람들이 많아서 쉽게 물러날 기세가 아니야."

유한은 속으로 촌장이 무슨 뜻으로 이런 말을 꺼내는지 가늠
했다. 떠나라고 하면 떠날 수밖에 없는 그들이다.

"우리 모화촌 아이를 구해주려다 쫓기는 몸이 되었으니 우리
가 자네들을 지켜주는 것은 당연하다는 생각은 변함이 없네. 다
만, 이곳은 어린아이들과 늙고 병든 자들, 그리고 아낙네들이
모여 사는 곳이라 혹시라도 저들이 들어오기라도 하는 날에는
감당할 수 없는 참상이 일어나고 말 걸세. 그래서……."

유한은 촌장의 말뜻을 금방 알아들었다. 자신도 이 헐벗고 가

없은 사람들에게 피해가 가는 것을 원치 않는다.

"벗을 기다리고 있습니다. 저자에서 헤어진 제 친구와 우리…… 아가씨의 수하입니다. 그들을 찾는 것을 도와주십시오. 그들만 찾으면 이곳을 뜨겠습니다."

촌장은 말없이 고개를 끄덕였다.

다시 풀밭으로 돌아오니 여전히 검술 대회가 열리고 있었고 그 한 켠에 청년들에게 둘러싸인 은현이 보였다. 은현에게 무언가를 보여주려는 듯 불끈한 표정을 짓는 녀석, 다정히 웃는 녀석, 열심히 떠드는 녀석, 그윽한 눈으로 바라보는 녀석까지. 멀리서도 그 모든 표정 하나하나가 유한의 눈에 선명하게 들어왔다. 그들 가운데에 말뚱한 얼굴로 앉아 있던 은현이 환하게 웃는 모습이 보였다.

순간 유한은 달렸다. 코가 닿을 듯 얼굴을 가까이 가져가 웃고 있는 녀석은 며칠 전부터 은현의 곁을 맴돌던 녀석이다. 자신에게는 슬프도록 아련하게만 보여주던 웃음이었는데 그 녀석 앞에서 웃는 은현의 저 웃음은 너무도 자연스럽고 천진하다.

순식간에 달려온 유한이 성큼 다가서며 은현의 손을 잡아 일으켰다. 그 행동이 너무 거칠었기 때문에 은현이 놀라서 손을 빼려고 했다. 유한의 행동이 무례하게 느껴졌다.

"유한, 왜 이래? 이 손 놔!"

은현은 순간적으로 늙은 부란의 마음이 되어 유한을 나무랐다. 아이를 질책하듯 하는 그 말에 유한은 더욱 화가 났다.

"따라와!"

의아해하는 청년들의 눈을 뒤로하고 유한은 은현을 울컥울컥 당겼다. 마치 목검을 들고 있던 그때의 유한처럼 거칠고 야만스럽게 느껴졌다. 강이 내려다보이는 언덕에 이르러서야 유한은 은현의 손을 던지듯 놓아주었다. 여전히 화가 가라앉지 않았다.

허리에 손을 얹은 채 거친 숨을 내뿜고 있는 유한은 마치 심술난 어린아이 같다. 은현은 그의 느닷없는 행동을 이해할 수 없었다. 촌장의 부름을 받고 간 유한이 오래도록 오지 않았기에 걱정스런 얼굴로 앉아 있던 은현을 청년들이 달래주던 차였다. 그들의 장난기 어린 행동에 은현은 저도 모르게 웃음이 터져 나왔다. 일곱 살 이후 처음으로 소리 내어 웃는 웃음 같았다.

유유히 흐르는 강을 보고 있자니 그제야 마음이 조금 진정되는 것 같다. 그토록 거칠게 끌고 오다니, 유한은 느닷없었던 자신의 행동을 질책했다.

이곳을 떠나야 할지도 모른다는 것이 불안했던 것일까? 헤어져야 한다는 것이……?

촌장을 만나고 나오면서부터 그런 불안이 엄습했던 것 같다. 그것은 쫓기는 자의 두려움이 아니라 은현에 대한 불안이었다. 그녀에 대해 아는 것이 아무것도 없다는 것, 그래서 한 번 헤어지고 나면 다시는 찾을 수 없을지도 모른다는 것이 불안으로 다가왔던 것이다.

"왜 화가 난 거야, 유한?"

마음을 가라앉힌 은현이 찬찬한 음성으로 물었다. 거칠었던 그의 행동보다 그를 거칠게 만든 이유가 뭘까, 그것이 더 신경 쓰였다.

유한은 쉽게 입이 떨어지지 않는다. 은현이 화를 내었다면 무슨 말이든 쉽게 나왔을 테지만 이렇게 고요히, 걱정스런 눈으로 물어오니 더 할 말이 없어지는 것 같다. 자신이 꼭 어린아이가 된 것 같았다.

"유한."

"그냥 화가 났어! 당신이…… 당신이 웃는 게 화가 났어."

유한이 화난 이유가 어이없다. 웃는 게 화가 나다니, 무슨 억진가 싶다.

"내가 언제나 웃었으면 좋겠다고 했잖아?"

"그건……!"

그래, 은현이 언제나 웃었으면 좋겠다고 생각했다. 그녀를 감싸고 있는 검푸른 빛이 왠지 슬퍼 보여서 더더욱 그랬다. 그런데 다른 녀석들 앞에서 활짝 웃는 모습을 본 순간 차라리 그 슬프고 푸른빛 속에 가둬두는 것이 낫겠다 싶은 생각까지 들어버렸다. 터질 듯 꽉 쥔 주먹이 뜨거웠다.

"그 녀석! 그 녀석 얼굴이 당신 눈앞에 닿을 듯 다가와 있었잖아!"

'그 녀석'이 누구를 말하는지 은현은 모르겠다. 누군가의 얼굴이 닿을 듯 다가와 있었다는 것도 기억에 없다. 바로 옆에 앉아 있던 청년의 얼굴조차 기억나지 않는걸?

어이없는 듯 빤히 쳐다보는 은현의 눈을 마주하자니 불끈 쥔 주먹이 부끄럽지만 유한은 그 억지 같은 생각이 멈추어지지 않는다. 은현의 입가에 웃음이 번지고 있었다. 그 모습이 너무 아름다워서 화가 다 녹아내릴 것 같았다. 그녀의 손이 유한의 옷자락을 가만 잡았다.

"유한은 바보구나?"

그녀의 눈은 촉촉이 반짝였고 목소리는 왠지 떨리는 것 같았다.

"난 기다리는 내내 유한 생각만 하고 있었는데……."

빤히 올려다보는 그녀의 눈에 이슬이 맺혀 있었다. 눈빛으로만, 짐작으로만 느껴오던 유한의 마음을 한순간에 다 보는 것 같아 은현은 눈물이 났다. 사내란 바보 같고 철없는 아이랑 꼭 같아서 늘 설명을 해주어야 하고, 마음을 말로 표현해 주어야 한다던 유현란의 말이 떠올라 웃음도 났다.

바보…… 바보 유한.

은현은 엉거주춤 서 있는 유한에게 다가가 목을 꼭 껴안았다.

거짓으로 춥다며 침상으로 불러 올려도 정말 추워서 부른 줄로밖에 모르는 유한, 내가 내 분신인 은허당을 버리고 싶을 만큼 당신에게 끌리고 있다는 것도 모를 테지?

갑자기 목을 안는 은현이 감당이 되지 않아 당황하던 유한은 따뜻한 은현의 체온을 느끼며 천천히 그녀의 허리를 당겨 안았다. 조그만 몸이 가슴에 폭 안겨왔다. 그제야 유한은 마음의 평안을 되찾았다. 한 번도 꺼내지 못한 속마음이 그제야 확연히 느껴졌다.

이 여자를 사랑한다. 처음 보던 그 순간부터였던 것 같다. 그것이 어떻게 가능한 일인지 모르겠지만 심장이 불안하게 두근거렸던 그 순간의 기억이 너무도 뚜렷하다. 저자에서 위험에 처한 그녀를 본 순간 머릿속이 하얘져 버렸던 기억, 보일 듯 말 듯 입가에 스치던 그 웃음이 가슴에 상처가 되어버린 기억, 잠깐만 보이지 않아도 불안이 엄습하는…… 이 모든 것이 사랑인 모양이다.

조그만 움막이 울컥 흔들렸다. 언제 이곳으로 들어왔는지, 누가 이끌었는지, 기대어진 그곳이 움막의 어디쯤인지도 알 수 없었다. 유한의 뜨거운 입술은 풀밭에서부터 이미 은현의 숨을 막고 있었다. 유한의 거칠고 뜨거운 숨결은 움막 속 어둠만큼이나 짙고 강렬했다. 은현은 머리끝까지 열이 차오르고 심장이 오그라들었다. 머릿속을 파고드는 그 격렬함을 견딜 수가 없어 그녀의 눈은 아찔한 허공을 허우적거렸다.

"유한……."

어깨를 밀쳐 보지만 그녀의 저항은 너무나 미약하다. 뜨겁고 붉은 혀가 입술을 파고들어 왔다. 맞닿은 가슴도 허리 아래 어딘가에서도 뜨거운 기운이 느껴졌다. 유한의 온몸은 불덩이처럼 달아 있었다. 순간 은현은 유한이 무엇을 하려는 것인지 직감적으로 알아차렸다.

고결한 몸을 유지해야 하는 것은 은허신을 모시는 은현의 의무다. 신탁에 따라 일생에 단 한 번 선택의 기회가 주어진다고 했지만 그것은 먼 훗날의 이야기다. 그녀는 아직 성년식도 치르지 않은 상태다.

"안 돼, 유……!"

작은 몸부림은 그러나 이내 다시 유한의 팔에 갇혀 버렸다. 뜨겁고 강한 힘이 은현을 혼란 속으로 몰고 갔다. 거부해야 하는 이성과 주체할 수 없는 뜨거움에 혼돈이 일었다.

이곳엔 아무도 없다. 유한은 내가 누군지 모른다. 나조차 나의 그림자를 볼 수 없는 어둠뿐이다.

어둠은 그녀를 유혹했다. 유한의 거친 숨결이 그녀를 무너뜨렸다. 은현의 팔이 목에 감기자 유한은 마침내 그녀를 안고 침상 위로 쓰러졌다. 묵직하고 뜨거운 유한의 몸이 그녀를 덮었다.

두려워…….

그러나 이것이 설령 죄라 하더라도, 그리하여 벌을 받는다 하더라도 유한을 거부하고 싶지 않았다. 양월의 말처럼 자신은 애초부터 당주의 자격이 없었는지도 모른다는 생각이 든다. 신을 저버리는 죄책감보다 유한을 향한 떨림이 앞서는 걸 보면.

태어나는 순간부터 고결함을 안고 사는 것이 은허당의 여인들이라고, 그중에서도 당주는 가장 고결하고 아름다운 여인이어야 한다고, 귀에 딱지가 앉도록 들어온 유현란의 말들이 귓가를 스친다.

고결함이란 뭔가? 아름답다는 게 뭔가?

깨끗하고 맑은 몸이 고결함이라면 사람을 사랑하는 마음은 아름다움이리라. 누군가를 사랑하고, 그래서 이렇게 가슴 저리게 안고, 그 사랑에 겨워 눈물이 흐르는…… 이것만큼 아름다운 감정이 또 있을까?

한 번도 경험하지 못한 열정의 끝자락에서 은현은 두려움과 희열의 눈물을 동시에 흘렸다.

새벽이 되도록 유한은 간간이 입을 맞추었고, 가슴에 얼굴을 묻으며 살 냄새를 들이키기도 했다. 그리고 다시 은현의 눈이 젖지 않았는지 조심스런 손끝으로 확인하곤 했다. 그럴 때마다 은현은 부끄러움과 안쓰러움에 떨리는 손으로 유한의 머리를 쓰다듬었다. 그리고 '내가 원했어'라고 속삭여 주었다.

유한은 아직도 제 가슴에 안겨 있는 여인의 실체를 믿지 못했다. 처음, 약간의 두려움을 느끼며 거부감을 드러내던 은현은 오히려 쉽게 그를 받아들였는 데 반해 자신은 너무도 어설프고 바보처럼 당황을 했었던 것 같다.

갈왕산 너머 매족 마을에서 성년식이 치러지던 날, 진짜 사내가 되어보라며 벗들이 데리고 온 아이는 날마다 눈앞에서 알짱

거리며 놀던 여자아이였다. 도대체 누이 같고 피붙이 같은 아이를 어찌 사내의 마음으로 안으라는 것인지? 버럭 화를 내며 돌아선 것이 여인을 겪은 일의 전부였다. 여인에 대해 관심도 없었고 그럴 시간도 없었다. 그런 그에게 이토록 마음을 송두리째 흔들어대는 여자가 있다는 것이 신기했고, 그 마음이 감당이 되지 않아 불안했다. 그는 불안한 마음을 달래듯 그녀의 머리칼에 얼굴을 묻으며 눈을 감았다. 코끝에 전해지는 은은한 향이 좋았다.

은현은 유한의 팔에 꼼짝없이 안긴 채 침을 꼴깍 삼켰다. 그는 잠시 잠이 든 듯 움직임이 없었다. 내내 안겨 있는 것이 불편했지만 유한이 깰까 봐 자세를 바꿀 수도 없었다. 그가 잠이 깨어 다시 안을까 봐 두렵기도 하고 또 한편으로는 다시 안아주지 않을까 두근거리기도 한다. 다시는 경험하고 싶지 않은 두려움과 통증, 그러나 또다시 이는 설렘과 전율의 이중적 감정이 그녀를 괴롭혔다.

남자를 안았으니 은허당의 잣대에 비추어 그녀는 이제 더 이상 고결한 여인이 아니다. 성인에 이르기도 전에 사내의 품에 안겼으니 은허당에서 쫓겨나야 마땅할 처지가 되었다.

쫓아내어 줄까? 은허당이 나를 버려줄까?

생각하며 어둠 속에서 유한의 얼굴을 살폈다. 너무도 짙은 어둠 때문에 그의 얼굴이 잘 보이지 않았다. 그것이 앞날을 알 수 없는 자신의 운명 같아서 마음이 아팠다. 은허당을 떠날 수도 없고 유한을 놓아버리고 싶지도 않은 자신의 처지가 유한의 얼굴을 감추고 있는 이 어둠을 닮았다. 그녀는 어둠을 더듬어 유한의 얼굴을 조심스럽게 쓰다듬었다.

6. 매화대 대장 감울란

매화대 대장 감울란
매화대 대장 감울란

"당장 당주님을 만나야겠다. 길을 열어라, 유현란!"

양월의 당당한 목소리가 은화원 뜰을 울리고 있었다. 유현란
이 당주가 사라진 사실을 숨기고 있다는 것을 알면서도 며칠만
기다려 보자 했었다. 섣불리 움직였다가는 뒤통수를 맞을 수도
있는 일이니까. 그러나 보름이 지나고 스무날이 되면서 양월은
드디어 자신이 움직일 때가 되었다고 판단했다.

당주의 행방이 묘연하다, 그것은 은허당의 존립을 흔드는 이
야기다. 그런데도 유현란은 기도 중이라는 거짓말로 당녀들을
감쪽같이 속여왔다. 그동안 어리고 모자란 은현을 당주로 앉혀
두고 유현란이 휘두른 월권들을 생각하면 이가 갈릴 지경이다.

저와 나의 처지가 언제부터 이리되었던가?

애초에 두 사람은 부란을 이을 당주감으로 지목되었다. 그러나 부란의 생명이 너무 길었다. 한 세대를 지나 두 세대를 넘길 때까지 은허당은 부란의 지배 아래에 있었다. 그동안 양월은 봉족과 손을 잡고 축적한 부로써 선원당녀들을 장악해 갔고, 유현란은 당녀로서의 도덕성과 충성심으로 부란의 마음을 얻었다. 결국 당주의 권력은 부란의 마음을 얻은 유현란이 차지했지만 은허당의 권력은 선원당녀들을 장악한 양월 쪽으로 기울었다. 그러나 은허당의 당주란 이름은 어쩔 수 없이 그 앞에 고개를 숙일 수밖에 없도록 만드는 것이어서 모든 권력을 쥐고도 십여 년을 절치부심 죽은 듯 살아온 양월이었다. 그동안 아무것도 모르는 허수아비 당주였던 은현은 몰라볼 정도로 자라 은근히 부란의 힘이 느껴졌고, 부란만큼은 아니지만 놀라운 치유의 능력을 보이며 조금씩 당녀들의 마음도 사로잡아 갔다. 그러나 자신의 눈에는 여전히 모자라고 모자란 당주다.

하긴, 당주라고 하여 반드시 부란의 능력만큼 되어야 한다는 법은 없겠지. 딱 거기까지만, 은현의 힘은 거기까지만으로도 충분하다. 때론 넘침이 모자람만 못할 때도 있으니까.

유현란만 꺾어버리면 은현은 다시 허수아비 같은 당주로 전락할 것이다. 양월의 입가에 희미한 미소가 지어졌다. 그녀는 다시 배에 힘을 모아 유현란을 불렀다.

"유현란! 당장 당주님을 뵈어야겠다! 무엇이 두려워 날 들이

지 못하는 것이냐!"

쩌렁쩌렁 울리는 양월의 목소리를 들으며 유현란은 냉정한 얼굴로 의자에 앉아 있었다. 양월이 저렇게 큰소리를 내는 것을 보면 은현의 행방이 묘연해졌다는 것을 알고 왔다는 뜻이다. 그렇게 조심을 했건만 은허당에 속속들이 퍼져 있는 양월의 눈과 입들을 다 속일 수는 없던 모양이다.

유현란은 머리가 깨질 듯한 두통을 느끼며 고개를 뒤로 젖혔다. 도무지 무슨 생각을 하는지 알 수 없는 감울란의 얼굴이 눈에 들어왔다.

모든 것이 탄로났으니 이제 어찌해야 하나?

조언을 구하듯 바라보는 유현란의 눈을 감울란은 피했다. 그저 명을 따르고, 행하고, 우뚝 서서 제자리를 지키는 것, 그것 외에는 아무것에도 관심이 없는 사람처럼 그녀의 표정은 차고 건조하다.

유현란은 보이지 않게 한숨을 내쉬었다. 감울란에게 더 이상 뭘 바라겠는가.

"산을 내려간 매화대에서는 아직 소식이 없는가?"

"봉족 군사들이 은파에 가득 깔렸습니다. 저자에서 칼싸움이 벌어져 수십 명의 사상자가 났답니다. 총관은 저항세력의 짓이라 여기는 모양입니다."

"저항세력?"

"그래서 매화대가 가볍게 움직일 수 없는 모양입니다."

선불리 움직였다가는 봉족의 표적이 될 것이다. 그러면 어쩔 수 없이 매화대의 정체를 밝혀야 하고 성인이 되기 전까지 철저히 감춰두려던 은현의 존재까지 밝혀지고 말 것이다. 두려움에 떠는 은현의 어린 눈동자가 떠오르자 유현란의 눈이 순식간에 붉어졌다.

어디 있느냐, 은현아……?

"무사하시겠지?"

묻는 눈에 두려움이 가득하다. 늘 도도함으로 수그림을 모르던 그녀의 눈동자가 애틋함을 가득 담은 채 감울란을 바라보고 있었다. 유현란의 이런 약한 모습은 처음이다. 그 눈을 보며 '하늘의 뜻에 맡길 수밖에'란 말을 할 수 없었다. 더더구나 당주의 안위를 책임져야 하는 매화대 대장으로서 그것은 해서도 안 되는 말이다. 움푹 팬 볼의 흉터가 움찔 움직였다.

"매화대를 믿으십시오."

감울란의 한마디에 유현란의 마음은 다시 안정이 되었다. 드디어 결심한 듯 유현란이 의자에서 일어났다.

"어쩌시려고요?"

"피할 수 없다면 부딪히는 수밖에."

문이 열리고 유현란이 나왔다. 그 얼굴에는 거짓말에 대한 부끄럼 따위, 두려움 따위는 없다. 여전히 균형 잡힌 몸매와 여인인 동료 당녀들마저도 다시 돌아보게 만들었던 아름다운 이목구비는 양월을 질투의 도가니로 몰아넣었던 젊은 날의 그때와

별반 달라진 것이 없다. 매서운 눈매로 노려보는 양월을 내려다보던 유현란의 입꼬리가 슬쩍 올라갔다.

"어찌 이리 시끄러운가?"

흘러나오는 목소리는 구역질나도록 도도하다. 젊은 날의 그 도도함에 이제는 세월의 무게가 주는 묵직한 위엄까지 서려 있다. 유현란의 위엄에 잠깐 움찔하던 양월은 뒤에 선 선원당녀들을 의식하며 다시 카랑하게 목소리를 높였다.

"당주님을 뵈어야겠네, 유현란!"

"무슨 특별히 올릴 말씀이라도 있으신가?"

"이번 가을 택일은 당주님이 직접 해주셨으면 하네. 그 일로 의논을 드려야겠어."

"그 일이라면 선원회의에서 결정하던 일이 아닌가. 새삼스레 당주님을 찾는 이유가 뭔가?"

"내년이면 당주님도 성년이 되시니 이제 그런 일은 직접 관장하시는 게 맞다고 보네. 언제까지 어린아이처럼 자네의 그 알량한 손바닥 위에서 노실 참이신지 여쭈어보아야겠어!"

"말이 과하구나! 어린아이라니, 당주님께 그 무슨 무엄한 말이냐!"

발끈하는 유현란을 보며 양월은 피식 웃음을 흘렸다.

"당주님을 그리 만든 건 유현란 바로 너다. 언제까지 품에 끼고 은허당을 좌지우지할 참이더냐!"

작정하고 온 듯 양월의 입에서 나오는 말들이 도를 넘고 있었다. 유현란의 뒤편에 석고처럼 서 있던 감울란이 성큼 앞으로 나왔다. 칼집이 양월의 가슴으로 불쑥 올라왔다.

"말씀이 과하십니다."

음울한 목소리와 음울한 눈빛, 그리고 길게 드리운 머리칼 너머 움푹 팬 볼의 흉터가 섬뜩하게 다가왔다. 감울란의 눈짓에 따라 매화대들이 순식간에 양월과 선원당녀들을 에워쌌다. 양월은 낭패한 눈으로 감울란을 노려보았다.

배알도 없는 인사 같으니라고!

예전부터 몇 번 회유를 해보았지만 감울란은 도대체 말을 들어먹을 생각을 하지 않는다. 감울란의 입장에서 보면 씹어 먹어도 시원찮을 유현란이건만 도대체 무슨 마음으로 유현란의 곁에서 혓바닥처럼 그 명을 따르고 있는지 알 수가 없다. 양월이 지금껏 죽은 듯이 지냈던 것은 바로 매화대의 존재 때문이었다. 매화대가 유현란의 손아귀에 잡혀 있는 한 꼼짝없이 복종할 수밖에 없는 것이 은허당의 실체였다. 외부 세력을 끌어들이지 않는 한 그것은 깨뜨릴 수 없는 질서다. 그러나 이대로 물러설 수는 없다.

양월은 망설이지 않고 단도직입적으로 말을 꺼냈다.

"유현란, 언제까지 우릴 속일 참이더냐? 당주님은 지금 은화원 내에 계시지 않다. 내 말이 틀렸느냐!"

카랑한 음성이 울려 퍼지자 선원당녀들이 웅성거렸다.

"당주님은 어디 계시느냐? 행방이 묘연하다는 말이 사실이냐?"

다그치듯 묻는 양월의 말에 유현란은 순간적으로 말문이 막혔다. 당주의 행방이 묘연하다. 은허당의 존립을 흔드는 그런 중대한 일을 스무 날이 넘도록 숨기고 있었다는 것은 어떤 말로도 용서받을 수 없는 중죄다.

한순간에 몰려드는 선원들의 눈을 감당해 내지 못하고 당황하던 유현란은 그러나 이내 마음을 차분히 가라앉혔다. 그리고 감울란에게 눈으로 명을 내렸다. 유현란의 명을 받은 감울란은 다시 눈짓으로 매화대에 명을 내려 선원들을 에워싼 원을 좁혀 들어갔다.

사내를 방불케 하는 건장한 체구의 칼을 찬 매화대들이 매서운 눈초리로 거리를 좁혀오자 선원들은 당황했다.

"무, 물러서지 못하겠느냐!"

양월의 목소리는 여전히 앙칼졌지만 약간의 두려움도 깃들어 있었다. 매족 용사들도 맞부딪치는 걸 두려워했다는 매화대다. 그 매화대를 이끄는 사람은 감울란이고 감울란의 직접 명령권자는 유현란이다.

"당주님은 매화대를 거느리고 은파에 내려가셨다. 이제 곧 성년이 되실 터이니 세상도 아셔야 하기에 잠행에 나서신 것이다. 잠행은 부란님도 자주 해오시던 일이다. 이렇게 호들갑을 떨 일이 아니란 말이다!"

유현란은 차분하고 단호한 말로 선원들의 결기를 눌렀다.

"돌아가라. 가서 당주님이 돌아오실 때까지 조용히 기다려라!"

선원들은 매화대와 양월의 눈치를 살피다가 돌아가자, 안 된다, 하며 의견이 분분했지만 오늘은 일단 돌아가자는 쪽으로 의견이 모아졌다.

"다음번엔 쉽지 않을 겁니다."

멀어지는 선원들의 꼬리를 보며 감울란이 중얼거렸다.

그래, 쉽지 않겠지. 특히나 양월…… 젊을 때나 나이가 든 지금이나 사사건건 시비를 걸고 앞을 막아서는 그녀가 있는 한.

"당주님을 찾는 일은 자네가 직접 나서줘야겠네."

유현란의 말에 감울란의 눈꼬리가 살짝 올라갔다. 대전쟁 이후 단 한 번도 태대산을 내려가지 않았다. 이런 모습으로 다시 세상을 대면한다는 것이 두려웠다. 아니, 사실 흉측하게 변한 겉모습은 상관없었다. 정작 무서운 것은 얼굴의 흉터보다 더 깊고 아프게, 그리고 무섭게 박혀 있는 마음의 상처다.

"어렵…… 겠는가?"

어둡게 돌변한 감울란의 얼굴을 보며 유현란은 자신이 무리한 부탁을 했다는 것을 그제야 깨달았다. 특유의 무표정한 얼굴로 인해 종종 그녀의 상처를 잊어버린다는 게 문제다. 힘들면 그만두라고 말하려는 순간 감울란이 먼저 입을 열었다.

"아닙니다. 제가 하지요."

하지요, 해야지요. 누구 명인데! 못할 것이 무에 있겠습니까?

슬쩍 올라간 눈꼬리가 그렇게 말하는 것 같았다. 저런 눈을 대할 때면 종종 감울란이 두려워진다. 그러나 두려움보다 더 무서운 것은 그럼에도 불구하고 여전히 그녀가 필요하다는 사실이다.

"그리해 주면 고맙고."

감울란을 생각한다면 그만두라고 말렸어야 했다. 그러나 유현란의 입 밖으로 나오는 말은 지극히 이기적이다.

긴 머리칼을 감아 올린 감울란은 연꽃 무늬가 그려진 붉은 끈으로 머리를 단단히 묶었다. 길게 드리웠던 머리칼이 치워지자 얼굴의 흉터는 더욱 짙게 드러났다. 흉터를 타고 찌릿한 두통이 스쳐 간다. 그것을 감추듯 감울란은 삿갓을 깊이 눌러썼다.

은허당의 마지막 경계선에 다다랐을 즈음, 느닷없이 나타나 앞을 가로막는 그림자가 있었다. 양월이었다.

"어딜 그렇게 급하게 가시는가?"

입가에 지어진 비릿한 웃음은 그녀가 이미 모든 것을 알고 있다는 것을 말해주었다. 그러니 굳이 대답할 필요도 없다. 감울란은 입을 굳게 다문 채 삿갓 속에 얼굴을 감추었다.

"네가 태대산을 내려가는 일은 다시는 없을 거라 생각했는데 유현란이 어지간히 급했던 모양이지? 내가 잘못 알고 있나?"

뾰족한 눈이 깊이 눌러쓴 삿갓을 노려보고 있는 것이 느껴졌다.

"넌 이미 은허당을 한 번 버렸던 사람이야. 그때 부란님이 무슨 생각으로 선원들의 반대에도 불구하고 널 다시 받아들이고 매화대 대장이라는 막중한 자리까지 주셨는지 나는 아직도 그것이 궁금해. 제 길을 찾아 나섰다가 실패하고 돌아온 파당녀에게 말이야? 아무리 네게 신세를 졌어도 그렇지. 어쨌든……어쨌든 다 좋아. 지금에 와서 어떻게 할 수도 없는 일이고 난 그때나 지금이나 널 애틋하게 생각하는 마음이 여전하니."

양월은 팔짱을 낀 채 감울란의 주위를 천천히 돌았다. 은현이야 허수아비 같은 당주이니 신경 쓸 필요도 없고, 유현란에게서 감울란만 떼어내면 일은 한순간에 끝날 일이다. 은허당을 한 손에 틀어쥐는 것, 그것이 양월의 오랜 꿈이다.

"다 이해하겠는데 내가 정말 모르겠는 게 딱 한 가지가 있어."

양월은 감울란이 덮어쓴 삿갓을 손가락으로 살짝 들어 올리고 번뜩이는 눈으로 빤히 쳐다보았다. 차고 음울한 감울란의 눈에서는 어떤 분노도 읽을 수가 없다.

"바로 너! 감울란. 난 네 속을 모르겠다."

"무슨 말씀이신지……."

"정말 몰라서 묻느냐? 어떻게 그렇게 멀쩡한 얼굴로 유현란의 명을 받을 수 있지? 나 같았으면 벌써……."

번뜩이는 그 눈은 '벌써 칼로 베어버렸을 거야'라고 말하는 것 같았다. 순간 마주친 감울란의 눈에서 불꽃이 튀었다.

"무슨 말을 하고 싶으신 겁니까? 매화대는 은허당 이전에 당주님이 우선인 군대입니다. 당주님은 아직 성년 전이시니 당주님의 대모이신 유현란님의 명을 받는 것은 당연한 일 아닙니까? 그리고 그것은 돌아가신 부란님이 매화대에 내리신 마지막 명이기도 합니다."

감울란은 부란의 마지막 명을 받던 그날을 떠올렸다.

"새로운 당주가 자라…… 스물이 되는 그날까지 매화대는…… 유현란의 명만을 받든다. 유현란의 명은 또한 나의 명이니…… 그에 대한 불복은 곧 나에 대한 불복이요, 은허의 신들에 대한 불복이라…… 여기겠다."

부란의 명을 회상하는 감울란의 표정이 정말 진심처럼 느껴지자 양월은 어이가 없는 표정을 지었다. 아무리 부란의 명을 받았다고 하지만 어떻게 그것이 가능한지 모르겠다.

감울란은 주먹을 소매 속에 숨긴 채 피가 터지도록 그러쥐었다. 몸속에서 소용돌이치는 분노들이 발악을 하며 터져 나올 듯하다. 그러나 얼굴과 눈빛에는 그 어떤 감정도 드러내지 않았다. 흘러나오는 목소리는 은허당을 감싸고 있는 안개처럼 나직하고 침울하다.

"양월님이 아시는 감울란은…… 스물두 해 전에 죽었습니다."

그리고 그녀는 돌아섰다.

그래, 감울란은 죽었다.

천강을 사랑하고, 사랑하고, 다시 사랑하고, 또 사랑하고…….

그렇게 죽을 듯이 천강만을 원했던 그 감울란은 죽었다.

지금 너희들 앞에서 살아 움직이는 나는…….

나는……!

나는 다만 새끼를 잃은 한 마리 짐승일 뿐이다.

발톱을 숨기고 독을 품은 이빨도 숨기고 납작 엎드려 기회를 포착하는 짐승.

그 짐승은 지금 때를 기다리고 있다.

사냥감이 절정의 고지에 이른 순간,

더 이상 오를 곳 없는 인생의 절정을 맛보는 그 순간,

희열에 젖어 있는 그 순간.

당주가 성년이 되고 부란의 마지막 명이 힘을 잃어 나의 소명이 끝나는 바로 그 순간!

너희들의 살아 있는 그 살을 갈기갈기 찢어 절벽 아래로 던져 줄 것이다.

생살이 찢겨 나가는 아픔이 어떤 것인지……

잃는다는 것이 어떤 것인지 똑똑히 가르쳐 주겠다.

그 순간을 위해 오늘 나는 너희들의 손이 되고 발이 되어도 좋다.

기다려라…….

기다려라, 유현란!

양월!

그리고 은허당!

달리듯 산을 내려가는 감울란의 눈동자는 핏빛으로 물들었다.

"매족이 천성계곡을 타고 갈왕산을 넘을 거래. 들었니, 감울란?"

"천성계곡?"

"너도 가. 우리가 도와줄게. 천강이 널 기다린다고 했어."

천강이 기다린다고? 천강이……!

감울란의 눈에 붉은 기운이 감돈다. 아이를 낳은 지 삼칠일도 지나지 않아서였다.

2년간이나 계속되었던 대전쟁은 봉족의 승리로 막을 내리고 있었다. 은파에서 벌어졌던 마지막 전투에서 매족은 단성을 잃음으로써 급격히 무너져 내렸고, 결국 천강은 봉족에 무릎 꿇기를 거부하는 부족들을 이끌고 죽은 자의 영혼만이 넘을 수 있다는 갈왕산을 넘기로 결정을 내렸다.

지난해 한창 전투가 벌어지고 있는 서라연에서 천강을 잠깐 보았었다. 핏발이 선 그의 눈은 여전히 무심했다. 마른 갈대처럼 서걱이는 그 얼굴을 보며 은허당을 떠나왔다고 말할 수 없었

다. 새로운 생명이 이 몸속에서 자라고 있다고는 더더욱 말할
수 없었다.

"위험한 곳이니 얼른 돌아가시오. 그리고 다시는 오지 마시
오."

그것이 그에게 들은 마지막 말이었다. 그랬던 천강이 왜 나를
기다릴까?

어쩌면…… 어쩌면 천강의 마음이 변했는지도 모른다고 생각
했다. 변치 않는 자신의 사랑에 마음을 돌린 거라고. 아니면 오
랜 전쟁에 지쳐 기댈 곳이 필요한 건지도 모르지만 그렇더라도
괜찮았다. 천강에게 자신이 필요한 사람이라는 것이 중요했다.
당장 달려가 전쟁의 패배로 무너진 그를 일으켜 주고 싶었다.
상처 입은 그 마음을 보듬어주고 싶었다. 세상에서 가장 뛰어난
용사는 당신이라고 말해주고 싶었다.

"아기는 우리가 데리고 갈게. 천성계곡에서 만나."

고물거리는 아이를 경이로운 눈으로 내려다보며 양월이 말했
다.

"왜…… 난 이미 은허당을 떠나왔는데 왜 나를 도와주려고 하
는 거지?"

이미 천강의 여자로 살겠다고 선언하고 은허당을 떠나온 파
당녀를 위해 양월이 왜 위험을 무릅쓰고 도와주려고 하는 건지
이해할 수 없었다.

"현란이…… 유현란이 널 도와주라고 했어."

"유현란이?"

"유현란은 네가 천강을 따라가기를 원해. 네가 천강을 따라가 행복하게 살길 바란다고 했어."

그 말을 믿을 수 없었다. 믿지 말았어야 했다. 그러나 아이를 낳은 모정이 나약한 감성을 불러일으켰다. 어쩌면 진심일지 모른다고, 진심일 거라고 믿고 싶었다. 유현란은 천강을 사랑하니까 천강이 홀로 외로운 길을 떠나는 걸 원치 않을 것이다. 천강을 위해 자신이 함께 떠나주기를 진심으로 바라는 거라고 생각했다.

고물거리던 아이가 으앙 울음을 터뜨리자 양월이 얼른 아기를 건넸다. 가슴을 열어 젖을 물리자 몹시도 배가 고팠던 듯 아기는 몸이 움찔거릴 정도로 강하게 젖을 빨았다.

천강에게 아기를 보여주고 싶었다.

아기를 보면…… 어쩌면 나를 보아줄지도 몰라. 아니, 보아주지 않아도 괜찮아. 평생 유현란을 가슴에 품고 살아도 괜찮아. 당신과 함께 있을 수만 있다면…… 천강의 곁에서 살 수만 있다면 아무래도 괜찮아.

"위험하진 않겠지?"

그 소리에 젖을 빨고 있는 아기를 들여다보던 양월의 얼굴이 활짝 펴졌다.

"물론이지! 매화대원들이 널 지켜줄 거야."

"나 말고 아기."

"그, 그럼! 아기도 매화대원들이 데려갈 거야. 하나보다는 둘로 나뉘어 가면 저들의 눈을 분산시킬 수 있어서 더 안전할 거야."

그래, 출산한 지 삼칠일도 지나지 않은 몸으로 아기까지 안고 간다는 건 아무래도 무리겠지? 더구나 이곳은 봉족의 소굴이니 경계를 피하려면 일행이 단출한 것이 좋을 거야. 매화대가 함께 간다면 안심이 돼.

"그래, 갈게."

"정말이지?"

"응. 유현란에게 전해줘. ……고맙다고."

감울란은 혀끝에 매달려 떨어지지 않는 그 말을 억지로 했다.

은파를 벗어나 작약산으로 들어설 때부터 느낌이 이상했다. 무언가 어수선하고 경계가 허술하다는 느낌, 분명히 따라붙었어야 할 봉족 군사가 따라붙지 않았다.

"이상하지 않아?"

묻는 말에 매화대원들은 그저 웃었다. 산을 절반쯤 넘어왔을 때에야 왜 작약산일까, 하는 생각이 들었다. 천성계곡으로 가려면 험준한 작약산보다는 내원산이나 수타계곡 쪽이 훨씬 빠르다. 아니면 대담하게 은파의 대로를 따라 빠져나가는 것도 한 방법이었을 텐데 매화대원들은 굳이 가장 멀고 힘든 작약산을 택했다. 더구나 아기를 낳은 지 삼칠일도 안 된 감울란이 아니던가.

정신없이 걷던 감울란이 우뚝 섰다.

"왜 작약산이지?"

매화대원들은 난감한 눈으로 서로의 눈치를 살폈다. 무언가 불길한 기운이 머리를 까마득히 덮어왔다.

"아기는…… 아기는 어디로 갔지?"

"아기는 수타계곡을 따라 천성계곡으로 가기로 했다."

수타계곡은 빠르긴 하지만 가장 위험한 길이다.

"내원산을 두고 왜……?"

"내원산은 봉족 군사들로 완전히 포위됐어."

봉족이 왜 내원산을 포위했을까?

"당주님이 내원산에 갇혀 계신다."

무슨 소린지……? 태대산에 있어야 할 당주가 왜 내원산에 갇혀 계신지? 그리고 매화대원들은 왜 봉족 군사들이 깔려 있는 내원산과 가장 가까운 길인 수타계곡으로 아기를 데려갔는지?

매화대원들은 혼란스런 얼굴로 움직이지 않고 있는 감울란을 다그쳤다.

"감울란, 잘 들어라. 우리의 임무는 널 무사히 천성계곡으로 데려다 주는 데 있다. 다른 것은 아무것도 몰라. 그러니 얼른 움직여. 매족을 따라가려면 오늘 밤 안으로 천성계곡에 닿아야만 해."

당주가 내원산에 갇혀 있다면 위험에 처해 있다는 뜻이다. 한 사람의 매화대원이라도 더 필요할 때인데 위험한 당주를 두고 유현란은 왜 자신과 아기를 위해 매화대원들을 빼주었을까?

내원산을 포위한 봉족 군사들…… 위험에 처한 은허당의 당주…… 아기가 향한 곳은 내원산과 가장 가까운 수타계곡…… 그리고 그 아기는 천강의 아기……!

생각은 거기에서 딱 멈췄다.

아기는 미끼다!

내원산에 갇힌 당주를 빼내기 위해 봉족의 시선을 돌릴 미끼가 필요했을 것이다. 그래서 그들이 찾아왔던 것이다. 천강의 아기만큼 봉족을 흥분시킬 미끼는 드물었을 테니.

감울란의 눈동자가 붉어지고 있었다. 꽉 쥔 주먹과 아득 깨문 입술에서 피가 터져 나올 것 같다. 붉어진 눈동자는 이글이글 불꽃이 피어오르고 광기를 띠기 시작했다. 이윽고 꽉 깨물린 채 파르르 떨리던 입술에서 붉은 혈흔이 새 나온다.

"안 돼……."

겨우 흘러나오는 그 목소리는 천둥처럼 감울란의 귀를 울렸다.

겨우 스무 날밖에 안아보지 못한 아기다. 외면받은 설움을 고스란히 안고 태어난 아기다. 은허당마저 저버리고 낳은 아기다. 어느새 감울란에게 살아갈 의미가 되어버린 아기. 힘차게 빨던 젖꼭지가 아파왔다.

"안 돼!"

돌아서 달리는 감울란의 절규 소리가 작약산을 울렸다. 막아서던 매화대원 두 명이 단칼에 쓰러졌다. 눈앞을 가로막는 거친 바위도, 가파른 언덕도 눈에 들어오지 않았다. 쭉쭉 뻗은 나무 사이로 달려 내려가는 감울란의 모습은 이성을 잃은 한 마리의 범 같았다.

죽을 것처럼 갈망하던 천강의 사랑도 필요없었다. 자신의 뿌리이고, 줄기이고, 생명의 근원이었던 은허당도 필요없었다. 그저 어미의 젖가슴을 찾아 입을 오물거리던 어린 생명만이 떠올랐다. 열 달을 함께 품고 있었던 배 속 창자들이 들끓었다. 생살이 뜯겨 나가는 아픔이란 이런 것이리라.

"유한……."

잠결에 가물 들리는 은현의 목소리에 유한은 미소를 지었다. 아침마다 망설이는 듯 조그맣게 들려오는 은현의 목소리가 너무 좋다. 그 목소리에는 뜨겁게 타올랐던 지난밤에 대한 부끄러움이 들어 있었다.

또다시 강에서는 물안개가 피어오르고, 목이 길고 다리가 가는 흰 새들이 서성이는 모양이다. 은현은 그 풍경을 너무 좋아했다. 아침마다 매번 보는 풍경이지만 날마다 처음 보는 사람처럼 감탄을 했다. 마치 세상 밖으로 처음 나온 사람처럼 눈에 보이는 모든 것이 경이로운 은현이다. 유한에게는 그런 은현의 모습이 날마다 경이로움이지만.

"그만 일어나, 유한……."

유한은 조심스럽게 이마를 스치는 손을 잡아채어 당겼다. 울컥 딸려온 은현이 빨개진 얼굴로 가슴에 안겼다. 이렇게 밝은 곳에서 그에게 안겨 있는 것은 여전히 부끄럽다.

"아침인데……."

"음……."

그는 건성 대답하며 은현을 꼭 품어 안았다. 아침이 오지 않았으면 좋겠고, 내일이 오지 않았으면 좋겠고, 이곳을 떠날 그날이 오지 않았으면 좋겠다. 이렇게 하릴없이 은현만 바라보며 지내는 날들이 가끔 매족이나 아버지께 죄책감이 들고 불안하기도 하지만 그녀를 안는 순간의 충만감은 그 모든 걸 잊게 해주었다. 이 여자를 잃는다는 것, 헤어진다는 것이 생의 불행처럼 느껴졌다.

"함께…… 있으면 안 돼?"

그녀의 목덜미에 입술을 묻은 채 힘들게 꺼낸 말이었지만 역시나 그녀에게서는 아무 대답이 없었다.

유한의 몸이 조금 떨린다 싶더니 뜨겁고 격한 입술이 은현의 입술을 덮었다. 마치 칼을 휘두를 때의 그처럼 거칠고 조금은 화가 난 듯도 하다. 은현은 그의 화를 고스란히 받아 안았다.

유한이 '나는 매족이야' 했을 때 은현은 입을 다물고 있었고, 은근한 목소리로 자신은 갈왕산을 넘어왔다고 말했을 때도 그녀는 고개만 끄덕였고, 상기된 얼굴로 매족의 부활을 꿈꾼다고 말했을 때도 그녀는 그저 동그란 눈으로 바라보기만 하였다. 자신에 대한 그 무엇도 드러내지 않았다.

유한은 급하게 그녀의 옷을 풀어헤치고 성난 아이처럼 가슴을 물었다. 그리고 자신이 안고 있는 여자가 거짓인지 실체인지 확인하기 위해 온몸을 더듬었다. 굴곡진 허리와 봉긋한 엉덩이 살을 더듬다가 아이처럼 보드라운 허벅지 살을 쓰다듬었다. 긴장한 살들이 전율에 떨며 달아났다가 다시 그의 손길을 찾아 애틋하게 다가왔다. 그녀는 분명 실체였다.

유한은 살아 있는 실체인 그 몸에 불처럼 뜨거운 제 몸을 묻었다. 촉촉이 감싸는 그녀의 온기에 심장이 터질 것 같았다. 이토록 따뜻한데, 이토록 분명한데 왜 은현은 여전히 안개 속에 숨어 있는지 알 수가 없다. 그녀를 이토록 숨어들게 하는 이유가 무엇인지?

뜨거워져 버리면…… 이 따듯함조차 녹여 버릴 만큼 뜨거워져 버리면 뜨거운 햇살 앞에 사그라지는 안개처럼 은현을 감싸고 있는 이 안개도 사라질까?

유한을 태우고 그녀를 태운 불은 더 이상 뜨거워질 수 없는 덩어리가 되어 두 사람을 삼켰다. 뜨거운 단내를 뿜어내던 은현의 입에서 그를 찾는 아릿한 신음 소리가 들렸다.

"유한……."

숨이 막힐 듯 목에 매달리던 그녀의 팔이 나른하게 떨어져 내렸다.

"당신은 안개 같아."

유한은 땀에 젖은 얼굴을 그녀의 가슴에 묻으며 중얼거렸다. 눈에 보이지만 잡히지 않는 안개처럼 그녀의 존재가 그렇게 느껴졌다. 은현은 그를 달래듯 등을 쓰다듬었다. 천천히 쓰다듬다가 가끔씩 꼭 안는 손길에서 그녀의 고뇌가 느껴졌다.

며칠 마을이 조용했다. 그러고 보니 밤마다 모닥불을 피워두고 풀밭에 모여 씨름을 하고 검술 대회를 열기도 하던 청년들이 보이지 않았다. 다리를 절룩이며 간간이 마을을 순시하는 촌장을 따르는 몇몇 젊은이만 보일 뿐이다. 봉족 군사들이 사방을 봉쇄하고 있다는 말이 거짓말처럼 생각될 정도로 마을은 평화로웠다.

은현과 유한은 며칠 서먹한 시간을 보내고 있었다. 유한이 다소 화가 난 마음으로 그녀를 안은 다음부터였다. 자신의 정체에 대해서는 단 한 마디도 털어놓지 않는 은현을 대하며 유한은 커다란 벽을 느끼고 있었다. 은현은 향이 나타나기만 하면 언제든 아주 가벼운 마음으로 자신의 곁을 떠나 버릴 것이라는 생각이 들었다.

은현이 아이들과 어울려 있는 사이 유한은 촌장을 따라 마을을 돌아보고 있었다. 처음으로 구석구석 돌아보는 모화촌은 생각보다 그 규모가 컸고 골목과 하수의 정비도 잘 되어 있는 걸로 보아 예전에는 제법 번화한 거리였을 것으로 짐작되었다. 유한은 마을의 구조를 유심히 살피며 눈에 익혔다.

"예전에는 이곳이 번화한 곳이었나 봅니다."

"그랬지. 대전쟁 전에는."

"대전쟁 때 은파가 불바다였다고 들었습니다."

"그래. 아무것도 남은 것이 없었어. 정말 아무것도……."

당시를 떠올리듯 잠깐 울컥하던 촌장은 얘기를 나누는 사람이 유한이라는 걸 자각한 듯 이내 무뚝뚝한 얼굴이 되었다. 더 캐물었다가는 의심을 받을 것 같아 유한은 입을 다물었다. 촌장이 여전히 천성을 붙여 은현과 자신을 감시하고 있다는 것을 안다. 그래서 쉽게 움직일 수가 없다. 이렇게 아무 행동도 하지 못한 채 미루 일행이 자신들을 찾기를 마냥 기다리고 있어야만 하는 것이 답답했다.

그날 밤, 은현이 잠든 것을 확인한 유한은 조심스럽게 움막을 빠져나왔다. 마을은 칠흑 같은 어둠에 싸여 풀벌레 소리만 요란했다. 마을을 벗어나 강의 상류에 다다르자 군데군데 타오르고 있는 모닥불이 보였다. 밤이어서인지 경계는 허술해 보였다. 이곳만 빠져나가면 모화촌을 벗어날 수 있다. 그러면 다시 미루를 만날 것이고 어디로든 매족의 꿈을 찾아 떠날 수 있게 된다. 순간 저도 모르게 움찔 걸음을 내딛던 유한은 스스로의 행동에 놀라 그 자리에 멈추어 섰다.

아주 짧은 순간이었지만 은현을 잊었다.

조금 전까지 가슴 떨리게 안았던 그 여자를……!

유한은 푸른 새벽빛을 헤치고 마을로 달렸다. 움막에는 은현이 없었다. 침상은 깨끗하게 정리되어 있었고 차가운 기운만이 감돌았다. 유한은 강이 내려다보이는 둑으로 걸음을 옮겼다. 너무 이른 새벽이라 사방이 짙은 안개에 뒤덮여 앞이 잘 보이지 않았다. 그 안개 속에 은현이 서 있었다. 그녀는 안개에 가려 아무것도 보이지 않는 강 쪽을 뚫어지게 내려다보고 있었다. 은현의 모습이 마치 안개 속으로 사그라지는 이슬처럼 느껴져 유한은 가슴이 서늘해졌다.

"왜 여기 있어?"

그녀는 유한이 기억하는 한 가장 빠른 속도로 돌아보았다.

이슬을 먹은 듯 촉촉한 얼굴과 젖은 눈동자, 무엇이 불편한 듯 잔뜩 찡그려진 이마, 그 모습들과 어울리지 않게 입가에 지어진 미소가 생소해 보였다. 그녀는 제 속에 이는 감정을 감추려고 안간힘을 썼다.

"안개가 너무 짙어서 오늘은 새들이 보이지 않네?"

찡그려진 표정이 마치 그 탓이라는 듯 목소리에 속상함이 가득하다.

"날이 조금 더 밝으면 안개는 금방 걷힐 거야."

유한은 그녀를 위로하듯 그렇게 말했다.

응, 대답하며 은현은 그의 젖은 바지 자락을 살폈다. 먼 거리를 달려온 듯 바지는 이슬에 흠뻑 젖어 있다.

그가 어둠을 더듬어 움막 밖으로 나가는 모습을 보았었다. 잠깐 돌아보던 그는 망설임없이 풀밭을 달려갔다. 은현은 함께 있자는 그의 말에 아무 대답도 하지 않았던 자신에 대해 유한이 화가 났다고 생각했다. 자신에 대해 아무것도 알려주지 않은 것에 대해서도 화가 났을 것이다. 그래서 그가 떠났을 거라고 생각했다.

눈앞이 흐려지고 가슴이 콱 막혔다.

헤어진다는 게 이런 거구나, 이렇게 아픈 거구나. 다시는 못할 짓이구나…….

울컥 밀려 올라오는 뜨거움으로 숨이 쉬어지지 않았다. 그래도 먼저 떠난 사람이 자신이 아니라 유한이어서 다행이라는 생각이 들었다. 떠나는 사람은 이만큼 아프진 않을 테니까.

견딜 수 없는 절망과 원망이 밀려왔다. 그러나 새벽이 되면서 마음이 서늘하게 식어갔다. 그에게는 이루어야 할 꿈이 있고, 기다리고 있는 부족이 있다고 했다. 밤마다 그들의 눈동자가 자신을 괴롭힌다고 했었다. 말없이 떠난 유한의 마음이 인정이 되었다. 더 깊어지기 전에, 더 알아버리기 전에 떠나고자 했을 것이다. 언제까지나 이렇게 살 수는 없는 일이니까.

그가 옳다.

은현 속에 살고 있는 부란의 차가운 이성이 고개를 들자 이러지도 저러지도 못하고 방황하던 마음이 한순간에 정리되었다. 내일쯤 은허당으로 돌아가야겠다고 생각했다. 세상 구경은 이

만큼 했으면 충분하다. 가슴은 여전히 먹먹하고 아프지만 언젠 가는 치유될 것이다.

생각이 정리되자 마음이 한결 홀가분해졌다. 그렇게 정리된 마음으로 둑에 나와 있었다. 그런데 거짓말처럼 유한이 다시 돌아온 것이다.

그는 젖은 바짓 자락을 보여주며 밝게 말했다.

"모화촌 밖으로 나갈 길이 없을까 살펴보고 오는 길이야. 당신도 나도 마냥 이렇게 있을 수만은 없으니까."

"응."

"마음만 먹으면 쉽게 나갈 수도 있겠던데……."

그것이 함께 빠져나가지 않겠느냐고 묻는 물음인지, 빠져나 갈 수 있었지만 어떤 이유로 다시 돌아왔다는 것을 말하려는 건지 알 수 없었다.

은현은 뒷말을 듣지 않은 채 고개를 돌렸다. 어느새 안개가 걷히고 물안개가 김처럼 피어오르는 강이 선연히 보였다. 그제 야 군데군데 머리를 외로 박은 채 서서 잠이 든 새들의 모습이 보였다.

"마음만 먹으면…… 저 새들은 어디든 날아갈 수 있겠지?"

어떤 것에도 구속받지 않고 훨훨 날아갈 수 있는 저 새들이 부러웠다. 설명할 수 없는 어떤 감정으로 무작정 산을 내려왔지 만 은허당을 완전히 벗어날 생각은 없었다. 아니, 그것은 애초 부터 가능한 생각이 아니었다. 은허당이 곧 자신이고, 자신이 곧 은허당이란 생각으로 살아온 은현이다. 은현에게 은허당은 그녀가 알고 있는 절대적이고, 유일한 세상이었다. 헤어날 수도, 달아날 수도 없는 세상. 은파를 구경하고 다니면서도 그 생각은 변함이 없었다. 자신은 은허당이라는 벗어날 수 없는 조롱에 갇힌 새라는 것.

잠깐만 구경하다가 올라가야지. 매화대가 찾아 내려오기 전에, 어머니가 화를 내기 전에…… 그렇게 생각했었다.

그러나 객잔에서 유한을 보고 다시 저자에서 그를 만나 이곳 모화촌까지 숨어들어 와 지내면서 마음이 흔들렸다. 은허당보다, 유현란보다 더 큰 의미로 마음을 비집고 들어오는 유한의 존재가 감당이 되지 않았다. 그러나 이겨낼 수 있을 거라고 생각했다. 이런 감정은 아주 잠깐이다. 향이 찾아올 때까지, 그때까지만이라고 스스로의 마음에 못을 박아두었었다.

그때까지만 마음이 시키는 대로 유한을 사랑해야지. 그리고 향이 오면 다시 은허당으로 돌아가야지.

가능할 줄 알았다. 마음을 다스리는 건 아주 쉬운 일이었으니까. 그런데 떠나는 유한을 바라보며 처음으로 은허당을 떠나온 것을 후회했다. 만나지 말았어야 할 사람을 만났고, 알지 말았어야 할 마음을 알아버렸다. 사람의 마음을 이토록 견딜 수 없도록 만드는 이것은 결코 좋은 것이 아닐 거다.

은현은 다시 고개를 돌려 유한을 바라보았다. 강을 내려다보는 그의 얼굴이 복잡해 보였다. 그도 자신만큼이나 마음이 착잡

한 모양이었다. 그러나 은현은 터질 것 같았던 새벽의 그 마음이 많이 진정된 상태였다. 유한이 이대로 다시 돌아서 간다 해도 받아들일 수 있을 것 같았다. 끝없이 마음을 다스리고 재단하고 숨기며 살아온 지난 12년의 보호본능이 작용한 것이다.

저자에 나갔던 혜수가 거지 아이 하나를 데리고 돌아왔다. 아이는 모화촌에 살고 있다고 했다. 아이가 하는 말로 미루어 은현과 유한이 그곳에 있는 듯했다.

"그 아가씨가 죽어가던 만생이를 살렸다고 했어요. 어른들이 하는 얘기를 들었거든요. 그리고 그 무사는 어찌나 무예가 뛰어난지 가한이 쩔쩔맬 지경이었습니다."

상대가 쩔쩔맬 정도의 무예를 지닌 자라면 유한일 가능성이 높다. 미루가 돌아보자 향도 고개를 끄덕였다.

"우리 아가씨가 맞다."

죽어가는 아이를 살려낼 사람은 은허당의 당주뿐이다.

제 주인에 대한 걱정으로 금방이라도 죽어버릴 듯 어둡던 향의 얼굴이 순식간에 환해지며 뿌듯함마저 서린다. 죽어가는 아이를 살려내다니, 점점 알 수 없는 여자다.

아이의 말에 의하면 그들은 일단 안전하게 보호받고 있는 것은 확실했다. 당장 아이를 따라 모화촌으로 가겠다고 설쳐 대는 향을 끌어 앉히고 그들과 연락할 방법을 의논했다. 위험했지만 아이를 통하는 것이 제일 좋은 방법이다.

촌장으로부터 미루와 향의 소식을 들었다. 그들은 쫓기는 몸으로 은파 외곽에 몸을 숨기고 있으며 하루빨리 유한과 은현을 만나기를 원한다고 했다. 특히나 은현의 수하인 향은 모화촌에 있는 사람이 은현이 분명하다는 확인만 된다면 당장이라도 제 주인을 찾아오겠다고 했다.

"날을 정하시오. 그럼 우리가 두 분을 친구들이 있는 곳으로 안내해 주겠소."

촌장은 하루라도 빨리 그들이 이곳을 떠나기를 원하는 것 같았다.

풀밭을 걸으며, 강둑을 걸으며 유한은 말이 없었다. 먼빛으로 반짝이는 물빛을 보니 어느새 가을이 온 듯하다. 이상하게 색깔도 냄새도 없는 똑같은 볕이지만 그 볕에서는 계절이 느껴졌다. 갈왕산 너머 매족의 척박한 마을에서는 느껴보지 못한 풍요롭고 저릿한 느낌의 가을빛이다. 한 번도 흐르는 계절을 눈여겨보지 않았었는데 지금은 사무치도록 깊이 다가온다.

유한은 고개를 돌려 은현을 보았다. 그녀는 향이 자신을 찾고 있으며 이곳을 빠져나갈 길이 생겼다는 사실이 반가운 듯 얼굴빛이 상기되어 있다. 입을 꼭 다문 채 걷고 있는 그 모습이 다가설 수 없는 벽처럼 느껴진다. 아무리 두드려도 열리지 않는 문.

도대체 무슨 사연을 가지고 있기에 저토록 스스로를 감추고 있을까?

다시 한 번 함께 있자는 말을 해보고 싶지만 거절당할 것이 두려워 꺼내지 못하겠다. 이대로 스쳐 가는 바람처럼 떠나보내기엔 가슴에 새겨진 사랑이 너무 크다. 은현에겐 한낱 지나가는 바람일지 모르지만……

흐릿해지는 눈을 깜박이며 유한은 꽃대가 막 피어오르는 갈대를 하나 꺾었다. 솜털처럼 보슬보슬한 그것을 은현의 목덜미에 가져갔다.

강에 눈을 주고 있던 은현이 놀라 돌아보았다. 목덜미를 간질이던 갈꽃이 귓불을 타고 볼을 스쳐 콧잔등을 간질였다. 그녀가 아침마다 유한을 깨우며 하던 행동이다. 은현이 얼굴을 찡그리며 피하려 하자 유한은 더욱 장난스럽게 얼굴을 간질였다.

"하지 마. 하지 마, 유한."

고개를 흔들며 손사래를 치는 은현의 얼굴 위로 가을 햇살이 부서져 내렸다. 그 모습이 눈을 아리게 했다. 유한은 갈꽃을 장난스럽게 흔들며 말했다.

"난 은파에 오래오래 있을 거야."

목소리도 장난스럽고 가볍다.

"은파에 터를 잡고 갈왕산 너머의 매족들을 다시 불러들이는 게 미루와 내게 주어진 임무지."

그는 들고 있던 갈꽃을 던지고 다시 걸음을 옮겼다. 은현은 말없이 그의 뒤를 따랐다. 뒤를 따르며 가만 보니 발걸음마저 가벼운 유한이다.

마음이 홀가분한가 봐?

"모화촌에 대해 어떻게 생각해? 난 미루를 만나면 다시 이곳
으로 들어올 참인데?"

한참 걷던 유한이 문득 돌아보며 물었다. 그의 눈은 무언가
새로운 계획을 떠올린 듯 반짝거렸다. 약간의 흥분도 느껴진다.
헤어지는 일 따윈 이미 그의 관심 밖의 일이 된 듯하다.

"내가 보기에 이곳은 집단적으로 봉족에 저항하는 세력이야.
바로 우리 매족이 찾던 곳. 이들과 손을 잡으면 우리의 꿈은 어
쩌면 좀 더 빨리 이루어질지도 모르겠어."

그 순간 은현의 눈에 비친 유한은 그가 말하던 사시사철 흰
눈을 머리에 이고 있는 갈왕산처럼 신비스럽고 거대해 보였다.
그 거대한 산이 성큼성큼 걸어와 은파의 한가운데에 우뚝 서 있
었다. 이 남자가 언젠가는 은파의 주인이 되리라는 것이 직감적
으로 느껴졌다. 그러나 그 주인이 되기 위해 얼마나 많은 피를
보게 될지……? 짐승처럼 사납게 포효하는 유한의 얼굴이 눈앞
을 스쳐 가자 은현은 재빠르게 머리를 흔들었다.

"왜 그래?"

"아니…… 아냐, 아무것도."

은현에게 예지의 능력은 없다. 그것은 양월을 비롯한 선원당
녀들이 당주로서의 은현을 불만스러워하는 가장 큰 이유이기도
했다. 그런데 왜 느닷없이 그런 그림이 떠오른 건지? 유한이 걸
어갈 길이 험난할 거란 생각에 걱정이 앞섰던 모양이다.

"당신은……."

은현은 어떻게 할 건지, 정말 향을 따라 이곳을 떠날 건지에 대해 물으려던 유한은 입을 다물어 버렸다. 곁에 남아주지 않겠느냐는 말이 다시 목까지 올라왔지만 꺼낼 수가 없다. 자신이 가야 할 길이 얼마나 험난할지 뻔히 알기에 더 이상 은현을 붙잡을 수가 없다. 누군가로부터 몹시도 보호받으며 살아온 느낌이 드는 여자이기에 더더욱 그렇다. 헐벗고 굶주린 사람이 태반인 이런 곳과는 처음부터 어울리지 않았었다.

"나는 오래오래 은파에 머물 거니까…… 언제든 내가 보고 싶으면 찾아와. 그건 할 수 있겠지?"

힘들게 그 말을 꺼내는 유한의 눈가에 이슬이 맺혔다. 감당할 수 없는 감정에 휘말려 그녀를 안았고, 매족을 잊을 만큼 사랑했다. 다시는 이렇게 가슴 뛰는 여자를 만날 수 없을 것 같다. 그러나 지금 해줄 수 있는 말은 이것뿐이다. 기어이 욕심부릴 수 없는 자신의 처지에 대한 자괴감은 그를 오래오래 괴롭힐 것이다.

유한의 눈가에 맺힌 이슬이 마음을 아프게 했다. 그러나 그를 위로해 줄 말이 은현에게는 없다.

"미안해, 유한."

그가 그리워 다시 은파로 내려올지 아니면 은허당의 충직한 당주로 거듭날지 자신의 미래를 그녀도 알 수 없다. 성인식을 치르고 나면 은허당은 또 그녀에게 어떤 족쇄를 채울지 그것도 알 수 없다. 아무것도 알 수 없는 그곳으로 왜 돌아가야 하는지도 모른 채 은현은 은허당으로 돌아갈 결심을 한다.

나는 은허당의 당주니까, 그것은 하늘이 내린 운명이니까. 어설픈 용기로 잠깐 꿈꾸었던 세상 구경은 이것으로 충분하다.

유한의 눈가에 맺혀 있던 눈물이 기어이 흘러내렸다. 눈물을 닦아주는 은현의 손가락이 떨렸다.

다…… 괜찮아질 거야. 금방 잊을 수 있을 거야. 유한도, 나도.

정말 그럴 수 있을 거라고, 그렇게 되리라고, 유한을 안아 다독이며 은현은 믿었다. 그 믿음이 얼마나 어리석은 생각이었는지 금방 깨달아 버릴지라도.

기어이 모화촌까지 찾아들어 온 향을 따라 은현이 먼저 모화촌을 떠났다. 물안개가 김처럼 피어오르던 새벽이었다. 고개를 외로 박은 채 잠들어 있던 새 한 마리가 밤새 내린 이슬을 털어내며 푸드덕 날아올랐다. 그것이 은현의 마음을 흔들어놓은 것일까? 모화촌 경계를 막 벗어나 태대산 쪽으로 방향을 잡던 은현이 우뚝 서버렸다. 더 이상 걸음을 옮길 수가 없다.

"향아……."

"왜 그러십니까, 당주님?"

"잠깐…… 잊은 게 있어. 꼭 해줘야 할 말이 있는데……."

희미하게 말꼬리를 흐리던 은현이 갑자기 돌아섰다. 유한에게 꼭 해줘야 할 말이 있다.

성년이 되면…… 스스로 사내를 선택할 수 있는 그 나이가 되면 은현에게도 기회가 주어질 거라고 했다. 지금까지의 당주들은 고결한 몸을 유지한 채 은허신들의 여인으로 생을 마감했었지만 일곱 번째 당주인 은현은 그럴 필요가 없다고 했다. 일곱 번째 당주에게는 일생에 단 한 번 사내를 선택할 기회가 주어질 것이라고. 이 혼란의 세상을 구해줄 누군가가 나타나면 당주의 능력으로 그것을 알아볼 것이라고. 그러니 스스로 그 사람을 알아볼 능력을 기르라고. 유현란은 입버릇처럼 말했었다. 그것이 전 당주 부란의 뜻이고 신탁이라고 했다.

유한, 나는 그 사람이 당신이기를 바라. 때가 이르러 내가 알아볼 사람이 바로 당신이기를, 내가 당신을 선택할 수 있기를…… 그러니 유한, 제발 당신이 그 사람이 되어줘!

다시 모화촌을 향해 겁없이 성큼성큼 걷는 그녀의 앞을 향이 막아서자 은현은 새파란 눈으로 호령했다.

"비켜라!"

"다시 가시면 위험합니다!"

"잊은 것이 있다 하지 않느냐!"

서슬 푸른 호령에 향이 땅바닥에 무릎을 꿇었다.

"소인이 다녀오겠습니다. 소인에게 말씀하십시오."

잠깐 머뭇하던 은현은 이내 향을 외면한 채 다시 걸음을 옮겼다. 유한에게 무언가 확신을 주고 싶었다. 희망을 주고 싶었다.

아니, 스스로에게 희망을 주고 싶은 건지도 모른다.

　멀리 모화촌을 감싸고 있는 강이 보이자 은현의 걸음은 더욱 빨라졌다. 유한이 이미 그곳을 떠났을지도 모른다는 생각에 마음이 다급해졌다. 해가 떠오르며 강을 자욱이 뒤덮고 있던 안개가 걷히고 있었다.

　은현이 다시 돌아오고 있을 즈음 유한은 건너편 강둑에 나와 있었다. 새벽같이 나타난 향을 따라 느닷없이 떠나 버린 은현이 믿어지지 않아 그는 넋을 놓은 듯 강을 내려다보고 있었다. 안개가 걷히고 찬란한 아침빛이 강으로 쏟아져 내렸다. 온 세상을 삼킬 듯 퍼져 있던 안개가 거짓말처럼 사그라졌듯 은현도 그렇게 사라져 버렸다. 이렇게 온 마음을 사로잡고 흔들어놓았으면서 스쳐 간 흔적조차 남겨두지 않은 채 떠나 버린 은현이 원망스러웠다.

　언젠가 다시 만날 수 있다는 희망 정도는 남겨주고 갔어도 좋지 않은가. 바람처럼 세상을 떠돌다가 달려가면 만날 수 있는 곳이 어느 하늘 아래인지, 어느 산자락인지 정도는 가르쳐 주고 가도 좋지 않은가.

　불끈 쥔 주먹 속에 뜨거운 기운이 감돌았다. 안개를 순식간에 사그라지게 만드는 저 햇살처럼 자신 속에서도 은현이라는 안개를 순식간에 잊게 만들어줄 무언가가 있었으면 좋겠다, 생각하며 고개를 돌리는데 강 건너편에서 누군가 달려오는 모습이 보였다. 그것은 꿈처럼 사라졌던 은현이다.

"유한!"

은현의 음성이 강 건너에 있는 유한의 귀에까지 또렷이 들렸다. 유한은 터질 것 같은 심정으로 둑을 미끄러져 내려갔다. 은현을 향해 달려가는 유한의 눈에 건너편 둑길을 따라 달려오고 있는 한 무리의 군사들이 보였다. 봉족 군사들이 은현을 향해 달려가고 있었다. 그리고 은현의 뒤편에서 그녀를 향해 달려오는 향이 보였다.

"안 돼……."

신음 같은 소리를 흘리며 유한은 물속으로 첨벙첨벙 뛰어들어 정신없이 달렸다.

무슨 일인지 강둑 위가 뿌옇게 흐려지는 것이 보였다. 갑자기 불어온 회오리바람이 일으키는 모래 먼지였다. 그리고 짧고 날카롭게 부딪치는 쇳소리…… 그것은 분명 쇳소리였다. 먼지바람에 가려 아무것도 보이지 않았기 때문에 둑 위에서 무슨 일이 일어나는지 전혀 알 수 없었다. 유한은 이성을 잃은 듯 강둑으로 뛰어올랐다.

눈앞에 안개가 자욱했다. 분명히 햇볕이 쨍쨍한데 축축한 새벽처럼 안개가 사방을 뒤덮고 있었다. 안개 사이로 얼핏 스치는 은현의 얼굴을 보았다. 그녀가 그에게 무슨 말인가를 간절하게 하는 것 같았지만 들리지는 않았다. 그리고 유한이 또 스치듯 보았던 것은 얼굴에 섬뜩한 흉터가 있는 삿갓 속의 눈이었다. 음울한 기운이 감도는 그 눈이 유한을 뚫어지게 바라보았다. 그 눈에서 뿜어져 나오는 섬뜩한 기운 탓이었을까? 순간적으로 눈앞이 아득해지는 것을 느꼈다. 손도 발도 뻣뻣이 굳어버린 듯 움직여지지 않았다.

다시 눈앞이 밝아졌을 때는 안개가 걷히고 섬뜩한 그 눈은 사라진 후였다. 은현도 사라졌다. 강둑에 남은 것은 정확하게 급소를 공격당한 채 숨이 끊어진 봉족 군사들의 시신뿐이었다.

제단은 닷새가 지나도록 치워지지 않았다. 명목상으로는 난 생처음 세상 잠행을 나갔던 당주가 무사히 돌아왔음을 은허의 신들에게 알리고 감사의 기도를 올리는 것이었지만 사실 그것 은 유현란이 은현에게 내린 벌이었다.

은허당의 당주는 은허당과 혼연일체의 몸임을 망각하고 제 몸을 함부로 위험한 곳으로 내몬 점.

성스러운 은허신의 군대인 매화대로 하여금 살생을 저지르게 한 점.

그리고 당주의 대모인 유현란을 분노케 한 점.

그것이 은현의 죄목이었다.

제단 위에 꿇어앉은 은현의 머리 위로 따가운 햇살이 내리쬐었다. 가을 햇살은 여름 햇살의 뜨거움과는 또 다른 느낌으로 살갗을 따갑게 태웠다. 가물 꺼지는 은현의 눈앞에 청화잔이 불쑥 들어왔다.

"힘드십니까?"

유현란이 태대산 약수가 가득 든 청화잔을 내밀며 물었다. 지극히 예의를 갖추며 물었지만 그 눈에는 여전히 노여움이 가득하다. 은현의 마음에 설움이 가득 찼다. 은현은 눈앞에 들어온 청화잔을 밀어내었다.

"견딜 만합니다."

빤히 바라보는 눈빛에 오기가 한가득이다. 담담한 눈으로 내려다보던 유현란이 청화잔을 거두며 알았다는 듯 고개를 끄덕였다. 그리고 다시 지극히 예의 바른 음성으로 말했다.

"과한 기도는 몸을 상하게 합니다. 당주님의 몸은 혼자의 몸이 아니니 부디 귀히 여기십시오."

고개를 숙여 깊은 예를 갖추고 돌아서는 유현란의 입가에 미소가 번졌다.

은현의 눈 속에 바짝 돋아 오른 오기가 마음에 든다. 한 번도 저런 모습을 보이지 못했었는데 잠깐의 일탈이 도움이 된 것일까?

은현의 가장 큰 문제는 유약한 마음이다. 그것이 타고난 성격 탓인지 자신이 잘못 기른 탓인지 모르겠다. 불면 날아갈까, 쥐면 터질까 애지중지 품었던 어릴 적 기억이 은현에게 너무 깊이, 오래 남은 듯하다. 은허당의 당주라면 적어도 대모인 이 유현란의 죽음 앞에서도 담담한 눈빛을 유지할 수 있는 대범함과 강단은 있어야 하는데 지금의 은현은 여전히 자신이 없으면 그대로 무너지고 말 어린아이 같으니 문제라는 거다. 그것을 숨기기 위해 부란의 탈을 덧씌우고 부란의 마음으로 살아라, 강요했지만 본성은 어쩌지 못하는 모양이다.

처소로 돌아오니 향이 흙바닥에 꿇어앉아 있었다. 은현이 태대산을 내려가는 것을 알면서도 말리지 않았고, 은파에서는 은현의 곁을 지키지 못해 위험에 처하게 만들었다. 그 죄를 무겁게 물어야겠지만 그것은 감울란의 몫이다.

내실로 들어서니 감울란이 기다리고 있었다. 10여 명의 매화대를 내려보내고도 해결 못한 일을 감울란은 산을 내려간 지 단사흘 만에 은현을 찾아 데리고 올라왔다. '과연 감울란이다'란 말이 절로 나오게 하는 사건이다. 감울란이 있어 매화대가 존재한다던 생전의 부란의 말이 떠올랐다.

감울란의 곁을 스쳐 의자에 앉은 유현란은 움푹 팬 얼굴의 흉터를 바라보다가 고개를 돌려 버렸다. 묵직하게 다가오는 감울란의 존재가 또다시 부담스럽다. 살아생전에는 놓여날 수 없는 어쩔 수 없는 죄책감 같은 거다.

"수고하였네."

"예."

나가려던 감울란이 잠깐 멈칫했다.

"무슨 할 말이 있는가?"

"아니, 아닙니다."

다시 목례를 하고 돌아서 나와 제 처소로 향하는 감울란의 얼굴에 짙은 어둠이 드리워진다.

위험에 처한 은현을 향해 미친 듯이 달려오던 모화촌의 그 청년에 대해 말을 해주어야 할지 말아야 할지 잠깐 망설였지만 결국은 입을 다물고 말았다. 은현을 바라보던 그 청년의 눈빛이 예전 유현란을 바라보던 천강의 눈빛을 닮아 있어서 살짝 분노가 일었었다.

유현란 외에는 그 누구도 담지 않겠다는 듯 고집스럽고 꽉 막혀 있던 천강의 눈빛, 절박했던 그 눈빛.

은현을 바라보는 그 청년의 눈빛도 그랬다. 그런 느낌은 다시 생각하고 싶지 않고 제 입으로 꺼내고 싶지도 않다.

분노라니……?

방으로 들어와 의자에 털썩 앉으며 감울란은 어이없는 듯 쓴 웃음을 흘렸다. 천강 따위 이미 잊어버린 지 오래거늘 제 속에 여전히 그런 감정이 남아 있다는 것이 어이없고 화가 났다.

작약산에서 수타계곡으로 달리던 그날, 감울란의 가슴에 있던 천강은 죽었다. 수타계곡 골골이 퍼져 있던 죽음의 그림자와 피투성이로 던져져 있던 배냇저고리가 떠오르자 감울란은 두 주먹 속에 얼굴을 파묻어 버렸다.

아…….

계곡을 뒤흔들던 짐승 같은 자신의 절규 소리가 아직도 귓가에 쟁쟁하다. 짐승…… 그래, 그것은 분명 짐승의 울음소리였다.

뜨거운 눈물이 주먹을 비집고 흘러내렸다.

정수리에 꽂히는 따가운 볕을 느끼며 은현은 유한의 마지막 모습을 떠올렸다. 터질 듯한 붉은 얼굴로 둑으로 뛰어올라 오던 유한, 그 눈에 가득했던 절망이 은현의 가슴에 남아 있다.

아, 내가 이렇게 떠나고 나면 저 사람은 정말 많이 힘들어하겠구나! 쉽게 잊지도 못할 사람이로구나!

그 눈을 본 순간 그런 생각이 들었다.

내 말을 알아들었을까?

"유한! 꿈을 꼭 이루어줘. 그리고 은허당으로 찾아와!"

감울란의 팔에 안겨 끌리듯 그곳을 떠나며 은현이 남긴 말이다.

모화촌에서 은현은 유현란이 가장 금기시하는 일을 저질렀다. 평생 가슴에 낙인처럼 찍혀 버릴 첫 남자를 만났고, 안았다. 그것은 유현란의 품에 가두어진 채 일곱 살 아이의 마음에 머물러 있던 은현이 드디어 어른이 되는 순간이었고, 여인이 되는 순간이었고, 유현란의 품을 벗어나는 순간이었다.

감울란은 은현의 부름을 받고 태대산 정상으로 오르고 있었다. 은현이 개인적으로 감울란을 부른 것은 처음 있는 일이다. 은현이 있는 자리에는 언제나 유현란이 함께 있었고 게다가 은현이 감울란의 얼굴에 있는 섬뜩한 흉터를 두려워하였기에 서로 눈을 똑바로 마주한 적도 몇 번 없을 정도였다.

수백 개의 돌계단을 올라 초성단에 다다르자 은현을 지키고 있던 매화대가 예를 갖추며 감울란을 맞았다. 지난번 사건 이후 은현의 곁에는 예전의 두 배가 넘는 숫자의 매화대가 배치되었다.

은현은 가슴 위에 두 손을 모은 채 산 아래 구름을 내려다보고 있었다.

"당주님."

부르는 소리에 돌아보는 은현의 얼굴이 수척하다. 열흘 동안 단식을 하며 기도를 올린 뒤끝이라서인지 눈빛은 어느 때보다 맑아 보였다.

은현은 처음으로 감울란의 얼굴을 똑바로, 그리고 찬찬히 살폈다. 움푹 팬 볼의 상처는 언제 보아도 섬뜩하다. 대전쟁 당시 감울란은 볼에 화살이 꽂힌 채 혼자 몸으로 봉족의 경계를 뚫고 수타계곡에서 태대산까지 찾아왔었다고 들었다. 무더운 여름이라 상처 가득 벌레가 일었고 절반은 썩은 상태였다고, 어릴 적에 매화대원들이 쑤군대는 소리를 들었었다.

그토록 고통스러움을 견뎌내면서까지 감울란을 기어이 은허당으로 찾아오게 만든 힘이 뭘까?

그것이 늘 궁금했다. 전 당주 부란에 대한 충성심이었는지, 아니면 유현란처럼 은허당 외에는 이 땅에 자신이 존재할 곳이 없다고 여겨서인지.

얼굴을 찬찬히 살피던 은현은 감울란과 눈이 마주치자 움찔했지만 피하지는 않았다.

몸만 자랐지 눈빛은 항상 어린애 같더니 지금 마주하는 은현의 눈은 어느새 성년에 가까운, 막 물이 오르는 처녀의 그것처럼 생기와 함께 특유의 은은한 기운이 느껴진다.

"감울란."

"예, 당주님."

"매화대원들을 어디에 둘까, 하는 것도 대모님의 명을 받아야 하나요?"

무슨 말인가 싶어 고개를 갸웃하던 감울란이 이내 그 뜻을 알아듣고 대답했다.

"매화대는 제 소관입니다."

무슨 생각엔가 잠겨 있던 은현이 다시 감울란의 얼굴을 빤히 바라보며 말했다.

"그럼 한 가지만 부탁할게요."

"무슨……?"

"향이를 내 곁에 두게 해주세요."

"그 아이는 치명적인 실수를 저질렀습니다."

"내 탓입니다."

"어떤 경우에도…… 당주님의 잘못은 없습니다. 모든 불미스러운 일은 호위하는 자의 불찰로 일어나는 일일 뿐입니다."

단호한 눈과 음울한 얼굴을 보니 부탁을 들어줄 마음 따윈 없어 보였다. 눈앞의 은현이 몇 달 지나지 않아 제게 명을 내릴 사람인 것을 뻔히 알면서도 단번에 거절하는 것을 보니 참 꽉 막힌 사람이구나, 정도(正道)로밖에 걸을 줄 모르는 사람이겠구나, 싶었다.

"내가 은허당의 당주로서 내리는 명이라 해도 안 되나요?"

감울란은 여전히 단호한 눈으로 바라볼 뿐이다. 은현은 나직이 한숨을 내쉬었다.

"역시나 안 되는 일이겠죠? 감울란은 아직 부란님의 매화대일 테니……."

씁쓸한 웃음을 지으며 내뱉는 그 말이 감울란의 가슴을 쿡 찔렀다. 은현의 입가에 지어진 그 미소가 이름만 당주일 뿐 아무 권한도 없는 스스로에 대한 자조인지, 아니면 눈앞에 살아 있는 당주를 두고 이미 썩어 뼈밖에 남지 않았을 죽은 당주의 명을 목숨처럼 따르고 있는 감울란을 향한 조소인지 모르겠다.

그제야 감울란은 고개를 반듯이 들어 은현을 바라보았다. 감히 범접할 수 없는 은허당의 당주가 아닌 열아홉 살의 처녀 은현을.

당주라는 무거운 옷을 걸치고 항상 그렁그렁한 눈으로 유현란의 뒷모습만 바라보던 그 어린아이가 떠올랐다. 한번쯤 따듯이 안아 다독여 주라고 충고하고 싶은 충동마저 일게 했던 유현란의 행동들, 그것은 참으로 유현란다운 모습이었다. 당주를 생각하는 그 마음이 각별하다는 걸 알지만 결코 어느 누구에게도 제 속내를 다 드러내지 않을 유현란이다.

다시 은허당으로 돌아온 후 20여 년 만에 처음으로 감울란의 마음이 제 의지와 다르게 움직였다. 세상에 제 편은 오직 유현란뿐인 듯 그 옷자락에 매달려 있던 어린 날의 은현의 눈동자가 떠올라서다. 그것이 감울란 속에 깊이깊이 감추어져 있는 모성을 꿈틀거리게 했다.

그만 가보라 눈짓하며 돌아서는 등 뒤에서 감울란의 음성이 들렸다.

"내달 보름에 향이를 다시 불러올리겠습니다. 지금은 경계 밖으로 나가 있어 당장 불러들이기 힘듭니다."

놀라 돌아보니 감울란은 그저 무뚝뚝한 얼굴로 그 말을 전했다.

"감울란……!"

고맙다는 말이 나오기 전에 눈물부터 고였다. 외롭고 힘든 제 마음을 감울란이 처음으로 알아주는 것 같은 생각이 들었다. 감울란의 저 무서운 얼굴 안에는 따듯한 마음이 감추어져 있을 게 분명하다.

은현의 입가에 지어진 미소가 여리고 천진하게 느껴졌다. 감울란은 인사를 올리고 돌아섰다. 겨우 그깟 일에 눈물까지 보이다니, 유현란이 그리 모질게 다그칠 만하다 싶다가 문득 측은한 마음이 인다. 감히 은허당의 당주에게 이 무슨 불경한 마음인지.

미루와 다시 만나 모화촌에 머물던 중 유한은 순식간에 사라졌다 다시 나타나곤 하는 청년들의 뒤를 몰래 밟았다. 그들은 날이 어두워지자 경계가 허술한 강 아래쪽으로 한참을 내려가더니 여러 무리로 나뉘어 재빠르게 강을 건넜다. 그리고 다시 뿔뿔이 흩어지기 시작했다. 유한과 미루는 그들 중 가장 우두머리로 보이는 가한이 속해 있는 무리의 뒤를 따랐다. 은파 외곽으로 빠져나가던 그들이 다시 소로를 따라 은파의 중심지로 들어서는 것을 보며 이상하다 생각하는 순간, 서늘한 칼날이 목에 들어왔다.

눈이 가려진 채 오랜 시간 끌려온 유한과 미루는 습기 가득한 동굴에 갇힌 지 사흘 만에 다시 그들 앞에 끌려 나왔다. 구레나룻를 기른 험악한 사내의 주변에 모화촌에서 보았던 청년들과 함께 가한의 모습도 보였다.

한 청년이 유한과 미루를 봉족의 첩자로 몰아붙이자 분위기가 험악해졌다. 흥분한 그들은 당장 목이라도 벨 태세였다. 그러나 가한이 나서서 그들을 말리며 유한에게 변명할 기회를 주었다.

"다시 한 번 너희들의 정체가 무언지 분명히 밝혀라. 거짓을 말할 시에는 죽음밖에 없을 것이다."

지금까지 지켜본 모화촌은 분명 봉족에 저항하는 세력이었다. 그러나 온전히 자신들의 편인 매족이라는 확신이 없었다. 아마도 대전쟁 후 봉족에 대항했던 여러 부족이 섞인 모양이었다. 그래서 지금껏 자신의 정체를 감춘 채 지켜보았던 것이다. 그러나 어쨌든 이들에게 자신들의 신분을 밝히더라도 목숨이 위험해지지는 않을 것 같다는 확신은 있었다. 잠깐 망설이던 유한은 청년들을 둘러보다가 다시 험악하게 생긴 사내를 바라보며 입을 열었다.

"우린 갈왕산 너머의 매족 마을에서 왔소."

그러나 어느 누구도 그 말을 믿으려 하지 않았다. 똑같은 말이 수십 번 오가고도 그들은 도무지 믿을 수 없는 모양이었다.

"네놈들이 갈왕산을 넘어온 매족이라는 걸 무엇으로 증명할 수 있느냐!"

두 사람이 말이 없자 사내가 칼집을 쿵, 내려찍으며 다시 다그쳤다. 사내는 갈왕산을 넘어왔다는 두 사람의 말을 절대로 믿지 않는 표정이었고, 사내의 뒤에 선 젊은이들은 긴가민가하는 표정들이었다.

죽은 자의 영혼만이 넘을 수 있다는 갈왕산이다. 대전쟁 후 살아남은 매족의 절반이 그 산을 넘어갔고 나머지 절반은 이 은 파에 남았다. 죽더라도 봉족의 지배는 받을 수 없다는 사람들과 내일의 부활을 위해 오늘의 비굴함을 참아내겠다는 사람들로 나뉜 것이다. 그렇게 헤어진 지 스물두 해. 떠난 매족들은 소식이 없었다. 결국은 산을 넘지 못하고 뿔뿔이 흩어졌다는 소문도 떠돌았고, 갈왕산 꼭대기의 꽁꽁 언 눈 속에 파묻혀 죽었다는 소문도 떠돌았다. 어느 쪽이든 소문은 사실일 거라고 믿었다. 감히 어느 누가 저 거대한 산을 넘을 수 있겠는가.

"정말 갈왕산을 넘어왔는가? 매족이 분명해?"

묻는 가한의 음성은 약간 흥분한 듯했다.

매족 용사들에 대한 얘기는 어른들로부터 많이 들었다. 태대산의 그 무서운 범들도 매족 용사들을 비켜갔다고 했다. 한칼에 수십 명의 봉족들이 낙엽처럼 흩어졌다고도 했다. 대전쟁 당시 대부분의 용사들은 목숨을 잃었고 남은 용사들은 저 멀리 거대하게 솟아 있는 갈왕산 꼭대기의 하얀 눈 속에 잠들어 있다고, 언젠가는 그들이 부활하여 매족을 구원하러 올 거라고…… 모화촌 아이들은 그 말을 진실처럼 믿으며 자랐다. 가한 역시 그들 중 한 명이다.

가한의 상기된 얼굴이 유한의 눈앞에 다가왔다. 그리고 나직이 속삭였다.

"거짓이라면 내 손으로 널 죽이겠어."

그 목소리는 마치 진실이라고 말해달라고 종용하는 것 같았다. 경계의 눈빛과 희망의 눈빛이 청년들 사이에 떠돌았다. 그러나 가장 연장자인 험악한 얼굴의 사내는 여전히 유한의 말을 믿지 못했다. 그는 뒤에 선 청년들처럼 더 이상 꿈꾸는 사람이 아니다. 자신의 눈으로 보았던 사실만 믿는다. 병든 노인들과 더 이상 싸울 수 없는 심한 부상자들, 그리고 죽은 용사들의 아내와 어린아이들이 대부분이었던 그 행렬이 갈왕산을 넘었을 리는 없다고 생각한다. 매족의 용사가 부활해 온다는 말은 희망을 놓지 않으려 만들어낸 전설일 뿐이다.

사내의 칼이 유한의 턱을 들어 올렸다.

"너희들을 모화촌에 잠입시킨 자가 누구냐? 은파의 총관이라는 그 돼지 새끼냐, 아니면 남광에서 왔느냐!"

제 분노를 조절하지 못한 듯 사내의 칼끝이 유한의 목을 쿡 찔렀다. 짧은 신음 소리와 함께 새빨간 피가 흘러내렸다. 가한이 다급하게 사내의 칼을 쳐내었다. 다행히 피만 흐를 뿐 상처는 깊어 보이지 않았다. 가한이 유한의 목을 지혈하고 치료하는 동안 미루는 험악한 얼굴의 사내를 살폈다. 생긴 것만큼이나 성질 또한 급하고 포악한 자 같다. 이자를 설득하지 못하면 이곳에서 살아나가지 못하리란 생각이 들었다. 얼굴을 가늠해 보니 아무리 적어도 마흔은 넘어 보인다. 대전쟁을 겪었을 나이다. 대전쟁을 겪은 사람이라면 아버지 단성의 이름을 알 것이라는 생각이 들었다.

"내 아버지가 단성이오!"

다급하게 나오는 그 말을 사내는 다 듣지 못한 듯 고개를 갸웃하며 되물었다.

"방금 뭐라 했느냐?"

"내 아버지가 매족의 용사 단성이라고 했소."

사내의 이마가 심하게 일그러지더니 솥뚜껑 같은 손으로 미루의 턱을 거칠게 잡아 올렸다. 눈동자는 심하게 떨렸고 흘러나오는 목소리도 떨렸다.

"네 이름이 뭐냐?"

"미루."

"미루……!"

사내의 손이 부들부들 떨리더니 잡은 턱을 던지듯 놓으며 자리에서 벌떡 일어났다.

"당장 촌장님을 모셔오너라!"

날렵해 보이는 청년에게 명령을 내리고 다시 돌아서 미루와 유한을 번갈아 내려다보는 그의 얼굴은 터질 듯 붉어져 있었다.

촌장이 나타난 것은 거의 한나절은 지나서였다. 촌장은 들어서자마자 일렁이는 횃불을 미루의 얼굴에 가져왔다. 유한의 친구가 유한과 함께 모화촌에 들어와 숨어 지낸다는 소리를 들었지만 한 번도 얼굴을 보지 못한 청년이다. 미루의 얼굴에서 무언가를 찾으려 애쓰던 그는 마음이 조급한 듯 이내 포기하고 가까이 다가앉았다. 갈왕산을 넘어왔다니 도무지 믿을 수가 없다. 더구나 단성의 아들이라니! 이 녀석이 단성에 대해 어디서 들은 말이 많은 모양이라고 생각했다.

갈왕산을 넘기 위해 떠났던 매족에 대해서는 온갖 말들이 많지만 촌장은 자신의 기억이 가장 정확하다고 생각한다. 그들이 떠나고 하루도 지나지 않아 봉족 추격군이 따라붙었었다. 그리고 얼마 후, 천성계곡을 따라 흐르는 계곡물에 며칠 동안 붉은 핏물이 흘러넘쳤다는 소리가 들려왔다. 그래서 결국 그들은 천성계곡을 벗어나지 못한 채 전멸했으리라고 생각했다. 늙은이와 부상자, 그리고 아녀자와 아이들이 대부분이었던 그들이 살아남았을 리는 없다. 무리를 이끄는 사람이 아무리 천하의 천강이라 해도.

그들에게 추격군이 따라붙었다는 것을 알고도 남아 있던 매족들은 지원군을 보내지 않았다. 오로지 살아남기 위해서였다. 살아남기 위해서 그들은 위험에 처한 부족을 외면했다. 살아서는 떨쳐 버릴 수 없는 죄책감, 그것이 지금껏 자신들을 버티게 한 힘이기도 했다.

"단성에 대해서 말해보아라."

"제 아버지는 천강님과 함께 매족 최고의 용사셨고 은파에서 벌어진 대전쟁의 마지막 전투에서 목숨을 잃으셨습니다."

"그건 누구나 아는 사실이다."

다시 말을 이으려던 미루는 갑자기 난감해졌다. 아버지에 대한 특별한 기억이 없다. 대전쟁이 벌어지던 2년 동안 아버지는 한 번도 가족을 찾지 않았었다. 그저 단성의 부대가 해족 마을을 지나갔다든가 어느 골짜기에서 대승을 거두었다는 등, 바람결에 들려오는 소식들뿐이었다. 그런 소문들은 태대산 아래에 사는 사람이라면 누구나 다 아는 사실일 테니 얘기해 봐야 별 도움이 될 것 같지 않다. 특별한 추억이 분명 있었을 텐데 너무 어릴 적 일이기에 기억에도 없다. 아버지에 대해서 다른 사람들보다 더 아는 것이 없다는 것이 새삼 슬펐다.

머뭇거리는 미루를 바라보는 촌장의 얼굴에 실망과 함께 분노의 빛이 서렸다.

감히 단성의 이름을 걸고 장난을 치다니!

벌떡 일어난 그에게서 노기 어린 음성이 들렸다.

"이자들을 유천골로 데려가라!"

팔짱을 끼며 잡아끄는 청년들의 손을 뿌리치고 미루는 다시 소리쳤다.

"어머닌! 제 어머닌 은허당을 버리고 내려온 파당녀였습니다. 봉족 군사들이 집으로 들이닥쳐 어머닐 잡아갔습니다!"

다급하게 그 말을 뱉고 나자 그제야 그때의 일들이 하나하나 떠올랐다.

"마지막 전투가 벌어지기 며칠 전, 아버지께서 집에 오셨습니다. 그때 제 나이가 일곱 살이었는데 아버지 얼굴을 처음 본 날이었습니다. 몹시도 검고 마른 얼굴이었는데……."

촌장은 미심쩍은 얼굴로 다시 미루를 살폈다.

"혼자…… 오셨던가?"

"예. 아니, 한쪽 다리를 심하게 절룩이는 아저씨와……!"

말을 하던 미루의 눈이 한쪽이 짧은 촌장의 다리를 응시했다. 마당에 쪼그리고 앉아 있던 그에게 절룩이며 다가와 무언가를 건네던 사내의 형상이 떠올랐다. 다시 고개를 들자 촌장의 얼굴이 코앞으로 다가와 있었다. 갈라지듯 들려오는 마른 목소리가 떨렸다.

"그 사람이 네게 무언가를 주었을 텐데……?"

"……?"

"조그만 목검."

"아! 그 사람은 제게 목검을 주며 넌 단성의 아들이니 검을 다룰 줄 알아야 한다고 했습니다."

그제야 촌장의 늙은 눈이 젖어들었다.

그날 단성이 다녀가지 않았다면 봉족은 그들이 단성의 가족이란 걸 알지 못했을 것이다. 곧 다가올 자신의 죽음을 알았던 것일까? 그토록 조심스럽던 단성이 밝은 대낮에 집에 다녀오겠다고 나섰던 것이다. 그는 단지 아들이 보고 싶다고 했다.

"우린 봉족의 첩자가 뒤를 밟고 있다는 걸 몰랐다. 그날 우리가 걸음을 하지 않았다면 네 어머닌 무사하셨겠지."

깊은 회한이 깃든 촌장의 음성에 울음기가 느껴졌다.

"나도 그날 단성님을 따라갔었는데 기억 못하겠지?"

험상궂은 얼굴로 그들을 다그치던 사내가 벙글거리며 앞으로 나왔다. 미루는 전혀 기억 못하는 듯 고개를 흔들었다.

"난 네 이름을 기억하고 있었다, 미루."

아, 그래서 미루의 이름을 듣자마자 그토록 놀랐었나 보다.

가한과 청년들은 미루와 유한의 묶인 손목을 풀어주고 의자를 가져다주었다. 그들은 전설처럼만 듣던 단성의 아들을 직접 만난 것에 흥분한 듯했다.

"난 여전히 믿을 수가 없어. 갈왕산 너머에 우리 매족이 살아 있다니…… 그런 행렬을 이끌고 정말 갈왕산을 넘었다니!"

자신을 장범이라고 소개한 험상궂은 사내는 여전히 흥분을 감추지 못한 채 유한과 미루를 번갈아 보았다. 흥분이 조금 가라앉자 촌장이 조심스럽게 물었다. 그로서는 가장 궁금한 말이다.

"천강은…… 살아 있겠지?"

천강만 살아 있다면, 그리고 다시 은파로 돌아온다면 매족은 다시 일어설 수 있을 것 같았다. 자신이 아무리 몸부림치고 독려를 해도 할 수 없었던 전 매족의 단결. 천강만 돌아오면 그것이 가능할 것이라고 확신했다. 지금 은파의 저항세력은 봉족이 짐작하는 것보다 훨씬 규모가 크다. 그럼에도 쉽게 일어나지 못하는 것은 승리에 대한 확신이 없어서다. 그들은 여전히 전쟁이 남기고 간 상처가 두려워 짐승만도 못한 이 삶에 안주하려고만 한다.

미루는 조용히 앉아 있는 유한을 바라보다가 다시 촌장을 보며 빙긋 웃었다.

"물론 살아 계십니다."

"그래, 모두가 다 죽어도 천강만은 살아 있을 줄 알았어! 그는 함부로 죽을 친구가 아니니까."

감격에 겨운 듯 눈물이 고인 촌장의 눈을 유한은 물끄러미 바라보았다. 마른바람이 이는 척박한 땅에서 부족을 먹여 살리기 위해 칼을 버린 아버지, 그 땅에서 매족을 지켜내는 것이 자신들이 살길이라 말하던 아버지는 작았다. 그러나 이들이 기억하는 아버지의 존재는 자신이 아는 것보다 훨씬 거대하다. 생각해보니 갈왕산 그늘에 몸을 숨기고 살고 있는 천강은 외로운 범이었다. 두고 떠날 수도, 버릴 수도 없는 부족의 끈에 묶인 채 밤마다 마당을 어슬렁거리던 외로운 범. 아버지의 모습이 떠오르자 새삼 코끝이 시큰해진다.

"이 친군 그곳에서 태어난 모양이지?"

다시 보아도 험악하게 생긴 장범이 유한을 가리키며 미루에게 물었다.

"아닙니다. 은파에서 태어나 함께 갈왕산을 넘은 친굽니다."

그리고 미루는 빙긋 웃으며 유한에게 직접 말하라고 눈짓했다. 갑자기 유한의 존재가 궁금해진 듯 모든 시선이 자신에게 집중되어 있는 것을 느끼며 유한은 천천히 입을 열었다. 그의 얼굴은 약간 감격에 겨운 듯 흥분되었고 자부심이 가득하다.

"제 아버지가…… 천강입니다."

동굴 안이 순식간에 쥐 죽은 듯 고요해졌다. 까만 눈동자만이 서로를 응시했다. 청년들에게서 환호성이 터지려는 순간 촌장의 음성이 들렸다.

"천강에겐 아들이 없었다."

"그러게? 천강에겐 자식이 없었어!"

장범이 맞장구를 치며 고개를 갸웃하자 유한은 당황스러웠다. 아버지께 아들이 없었다면 그럼 자신은 누굴까? 한 번도 상상해 보지 않았던 일이 벌어진 것 같다. 장범의 솥뚜껑 같은 손이 유한의 턱을 들어 휘휘 돌렸다.

"그러고 보니 천강을 닮은 듯도 하고 아닌 듯도 하고?"

유한은 화를 내며 그 손을 털어내었다.

"전 한 번도 제 아버지 자식임을 의심해 본 적 없습니다!"

촌장은 울컥 화를 내며 장범의 손을 뗠쳐 내는 유한의 모습을 따갑도록 바라보았다. 단호한 입매라든가 번득이는 눈빛, 그리고 시원하게 뻗은 몸매가 젊은 날의 천강을 연상케 했다. 더군다나 지난번 보았던 그 검술은 누구도 흉내 낼 수 없는 천강의 것이었다. 유한이 처음부터 호족이라고 했기 때문에 잠깐 의심하고 말았던 것이다.

정말 천강의 아들이라면 그 어미는 누굴까? 설마……?

감울란을 떠올리던 촌장은 이내 고개를 흔들었다. 감울란이 천강의 아이를 낳았다면 은허당에 남았을 리 없다. 아무리 힘든 길이었어도 감울란은 천강을 따라나섰을 여자다. 대전쟁 당시에 입은 부상으로 스무 해가 넘도록 완벽하게 칩거하고 있지만 그녀가 매화대를 이끌고 있다는 소리를 들었다.

그렇다면……?

유현란을 떠올리던 그는 다시 고개를 흔들었다. 유현란은 평생 처녀의 몸을 유지하고 선원당녀로 사는 것을 소원하던 여자다. 그토록 매달리던 천강조차 외면한 채 꿋꿋이 제 길을 가던 도도한 여자였다.

천강의 부대와 단성의 부대는 너무 멀리 떨어져 있었기 때문에 단성의 부대에 있던 자신들은 전쟁 중 천강의 행적을 다 알지 못한다. 어쩌면 천강이 전쟁 중에 새로운 여인으로부터 아들을 얻었는지도 모른다는 생각이 들었다.

유한은 자신의 존재가 부정당하는 것이 화가 났다. 매족 최고의 용사 천강의 아들, 장차 매족의 미래를 어깨에 짊어질 자랑스런 매족의 용사. 그것이 지금까지 알던 자신의 모습이었고 자부심이었다.

"제 어머닌 대전쟁 중에 돌아가셨고, 전 그때 겨우 삼칠일이 지난 갓난아기였다고 들었습니다."

억울한 듯 내뱉는 유한의 음성에 촌장이 고개를 끄덕이며 그를 달래듯 손을 꼭 잡았다. 그리고 힘주어 말했다.

"넌 천강을 많이 닮았다. 그러니 천강의 아들인 것이 분명하다."

촌장의 한마디로 의혹의 눈길은 사라졌다.

유한과 미루는 그들의 안내를 받아 태대산 자락의 어느 골짜기 안으로 들어섰다. 좁은 입구에 비해 골짜기 안은 너른 평지의 풀밭이었다. 우거진 풀밭을 지나 좀 더 깊이 들어가자 조그만 마을이 나타났다. 청년 하나가 높은 망루 위에서 그들을 발견하고 아래쪽으로 신호를 보내자 목책이 거두어졌다. 어디선가 산자락을 쩌렁쩌렁 울리는 기합 소리가 들렸다. 유한은 모화촌 청년들이 순식간에 사라졌다가 다시 나타나곤 하던 이유를 그제야 알았다.

보고 싶다
보고 싶다

9. 보고 싶다

　은허당의 바깥 경계로 나가 근신하라는 명을 받은 지 한 달 만에 향은 다시 감울란의 부름을 받고 은허당으로 올라왔다. 그리고 당주의 가장 가까운 자리에서 신변을 보호하는—사실은 감시하는 것이지만—30여 명의 호위 부대를 총괄하여 이끌라는 명을 받았다.

　"또다시 당주님께 불미스러운 일이 생길 시에는 은허당을 떠나야 할 것이다."

　"예."

　향의 대답에 감울란의 음울한 눈에 짧은 순간 어울리지 않는 온기가 스쳐 갔다. 향에게서 젊은 날의 자신의 모습을 보는 것 같다. 검술 실력은 누구보다 뛰어나나 마음이 모질지 못하여 이런저런 실수가 잦던, 그리고 인간에 대한 쓸데없는 연민에 자꾸만 발목이 잡히던 젊은 날의 자신의 모습.

다 쓸데없는 것이다, 그런 건.

감울란은 향에게 해주고 싶은 그 말을 꿀꺽 삼키고 말았다. 지금의 당주에게 가장 필요한 사람은 바로 따듯한 연민을 가진, 그런 향일 테니 곁에서 당주의 의지가 되어주기를 바라는 마음에서다.

향에게 그만 나가보라는 손짓을 한 감울란은 피곤한 머리를 의자에 기댔다. 당주를 향해 불쑥 튀어나온 쓸데없는 모성이 성가시다.

가볍게 시작하는 것 같던 비가 밤이 되면서 굵은 장대비로 돌변했다. 움막 안 어디선가 툭툭 떨어지는 빗소리를 들으며 유한은 팔베개를 한 채 침상에 누워 있었다. 한순간에 안개처럼 사라져 버린 그날의 은현의 모습은 여전히 안개 같고 꿈같다. 이대로 눈을 감았다 다시 뜨면 어깨에 상처처럼 남아 있는 가느란 숨소리가 다시 들릴 것 같다.

유한……

들릴 듯 말 듯 부르던 수줍은 목소리도 다시 들릴 것 같다.

이 여자는 정말이지 안개 같다. 마음을 온통 잠식한 채 가슴속에 자욱이 들어앉은 안개, 그러나 꺼내보면 아무런 형체도 없는······.

허한 가슴을 움켜쥐며 그는 옆으로 돌아누웠다. 모화촌 청년
들의 훈련터인 태대산 기슭 유천골에서 지내다가 은현이 떠오
를 때면 그는 만사를 제쳐 두고 모화촌으로 달려오곤 한다. 이
곳에서 오래오래 지낼 거라고 했으니까 은현이 언제든 찾아올
거란 생각이 들어서다.

빗줄기가 점점 굵어지고 있었다. 천둥과 번개가 쉴 새 없이
내리쳤다. 귀를 막고 잠을 청하려던 유한은 무언가 생각난 듯
눈을 번쩍 떴다. 그리고 번개처럼 몸을 일으켜 밖으로 뛰어나갔
다. 강둑에서 내려다보니 불어난 강물이 금방이라도 둑을 넘어
올 것 같았다.

"곧 큰비가 올 거다. 저 강이 차고 넘칠 만큼 큰비."

무심히 내뱉던 은현의 말이 떠올랐다. 그녀는 별에게서 그 기
운을 느낀다고 했다. 은현의 말들은 왠지 무시할 수 없는 신빙
성 같은 것이 있었다. 유한은 곧장 마을로 달렸다. 촌장께 강의
상황을 설명하고 잠든 마을 사람들을 깨워 산자락의 등성이로
뛰어오를 때까지 그다지 많은 시간이 흐르지는 않았다. 마지막
남은 사람들이 마을을 빠져나오고 얼마 지나지 않아 건천의 둑
이 터지며 마을은 순식간에 물에 잠겼다. 희끄무레하게 새벽이
다가오던 시간이었다. 순식간에 마을을 삼켜 버리는 거센 강물

을 보며 유한은 문득 두려운 생각이 들었다. 은현이 사라지던 그날의 안개와 그 안개 속에서 자신을 노려보던 삿갓 속의 섬뜩한 얼굴이 떠올랐다. 그리고 순식간에 사라져 버렸던 은현.

도대체……?

은현과 관계된 일은 무엇 하나 선명한 것이 없다. 선명하지 않아 더욱 견딜 수 없는 그리움이 그를 괴롭힌다. 마을을 삼키며 밀려드는 도도한 저 물에 온몸을 적셔도 해갈되지 못할 이 갈급한 목마름, 간간이 머릿속이 까마득해지는 느낌들, 칼을 던지고픈 절망감 같은 것이 오래된 병처럼 불쑥불쑥 고개를 내민다. 은현이 남기고 간 상처는 오래오래, 그리고 깊이 그를 괴롭힐 것 같다.

꿀꺽 삼키는 침이 힘겹게 목을 타고 넘어간다.

마을의 복구는 가을이 깊어지도록 계속되었다. 한 차례 전염병이 돌았고 노인과 아이들 몇이 목숨을 잃었다.

마을의 복구가 반쯤 이루어졌을 즈음, 은허당에서 구호품이 내려왔다. 은허당에서 구휼이 이루어진 것은 대전쟁 이후 처음 있는 일이었다. 강가로 나온 사람들은 태대산을 향해 절을 올렸다.

수백 년간 은파의 주인이었던 매족이 대전쟁에 패해 몰락을 함으로써 매족 편에 서 있었던 은허당도 그 기운을 다한 듯했다. 처음부터 은허당의 존재를 인정하지 않았던 봉족이 세상을 지배하면서 지난 20여 년간 은허당은 그저 전설 속의 이름처럼 사람들의 뇌리에서 잊혀져 가고 있었다. 그런 은허당이 매족이 가장 힘든 순간에 제 존재를 드러내며 세상 밖으로 걸음을 한 것이다.

구호품이 당도하던 날, 모화촌을 감싸고 흐르는 건천의 강가에는 은파의 구석구석에 흩어져 살고 있는 매족은 물론 멀리 서라연과 장연 등에 흩어져 살던 매족과 해족, 나로족, 그리고 호족들까지 소식을 듣고 찾아왔다. 잊고 있었던, 그리고 자신들을 잊은 줄 알았던 은허당이 내려 보내는 따뜻한 어머니의 손길을 확인하기 위해서였다. 건천의 강가는 물론 은파의 골목골목까지 사람들로 넘쳐 났다. 대전쟁 이후 이렇게 많은 매족이 한자리에 모인 것은 처음 있는 일이었다. 자신들은 태대산 아래 한 어머니의 자손이라는 뚜렷한 일체감이 그들을 이렇게 모여들게 하는 것이다.

유한은 둑에 올라 도도한 강물처럼 밀려드는 사람들을 내려다보고 있었다. 거대한 무엇이 가슴으로 밀려드는 느낌에 심장이 뜨거워졌다. 불끈 쥔 주먹에서도 열기가 느껴진다. 갈왕산을 넘어오던 그때의 심정이 다시금 되살아났다.

굶주린 아이들의 손이 아귀처럼 덤벼들었다. 어린 당녀들이 당황하자 경험 많고 나이 지긋한 당녀들이 나서서 먹을 것과 의복을 나눠 주었고 모화촌 청년들이 그녀들을 거들었다.

그들은 처음부터 은허당과는 거리가 먼 산 아래 여인을 어머니로 둔 청년들이 대부분이지만 간혹, 할머니가 당녀였다거나 이름도 얼굴도 모르는 어머니가 사실은 은허당의 당녀인 청년들도 있고, 아들을 놓을 수 없어 은허당을 떠나온 파당녀 어머니를 둔 청년들도 있다. 그런 건 아무도 말해주지 않지만 은허당 아래에 살다 보면 그냥 알아지는 것이다.

향은 삿갓 속에 얼굴을 숨기고 청년들 사이에서 누군가를 찾았다. 은현을 찾아 어둠을 뚫고 숨어든 움막에서 보았던 청년, 유한이다. 감히 은허당의 당주를 제 여인인 양 품에 안고 잠들어 있던 청년.

그날의 은현의 모습은 어느 누구도 알아서는 안 되고, 향의 머릿속에서도 영원히 지워야 할 그림이었다. 그래서 은허당으로 돌아가면 어느 누구도 아닌 은현의 손에 가장 먼저 죽임을 당하지 않을까 생각했었는데 은현은 오히려 향을 곁으로 불렀다. 그리고 '전 당주 부란에게 감울란이 있었듯 내겐 향이 네가 있다' 라는 말로 기대어 왔다.

어느 곳에도 기댈 수 없는 막막한 은현의 눈동자에 눈물이 어렸다. 그것은 은허당의 당주로서 알아서는 안 될 사랑을 알아버린 어린 여자의 눈물이었다.

부란의 껍질로 덧씌워진 당주는 사실은 너무도 어리다. 그러나 그것을 아는 사람은 극히 드물다. 저 어린아이의 가슴에 백수를 바라보는 늙은 노인을 들여앉혀 놓은 유현란이 무섭다는 생각이 들었다. 은현을 향한 아련한 연민에 향의 눈에도 눈물이 고였다.

그렇게 향은 은현의 사람이 되었다.

모화촌에 대한 구휼을 결정한 것은 놀랍게도 은현이었다. 지
난 20여 년 은허당은 완벽한 칩거에 가까운 생활을 해왔었기에
모화촌의 물난리 소식을 듣고도 어느 누구도 쉽게 나서지 못했
다.

모화촌이 어떤 곳이던가?

그곳은 옛 은파의 주인인 매족이 모여 사는 곳이다. 그리고
지금 은파의 주인인 봉족이 표적으로 삼고 있는 곳이다. 섣불리
나섰다가 봉족으로부터 어떤 오해를 살지 모르는 일이다. 봉족
은 은허당에게도 역시나 두려운 존재다.

은현이 선원회의에 모습을 드러낸 것은 처음 있는 일이었다.
모든 회의의 주관은 유현란이 했고 은현은 그 결정을 보고받는
것이 다였다. 그런 은현이 갑작스럽게 선원회의에 나타난 것이
다.

은현은 바짝 긴장한 유현란의 눈을 무시한 채 그녀의 옆자리
에 앉았다. 빙 둘러앉은 선원당녀들을 돌아보며 무슨 신기한 구
경거리라도 만난 듯 눈을 반짝이기까지 했다.

도대체 무슨 생각인지······?

유현란은 표나지 않게 한숨을 내쉬었다. 말없이 사라졌다 돌
아온 후 은현의 행보는 종잡을 수가 없다. 은화원 깊숙이 들어

앉아 아주 착한 아이마냥 말없이 당주 수업에 임하다가도 느닷없이 별을 보러 나선다거나 중간마을로 내려가는 일이 잦아졌다. 그리고 또래의 당녀들과 스스럼없이 어울리기도 했다. 유현란이 마땅찮은 표정으로 여러 번 지적했지만 그때뿐이었다. 오늘 일만 해도 그렇다.

사전에 한마디 상의도 없이 이토록 느닷없이 선원회의에 나타나다니!

입술을 질끈 깨물며 고개를 돌리는데 양월의 비릿한 웃음이 눈에 들어온다.

유현란은 다시 은현을 돌아보았다. 무슨 재미난 자리라도 되는 듯 반짝이는 은현의 눈은 양월의 저 웃음을 대적하기엔 역시나 아직은 무리다. 얼른 내보내야겠다. 유현란이 무어라 말하기도 전에 은현의 말이 먼저 나와 버렸다.

"모화촌을 구휼할 거예요."

순간 방 안은 찬물을 끼얹은 듯 서늘한 기운이 감돌았다.

"아래세상의 구휼은 오랜 세월 우리 은허당이 가장 중요하게 생각하던 일이라고 배웠어요."

서늘한 기운을 깨뜨리는 은현의 음성이 다시 들렸다. 또랑또랑한 음성이 눈빛만큼이나 반짝인다. 선원당녀들의 당황한 눈들이 순식간에 은현에게로 향했다.

은현의 말은 틀리지 않았다. 은허당은 어머니의 땅이니 자손이 재난을 입으면 제 옷을 벗어 내려주는 것이 도리이고 의무다. 수백 년간 그것을 실천하며 살아온 은허당이다. 그러나 지난 20여 년 동안 은허당은 일신의 안위를 위해 아래 백성들을 외면해 왔다. 더구나 양월을 중심으로 한 일부 선원당녀들은 봉족의 권력에 빌붙어 부를 축적해 왔다.

선원당녀들을 둘러보는 은현의 눈은 그 모든 것을 다 안다는 듯 비난의 빛이 감돈다. 양월은 팔짱을 낀 채 은현이 하는 양을 지켜보았다. 마냥 어린앤 줄 알았더니 말하는 모양이 제법이다 싶어 호기심이 인다. 그 곁에 굳은 얼굴로 앉아 있는 유현란을 보니 피식, 웃음이 나기도 했다. 이마를 잔뜩 찡그린 유현란을 보며 범 새끼를 키워놓았으니 잡아먹힐 날도 머지않았다 싶은 생각까지 들었다.

드디어 유현란의 시대도 끝이 나는 건가?

슬몃 지어지는 입가의 미소에 회심이 가득하다.

머잖아 남광에서 봉족 왕 단우가 은파로 온다. 남광으로 떠나보냈던 당녀로부터 온 전갈이 그랬다. 그들에게 은허당의 힘을 보여줄 절호의 기회다.

모화촌의 구휼이 이루어지면 흩어져 있던 매족들이 한자리에 모일 것이다. 어디 매족뿐이랴. 태대산 자락에 기대어 사는 모든 부족의 눈이 모화촌으로 쏠릴 것은 자명한 사실, 그리되면 그동안 은허당을 한낱 힘없는 여인들의 무리쯤으로 여기며 가벼이 생각하던 봉족에게 은허당의 존재는 심장을 덜컹거리게 하기에 충분할 것이다.

가장 극심한 반대를 할 줄 알았던 양월은 은현의 뜻을 가볍게 찬성하였고, 유현란은 반대했다. 모화촌의 재해가 은허당의 구휼이 절대적으로 필요할 만큼 심각하지 않다는 것과 섣불리 나서서 봉족의 심기를 건드릴 필요는 없다는 것이 유현란의 뜻이었다. 아직은 매족도 은허당도 봉족을 대적할 만한 힘을 회복하지 못했다.

"유현란께서는 아직도 봉족을 우리가 대적해야 할 상대로 여기시다니, 아주 위험하신 생각이십니다. 혹시라도 당주님께서 그 뜻을 따르실까 걱정됩니다! 그들도 여타 부족과 마찬가지로 태대산 아래의 자손일 뿐, 처음부터 우리의 적은 아니었습니다. 여러 부족이 어울려 살다 보면 모함도 있고 다툼도 있는 법이거늘 중간자가 되어야 할 은허당이 그 싸움에 개입하는 것은 옳지 않습니다. 지난 대전쟁은 부란님의 판단 착오였습니다."

"무엄하다, 양월!"

유현란이 탕, 내려치는 탁자의 울림이 저 끝에 앉은 선원들에게까지 전해졌다. 은현은 탁자 아래에서 두 주먹을 꼭 쥐고 있었다. 유현란의 저 분노가 자신에게로 돌아올까 무서웠고, 그래서 처음 이곳으로 찾아올 때 가졌던 용기가 사라질까 두려웠다. 은현은 지금 누구의 판단이 옳은지 모른다. 다만 유한에게 한 걸음이라도 다가갈 수 있는 방법을 찾을 뿐이다.

유현란의 분노는 큰 힘을 발휘하지 못했다. 선원당녀들의 힘은 이미 양월에게 기운 지 오래고 은현까지 나서 버린 이상 그녀의 목소리는 다만 허공의 메아리일 뿐이다.

은화원으로 돌아온 유현란은 화를 내며 은현을 다그쳤다.

"도대체 어쩌자고 이런 결정을 내리신 겁니까! 이 땅 백성들에게 또다시 대전쟁의 참상을 겪게 만드실 참입니까!"

"나는 그저 그들이 가련하여⋯⋯."

선원회의에 불쑥 나타나 당돌한 말을 내뱉던 은현은 어디로 가버린 건지, 두어 번의 격한 다그침에 두 눈 가득 그렁그렁해지는 눈물을 보고 있자니 그 속을 가늠할 수가 없다. 마치 낯선 누군가가 은현을 차고 들어앉은 듯하다.

모화촌을 구휼하는 일이 결정되자 은현은 향에게 그들을 수행하는 매화대에 끼어 모화촌을 다녀올 것을 명했다.

"가서 꼭 알아와야 할 일이 있다."

명을 내리는 은현의 얼굴은 다소 상기된 듯했다. 은파에 다녀온 지 두 달이 지났다. 유한을 떠나온 지 두 달이 지났다는 얘기다. 그 두 달이 10년은 된 듯 막막하다. 미친 듯 언덕을 뛰어올라 오던 마지막 그의 눈이 가슴에 박혀 떠나지를 않는다. 금방이라도 무너져 내릴 것 같던 그 절망스러운 눈.

잘 있을까? 무사히 잘 견뎌내고 있을까?

그저 스쳐 가는 바람처럼 쉬이 잊을 수 있을 거라고, 금방 괜찮아질 거라 여겼던 것이 얼마나 어리석은 생각이었는지 이제야 깨달아진다.

"모화촌에 가면 그 사람⋯⋯ 유한이 어찌 지내는지 알아오너

라. 여전히 그곳에 있는지, 뭘 하며 어찌 지내는지 아니면……
떠났는지."

향은 아무 대답을 못한 채 고개를 수그리고 있었다. 만약 이
사실이 유현란의 귀에라도 들어가는 날에는 자신은 죽음을 면
치 못할 것이다. 은허당의 당주가 성년이 되기도 전에 사내를
품었다는 사실이 알려지면 은현은 물론 유현란 또한 무사할 수
만은 없겠지. 어떤 식으로든 그 값은 치러야 할 것이다.

향이 아무 대답이 없자 은현이 물었다.

"두려우냐?"

자신의 처지가 두려운 것은 아니다. 다만 은현이 걱정되었다.

"저는 당주님이 걱정됩니다."

그 소리에 은현의 입가에 조그만 미소가 지어졌다. 그동안 참
외로웠었는데 이제는 향이 있어 외롭지 않다. 어떤 일이 있어도
내 편이 되어줄 사람, 나를 위해 목숨을 던져 줄 사람이 한 명쯤
있다는 것은 생의 가장 큰 재산 같다.

그렇게 향은 은현의 비밀스런 명을 받고 매화대에 끼어 모화
촌으로 왔다. 두 달 사이 몰라보도록 말라 버린 은현의 모습은
안타까웠지만 이토록 큰 위험을 무릅쓰고 그 남자를 찾으려는
은현의 마음을 아직은 다 모르겠다. 사내를 안는다는 게 어떤
건지, 사랑이라는 것이 무언지?

새벽에 잠깐 본 것이 다인 유한의 얼굴을 향이 기억할 리가

없다. 향은 청년들 사이에서 미루를 찾았다. 미루만 찾으면 유한이라는 청년도 찾을 수 있을 것 같아서다. 항상 제가 어른인 척 가르치려 들고 잔소리만 늘어놓던 미루를 떠올리며 향은 불편한 표정을 지었다.

그녀를 볼 때마다 물가에 내놓은 애 보듯 해서 자존심을 상하게 하던 그 남자. 함께 있으면 먹는 것도 불편하고 보는 것, 자는 것, 웃는 것조차 불편하기만 하던 그 남자 미루가 모화촌 청년들 사이에 끼어 있는 것이 보였다. 삿갓 속으로 스륵, 숨기는 눈길 너머 환하게 웃는 그의 얼굴이 보인다.

만날 버럭거리기만 하더니?

그 웃음이 맘에 들지 않아 게슴츠레 노려보는데 그 곁에 선 한 여자의 얼굴이 눈에 들어왔다. 청화루에서 구해주었던 혜수다. 자신이 떠나고도 두 사람은 함께 있었던 모양이다.

나이도 어린 것이 못하는 말이 없더니……?

문득 은현에게 여과없이 쏟아내던 혜수의 몹쓸 말들이 떠오르자 향의 얼굴이 찡그려졌다. 아무래도 미루는 혜수의 그런 말들에 혹해 버린 것이 분명하다. 그러니 저렇게 속없이 웃어대지.

하여튼 사내들이란 하나같이…….

쯧, 혀를 차며 다시 보니 이젠 아예 둘이 한 덩어리가 된 듯 머리를 맞대고 웃고 있다.

뭐가 저리도 즐거운지?

마른버짐이 핀 아이들 사이에서 유독 반짝거리는 혜수의 얼굴이 미워 보였다. 저 아이들의 굶주림이 꼭 혜수의 탓이라도 되는 듯 향은 입을 비죽거렸다.

삿갓 속에서 불쾌한 마음으로 두 사람을 노려보며 향은 내내 미루의 주변을 살폈다. 그러나 어디에도 유한은 보이지 않았다. 은허당으로 돌아가야 할 시간이 점점 다가오자 향은 마음이 조급해졌다. 여차하면 몰래 미루를 불러내어서라도 유한의 행방을 알아낼 참으로 다가가는데 풀밭 쪽에서 한 무리의 청년들이 움직이는 것이 보였다. 그들은 건천 주변으로 구름처럼 몰려든 매족들의 질서를 유지하기 위해 분주히 움직이고 있었다. 한 청년의 명에 따라 일사불란하게 움직이는 그들의 모습은 잘 훈련받은 군사들을 연상케 했다. 그들을 이끄는 청년의 시원스런 이목구비가 한눈에 들어왔다. 향은 그가 바로 유한이라는 것을 직감적으로 알아차렸다. 그녀는 매화대 뒤쪽으로 천천히 자리를 옮겨 유한을 유심히 살폈다.

나이도 그다지 많아 보이지 않는데 청년들을 통솔하는 모습은 지긋한 나이가 느껴질 만큼 침착하기까지 하다. 스륵, 돌아보는 얼굴이 한눈에 박혀올 만큼 이목구비가 뚜렷하다. 꽉 다문 입술과 각진 턱에서는 강한 고집이 느껴지고 서글한 눈은 금방이라도 젖을 듯 부드러워 보였다. 향은 저도 모르게 호흡을 멈추고 마른침을 꿀꺽 삼켰다.

저것이었을까? 은허당의 당주를 사로잡은 것이?

혼이 빠질 듯 박혀가는 눈앞으로 웬 얼굴이 불쑥 들어왔다.

"향이 언니?"

머리를 댕강 올려 묶은 혜수가 반짝이는 눈으로 바짝 다가와 삿갓 속의 얼굴을 살폈다. 당황한 향은 칼집을 들어 바짝 다가온 혜수의 가슴을 밀어내었다.

"물러가라! 감히 매화대에게 겁없이 얼굴을 들이밀다니!"

울컥, 밀어내는 힘에 두어 발 밀려난 혜수가 고개를 갸웃하며 다시 물었다.

"향이 언니가 아닙니까? 분명한데……?"

말꼬리를 흐리며 다시 삿갓 속의 얼굴을 훔쳐보려는 혜수의 귀에 매서운 음성이 들렸다.

"사람 잘못 보았다. 다치기 전에 물러가라!"

차고 굵직한 음성, 그리고 삿갓 속의 냉엄한 눈동자를 발견한 혜수가 그제야 겁을 먹은 표정으로 뒤로 물러났다. 울컥 밀어내던 매화대원이 삿갓 속에 얼굴을 숨긴 채 당녀들을 빙 둘러싸고 있는 매화대 속으로 돌아가는 것을 멍하니 바라보던 혜수는 그녀가 완전히 사라지고 나서야 다시 고개를 갸웃했다.

"이상하네? 분명히 향이 언니였는데……."

"혼자서 뭘 그리 중얼거리고 섰느냐?"

어깨를 툭 치는 손길에 돌아보니 미루다. 부지런한 입을 놀리려던 혜수가 매화대를 돌아보다 그만 입을 다물어 버렸다.

"아, 아니오. 아무것도 아닙니다, 오라버니."

다가오던 미루가 혜수의 손에 이끌려 돌아서는 모습이 보였다. 조금 살이 빠진 듯하고 얼굴도 거뭇해진 것 같다. 그 눈은 여전히 자신을 발견하면 물가에 내놓은 어린애를 바라보듯 성가신 걱정과 불룩거림이 쏟아져 나올 듯하다. 미루의 모습이 멀어지며 점점 희미해지자 향은 삿갓을 살짝 들어 올렸다. 미루의 옆에 선 혜수의 모습이 너무도 고와 보인다.

"이상하단 말이야? 내 눈은 한 번도 틀린 적이 없는데……?"
며칠 내내 고개를 갸웃갸웃하며 돌아다니는 혜수가 수상쩍다. 저 녀석이 또 무슨 엉뚱한 걸 보고 와서 저렇게 중얼거리고 다니나 싶어 미루가 핀잔을 주었다.
"뭐냐? 뭐가 또 수상쩍어서 그래?"
혜수는 이미 여러 번 말실수를 한 적이 있는지라 쉽게 입을 열지 못했다.
매화대에서 향이를 봤다고 하면 또 무슨 헛소리를 지껄이느냐고 뒤통수나 맞지 않을까? 그래도 한번 얘기해 봐?
슬쩍 고개를 돌리니 미루의 옆에서 말없이 먼 강을 바라보고 있는 유한이 눈에 들어왔다. 저 강에 무엇이 있는지 유한은 강만 바라보면 넋을 놓아버리기 일쑤다. 무엇이 저리 잘난 건지 도대체 한 번도 다정히 웃어주는 법조차 없는 유한이다. 은현과 이곳에서 숨어 지내며 무슨 일이 있었던 건지 아니면 원래가 저런 사람인지? 그것이 혜수의 심기를 건드렸다.

눈을 여전히 유한에게로 향한 채 혜수는 지나가는 말처럼 툭 내뱉었다.

"향이 언니를 보았소."

짐작대로 유한의 눈이 화살처럼 박혀왔다. 그러나 말소리는 미루가 먼저다.

"언제? 어디서?"

그 음성에 다급함이 느껴지자 혜수는 도로 입을 꼭 다물어 버렸다. 상대가 저렇게 급해 보일 때는 쉽게 말해주면 안 된다. 그것은 험한 세상을 살면서 배운 혜수 나름의 요령이다.

"어디서 보았냐고 묻지 않느냐!"

답답해진 미루가 소리를 지르자 혜수는 더욱 느긋해졌다. 혜수의 눈이 자신의 손에 끼워진 가락지로 향하자 미루는 얼른 다른 손으로 그걸 가렸다.

"이건 안 된다! 우리 어머님의 유품이야!"

"누가 뭐랬소? 왜 지레 겁을 먹고 그러시는지?"

능청스러운 말투와 표정이 도저히 열다섯 살짜리 아이의 얼굴로는 보이지 않는다. 제게 이득이 되는 일이 아니면 어떤 일에도 나서지 않을, 그리고 제게 이득이 되는 일이 있으면 무엇에든 덤벼들 준비가 되어 있는 아이. 그것이 혜수에 대한 느낌이다.

갑자기 그늘이 지는 것을 느끼며 고개를 들어보니 유한이 해를 가리고 우뚝 서 있었다. 그는 허리를 구부리고 혜수의 눈앞으로 얼굴을 불쑥 들이밀며 물었다.

"언제, 어디서 보았는지 말해라."

그리고 혜수의 손바닥에 은자 한 닢을 가만히 내려놓았다. 나직하지만 단호한 그 음성에는 무시할 수 없는 힘이 느껴졌다. 그러나 혜수는 여전히 입을 꼭 다물고 있었다. 유한의 눈빛이 무서웠지만 청화루에서 제 몸값으로 은자를 열 냥이나 내어놓던 은현을 생각하면 한 냥은 아무래도 너무 적다 싶은 것이다. 얼굴에는 겁먹은 표정이 역력하지만 까만 눈동자 속에는 여전히 빤한 계산속이 들여다보인다. 유한은 다시 은자 한 닢을 혜수의 손바닥 위에 올려놓았다.

"말해라."

묵직한 그 목소리에는 사실이 아닐 시에는 혼찌검이 날 거라는 암시도 들어 있었다. 혜수는 그제야 침을 꿀꺽 삼키며 입을 열었다.

"지난번 은허당에서 당녀들이 내려왔을 때 보았소."

"은허당의 당녀?"

"당녀들과 함께 내려온 매화대원 하나가 풀밭에 있는 유한 오라버니를 넋을 놓고 바라보고 있기에 누군가 싶어 다가갔더니 글쎄, 향이 언니가 아니겠소?"

혜수는 어느새 제 얘기에 심취되어 눈을 반짝였다.

"잘못 보았나 싶어 삿갓 속을 다시 살폈는데 분명 향이 언니였소. 근데 내가 물으니 시치미를 딱 뗍디다. 내가 지금껏 한 번

보았던 사람을 못 알아본 적은 한번도 없었는데 당장 베어버리기라도 할 듯이 사람 잘못 보았다고 성을 버럭 내니 그 서슬이 무서워 물러나긴 했지만 며칠이 지난 지금까지 아무리 생각해 보아도 향이 언니가 분명하단 말입니다?"

혜수는 다시 고개를 갸웃했다. 유한의 눈이 혜수의 얼굴에 고정되었다. 분명 거짓말은 아닌 것 같은데 쉬이 받아들여지지가 않는다.

향이 매화대라면 은현은 누구란 말인가?

유한과 미루의 눈이 맞부딪쳤다. 향의 매서운 칼솜씨로 미루어보아 매화대일 가능성이 다분하다. 그렇다면 향이 그토록 절실하게 지키려 하던 그녀의 주인, 은현은 누구란 말인가? 미루의 눈도 유한만큼이나 혼란에 빠져 있었다. 미루는 혼란스런 눈으로 혜수에게 되물었다.

"향이 매화대라면 향의 주인이라는 그 여잔 뭐지?"

"그야 당연히 은허당의 당주······!"

불쑥 말을 내뱉던 혜수의 눈도 두 사람만큼이나 혼란스럽게 커졌다. 그러나 이내 고개를 흔들었다.

"에이, 설마? 아닐 거요. 아닐 거예요! 은허당의 당주가 어찌 그렇게 자유로이 은파를 돌아다닌단 말이에요? 나이도 아직 성년이 되기 전이라 들었는데?"

혜수는 제가 내뱉고도 그 말을 도저히 믿을 수 없다는 듯 손을 휘휘 저었다. 전설 속의 은허당 당주가 자신들과 같은 보통 사람이라는 것이 도무지 믿기지 않고 받아들여지지 않는 것이다. 은허당의 당주는 실은 사람의 형상이 아닐지도 모른다고, 어릴 적부터 그렇게 생각했다. 당주가 보통 사람과 똑같이 밥을 먹고 변을 보고 잠을 잔다는 것은 상상할 수 없는 일이다. 그것은 유한이나 미루도 마찬가지다. 은허당의 당주를 사람의 형상으로 생각해 본 적이 없다. 그저 상상 속에 살고 있는 신의 존재처럼 생각하고 있었다. 어른들의 얘기로만 들어오던 은허당 당주에 대한 느낌은 그들에게는 그랬다.

미루는 혜수를 다그치듯 다시 물었다.

"네가 본 사람이 향이가 분명하냐?"

"아, 그렇다니까 몇 번을 말해요! 분명 향이 언니였다니까요? 어휴!"

혜수는 답답하다는 듯 제 가슴을 쳤다. 시간이 지날수록 삿갓 속에 숨기던 그 얼굴이 더욱 또렷해지는 것이 향이 분명하다는 생각에 자신감이 붙었다.

유한은 미루와 혜수를 두고 강 쪽으로 걸음을 옮겼다. 마음의 혼란을 가눌 길이 없다. 은현이 은허당의 당주라니, 가당치도 않은 말이다. 혜수가 잘못 보았거나 아니면 그저 당녀일 뿐일지도 모른다. 하지만 한낱 당녀 하나를 구하기 위해 매화대인 향이 목숨을 걸고 새벽처럼 모화촌으로 찾아 들어왔을까? 삿갓 속의 섬뜩한 그 얼굴은 십여 명이나 되는 봉족군을 죽이면서까지 그녀를 구해갔을까?

죽어가던 아이의 손을 잡고 푸른 기운을 뿜어내던 은현의 모습이 떠올랐다. 짧은 순간 자신이 속한 공간과는 다른 시간이 흐르는 공간 속에 존재하던 은현. 잡으려 해도 잡히지 않던 그 순간의 안타까움이 떠올랐다. 그렇게 잡을 수 없는 곳에 살고 있는 존재처럼 사라져 버린 은현…… 어쩌면 혜수의 추측이 맞을지도 모르겠다.

가을로 접어들며 새들이 떠나 버린 강가는 황량하다. 그것처럼 은현이 떠나 버린 유한의 가슴도 황량하다. 바스락, 부서져 내리는 마른 갈대처럼 가슴이 서걱거린다.

유한은 강둑에 앉아 길고 먼 강을 응시했다.

유한…… 유한…….

아침마다 귓가를 간질이던 작고 나직한 은현의 음성처럼 바람이 스쳐 간다.

이렇게 스쳐 가도록 놓아버려야 할까?

언젠간 다시 찾아오리라 믿었던 은현이 순식간에 다가갈 수 없는 존재가 되어 나타났다. 다가가서도 안 되는 이 땅의 어머니, 은허당의 당주……. 그러나 유한의 머릿속에는 어느새 '왜?'라는 의문이 들어찼다. 왜 다가갈 수 없다고 생각하는지 스스로를 납득시킬 이유를 못 찾겠다.

신성한 은허당의 당주라서?

그러나 자신의 품에 안겼던 은현은 단지 사랑스러운 여자일 뿐이었다. 흘러나오는 신음 소리에 부끄러워하면서도 뜨거운 눈으로 그를 갈망하던 여자.

　그 여자가 보고 싶다.

　보고 싶다······.

10. 두려운 사랑

은허당이 모화촌을 찾던 날 봉족 왕 단우가 은파에 왔다. 대전쟁 당시 은파를 장악하던 날, 그는 열다섯 살 소년의 몸으로 봉족군을 이끌고 가장 먼저 은파에 입성했었다. 그리고 스물두 해 만에 다시 은파에 온 것이다.

지난 스물두 해 동안 존경하던 아버지 화강을 잃었고, 어머니 같던 누이를 잃었고, 누이 같던 아내마저 잃었다. 온 마음을 다 기대고 의지했던 누이. 제 분신이라 여겼던 누이를 잃고 그 상실을 이기지 못하던 그를 붙잡아준 사람은 아내였다. 그러나 그 아내도 그의 곁에 오래 있어주지 않았다. 아내의 병은 처음에는 가벼운 고뿔이었다. 그것이 점차 열병으로 옮겨 결국 아내는 아직 세상의 빛도 보지 못한 아기를 뱃속에 품은 채 그의 곁을 떠났다. 그런 상실들이 병이 되어 술로 세월을 보내고 있던 중 은허당의 선원당녀 양월로부터 전갈이 왔다. 양월은 당주가 곧 성년이 되니 은파로 오라는 간곡한 서찰을 보냈다. 그와 함께 서찰에는 은허당의 선택을 받은 자가 이 땅의 왕이 될 것이라는 부란의 신탁도 적혀 있었다.

서찰을 읽은 단우는 픽, 웃음을 흘렸다.

이미 이 땅의 왕인 자신을 두고 감히 어느 누가 이 땅의 왕을 꿈꿀 것이며 그것이 어찌 한낱 여인들의 무리인 은허당의 선택에 좌우될 수 있단 말인가? 게다가 아직 성년도 되지 않은 코흘리개 핏덩이 계집을 가지고 이런 유의 서찰을 보내는 양월에게 코웃음이 났다.

봉족의 세력에 빌붙어 재물을 만지더니 눈에 뵈는 게 없는 모양인지? 흠…….

문득 재미 삼아 한번 가볼까 하는 생각이 들었다. 그동안 너무 남광에만 갇혀 지냈다. 은파를 둘러싼 웅장한 산들과 기름진 평야가 보고 싶기도 했다. 그 땅을 차지함으로써 남광의 가장 큰 고심거리였던 식량이 해결되었으니 허투루 던져 둘 땅도 아니다. 한 번쯤 들러 민심을 살피고 은혜를 베풀어주는 것도 나쁘진 않으리라.

그런 마음으로 찾아온 은파에서 그는 예상 못한 상황을 맞닥뜨렸다. 모화촌에 나타난 은허당의 당녀들을 보기 위한 사람들

의 행렬은 거대한 강물 같았다. 구호물품은 모화촌 사람들에게
만 나누어 주는 것으로 아는데 웬 사람들이 이토록 몰려드는지
단우는 그 행렬을 이해할 수 없었다.

단우는 불편한 얼굴로 곁에 선 총관에게 물었다.

"저것들은 다 무어냐?"

"흩어져 있던 매족들입니다. 은허당에서 모화촌을 구휼한다
는 소식을 듣고 몰려드는 것입니다."

매족들이 다시 모인다, 그것은 생각만으로도 뒷머리가 당기
는 일이다. 질기기가 쇠심줄 같은 매족이고, 그 힘들이 하나로
뭉쳐지면 감당할 수 없어진다는 걸 경험으로 이미 알고 있기 때
문이다. 대전쟁 당시 매족과 연합했던 모든 부족을 끓어앉혔지
만 매족만은 쉬이 꺾을 수 없었다. 밟아도 밟아도 끝없이 되살
아나는 잡초처럼 그들의 생명력은 질겼다. 진저리가 쳐지도록.

지금은 그들을 이리저리 흩어놓은 탓에 결집을 할 수 없지만
매족은 여전히 저항세력의 가운데에 있다고 총관은 말했다.

"아주 골치 아픈 것들입니다. 이곳저곳 들쑤시지 않는 곳이
없으니……. 그렇다고 쉬이 잡아 족칠 수도 없습니다. 잘못 건
드렸다가는 그야말로 벌집을 쑤신 격이 될 테니 말입니다."

총관은 그동안 은파를 다스리며 겪은 고충들을 늘어놓았다.
현재 은파는 모화촌을 중심으로 한 매족 세력이 걷잡을 수 없을
만큼 커지고 있다고 했다.

"그곳은 우리 봉족에 대한 거부감이 워낙 심하고 거친 곳이라

군사들이 쉽게 들어갈 수가 없습니다. 쥐도 새도 모르게 목숨을 잃는 군사들이 부지기수니 감히 들어갈 엄두를 내지 못하고 있습니다. 더 이상 세력이 커지지 않도록 주변을 봉쇄하는 방법밖에는……."

남광에서 술로 세월을 보내는 동안 매족은 다시 재기의 발판을 마련하고 있었던 모양이다. 그때 자신의 주장대로 매족을 완전히 멸족시켰어야 했었다.

매족을 살려둔 것은 순전히 은허당의 당주 부란의 세 치 혀에 속아 넘어간 아버지 화강의 실수였다. 천강이란 자가 저 갈왕산을 넘어간 것도 은허당의 농간이었고, 은파에서 매족을 쓸어내지 못한 것도 은허당의 농간이었다.

"은파 땅을 가장 잘 아는 사람들은 매족이다. 그들을 살려 농사를 짓게 하고 수족으로 부린다면 봉족에게도 이득이 될 것이다. 봉족은 승자가 아닌가. 승자의 마음으로 패자를 따듯이 품어 안는 아량을 베풀어라. 그래야만 모든 부족이 그대들의 발아래에 수그려 들어올 것이다. 대신 우리 은허당은 그대들의 통치에 관여치 않겠다."

그것이 화강과 부란 사이에 마지막으로 오간 대화였다.
천한 것들에게 그런 자비는 필요치 않았던 것을……!
단우는 입술을 질끈 깨물었다. 내원산에서 부란이라는 그 늙은 것을 잡아 죽이지 못한 것이 다시금 후회스럽다. 매족이나 은허당이나 그들은 애초부터 한통속이었다.

"은허당의 새 당주에 대해서 아는 게 있느냐?"

"새 당주를 직접 본 사람은 아직 아무도 없습니다. 들리는 말로는 죽은 전 당주 부란을 빼어 닮았다고 하니 나이는 이제 겨우 열아홉이지만 만만찮을 것입니다."

"열아홉? 열아홉이라…… 흠……."

아직 젖살도 빠지지 않은 코흘리개겠군?

게다가 사내를 제 발싸개쯤으로 아는 늙은 계집들 틈에서 자랐으니 여자 맛은 기대하기 어렵겠다 싶지만 왠지 호기심이 인다. 여인들의 천국인 은허당이란 곳이 어떤 곳인지도 궁금하고, 저기 구름 떼처럼 몰려드는 매족도 은근히 거슬린다. 양월의 말처럼 피를 보지 않고 저들을 장악할 수 있다면 그보다 좋은 방법은 없을 것이다.

은허당으로 가보아야겠다.

"유한이라는 사람은 그 친구인 미루와 함께 아주 바쁜 모습으로 모화촌 청년들을 이끌고 있었습니다. 얼굴빛도 좋아 보였고 눈빛도 흐린 곳 하나 없이 맑고 깨끗해 보였습니다."

향이 전하는 유한의 소식을 들으며 은현은 주먹을 꼭 쥐고 있었다. 건강히 잘 있다니 다행이다. 청년들을 이끈다는 걸 보니 모화촌에서 자리도 잡은 듯하니 다행이다. 그리고 얼굴빛도 좋고, 눈빛도 흐리지 않다니 더더욱 다행이다. 그런데 깊은 속 한 켠에서 왜 서운한 마음이 고물고물 기어나오는 걸까? 멀쩡할 줄 알았던 자신은 이렇게 몰라보도록 말라 버렸는데 금방이라도 무너져 내릴 것 같던 유한은 멀쩡히 잘 지내고 있다고 한다.

밤새 뒤척이다 잠깐 잠이 들었지만 이내 깨어 버렸다. 밤새 문밖에서 서성이던 매화대의 그림자가 보이지 않는다. 새벽이 다가오는 모양이었다. 문틈으로 푸릇한 빛이 스며들고 있었다.

"당신은 안개 같아."

다소간의 화를 품고 격하게 안았던 그 새벽, 땀에 젖은 얼굴을 은현의 목덜미에 묻은 채 유한은 그렇게 말했다.

정말 안개처럼…… 안개 속에 몸을 숨겨 버리면 마음도 보이지 않을 거라고…… 보이지 않으니 아프지 않을 거고, 그러면 잊는 것도 쉬울 거라고…….

유한의 등을 다독이며 스스로에게 다짐했던 그 말이 공명처럼 귓가에 울린다. 정말 그럴 수 있을 것 같았는데 유한의 뜨거웠던 손길이 그녀를 가만두지 않는다. 가슴을 감싸고 있던 그 손은 굴곡진 허리를 지나 다리를 쓸다가 허벅지를 스쳐 비밀스런 그곳을 뜨겁게 덮어왔다. 뱃속에서 뜨거운 기운이 끓어올랐다.

보고 싶다.

보고 싶다.

미칠 것처럼 유한이 보고 싶다…….

태대산은 칠흑 같은 어둠 속에 고요히 잠들어 있었다. 당녀들
이 집단으로 모여 살고 있는 중간마을을 지나올 때쯤 이미 산자
락은 어둠이 거두어지고 있었다. 은현은 정신없이 산 아래를 향
해 걸었다. 이미 한 번 내려와 본 길이라 경계를 서고 있는 매화
대의 눈을 피하는 일쯤은 아무것도 아니었다.

아무도 몰래 산을 내려가 유한을 보고 올 참이다. 그는 모화
촌의 어느 골목에서 서성일지도 모르고, 아니면 강가 풀밭을 거
닐고 있거나, 그것도 아니면 건천의 둑길 위에서 망연히 강을
내려다보고 있을지도 모른다. 그리고 어쩌면 모질게 떠나 버린
그녀를 원망하고 있을지도 모른다. 얼굴빛도 좋고 눈빛도 맑더
라는 향의 보고가 마음에 걸렸다. 처음에는 안심이 되었던 그
말이 야속한 말로 변하더니 급기야는 불안으로 변했다.

유한이 날 잊은 건 아닐까? 다른 누군가가 그의 마음을 차지
한 건 아닐까? 아니면 정말 화가 많이 나서 내가 미워져 버렸
는지도 몰라.

온갖 생각들이 은현의 어린 마음을 괴롭혔다. 그러나 어떤 괴
로움보다 더 견딜 수 없는 것은 보고 싶다는 마음이다. 가슴 깊
은 곳에서 '보고 싶다' 라고 속삭이던 작은 소리가 점점 큰 울림
이 되어 온몸을 집어삼킬 것만 같았다.

중간마을을 지나 은허당의 경계를 넘어 짙은 풀숲을 헤치고, 하얗게 내린, 아직은 때 이른 찬 서리에 치맛자락이 흠뻑 젖어 드는 것도 잊은 채 은현은 아래로 아래로 걸음을 재촉했다.

은현이 보고 싶었다. 다른 것은 아무것도 생각나지 않았다.

강둑에 서서 조금씩 옅어지는 새벽빛을 보며, 피어오르는 물안개를 보며, 유한은 천천히 걸음을 옮겼다. 둑을 미끄러져 내려간 걸음은 강을 건너고 모화촌을 벗어나 태대산 쪽으로 조금씩 빨라지더니 은파를 벗어나면서 급기야 달리기 시작했다.

어머니의 땅 은허당의 당주는 태대산의 신성한 정기를 품은 여인이며, 치료의 능력으로 죽은 자를 살려내고, 예지의 능력으로 다가올 미래를 점쳐 세상을 가늠할 지혜를 나눠 주는 신비의 여인이다. 그 앞에서는 어떤 사람도 함부로 고개를 들 수 없다고 했다.

그러나 그 어떤 말도 은현과는 어울리지 않는다. 당신은 누구냐고 물었을 때 은현은 이렇게 말했었다.

"은현, 나는 그냥 은현일 뿐이야."
"내가 누군지는 당신 여기에게 물어봐."

그리고 유한의 심장을 꼭 찌르고 달아나 버리던 은현.
그래, 은현은 그저 은현일 뿐이다. 내 두근대는 심장이 말하는 은현, 그것이 그녀의 실체다!

모화촌의 비밀 훈련터가 있는 유천골을 비켜 좁은 산길로 접어들었다. 언젠가 가한이 은허당으로 오르는 길이라고 가르쳐주었던 길이다. 숲은 점점 깊어져 앞을 분간할 수 없다. 그저 누군가 다닌 흔적이 있는 좁고 굽은 길을 따라 위로 위로 올라갈 뿐이다.

정신없이 달려 내려오던 은현은 선녀바위 근처에 이르러서야 멈추어 섰다. 까마득히 먼 하늘 끝에서 자욱이 끼어 있는 안개를 뚫고 붉은 불덩어리가 솟아오르고 있었다. 벌써 아침이 된 것이다. 아침은 유한이 떠나왔다는 갈왕산 근처에서부터 시작되었다. 잠깐 구름 사이로 숨었던 불덩어리가 다시 완연한 제 모습을 드러내며 빛을 쏟아내었다.

은현은 선녀바위로 올라갔다. 태대산을 감싸고 있던 자욱한 안개가 서서히 거두어지고 있었다. 그리고 드디어 은파가 한눈에 내려다보였다. 손에 잡힐 듯 가까워 보이지만 여전히 먼 은파다.

자신과는 다른 세상을 사는 사람들이 사는 땅. 자신은 그들의 삶을 동경해서도, 탐을 내서도 안 되는 운명을 타고난 사람인 줄 뻔히 아는데 그들의 삶이 그리워졌다. 그 땅의 남자를 사랑해 버렸다. 뒤에서 굽어 내려보고 있을 태대산 앞에 은현은 부끄러웠다. 진노한 유현란의 얼굴과 선원당녀들, 매화대, 그리고 순하고 어린 당녀들의 눈동자가 뒤통수를 따갑게 찔러왔다. 보이지 않는 신의 음성이 들리는 듯하다. 그러나 은현의 몸은 돌아서지지 않았다. 그 어떤 것도 세상에 태어나 처음으로 마음을 주고 몸을 주어버린 남자, 유한을 향한 마음을 이길 수가 없다. 스스로에게 이는 자괴감을 떨치며 은현은 주먹을 발끈 쥐었다. 가슴속에 살던 부란은 어느새 저 멀리 밀쳐졌다. 열아홉 살의 어린 마음이 은현 속에 가득 들어찼다.

난 모자라. 처음부터 모자란 당주였어. 모자라서 그런 걸 어떡해?

뾰로통한 얼굴로 굽어 내려보는 산은 갈빛으로 물들어 지치도록 무르익은 가을이 눈앞에 펼쳐졌다. 저 잎들이 다 지고 나면 겨울이 올 테고 눈이라도 내리면 태대산은 한동안 고립되어 버릴 것이다. 그전에 유한을 보고 오는 것이 옳다. 이 불안 속에 갇혀 있다가는 겨울이 끝나기도 전에 말라죽고 말 것이다.

주먹을 발끈 쥔 은현은 바위를 내려와 다시 숲길을 달렸다.

바스락……

소리가 들린 쪽은 우거진 나무숲 위쪽이었다. 유한은 바짝 긴장하며 칼자루를 움켜잡았다. 태대산은 벌건 대낮에도 호랑이가 어슬렁거리는 곳이라고 들었다. 바짝 긴장한 눈으로 위쪽을 노려보는데 나뭇잎 사이로 무언가 휙 지나가는 것이 보였다. 나뭇잎의 누런빛에 섞여 보인 것은 순식간에 스쳐 가던 흰빛이다.

백호인가?

범 중에서도 가장 사납고 무서운 범이라는 백호를 만나다니!
유한은 낭패감이 들었다. 갈왕산에서도 호랑이를 만난 적이 있
지만 아직 어린놈이었고 그때는 미루와 함께였다. 범이란 본시
영물이라 눈빛만 보고도 덤벼야 할 상대인지 피해야 할 상대인
지를 알아본다. 유한은 제 눈에 든 겁을 거두어내듯 칼을 고쳐
잡고 주위를 살폈다. 어느 곳으로도 몸을 숨길 구멍이 보이지
않았다. 더구나 놈은 순식간에 너무도 가까이 다가와 버렸다.

그런데 바스락 소리와 함께 다시 나뭇잎 사이로 휘릭 스쳐 가
는 것은 놀랍게도 사람의 옷자락이다. 다시 살필 사이도 없이
순식간에 우거진 나무숲을 헤치고 불쑥 튀어나오는 그림자를
향해 유한은 반사적으로 칼을 겨누었다.

아침 햇살이 나뭇잎 사이로 날랜 칼처럼 스며들었다. 짙은 그
숲에 이슬에 흠뻑 젖은 옷자락의 여자가 서 있다. 푸른 새벽을
돋우어 달려왔을 그 얼굴은 붉게 상기되었고 가쁜 숨이 말문을
막았다.

"유……."

그러나 더 이상 말이 나오지 않는다. 눈앞에 믿을 수 없는 얼
굴이 은현에게 칼을 겨누고 서 있었다. 눈앞의 유한이 꿈인지
실체인지, 이곳이 여전히 태대산인지 아니면 어느새 모화촌에
닿아버린 건지 모르겠다. 말라 버린 목에서 다시금 그의 이름이
조그맣게 새 나왔다.

"유한……."

그제야 유한의 눈 속에 일렁이던 혼란이 잦아들며 칼을 겨누고 있던 손이 아래로 툭 떨어지는 것이 보였다. 놀란 마음을 다잡듯 천천히 칼을 칼집에 꽂아넣은 유한은 그제야 고개를 들어 은현을 살폈다.

지난번 모화촌으로 찾아왔던 당녀들 중 선원당녀라 불리던 여자들처럼 희고 고운 결의 옷을 걸친 은현의 얼굴은 작고 창백하다. 감당 못할 감정이 담긴 젖은 눈이 보였다. 눈물을 흘리지 않으려 얼굴은 찌푸려졌고 앙다문 입술이 바르르 떨리고 있었다.

미치도록 보고 싶어서 이성을 놓은 채 이렇게 무작정 달려온 자신처럼 은현도 그래서 이렇게 달려 내려오고 있었던 거라고 믿었다.

유한은 그녀에게 손을 뻗었다. 손끝이 살짝 닿는 순간, 은현은 유한의 가슴으로 빨려들었다. 모화촌의 움막 안, 작고 낡은 침상 위에서 얼굴을 기대고 마음도 기대었던 그 따스하고 너른 품, 눈물나도록 그리웠던…… 그것은 분명 유한이었다. 다시 한 번 그를 확인하기 위해 고개를 들려고 했지만 유한은 놓아주지 않았다. 오히려 더 꼼짝도 못하게 안았기 때문에 숨이 막힐 지경이었다.

스멀스멀 빠져나가는 안개처럼 도저히 잡을 수 없을 것 같던 은현이 품 안에 들어와 있다는 사실에 유한은 전율이 일었다.

한참 만에 팔을 푼 유한은 그제야 은현의 얼굴을 자세히 내려다 보았다. 달빛처럼 부드럽고 투명하던 얼굴이 몰라보도록 마르고 창백하다. 유한은 안타까움을 감추지 못한 채 커다란 손으로 볼을 쓰다듬었다.

은현은 볼을 스치는 그 손이 안타까워 눈물이 날 것 같았다.

"어떻게……?"

겨우 입을 열어 묻는 소리에 오히려 유한이 되물었다.

"당신이야말로 어떻게 된 거야?"

"향이 유한의 소식을 듣고 왔어. 그래서……."

"은허당의 당녀가 내려온 날, 혜수가 매화대 속에서 당신의 수하 향을 보았다더군. 난 그래서……."

아, 고개를 끄덕이며 은현은 눈물 고인 얼굴로 조그맣게 웃었다. 두고두고 상처처럼 남아 있던 그 조그만 웃음이 다시 은현의 얼굴에 그려지는 것을 보며 유한은 마음이 아찔했다. 이 순간이 금방이라도 사라질 것 같아 두려웠다. 그는 은현의 손을 잡고 숲으로 난 조그만 길로 이끌었다. 산을 오르내리는 길을 벗어나자 동굴처럼 우거진 짙은 나무숲이 나왔다. 깨끗하고 마른 나뭇잎을 모아 은현을 앉히고 자신도 그 곁에 앉았다. 손을 잡고 마주 앉아 은현을 바라보던 유한은 그제야 그녀의 신분이 자각되었다.

은현은 은허당의 당주, 함부로 가까이해서도 안 되고 가벼이 바라보아서도 안 되는 신비의 능력을 지닌 고귀한 여인, 세상의 어머니다.

유한은 잡고 있던 손을 가만 놓았다. 무슨 말을 하고 어떤 마음으로 그녀를 대해야 할지 모르겠다.

유한의 눈에 스치는 혼란의 빛을 보며 은현은 마음이 아팠다. 그녀를 바라보는 세상의 눈이 어떤지, 마음들이 어떤지 안다. 사람들은 당주를 경외한다. 당주란 신을 모실 뿐 결코 신은 아니라는 것을 잘 알지만 또한 자신들과 같아지는 것을 용납하지 않는다. 신도 아니고 인간도 아닌, 그래서 신의 세계에도 인간의 세계에도 속할 수 없는 존재. 그것이 은허당의 당주다.

모화촌에서 만났던 은현보다 훨씬 어른스럽고 큰 느낌의 은현이 그를 바라보고 있다. 혼란에 빠진 그를 바라보는 것은 자신을 갈망하던 어린 눈이 아니라 모성이 깃든 아픈 눈이다. 마치 두 사람의 은현을 보는 것 같다.

이 여자는 누굴까?

유한의 눈이 가물, 멀어졌다. 은현은 유한의 눈을 감당하지 못하고 고개를 떨어뜨렸다. 그는 모든 것을 알고 온 듯하다. 유한이 이대로 산을 내려가 버린다고 해도 붙잡을 수 없을 것 같았다. 그에게 자신의 짐을 감당하라고 할 수는 없다. 그녀는 결코 보통의 여인이어서는 안 된다. 사랑을 하고, 혼인을 하고, 아이를 낳고…… 그런 것은 보통의 여인들이 가지는 것이지 은허당의 당주가 누릴 수 있는 것들이 아니다.

가물, 멀어졌던 유한의 눈이 다시 다가왔다. 자신은 은허당의 당주를 모른다. 달빛 속에서 만났던 신비로운 느낌의 여자만 안다. 처음 보는 순간부터 믿을 수 없도록 가슴이 두근거리던 여자, 모화촌에서 품었던 그 여자만 안다. 어리고, 다정하고, 애틋하던…… 그 여자만.

"이젠 당신이 누군지 말해줘."

수그린 머리 위에서 유한의 음성이 들렸다.

"유한, 나는……."

유한이 은현의 턱을 들어 올렸다. 그리고 단호한 눈으로 대답을 종용했다. 더 이상 안개 속에 숨을 수 있는 상황이 아니다. 제 입으로 말해야 할 제 신분이 은현을 절망스럽게 했다. 어디로도 도망칠 수 없도록 강렬하게 노려보는 유한의 눈빛은 두렵기까지 하다.

이윽고 힘겨운 말이 은현의 입에서 흘러나왔다.

"나는…… 은허당의 당주야."

마주친 유한의 눈동자에는 놀라움이 없다. 대신 담담한 음성이 들렸다.

"그리고?"

"세상 밖으로 함부로 나설 수 없는 여자야."

"또?"

"사내와 가벼이 마음을 나누어서도 안 돼."

은현의 음성이 약간 떨렸다. 그 말을 들으며 유한은 왠지 화가 난 듯했다. 유한의 손이 아프도록 턱을 단단히 잡았다. 그는 은현에게 또 다른 답을 종용하고 있었다.

"산 아래 가련한 백성들과 당녀들을 책임져야 해."

"어깨가 무겁겠군?"

이번에는 약간의 조소가 흐르는 음성이다. 은현은 그 말에 대항하듯 단호한 눈으로 대답했다.

"그래. 나는 은허당의 당주니까."

"당신의 선택에 따라 은허당이 흥할 수도 있고, 망할 수도 있고?"

"다시 예전의 영광을 되찾을 수도 있고."

만백성이 우러러보는 절대적인 존재였던 부란이 될 수도 있다. 유한은 은현의 눈을 내려다보았다. 정말 그런 것을 원하는지, 그것이 진정 이 여자가 가야 할 길인지 가늠할 수가 없다. 자신이 은현을 위해 어떤 결정을 내려야 하는지도 알지 못하겠다. 그러나 그녀의 신분이 무엇이든 자신이 아는 은현은 모화촌에서 안았던 그 여자이며 그 여자를 너무도 사랑한다는 것, 한 가지는 확실히 알겠다. 이제 그녀의 대답만 남았다. 그래서 다시 물었다.

"그리고 또?"

대답을 요구하는 유한의 눈빛은 너무도 간절하다.

그리고 또 뭐가 알고 싶은 것일까? 은허당의 당주로서 나의 처지는 충분히 설명이 되었고 유한도 다 알아들은 듯한데?

유한은 잡고 있던 턱을 놓으며 두 손으로 어깨를 꽉 움켜잡았다. 그리고 나직하지만 단호한 음성으로 물었다.

"대답해! 당신이 누군지."

은현은 생각했다.

나는 누구지?

모화촌에 여전히 유한이 있더라는 그 소식 하나만으로 밤새 잠을 설치고, 얼굴빛이 좋더라는 한마디에 자신이 유한에게서 잊혀졌을까 두려워 정신없이 산을 내려온 그 순간의 자신은 은허당의 당주가 아니었다. 다만 한 남자를 마음에 품은 여자일 뿐이었다.

"나는······."

유한의 따뜻한 손이 볼을 쓰다듬었다. 마음이 저릿하다. 그 손가락이 입술에 닿았다.

"나는····· 유한을 사랑하는 여자야."

그 말과 동시에 유한의 입술이 뜨거운 기운을 뿜으며 은현의 입술을 덮쳤다. 그녀를 덮고 있는 겉껍질 같은 건 아무 소용 없었다. 그저 자신을 만나기 위해 옷자락이 흥건히 젖도록 새벽길을 달려왔다는 사실이 마음을 벅차게 했다. 맞부딪친 입술이 아프게 얽혔다.

향의 다급한 걸음이 은화원을 벗어나 매화원림에 있는 감울란의 처소로 향하고 있었다. 또다시 은현이 감쪽같이 사라져 버렸다. 밤새 매화대가 문 앞을 지키고 있었는데 어떻게 빠져나간 걸까? 자정 넘어까지는 분명히 있었으니 아마도 새벽녘에 빠져 나간 모양이다. 서리가 눈처럼 하얗게 내리던 그 시각에 산을 내려간 것이다. 세상에!

동그래진 눈만큼이나 향의 마음도 당황해 있었다. 모화촌으로 가서 유한의 소식을 알아오라고 할 때까지만 하더라도 그저 단순한 호기심인 줄 알았다. 성년이 된 당녀라면 누구나 한 번쯤 스쳐 갔을 그런 감정, 그것이 은현에게 조금 일찍 온 것뿐이라고 생각했다. 그러나 당주라는 무거운 이름 앞에 호기심은 금방 수그러들 거라고 생각했었다.

감울란의 처소는 매화원림에서도 가장 깊고 외진 곳에 자리하고 있다. 주위는 여전히 새벽의 푸른빛이 감돈다.

"감울란님……."

인기척이 없자 향은 조금 더 목소리를 높였다.

"감울란님."

여전히 기척이 없자 향은 다시 부르기 두려워졌다. 은현이 사라져 버린 것은 당주의 호위대장을 맡고 있는 자신의 책임이다. 이미 한 번의 큰 실수가 있었기에 이번엔 더 큰 질책이 내려질 것이다. 어쩌면 정말 은허당에서 쫓겨날지도 모른다.

한참 만에 감울란의 목소리가 들렸다.

"무슨 일이냐?"

"잠깐 들어가겠습니다."

감울란은 속저고리 차림으로 침상에 앉아 있었다. 늘 단단히 여민 옷차림과 긴 머리칼에 반쯤은 가려져 있던 얼굴의 흉터가 시원하게 드러난 목덜미와 함께 적나라하게 드러났다. 향은 처음으로 감울란의 볼의 흉터가 무섭다는 생각이 들었다.

흠칫 달아나는 향의 눈을 보며 감울란은 무슨 일인지 물었다. 향은 쉽게 대답을 못한 채 머뭇거렸다.

"어서 말해라."

"당주님께서…… 당주님께서 또다시 종적을 감추셨습니다."

"무슨 소리냐!"

"자정까지 분명 계셨는데 새벽에 들어가 보니 사라지셨습니다."

"호위대는 뭘 했단 말이냐!"

"순번을 서는 대원 말로는 한시도 방문 앞을 비운 적이 없답니다. 잠깐 소피를 보러 간 시간 외에는……."

감울란은 얘기를 들으며 옷을 주섬주섬 입었다.

하필 이런 때 사라지시다니!

어제 늦은 밤, 봉족의 수장 단우가 은허당으로 올라오고 있다는 정보를 접했다. 사전에 어떤 연락도, 양해도 없이 감히!

감울란은 옷고름을 단단히 여미며 입술을 실룩 비틀었다. '감히!' 라고 말해보지만 뭘 어쩌겠는가? 지금의 은허당은 봉족에 대항할 아무런 힘도 가지지 못한 것을. 현재 은허당이 가진 재력은 모두 봉족에게서 나오고 있을 지경이다. 이 많은 당녀들을 먹여 살리고 산 아래 사람들에게 내려 보내는 약간의 은혜 물품들까지. 그것이 모두 양월을 비롯한 봉족의 편에 선 선원당녀들을 통해 이루어지고 있는 일이니 이번 단우의 방문도 분명 그들의 입김이 작용했을 것이다.

옷을 다 차려입고 침상에서 내려서니 향이 발아래에 꿇어앉았다.

"벌을 내려주십시오."

또다시 당주님께 일이 생기면 은허당을 떠나야 할 거라는 엄포를 놓은 지 보름 만에 다시 이런 일이 생겼으니 약속대로 벌을 내려야 한다.

감울란은 잠깐 생각했다.

지금 매화대에서 목숨을 걸고 당주를 지켜줄 사람은 향이뿐이다. 은허당을 끝장내 버리기로 작심한 이상 당주도 자신의 칼을 비켜가진 못할 것이다. 그러나 이렇게 빨리, 허망하게 잃어버릴 순 없다. 당주는 마지막까지 남겨두어야 할 목숨이다. 유현란의 처절한 마지막을 위해.

"우선 당주님의 행방부터 알아내어라. 벌을 내릴지 안 내릴지는 당주님을 찾은 후에 그때 가서 생각해 보겠다."

향이 고개를 들자 감울란이 다시 다그쳤다.

"서둘러라! 유현란님이나 양월님이 알게 해서는 안 된다. 이런 일이 자꾸 반복되면 당주님은 물론 우리 매화대의 입지도 약해진다. 매화대가 무너지면 그땐 어찌 되는지 아느냐?"

"저는 모르겠습니다."

"은허당도…… 끝이다!"

속삭이듯 흘러나오는 감울란의 음성이 왠지 섬뜩하게 들렸
다. 감울란은 향에게 잠깐 눈길을 주고 먼저 방을 나갔다. 믿을
수 없지만 감울란의 입가에 순간적으로 슬몃, 스쳐 간 것은 조
소 같았다. 그러나 향은 이내 고개를 흔들었다. 쓸데없는 생각
에 빠져 있을 시간이 없었다.

　급히 은화원으로 달려온 향은 재빠르게 은현의 침상을 정리
한 후 당주의 호위대를 둘로 나누어 한패는 초성단으로 올려 보
내고, 믿을 만한 대원으로 꾸린 나머지 한패를 데리고 재빠르게
은화원을 빠져나와 산 아래로 길을 잡았다.

　당주는 지난밤 별을 관찰하기 위해 초성단으로 올랐고 그곳
에서 잠이 들었다. 그리고 오늘이나 내일 밤은 되어야 내려올
거라는 말을 슬쩍 흘려두고 내려오는 길이다. 그러니 이틀 안에
은현을 찾아야 한다. 은현이 어디로 갔는지는 이미 짐작되었다.

　그 남자, 유한이 있는 곳! 은현이 찾아간 곳은 모화촌일 것이다.

　향은 눈에 불똥을 튀기며 바람을 가르고 달렸다. 매화대원들
도 바람처럼 그 뒤를 따랐다.

　"많이 말랐어."

　은현의 손을 잡고 찾아 들어온 조그만 바위굴에서 유한은 다
시 그녀의 얼굴을 살피며 말했다. 살찐 달처럼 투명하고 통통하
던 얼굴이 홀쭉해졌다.

　그래서…….

"더 아름다워졌어."

훨씬 성숙해졌고 예민해졌다.

"유한도 말랐어."

은현의 가느란 손이 볼을 쓰다듬었다. 얼굴빛이 좋더라는 향의 말은 거짓이었던 듯 유한의 얼굴은 거칠고 마르다. 눈빛이 날카로워 보이는 것은 그 탓인 듯했다.

유한은 볼을 만지는 은현의 손을 꼭 쥐었다. 캄캄하던 눈앞이 환해지는 느낌, 말라가던 풀잎에 다시 싱그런 물이 오르는 느낌, 그래서 가슴이 벅찬……. 은현의 얼굴을 마주하는 이 순간의 느낌이 그렇다.

"나와 미루는 모화촌에 자리를 잡았어. 그곳에 있으면 당신이 언젠가 찾아올 줄 알았지만 이렇게 빨리 다시 만날 줄은 몰랐어."

"향이가 당신 소식을 들고 왔는데…… 참을 수가 없었어."

그러나 얼굴빛이 좋더라는 소리와 눈빛이 맑더라는 소리가 자신을 불안하게 했다는 말은 할 수 없었다. 유한을 보는 순간 그런 것들이 얼마나 어리석고 쓸데없는 생각이었는지 알 수 있었다. 그는 여전히 황홀하고 뜨겁게 자신을 안아주던 그 마음, 그대로를 간직하고 있는 듯하다.

은현은 두 손으로 그의 얼굴을 당겨 입술을 가만 대었다. 처음 그의 입술이 닿았을 때 얼마나 떨렸었는지…… 숨조차 제대로 쉴 수 없었던 그때가 떠올라 웃음이 났다.

살짝 닿았다 떨어져 나가는 은현의 입가에 웃음이 지어지자 유한이 다시 입술을 가져오며 물었다.

"왜?"

"그냥, 음…… 내가 꼭 엉큼스런 여인이 된 거 같아."

그 말을 증명하듯 은현의 입술이 다시 다가왔다. 조금 전과는 다른 뜨겁고 농밀한 기운이 건너오는 것을 느끼며 유한은 그녀를 당겨 안았다. 밖은 어느새 어둠이 내리고 있었다.

두렵지 않아?

뭐가?

은허당의 당주를 안는다는 것이 말이야.

당신은?

난 두려워. 많이…….

나는…….

저 거대하게 솟은 태대산은 두렵지 않다. 그 산을 품고 있을 은허신도 두렵지 않다. 오직 그 산에 숨어 있는 사람들만이 걱정되었다. 그들 속에 들어앉은 당주의 존재, 은현 속에 들어앉은 당주라는 존재. 그 이름에 묶여 결코 놓아주지도, 스스로는 놓여나지도 못할 나약한 인간의 마음이 두려웠다.

유한은 함께 산을 내려가자고 했다. 가까운 모화촌이 두려우면 갈왕산이라도 넘자고 했다. 매족의 부활을 위해 넘어왔던 그 갈왕산으로 다시 숨어들겠다는 것이다. 모닥불의 짙은 음영이 일렁이는 유한의 얼굴은 단호하고 강직해 보였다. 어떤 유혹도 그를 깨뜨릴 수 없으리란 생각이 들었다. 그래서 그를 달래기도 힘들 것이다.

"그곳으로 가면 매화대도 찾아오지 못할 거야. 비록 척박한 땅이지만⋯⋯."

"내가 넘을 수 있는 산을 매화대가 못 넘을 리는 없잖아?"

"못 넘어! 마음속에서 두려움을 깨뜨리지 않는 한, 그 산은 사람이 넘을 수 있는 산이 아니야."

유한의 말처럼 스스로 두려움을 깨뜨리지 않는 한 이 땅에 살고 있는 모든 사람들에게 갈왕산은 여전히 죽은 자의 영혼만이 넘을 수 있는 산일 뿐이다. 그러나 당주를 잃은 매화대에게 두려울 것이 무엇이 있겠는가? 유한은 그들 속에 들어 있는 당주의 존재를 다 이해하지 못하는 것 같다.

"당주가 있는 곳이라면 매화대는 어디든 찾아올 거야."

은현의 눈에 가득 든 것은 무엇일까? 자신이 있는 곳이라면 세상 끝까지 찾아올 매화대에 대한 두려움인지, 아니면?

"매화대가 두려운 거야?"

"유한, 나는……."

은현은 어떻게 설명을 해야 할지 몰라 말문이 막혔다. 은허당이 은현에게 어떤 존재인지 유한은 알지 못한다. 은현은 탯줄조차 끊어지지 않은 채 사천문 앞에 버려져 있었다고 했다. 누구에겐지 모를 어떤 이에게 버려진 은현을 거두어준 것이 은허당이고 유현란이다. 그리고 지금껏 은허당이 세상의 중심인 줄 알고 자란 은현이다. 세상의 시작도 끝도 은허당에서 이루어지는 줄 알고 자란 은현이다. 더구나 부란은 당주라는 무거운 짐을 은현에게 맡겼다.

자신의 꿈을 은현을 통해 이루고 싶어하는 유현란을 두고, 제 목숨보다 당주의 목숨이 먼저인 매화대를 두고, 그리고 은허당과 당주가 세상의 전부라 생각하는 중간마을의 어린 눈들을 두고 어떻게 떠나겠는가? 어찌 그들을 버릴 수 있겠는가?

"유한……."

은현은 안타까운 마음으로 유한의 볼을 쓰다듬다가 차오르는 눈물을 보이기 싫어 그의 가슴에 얼굴을 묻었다. 보고 싶은 마음을 이기지 못해 달려 내려올 줄만 알았지 다음 일은 생각하지 못했다. 이렇게 잠깐 만나 또다시 헤어지고 나면 더 큰 그리움이 닥칠 줄도 생각 못하고 있었다. 어느 곳으로도 도망칠 수 없는 제 운명이 원망스러웠다.

유한은 은현의 두려움을 달래듯 꼭 품어 안으며 등을 다독였다.

"그곳에 가면 길들여 놓은 야생의 말들이 있어. 말을 타면 아주 먼 길도 단번에 달릴 수 있지. 바다를 본 적이 있어?"

'바다'라는 생소한 말에 은현이 고개를 들었다. 한 번도 들어보지 못한 말이다. 갸웃해지는 은현의 고개를 보며 처음 만나던 그날의 귀여운 모습이 떠올라 유한은 웃음을 흘렸다.

"끝이 보이지 않는 은파의 너른 벌판처럼 갈왕산을 넘어가면 끝이 보이지 않는 물이 출렁이는 곳이 있어. 그곳을 바다라고 해. 그 끝에 무엇이 있을지는 아무도 몰라, 가보지 않았으니까. 어쩌면 세상의 끝이 그곳에 있을지도 모르고, 아니면 또 다른 세상이 펼쳐져 있을 수도 있겠지."

은현은 유한이 말하는 바다라는 곳이 몹시도 궁금해졌다. 매족이 스스로 두려움을 깨뜨려 갈왕산을 넘었듯 두려움을 이기면 그 바다 끝도 못 갈 이유는 없을 것 같은 생각이 들었다. 그 마음을 읽은 듯 유한은 은현의 손을 꼭 잡으며 말했다.

"함께 가. 바다 끝까지라도……."

그는 정말 바다 끝까지라도 가버릴 사람처럼 보였다. 은현은 한순간 자신이 유한의 모든 것이 되어버린 느낌이 들었다. 그 모습은 은현을 벅차게도 하고 두렵게도 했다. 그녀를 선택함으로써 무엇을 잃을 것인지 유한은 다 알고 있을까?

은현은 두려운 마음으로 물었다.

"매족의 부활을 꿈꾼다고 했잖아?"

그래서 유한은 목숨을 걸고 갈왕산을 넘어왔다고 했었다.

유한의 눈빛이 흔들렸다. 짧은 순간 은현은 자신이 은허당을 떠나지 못하듯 유한 또한 절대 매족을 버릴 수도 없고 그 꿈을 포기하지도 않을 사람임을 감지했다. 은현 속에 들어앉은 부란의 차가운 이성이 그녀를 일깨웠다. 무슨 말을 해야 할지, 무엇을 어떻게 해야 할지, 어떤 선택을 해야 할지…… 머릿속에서 천천히 짐작이 되었다.

마음은 아프겠지만…… 또다시 후회하고 말겠지만…….

"난…… 갈 수 없어, 유한."

은현은 불끈한 화가 몰리는 그의 얼굴을 달래듯 쓰다듬었다. 유한이 어떤 상처도 입지 않기를 바란다. 느닷없이 솟아나는 어른스런 이 모성은 운명처럼 지워진 세상의 어머니, 은허당의 당주가 가진 본연의 마음인지도 모른다.

바다 이야기를 들으며 호기심 어린 눈빛을 반짝이던 은현의 어린 눈이 처연하게 잦아드는 것을 보며 유한은 화가 났다. 은현은 다시 안개 속으로 숨어들고 있는 것이다. 다시 도망치겠다는 뜻이다. 유한은 은현의 어깨를 거칠게 움켜잡았다.

"갈왕산을 넘자고 했잖아. 그곳도 안심이 안 되면 바다 끝까지라도 가! 매화대가 찾아올 수 없는 곳으로……."

"매화대가 두려운 게 아냐."

"그럼?"

은현의 눈빛은 어느새 차분해졌다. 흘러나오는 목소리도 단호하다.

"난 은허당을 떠날 수 없어. 버릴 수 없어."

그 말이 너무도 단호해서 유한은 마음이 울컥해졌다. 은현에게 자신보다 은허당의 존재가 더 소중하다는 것이 서운했다. 건천의 강둑에서 태대산으로 한 걸음 한 걸음 걸음을 떼며 유한은 자신이 어쩌면 매족을 떠나고 있는 건지도 모른다는 상상을 하고 있었다. 그러면서도 그 걸음은 멈추어지지 않았었다. 목숨 같았던 매족이었는데…… 그 마음을 은현은 알까?

"내가…… 매족을 떠난다고 해도?"

갈라져 나오는 유한의 음성에 슬픔이 깃들어 있었다. 그 음성만으로도 매족을 떠난다는 것이 그에게 어떤 의미인지 느껴졌다. 그래서 은현은 더더욱 그의 말을 따를 수가 없다. 모성이 깃든 눈빛에 다시 사랑에 눈뜬 여인의 뜨거운 기운이 감도는가 싶더니 이내 이슬이 맺혔다. 그녀의 입술이 몹시도 망설이며 달막이더니 조그만 음성이 느리게 흘러나왔다.

"……그래."

그리고 은현은 매달리듯 유한의 목을 꼭 끌어안았다. 그의 화난 얼굴을 보고 싶지 않았다. 그래서 슬픈 마음으로 떠나보내고 싶지 않았다.

다시 만날 수 있을 거야. 내게 선택의 기회가 주어지면…….

"성년이 되면 나는 당신을 선택할 거야."

"운명이 아니면?"

어깨 너머에서 유한의 음성이 들렸다. 은현은 얼른 고개를 들고 그를 바라보았다. 그의 눈 속에 두려움이 깃들어 있었다. 은허당 내에서만 쉬쉬하며 감추어왔던 신탁이 어느새 세상 밖으로 흘러나간 모양이었다. 신탁은 때가 이르면 당주의 능력으로 세상의 왕이 될 사내를 알아본다고 했다. 그러나 은현은 유한을 세상의 왕이 될 사내로 알아본 것이 아니라는 생각이 들었다. 열아홉 어린 여자의 두근대는 심장이 그를 향해 눈을 뜬 것뿐이다. 그러니 운명이 그들을 비켜간다 해도 자신의 선택은 변함없을 것이다.

"유한이 운명이 아니라면…… 은허당의 당주가 사내를 선택할 일은 없을 거야."

은현은 두 손으로 그의 얼굴을 감쌌다. 그리고 떨리는 입술로 자신의 마음을 전했다.

"나, 은현이 선택한 사람은 당신이니까."

짭짜름한 눈물이 입안으로 스며들었다. 은현의 마음이 벅차지만 유한이 원하는 것은 이런 것이 아니다. 그녀의 선택을 기꺼워하며 이렇게 평생 숨은 사내로 살고 싶지 않다. 세상 앞에 당당히 은현은 자신의 여자라고 말할 수 있는 그런 남자로 살고 싶다.

그는 입술을 거칠게 떼고 은현의 어깨를 꽉 잡았다. 그녀가 진정 원하는 것이 무엇인지는 생각하고 싶지 않다. 자신을 선택한 은현의 마음이 중요했다. 기어이 당주로서의 삶을 원한다면 깨뜨려 버릴 테다!

"당신이 당주의 운명으로 나를 선택하더라도 내가 거부하겠어!"

유한의 눈은 지독한 이기로 똘똘 뭉쳐져 있었다.

"난 일생 단 한 번 있을 당주의 선택을 평생 추억하며 살고 싶은 마음 없어. 그렇게 단 한 번 선택받은 사내로 이 땅의 왕이 되고 싶은 마음도 없어. 내가 원하는 건 당신이니까. 날마다 마주 보며 사랑하고, 당신을 닮은 아이를 낳고, 가족을 이루어 사는 것. 내가 원하는 건 그런 것이니까."

낮고 조용하지만 너무도 단호하고 또렷한 음성이다. 뜨겁고 붉은 혀가 칼처럼 입술을 파고들었다. 그리고 은현의 영혼 깊이 새겨져 있는 떨쳐 낼 수 없는 운명에 예리한 날을 들이대었다. 붉게 달구어진 그 칼은 가슴을 베어 물고, 심장을 파고들고, 여성의 깊은 속까지 파고들어 평생 지울 수 없는 낙인을 찍었다.

유한은 거친 숨을 뿜어내며 더 이상 틈이 없는 그 틈마저 용납하지 않으려는 듯 은현의 온몸을 터지도록 꼭 품어 안았다.

"기다려. 내가 찾아갈 때까지."

내가 당신의 운명을 깨뜨리러 갈 때까지, 꼼짝도 말고 그곳에서…….

화끈거리는 여성 깊은 속에서 유한의 남성이 다시 꿈틀, 제존재를 알렸다. 은현은 숨조차 쉴 수 없을 만큼 유한의 품에 꼭안겨 뜨거운 눈물을 쏟았다. 그에게서 떨어지고 싶지 않았다. 이대로 그의 남성을 품은 채 죽어버려도 좋을 것 같았다.

모화촌에 숨어든 향은 그곳에 은현이 없음은 물론, 유한까지 사라진 사실을 알고 당황했다. 두 사람이 이미 만나 어딘가로 숨어버렸을지도 모른다는 생각을 잠깐 했지만 그녀는 이내 고개를 저었다. 은현이 아무리 어리다 하지만 자신의 신분을 망각할 사람은 아니다. 은허당을 얼마나 아끼는지, 당신이 그곳의 당주임을 얼마나 자랑스러워하는지도 잘 안다. 그런 은현이 숨어들 곳은 태대산뿐이라는 생각이 들었다. 향은 매화대를 다그치며 다시 가파른 산을 달렸다.

"서둘러라!"

사람이 은닉할 만한 곳을 샅샅이 훑으며 올라오던 향은 선녀바위 조금 못 미친 즈음에서 뒤따르던 매화대를 멈추었다. 그리고 잠깐 쉬라는 명을 내리고 나무숲으로 들어갔다. 지난번 산을 내려오면서 근처에 조그만 바위굴이 있다는 것을 은현에게 가르쳐 준 적이 있다.

한참을 걸어 바위굴에 닿은 향은 잠깐 망설이다가 안으로 들어갔다. 예상대로 동굴 안에서는 모닥불을 피운 나무 냄새와 함께 바깥과는 다른 따뜻한 온기가 느껴졌다.

그곳 평평한 돌 위에, 무릎에 얼굴을 묻은 은현이 앉아 있었다. 은현의 조그만 어깨가 들썩이고 있었다. 하늘 같은 은허당의 당주 은현이 어둠에 숨어 울고 있었다. 은현의 소리없는 울음이 좁은 동굴을 가득 채웠다. 향은 더 이상 다가가지 못한 채 당황스런 마음으로 그 모습을 지켜보았다. 울음은 오래오래 동굴을 잠식했다. 무엇이 은현의 마음을 저토록 고통스럽게 하는지 다 이해되지 않았다.

멀찍이 떨어져 안타까운 마음으로 바라보고 섰는데 문득 은현의 목소리가 들렸다.

"향아."

갑자기 부르는 은현의 음성에 잠깐 놀라 있던 향이 천천히 다가갔다. 자신이 들어와 지켜보고 있다는 것을 알고 있었던 모양이다. 은현은 어느새 눈물을 거둔 말간 눈으로 향을 바라보았다. 어둠 탓인지 은현의 얼굴은 더욱 말라 보였다.

"내 모습이 실망스러우냐?"

느닷없는 물음에 향은 아무 대답을 하지 못했다. 감히 범접할 수 없는 신비감과 위엄으로 은허당을 이끌어야 하는 것이 당주다. 그런데 지금 은현의 모습은 향이 알고 있는 은허당 당주의 모습이 결코 아니다. 그러나 향은 그 모습에 실망보다는 애틋한 마음이 먼저 일었다. 다는 모르지만 이렇게 어둠 속에 숨어 홀로 울 수밖에 없는 은현의 마음을 아주 조금은 알 것도 같다.

"저는……."

그러나 은현은 대답을 다 듣지 않은 채 자리에서 일어났다.

"그만 올라가자."

그 음성은 방금 전 무릎에 얼굴을 묻고 눈물을 삼키던 사람의 것 같지가 않다. 왠지 모를 단호함이 느껴지는 음성이다.

"지지난밤에 초성단에서 내려오지 않으셨다고 말해두었습니다."

은현의 뒤를 따르며 향이 재빠르게 상황 설명을 했다.

"대모님께서는 알고 계시느냐?"

"아직 모르십니다. 하지만 감울란님은 알고 계십니다."

"그래?"

감울란의 어두운 얼굴과 섬뜩한 흉터가 떠올랐지만 예전처럼 두렵다는 생각은 들지 않았다. 감울란의 무서운 얼굴 뒤에 아무도 모르는 따뜻한 마음이 숨어 있다는 것을 알고 난 후부터다.

나무숲을 걸어나오자 기다리던 매화대가 무릎을 꿇고 은현을 맞았다. 그들에게 잠깐 눈을 주던 은현은 산 아래 펼쳐진 은파 들판을 망연히 바라보았다.

유한이 달려 내려간 곳, 그의 꿈을 이루어줄 땅.

가물 꺼지는 눈빛 너머 은허의 신마저 무시하고 은현의 운명을 깨뜨리겠다 다짐하던 유한의 강인한 얼굴이 스친다.

그는 정말 신이 두렵지 않은 것일까?

유한은 가장 두려운 것은 신이 아니라 스스로 떨쳐 일어서지 못하는 인간의 나약한 마음이라고 말했다.

나는 과연 스스로 떨쳐 일어날 수 있을까?

답을 알 수 없는 물음을 던지며 은현은 돌아섰다. 거대하게 치솟은 태대산이 안개 속에 잠겨 그녀를 내려다보고 있었다. 은현은 그 산을 향해 천천히 두려운 걸음을 내디뎠다.

"가자."

대원 하나가 재빠르게 앞서 길을 열었다. 티끌 같은 마른 풀조차 당주의 걸음을 방해하는 것을 용납하지 않겠다는 듯 앞선 매화대원이 세검(細劍)을 휘두르며 만들어내는 길은 눈물겨울 지경이다.

저 마음들을 다 떨쳐 낼 수 있을까? 유현란의 품을 떠나고, 은허당을 떠나고, 살아온 뿌리마저 부정하고, 그런 일을 감행하고서라도 정녕 유한과 함께하고 싶은지? 정녕 떨쳐야 할 것이 무엇인지?

스스로에게 던지는 이 질문이 시시때때로 덤벼들지도 모른다. 은허당과 유한의 존재가 마음속에서 전쟁처럼 그녀를 괴롭힐지도 모르겠다. 그러나 지금은 그 어느 것도 놓아버리고 싶지 않다. 유한의 존재가 소중한 만큼 은허당 또한 은현에겐 놓을 수 없는 소중한 존재다. 유한이 그 마음을 조금만 이해해 주었으면 좋겠다. 그에게 매족이 떨쳐 낼 수 없는 존재이듯 그녀에게 은허당이 그런 존재라는 것을.

은현은 태산처럼 무거운 두 존재를 가슴에 품고 은허당으로 오른다. 다시 오르는 이 길 끝에서 은현은 무엇을 맞닥뜨릴까? 부란을 능가하는 강력한 당주로 다시 태어날지, 아니면 여전히 모자란 당주로 남아 그녀를 구원하러 올 유한을 그리며 눈물로 세월을 보낼지, 그것도 아니면 스스로 운명을 깨뜨리고 은허당을 벗어날지…… 아무것도 모른다. 단지 지금은 은허당으로 돌아가는 것이 옳다고 느껴지기 때문에 산을 오를 뿐이다.

마음이 어느 순간 어떻게 변할지 모른다. 안개 같은 미래가 어떤 회오리를 몰고 올지도 알지 못한다. 다만 한 가지 분명한 것은 운명이 어떤 모습으로 다가오든 자신이 선택한 남자는 유한 한 사람뿐이라는 것, 그 마음은 저 치솟은 태대산이 깎여 은파의 평원이 되어도 변치 않을 거라는 것만은 확실하다.

유한…….

마음으로 불러보는 그 이름에 다시 눈시울이 뜨거워졌다. 은현은 사방을 둘러싸고 따르는 매화대원들에게 눈물을 들키지 않기 위해 혀를 깨물었다.

은허당으로 가자. 그곳에 가면 방법이 떠오를지도 모른다. 닥쳐올 운명은 천천히 생각하자.

아주 어릴 적, 아무 능력이 없는 자신은 당주의 운명 같지 않다고 훌쩍이며 울고 있는 은현에게 무서운 얼굴의 감울란이 다가와 무뚝뚝한 음성으로 들려주던 말이 떠올랐다.

"스스로 만들어가는 운명이 진짜고, 그것은 힘이 세답니다."

12. 봉족 왕, 단우

"도대체 이런 일방적인 방문이 어찌 성사되었단 말인가!"

유현란의 손이 탁자를 탕, 쳤다.

감히…… 감히!

며칠 앓았던 고뿔로 인해 까칠하게 마른 입술이 분노에 바르르 떨린다.

봉족 수장 단우가 은허당을 방문한다는 전갈을 받은 것은 그가 이미 중간마을에 당도해 하룻밤을 묵은 후였다. 그리고 다음 날 아침 일찍 금은보화와 귀한 옷감들이 가득 실린 수십 대의 우마차가 은허당을 향해 올라오고 있다는 보고를 받았다. 당장 매화대를 내려보내 막으라는 소리에 감울란은 수행해 오는 군사만도 오백이 넘는다고 했다. 그래서 매화대로 막는 것은 불가능하다고 했다. 유현란의 얼굴은 드디어 노랗게 질렸다.

이것은 단순한 방문이 아니다. 정예군 오백이면 은허당을 통째로 삼키고도 남을 숫자다. 양월은 도대체 무슨 생각으로 그들을 끌어들인 것일까?

"양월을…… 당장 양월을 불러오게!"

"양월님과 선원당녀들은 단우를 맞기 위해 모두 중간마을로 내려갔습니다."

며칠 앓고 일어난 사이 너무도 큰일이 벌어졌다. 그러나 어느 누구 하나 보고조차 하지 않았다. 유현란은 피가 터지도록 입술을 깨물었다.

"일이 이렇게 진행이 될 때까지 왜 내게 보고를 하지 않았는가! 당주님은, 당주님께서는 도대체 무얼 하셨기에……!"

"몰랐습니다, 아무것도. 저도 그들이 경계를 넘어들고서야 매화대로부터 다급하게 보고를 받았습니다. 그러니 당주님은 더더욱 아무것도 모르셨겠지요."

감울란에게 발끈 역정을 내던 유현란은 이내 고개를 흔들며 한숨을 내쉬었다. 감울란이 알고 있었다고 하더라도 양월을 어찌지는 못했을 것이다. 봉족을 등에 업은 양월의 세력이 너무 커버린 탓이다. 왜 이렇게 크도록 두었을까, 후회를 해보지만 자신으로서는 어찌해 볼 수 없는 일이었다.

"당주님은 어찌하고 계시는가?"

"어젯밤 늦게 초성단에서 내려오셔서…… 아직 기척 전이십니다."

감울란의 대답이 왠지 시원스럽지 못하다고 느끼면서 유현란은 은현을 생각했다. 요즘 은현은 모든 것이 열심이다. 좀처럼 오르기 싫어하던 초성단에도 자주 오르내리고 기도를 올리는 시간도 늘었다. 이제야 은현 속에 잠들어 있던 은허당에 대한 충심이 깨어나는 것일까? 제발 그러기를 바란다.

감울란이 이끄는 매화대와 단우가 거느린 봉족군이 은허당의 마지막 관문인 통천문 앞에서 맞닥뜨렸다. 통천문을 막고 선 것은 매화대의 마지막 자존심 같은 것이었다.

단우는 호기심 어린 눈으로 앞을 막고 선 매화대를 살폈다.

커다란 삿갓으로 얼굴을 가린 매화대 대장은 자그마한 키에 날렵한 몸매를 지녔다. 얼굴을 볼 수 없으니 자세히는 알 수 없지만 나이도 제법 들어 보인다. 하얗게 늘어선 매화대들이 그녀의 손짓 한 번에 일제히 열을 짓고 전투태세를 갖추었다. 매화대의 모습이 워낙 진지했기에 당황한 봉족군들의 칼 뽑는 소리가 곳곳에서 들렸다. 놀란 양월이 달려나와 호통을 쳐보지만 매화대의 자세는 풀리지 않았다. 금방이라도 싸움이 터질 듯한 일촉즉발의 순간, 매화대의 뒤편에서부터 길이 열리더니 아름다운 여인이 도도한 빛을 뿜으며 걸어나왔다. 매화대가 일제히 그녀를 향해 예를 갖추었다.

매화대 앞으로 걸어나온 유현란은 도도한 눈으로 단우를 살폈다. 그와 동시에 양월이 단우에게 슬쩍 다가와 당주의 대모라고 속삭였다.

　단우라는 자는 큰 키에 마른 체형이었고 그 때문에 얼굴도 눈빛도 날카로워 보였다. 그리고 서른일곱이란 나이가 믿어지지 않을 만큼 동안(童顔)이었다. 그를 보는 순간, 유현란은 스무 해도 훨씬 전에 얼핏 스쳤던 한 소년을 떠올렸다.

　부란이 갇혀 있던 내원산으로 물밀듯이 몰려 올라오던 봉족 군사들 속에 가장 앞장서서 달리던 장대한 체구의 소년, 봉족 수장의 아들. 그가 지금 자신의 눈앞에 있는 단우라는 자다.

　그들의 힘을 분산시키기 위해 사방으로 흩어지는 당녀들을 통해 그의 귀에 흘려 넣었던 한마디가 귓가를 울린다.

　"천강의 아들이 수타계곡으로 도망쳤대……."

　그 소리가 새나가기 무섭게 매화대의 품에 안겨 달아난 아기를 쫓아 수타계곡으로 내달렸다던 붉은 눈동자의 그 소년이다.

　그들이 흩어진 틈을 타 부란을 모신 행렬이 내원산을 무사히 빠져나와 태대산 초입에 들어섰을 때 바람을 타고 들려온 말은 유현란의 양심에 칼을 들이대었다.

　"아기를 잃었습니다."

그 말을 전한 매화대를 베었던가?

그 말을 함께 들은 당녀들도 베었던가?

그리고 내게서 그 기억도, 양심도 함께 베어냈던가?

까마득히 잊고 살았던 그날의 일이 순식간에 선명한 그림이 되어 떠오르자 유현란은 이를 꽉 깨물며 주먹을 그러쥐었다.

"단우라고 합니다."

생각에 잠긴 눈앞으로 느닷없이 불쑥 내미는 손이 불쾌하여 유현란은 이마를 찌푸렸다. 큰 키로 내리꽂히는 그의 눈가에 서린 것이 조소인지 장난기인지 모르겠다.

무례한 자로다!

"감히 신성한 곳에 발을 들여놓을 자격이 없는 사람을 이리 불러주시니 무어라 감사의 말을 전해야 할지 모르겠습니다."

정중히 고개를 숙이고 감사를 표하는 그의 뒤로 회심의 미소를 짓고 있는 양월이 보였다. 발끈하는 눈으로 그녀를 노려보던 유현란은 봉족군을 은화원과 가장 멀리 떨어진 전각인 건평원으로 안내하라는 명을 내렸다.

유현란은 단우에게 가볍지만 정중한 목례를 남기고 양월을 이끌고 매화대가 열어놓은 길을 따라 통천문으로 사라졌다. 단우는 그 모습을 보며 재밌다는 듯 싱긋 웃었다. 아주 도도한 여자다. 그 뒤를 따르는 양월은 은허당이라는 이름과는 절대 어울리지 않는 세속적 욕심이 머릿속에 차고 넘치는 여자고.

그들이 사라지자 그는 그제야 주위를 휘, 둘러보았다. 구름인지 안개인지 분간이 되지 않는 희뿌연 공기 속에 들어앉은 여인들의 왕국. 사내의 존재를 철저히 무시한 채 자신들의 세계에만 갇혀 있는 여인들의 땅. 조금은 신비스럽고 또 조금은 재미난 곳이다. 저렇게 재미없게 도도하거나 아니면 속물 덩어리인 늙은 여자들이 아닌, 이곳의 풍경처럼 신비한 기운을 뿜는 어린 당주를 얼른 만나보고 싶어졌다.

"따르시오."

커다란 삿갓이 눈앞으로 불쑥 들어오더니 퉁명스런 말을 남기고 앞서 걸었다. 봉족군은 매화대가 열을 선 가운데를 걸어 건평원으로 향했다. 삿갓 속에 얼굴을 숨긴 매화대 대장이라는 저 여자에게마저 호기심이 인다.

"어쩔 심산으로 저들을 끌어들였는가!"

선원당으로 들어서자마자 유현란은 격노하며 양월을 노려보았다. 지금까지 은허당에 이렇게 많은 사내가 한꺼번에 올라온 적은 없었다. 한창 번창하던 시절에는 제집처럼 드나드는 사내들도 있었지만 그들은 은허당에 대한 철저한 충성심으로 무장된 자들이었다. 그들에게 당녀는 여인이기 이전에 존중해 주어야 할 신성한 신녀들이었고 당녀들 또한 그들을 존중했다. 그래서 조그만 불미스러운 일조차 일어나지 않았었다. 그러나 오늘 올라온 단우의 얼굴에는 은허당에 대한 어떤 존중의 마음도 없어 보였다. 더구나 함께 올라온 오백의 군사는 어찌 통제한단 말인가!

분을 이기지 못한 채 파르르 떨고 있는 유현란의 새파란 입술을 보며 양월은 피식 웃었다.

"심산은 무슨 심산이 있겠는가? 무작정 오시겠다니 막을 재간이 없어 모셔온 것뿐이네. 지금 우리에게 저들을 막을 힘이라는 게 있던가?"

웃음을 띤 채 조곤조곤 말하는 모양이 속을 뒤집어놓기 딱 알맞다. 유현란은 끓어오르는 화를 드러내지 않기 위해 안간힘을 썼다. 화를 내면 낼수록 양월을 이겨내기 힘들다는 걸 알기 때문이다.

양월은 단우의 방문을 단순한 인사차 방문이라고 했다. 봉족이 이 땅을 지배한 지 20년이 훨씬 넘었는데 단 한 번도 은허당을 방문하지 않았던 것은 예의가 아니었다는 말까지 전했다. 그리고 그들이 진상품으로 들고 온 금은보화가 얼마나 어마어마한 양이며 함께 싣고 온 옷감들은 당녀들이 서너 해는 입고도 남을 만큼 그 양이 대단하다는 말을 쉼없이 떠들어댔다.

저녁이 되자 늘 어둠 속에 잠겨 있던 건평원이 대낮처럼 불이 밝혀지고 양월의 주도 아래 단우를 위한 떠들썩한 연회가 베풀어졌다. 은현은 은화원에서 가장 높은 누각인 천풍루에 올라 건평원의 불빛을 내려다보았다. 시끌벅적한 사내들의 음성이 어둠을 타고 번져 올라오자 은현은 이마를 찌푸렸다.

나를 무시하고 있다, 감히!

한번도 느끼지 못했던 야릇한 분노가 내장을 타고 스멀스멀 기어올라 온다. 도대체 지금 은허당에 당주의 존재란 게 있기나 한 건지 모르겠다.

이토록 힘없고, 무능하고, 존재가치조차 미미한 당주란 게 왜 필요한 걸까? 나는 도대체 누굴까? 무얼 하고 있는가?

은허당의 당주란 이름 앞에 은현은 참을 수 없는 부끄러움이 일었다. 스스로에게 화가 났다. 아무 의지도 없이 유현란에게 끌려 다니는 동안 당주란 이름은 제 의지와 상관없이 억지처럼 뒤집어썼다고 생각했다. 살쾡이 같은 눈으로 주위를 서성이던 양월과 선원당녀들을 상대하는 것도 피곤하기만 했다. 한시도 떨어지지 않는 매화대에게서도 도망치고만 싶었다. 이 은허 당이 지켜야 할 땅이 아니라 벗어던지고픈 짐 덩어리였고, 탈출 하고 싶은 새장 같았다.

그러나 낯선 사내들에 장악된 건평원을 내려다보는 지금 은 현의 마음속에는 더 이상 답답함도 두려움도 존재하지 않는다. 대신 찾아온 것은 위기감이다. 이대로 은허당을 잃어버릴 수도 있겠다는 위기감, 스스로 은허당을 찾아 들어온 봉족 수장 단우 라는 자에 대한 경계심. 그제야 은현은 자신의 앞에 놓인 길이 무엇인지 어렴풋이 느껴졌다. 무엇을 해야 할지, 어떻게 해야 할지 어렴풋이, 아주 어렴풋이…… 다가오는 뜨거운 기운을 느 끼며 주먹을 가만 그러쥐었다.

"향아."

"예, 당주님."

향을 부르는 나직한 음성이 평소보다 훨씬 또렷하고 어른스럽게 들린다.

"대모님께서는 뭘 하고 계시느냐?"

"연회장에 잠깐 들르셨다가 지금은 처소에서 쉬고 계십니다."

"거기로 가자."

성큼 내딛는 걸음에 단호함이 서려 있다.

오백이 넘는 사내들이 한꺼번에 들이닥친 초유의 사건으로 은허당은 초비상 상태였다. 감울란은 경계 밖으로 나가 있던 매화대원을 최소한의 인원만 남겨둔 채 모두 불러들여 건평원을 에워싸고 은화원과 매화원림, 그리고 선원당을 에워쌌다. 저녁이 되면서부터는 모든 당녀들의 바깥출입을 일체 금했다. 불미스러운 일을 사전에 막고자 함이었다.

유현란은 여전히 몸이 편치 않은 듯 침상에 누워 있었고 그 곁에는 감울란이 있었다. 은현은 감울란에게 잠깐 따뜻한 눈길을 보내고 침상으로 다가갔다. 그리고 일어나 예를 갖추려는 유현란을 말렸다.

"그냥 누워 계세요."

그러나 유현란은 기어이 일어나 앉으며 매무새를 고쳤다. 은현을 철저하게 은허당의 당주로 대하려는 제 마음의 경계인지도 모른다. 자세가 흐트러지면 마음도 흐트러지는 법이니.

유현란의 입술은 바짝 말랐고, 얼굴에는 혈색이 없었다. 언제나 태산처럼 은현의 앞에 버티고 서 있던 그 유현란이 맞나 싶을 만큼 그녀의 모습은 초췌해 보였다.

어머니는 늙었다.

은현의 눈에 순간적으로 아릿한 아픔이 스쳐 갔지만 이내 사라졌다.

"건평원에 들어온 저들을 어찌하실 생각이십니까?"

묻는 은현의 눈이 전에 없이 단호하다. 그러고 보니 살이 빠진 얼굴은 훨씬 더 성숙해 보였고 키도 조금 더 큰 것 같다. 유현란은 힘겨운 듯 천천히 입을 열었다.

"곧 내려보내야지요."

"내려가지 않겠다면요?"

"……!"

"그땐 어쩌시겠습니까?"

단도직입적으로 묻는 질문에 유현란은 말문이 막혀 버렸다. 정말 버티고 눌러 앉는다면 어쩔 것인가?

"그땐 저희 매화대가 나서겠습니다."

유현란을 대신해 나서는 감울란의 그 말에 은현은 피식, 조소가 섞인 웃음을 흘렸다.

"이런! 겨우 4, 5백의 매화대로 전쟁이라도 치르시겠단 말입니까?"

생각지도 못한 은현의 말투와 행동에 유현란과 감울란은 당황스러웠다. 여린 눈동자에 눈물을 그렁그렁 달고 있던 어린애 같은 은현은 어디 가고 차가운 냉소를 흘리던 부란이 그들 앞에 앉아 있는 것 같다.

은현은 유현란과 감울란의 당황한 눈을 무시한 채 일어서서 뒷짐을 지고 방 안을 어슬렁거렸다. 그 모습이 속내를 감춘 채 한껏 움츠린 작은 부란처럼 느껴져 유현란을 흥분시켰다.

은현이 변했다. 지난번 산 아래로 사라졌다 돌아온 후부터 조금씩 조금씩 그랬던 것 같다. 자신에게서 조금씩 벗어나려고 하는 듯한 인상도 받았었다. 드디어 놓아야 할 때가 온 것일까?

한참 만에 은현에게서 고심에 찬 말이 느릿느릿 나왔다.

"우선은…… 건평원을 차고앉은 저 많은 군사들부터 내려보낼 방법을 생각해 보세요. 단우라는 자를 내치는 건 그다음이죠."

어슬렁거리던 걸음을 멈춘 은현이 유현란의 얼굴을 똑바로 바라보며 다시 입을 열었다.

"다음부턴 이런 중대한 일을 제가 늦게 아는 일이 없었으면 합니다."

그것은 명령 같기도 하고 질책 같기도 하다. 약간의 노기가 깃든 유현란의 엄한 눈앞에서도 은현의 눈은 전혀 흔들림이 없다. 유현란의 눈을 피하지 않은 채 은현은 감울란을 불렀다.

"감울란."

"예, 당주님."

"은허당의 경계가 언제부터 이렇게 허술했나요?"

매서운 질책이 느껴지는 음성이다. 늘 어린아이처럼 모성애를 자극하던 측은한 은현이 차고 건조한 눈으로 따끔한 질책을 하자 감울란의 얼굴이 일그러졌다. 볼의 흉터가 더욱 깊이 파이며 다소 화난 듯 보였다. 그러나 은현은 개의치 않고 말을 이었다.

"예전에는 매화대를 거치지 않고는 어떤 이도 은허당의 경계를 넘어 들어올 수 없었다고 들었습니다. 허나 지금은…… 지난번 제가 산 아래로 내려갈 때도 어느 누구 하나 앞을 막아서는 자가 없었습니다. 매화대원 하나쯤 속여내는 건 일도 아니더군요?"

은현의 말들은 감울란의 자존심을 건드리기에 충분했다. 감울란은 은현에게가 아닌 스스로에게 화가 났다. 은현의 말처럼 대전쟁 후 20여 년의 칩거 기간 동안 은허당의 경계는 너무도 허술해졌다. 매화대는 풀릴 대로 풀렸다. 바깥세상과의 왕래가 적었으니 허술함을 허술함으로 인식하지 못한 것 같다. 매화대를 이끄는 대장으로서 은현의 매서운 질책에 할 말이 없다.

"시정하겠습니다. 경계를 철저히 하지 못한 것은 전적으로 제 잘못입니다. 매화대를…… 매화대를 재정비하겠습니다."

몹시도 자존심이 상한 듯 감울란은 말을 더듬기까지 했다.

은현이 나가고 방 안에는 한동안 침묵이 흘렀다. 정신을 차릴 수 없이 몰아붙이고 나가 버린 은현으로 인해 유현란도 감울란도 놀란 상태였다. 마냥 어린아이 같던 은현이 변했다. 조그만 소리에도 눈물을 그렁그렁 매단 채 바라보던 은현이 언제 저렇게 커버렸을까? 묘한 감정이 일었다. 유현란의 입가에 빙그레 웃음이 지어졌다. 돌아보니 감울란은 여전히 굳은 얼굴로 앉아 있었다. 지난 20여 년, 그나마 은허당이 명맥을 이어온 것은 다 매화대의 힘이라 여기며 살았을 감울란에게 은현의 질책은 충격이었을 것이다.

"자네, 괜찮은가?"

그러나 묻는 음성에 기쁨이 들어 있다. 고개를 돌린 감울란의 얼굴은 그저 담담하다. 잠깐 비쳤던 화난 기색은 이미 사라지고 오히려 좀처럼 볼 수 없었던 밝은 기운이 느껴지는 얼굴이다. 감울란은 은현이 사라져 간 문 쪽을 바라보며 혼잣말처럼 중얼거렸다.

"이제 다 자라셨습니다."

"그래, 당주님은 이제 다 자라셨어."

감울란을 따라 문 쪽을 바라보는 유현란의 얼굴에 뿌듯한 기운이 감돈다. 그 모습을 보며 감울란은 자리에서 일어났다. 밖은 이미 짙은 어둠이 깔려 있었다. 보초를 서고 있는 매화대를 독려하기 위해 건평원으로 가는 길, 뿌듯한 얼굴의 유현란이 떠오른다. 그리고 그녀의 음성도……

"당주님은 이제 다 자라셨어."

그러니 이제…… 네가 저지른 악업의 대가를 치러야 할 때가
온 거겠지?

어둠 속 감울란의 얼굴에 차가운 냉소가 흐른다.

참으로 오랜 세월을 기다렸다. 스물 하고도 두 해, 살이 타고
피가 끓어오르던 시간들.

잊자…….

그럴 순 없어!

나를 위해 잊자…….

나를 위해 더더욱 그럴 순 없어!

수없이 되풀이되는 마음의 요동으로 잠시도 멈추지 않던 제
속 전쟁에 종지부를 찍던 날, 감울란은 결심을 했다.

유현란을 철저하게 파멸시켜 버리리라고. 저 선원당녀들을,
은허당을 파멸시켜 버리리라고. 그리고 그 마지막은 유현란의
눈앞에서 그녀가 목숨처럼 여기는 당주의 목숨을 거두어주는
것이 될 거라고. 그래서 생살이 뜯겨 나가는 아픔이 어떤 건지
처절하게 가르쳐 주리라고.

모성을 자극하는 은현의 여린 얼굴이 떠오르자 감울란은 신
경질적으로 고개를 흔들었다. 찬바람이 어둠을 가르고 칼끝처
럼 날아와 얼굴에 박힌다. 곧 긴긴 겨울이 시작될 것이다.

건평원에서 한 발짝도 나갈 수 없는 생활이 닷새째 계속되면서 군사들 사이에서 조금씩 불평의 소리들이 새 나왔다. 진상품을 싣고 물밀듯이 은허당으로 올라올 때만 하더라도 말로만 듣던 신비스러운 은허당의 당녀 하나쯤 제 여인으로 만들어두고 가리라고 농담처럼 진담처럼 낄낄거리며 올라왔었는데 이건 뭐, 당녀는커녕 개미 한 마리 제대로 볼 수 없으니 허탈할 지경이다.

한 번 뽑다 들면 봉족 군사 서넛쯤은 한칼에 종잇장처럼 잘라버릴 것이라는 소문이 떠도는 무서운 검술의 소유자인 매화대가 사방을 에워싸고 있는데다가 허락없이 건평원 밖을 나서는 자는 목을 벨 것이라는 단우의 명까지 떨어진지라 이러지도 저러지도 못한 채 밤마다 불끈거리며 일어나는 제 물건을 달래느라 죽을 맛인 그들이다.

그러나 사내들이란 얼마나 어리석은지……

결국 목숨을 담보로 건평원 담을 넘은 자가 생겨났다.

은허당으로 올라온 지 이레째 되는 날 새벽, 두 구의 시체가 건평원 마당에 누워 있었다. 갓 스물이 넘었을까 말까 한 어린 군사들이었다. 그들은 급소가 난도질이 된 채 아랫도리가 발가벗겨져 있었다. 너무도 끔찍한 그 모습에 둘러선 군사들도 고개를 돌렸다.

군사들을 헤치고 다가온 단우는 입술을 깨문 채 시체를 내려다보았다. 널브러진 시체는 작정하고 사내의 급소만을 난도질해 놓았다. 그것은 일종의 경고 같았다. '이곳은 사내의 욕심을 부려서는 안 되는 곳'이라는.

단우는 주먹을 그러쥔 채 이를 앙다물었다.

겁도 없이 감히 봉족의 군사를 건드리다니!

당장이라도 군사를 풀어 이들을 죽인 자를 잡아내고 싶지만 섣불리 그럴 수도 없다. 처음 이곳으로 올라오며 양월이 너무 많은 숫자의 군사를 문제 삼자 어떤 불상사도 일어나지 않을 것이라고 호언장담한 탓이다. 그토록 호언장담을 했던 것은 이들이 엄격한 규율로 훈련받은 봉족 최고 부대, 자미대 출신의 친위부대라 믿는 구석이 있었다. 자신이 믿는 최고의 군사들이었다. 사실 죽은 병사들의 목숨 따위는 중요한 것이 아니었다. 단우에게 중요한 것은 상처난 제 자존심이다.

감찰당녀들이 찾아와 시체를 살피고 갔지만 은허당에서는 아무런 말이 없었다. 자신들은 당연히 할 일을 한 것뿐이라고 생각하는 듯했다. 이런 하찮은 일로 길게 시간을 끌고 싶지 않았다. 결국 단우는 물의를 일으켜 죄송하다는 사과의 뜻을 은허당에 전했다. 그제야 은허당에서 정식으로 사람이 왔다. 당주의 대모라는 유현란이었다. 현재 은허당의 실질적인 권력을 가진 여자. 쉰을 바라보는 나이라는데도 여전히 삼십대의 젊음을 유지한 채 도도한 빛을 뿜는 여자다.

거적때기가 젖혀지자 어린 남자들의 시신이 눈에 들어왔다. 시체는 낭자당한 아랫도리를 그대로 드러낸 채 누워 있었다. 더 자세한 모습을 보려 다가서는 매화대를 유현란이 제지했다.

"되었다."

눈 하나 깜빡 않고 시체를 노려보던 유현란이 돌아섰다. 그녀는 단우의 눈을 마주하지 않은 채 담담한 음성으로 말했다.

"이제 그만 내려가시는 것이 어떻습니까?"

"나더러 이대로 산을 내려가라 이 말씀이오?"

군사들을 저렇게 난도질해 죽인 자가 누구인지 밝히려는 노력은 전혀 하지 않은 채 모든 잘못을 죽은 군사들에게만 물으며 사건을 묻어버리려는 유현란의 심사가 괘씸했다. 더더욱 괘씸한 것은 올라온 지 이레가 지나도록 단 한 번도 모습을 나타내지 않고 있는 당주다. 봉족이 아니면 명맥도 유지하기 힘들 것들이 도도하기가 하늘을 찌른다.

"흠, 은허당은 원래 손님 대접을 이렇게 하십니까?"

다소 격앙된 단우의 목소리에 유현란은 여전히 말짱한 얼굴로 대답했다.

"태대산을 오를 수 있는 사내들의 수는 한 해에 백 명을 넘지 않소. 봄가을, 은허의 신들이 깨어나는 날 우리는 택일을 하고 산으로 올라올 사내들을 선택하지요."

유현란은 고개를 돌려 단우를 바라보았다. 격앙된 목소리와는 달리 그의 얼굴은 담담하다 못해 마치 이런 실랑이들이 따분하다는 듯 나른한 기운마저 느껴졌다. 그러나 그녀를 살피는 눈매에는 여전히 날카로움이 느껴진다. 그 날카로운 눈매에 가득한 생각이 무엇인지 알 수 없다. 입가에 흐르는 저 미소는 또 무엇을 뜻하는지……? 한마디로 난해한 느낌이 드는 사내다.

잠깐 마주치던 단우의 눈이 얼굴을 스륵 훑어 내리자 유현란은 흠, 가벼운 기침을 흘리며 고개를 돌려 버렸다. 단우는 소리 없는 웃음을 피식, 흘렸다.

참 재미있다, 이곳 여자들은.

보기엔 산 아래의 여인들이나 여기의 여인들이나 그저 똑같은 여자일 뿐인데 자신들을 무슨 특별한 존재쯤으로 착각하고 사는 이들의 모습이 단우에게는 그저 우스울 뿐이다.

유현란은 단우의 웃음을 무시한 채 말을 이었다.

"그렇게 맺은 인연으로 당녀들은 성스러운 은허의 자손을 잉태합니다. 그것이 이 태대산을 오르는 사내들의 소용 가치지요. 선택받지 못한 사내들이 태대산에 올라 이렇게 오랜 기간 머문 것은 봉족군이 처음이니 대접은 그만했으면 차고 넘친다고 생각하오만?"

다시 스륵 돌아보는 유현란의 눈과 마주치자 단우는 풋, 터지는 웃음을 목 안으로 삼켰다. 당녀들에게 성스러운 은허의 자손을 잉태하게 하는 것이 사내의 소용 가치라니, 어이가 없다. 도대체 이네들에게 사내란 어떤 존재인지? 정말 그것만이 사내의 소용 가치라고 생각하는지? 이곳의 모든 여자들이 다 유현란과 같은 생각일까?

갑자기 불끈 오기가 생긴다. 아직 한 번도 모습을 드러내지 않고 있는 당주란 여자의 마음을 사로잡아 버리고 싶어졌다. 은허당의 당녀들이 신처럼 믿고 따른다는 당주를 무너뜨려 버림으로써 여자란 존재가 사내 앞에서 얼마나 속절없이 무너져 버리는 나약한 존재인지 보여주고 싶은 오기다.

생각이 거기에 이르자 그는 더 이상 군사들의 죽음에 대해서는 따지지 않기로 했다. 그리고 이들이 원하는 대로 다 들어주기로 했다. 대신 자신은 이곳에 남는 쪽을 택했다. 이 겨울에 남광으로 돌아가 보아야 할 일도 없고 무료하던 차에 잘되었다. 눈 속에 갇혀 지내는 서너 달 동안 재미난 경험을 하게 될 것 같다.

"흠, 그러잖아도 군사들은 겨울이 오기 전에 내려보낼 참이었습니다. 한 번 눈이 내리면 겨울이 끝나도록 꼼짝없이 갇혀 있어야 할 곳이라니 저 많은 군사들을 감당하기는 아무래도 무리일 듯싶어서 말이오."

의외로 대답이 쉽게 나온다. 그러나 '군사들은'이라고 말하는 걸 보니 이자는 여전히 내려갈 생각이 없는 모양이다. 그나마 군사들이라도 내려보내겠다니 절반은 성공한 셈인가?

돌아서는 유현란의 얼굴에 안도의 기운이 흐른다. 처소로 돌아온 그녀는 감울란을 불렀다. 잠시 후, 급한 걸음으로 들어서는 감울란에게서 마른바람 냄새가 난다. 그제야 유현란은 어느새 가을이 깊어져 겨울로 향하고 있다는 것을 깨달았다.

이 가을을 보내고 겨울이 지나면 드디어 은현의 성년식이 치러질 봄이 오겠지?

세월이 너무도 빠르다. 너무도 빨라서 늘 아쉽고 두려운 것이 세월 같다.

"바쁜데 부른 건가?"

"아닙니다. 방금 훈련을 마치고 내려오던 길이었습니다."

감울란은 지난번 은현의 질책을 받은 후 매화대를 재정비하느라 몹시도 바쁜 눈치였다. 은현은 은화원에서 일어나는 모든 일을 자신에게 가장 먼저 보고하라는 명을 유현란에게 내리더니 어느새 감울란마저 제 명령권 안으로 끌어들인 듯하다. 가만 있으면 어련히 넘겨주련만 무엇이 그리도 급한지 유현란이 가진 힘들을 하나하나 빼앗아가고 있는 은현이다.

"괘씸하기도 하시지."

속말을 중얼거리는 유현란의 입가에 슬며시 미소가 지어진다.

"예?"

"아, 아닐세."

가볍게 손사래를 친 유현란은 까칠하게 마른 감울란의 얼굴을 새삼 유심히 바라보았다. 움푹 팬 볼의 흉터는 여전히 상대방을 두렵게 했고, 가을이라 그런지 얼굴은 더욱 어두워 보였다. 볼의 흉터보다 저 칙칙하고 어두운 표정이 유현란을 더욱 불편하게 한다. 은현에 대한 생각으로 슬며시 지어졌던 미소가 순식간에 사라졌다.

도저히 함께할 수 없을 것 같은 불편한 관계인 자신과 감울란이 어떻게 이 긴긴 세월을 함께했는지 가끔 의문이 들기도 한다. 오로지 은허당과 부란에 대한 충성심만으로 살아온 감울란의 올곧은 성품 덕인지 아니면 또 다른 무엇이 감울란을 견디게 해주는 건지? 도무지 무슨 생각으로 살아가는 감울란인지 알 수가 없다. 그래서 아주 가끔은 그녀가 두렵기도 하다.

　유현란은 생각을 털어내고 입을 열었다.

　"건평원에 있는 그 시체들 말일세."

　"예."

　"자네가 한 일인가?"

　감울란은 잠깐 눈을 마주쳤을 뿐 대답을 하지 않았다.

　침묵은 긍정의 뜻인가?

　순간 유현란은 등골이 오싹했다. 담을 넘은 자들의 목숨을 단순하게 끊어주는 것만으로도 단우와 봉족군에게 주는 경고로는 충분했을 터인데 감울란은 사내의 상징인 급소를 난도질해서 아랫도리를 벗긴 채 그 시신을 건평원 뜰에 던져 두는 모진 행동을 서슴없이 저질렀다. 무서운 검술 실력을 갖추었지만 마음은 누구보다 따뜻하고 여렸던 감울란이었는데 칼 다루는 심성이 많이도 변했다. 하긴, 그 정도 모진 마음이 없었으면 어찌 그 세월을 견뎌왔겠는가.

　또다시 그날의 일이 떠오르자 유현란은 신경질적으로 고개를 흔들었다. 한 번 떠오른 생각은 끊임없이 그녀를 따라다니며 괴롭힌다. 얼른 감울란을 내보내야 할 것 같다.

"덕분에 봉족군이 산을 내려갈 뜻을 비쳤네. 수고하였네."

그 말과 함께 유현란은 나가라는 손짓을 하고 눈을 감아버렸다.

얼른 봄이 와서 은현에게 이 모든 것을 맡기고 어디로든 조용히 떠나고 싶다는 생각이 든다. 이 기억을 피해서, 감울란을 피해서 멀리멀리…….

갑자기 사라졌다가 이틀 만에 다시 나타난 유한은 어디 갔었느냐고 다그쳐 묻는 미루의 질문을 무시한 채 내내 강둑에 앉아 있었다. 저토록 말이 없고 어두운 얼굴의 유한은 처음이다. 미루는 조심스런 마음으로 유한의 주위를 서성거렸다. 유한의 눈은 건천의 반짝이는 물결에 닿아 있었다. 대 굵은 갈대들이 마른바람에 부대껴 서걱인다.

정말 당주를 만나고 온 것일까?

당주를 찾아 내려온 향을 제 눈으로 보았으면서도 미루는 여전히 믿어지지 않는다. 감히 범접할 수 없는 신성한 존재인 은허당의 당주와 사랑을 나누다니?

"괜찮아, 유한?"

유한은 말없이 고개만 끄덕였다.

괜찮지 않을 것은 아무것도 없었다. 몸은 비록 떨어져 있지만 은현도, 자신도 여전히 서로를 사랑하고 있다는 것을 확인했고, 그 사랑이 얼마나 견고한지도 확인했다. 신탁의 주인으로든 아니든 은현이 선택할 남자는 오직 자신뿐이라는 확신도 있다. 두려울 것도 걱정될 것도 없었다. 오직 시간만이 필요할 뿐이다. 그러니 괜찮지 않을 것은 아무것도 없었지만 유한은 괜찮지 않았다.

은현은 함께 떠나자는 자신의 말을 단호히 거부했다. 그것이 유한에게 상처를 주었다. 그녀 속에 들어 있는 신의 존재는 과연 어떤 걸까?

어떤 무엇에도 흔들리지 않을 절대적인 존재, 그것이 그녀 속의 신인지도 모른다. 아득한 절망감과 함께 유한의 가슴에서 이는 것은 신에 대한 무서운 질투심이다. 그는 은현에게 거룩한 신보다도, 은허당보다도 더 우선인 존재가 되고 싶었다.

신탁의 이름을 빌어 은현의 선택을 받고 그것의 힘으로 세상의 왕이 되는 따위, 거저 준다고 해도 싫다. 그는 처음으로 은파의 주인이 되고 싶다는 생각이 들었다. 스스로 이 땅의 주인이 되어 은허당과 은현을 차지하고 싶다는 오기가 불끈 인다. 은현이 더 이상 거부할 수 없는 존재, 그런 사람이 되고 싶었다.

아프게 그러쥔 주먹과 각진 턱, 어느새 어린기가 사라져 버린 그의 눈 속에 짙은 가을이 들어찼다. 뜨거운 가슴을 안고 갈왕산을 넘어왔던 매족의 어린 청년은 이제 새로운 야망에 눈을 뜬 사내가 되어 건천의 강물을 내려다보고 있다.

도도히 흐르는 저 강물은 흐르고 흘러 어디로 갈까?

부서지고, 깨지고, 섞이고, 뒤채어 언젠가는 세상을 다 삼키고도 남을 바다에 닿을 것이다. 바다가 삼키지 못할 세상은 없다. 은현에게 절대적인 존재인 거룩한 신조차도 그 앞에서는 힘을 잃고 말, 바다 같은 강인한 사내가 되고 싶다. 그러면 그녀는 더 이상 신과 은허당을 빌미로 거부를 못할 것이고, 달아날 수는 더더욱 없을 테니까.

유한은 오랜 침묵을 깨고 드디어 입을 열었다.

"난 은파의 주인이 될 거야, 미루."

묵직한 음성이 마른바람을 타고 들려왔다. 미루는 고개를 돌려 유한을 바라보았다. 재웅골 골짜기에서 처음으로 칼을 잡고 마주 섰을 때 자신보다 일곱 살이나 어린 조그만 녀석이 제 키보다 더 큰 칼을 들고 눈을 반짝이며 말했었다.

"난 갈왕산을 넘어갈 거야, 미루."

실현 불가능할 것 같은 말을 진지하게도 내뱉었다. 그러나 결국 그들은 이렇게 갈왕산을 넘어왔다. 그리고 모두가 불가능하리라 믿었던 매족의 부활을 꿈꾸고 있다. 아주 당돌하고 허황된 말을 야무지게도 하던 그 어린 녀석이 또다시 자신의 귀에 아무도 상상 못한 거침없는 말을 들려주고 있다.

은파의 주인이 될 거라고……. 그러나 그는 더 이상 어리지도 않고 꿈꾸지도 않는다. 오로지 확신에 가득 찬 야망만이 그를 지배하고 있었다. 보송하던 얼굴은 어느새 짙은 가을빛에 물들어 있다. 야망에 들뜬 저 눈은 어디로 내닫고 있을까?

미루는 유한의 눈이 내닫고 있는 그 끝이 두려웠다. 유한은 신탁의 주인이 되고 싶은 것일까? 정말 왕이 되어 이 땅을 지배하고 싶은 건지 묻고 싶었다.

"유한."

"그 길만이 그 여자를 온전히 차지할 수 있는 길이라면 그렇게 하겠어. 은파의 주인이 되고, 이 땅의 왕이 되고, 은허당마저……."

은허당마저 삼키겠다는 말을 서슴없이 내뱉으면서도 유한의 얼굴엔 조금도 동요의 빛이 없다. 은허당은 삼킬 대상이 아니라 존중하고 우러러보아야 할 모태의 땅이다. 병들고 지친 사람들을 따듯이 품어주는 어머니의 땅이다. 그 땅을 아래세상 사람인 유한은 제 힘으로 차지하겠다고 말했다.

유한은 놀란 눈으로 다가오는 미루를 외면하고 걸음을 옮겼다. 촌장을 만나 전쟁에 대한 논의를 해보아야겠다. 가능하다면 빠른 시일 안에 갈왕산 너머의 매족도 불러들일 참이다.

"유한!"

미루의 다급한 부름을 무시한 채 유한은 성큼성큼 걸었다.

봉족 수장 단우가 은허당으로 올라갔다는 소문이 은파에 자자하게 퍼지면서 모화촌은 긴장에 휩싸였다. 물난리를 겪고 마을을 정비하느라 단우가 은파에 와 있었다는 사실조차 파악하지 못했다. 잠깐 신경을 못 쓴 사이 뒤통수를 맞은 느낌에 촌장은 마음이 좋지 않다.

"남광 쪽에서도 연락을 받지 못했느냐?"

"예, 그들도 전혀 알지 못했답니다."

남광에는 수만 명의 매족들이 노예로 잡혀가 살고 있다. 그들은 대부분이 대전쟁 당시 봉족에 대항하다 잡힌 포로 출신들이라 비록 노예로서의 삶을 살고 있지만 가슴속에는 여전히 뜨거운 피가 들끓는 용사들이다. 단우의 일거수일투족에 신경을 곤두세우고 있었을 그들조차 모르게 움직였다면 필시 무슨 이유가 있을 것이다.

"단우를 불러들인 게 누군지 아느냐?"

천성은 재기 어린 눈을 반짝이며 말을 이었다.

"아마도 선원당녀 양월일 것입니다. 양월은 오래전부터 봉족과 결탁하고 부를 축적해 온 당녀입니다. 현재 은허당은 양월과 그 무리가 축적한 부로 유지되고 있다고 해도 과언이 아닙니다. 은파의 땅은 물론 태대산 너머 호족들이 사는 땅 절반이 양월의 소유라는 말까지 떠돌고 있을 지경이니 그 부가 어느 정도인지는 감히 짐작조차 못하겠습니다. 유현란이 어린 당주를 지키며 근근이 버티고 있지만 그건 매화대의 힘이죠. 매화대가 어느 편에 서느냐에 따라 은허당의 운명도 갈릴 것입니다."

천성의 말을 들으며 촌장의 입술이 불만스럽게 실룩 올라갔다.

은허당은 이제 더 이상 너그러운 어머니의 품이 아니다. 백성들의 고혈을 짜내어 제 잇속 챙기기에 바쁜 봉족 관리들과 다를게 무엇인가!

살짝 분노마저 인다.

"당주에 대해서는 좀 알아보았느냐?"

촌장의 질문에 모든 눈들이 일제히 천성에게로 향했다.

부란이 죽은 후 지금까지 새로운 당주의 존재는 철저히 베일에 가려져 있다. 대전쟁을 마감하며 봉족과의 합의에 따라 은허당은 아래세상의 일에 전혀 관여를 하지 않았기에 은파와도 거의 담을 쌓고 살아온 것이나 다름없다. 때문에 당주에 대한 궁금증은 누구나 가지고 있었다. 바짝 긴장한 미루에 비해 유한은 팔짱을 낀 채 느긋하게 천성의 얘기를 경청하고 있었다.

"지금 은허당에서 당주는 그저 허수아비일 뿐입니다. 모든 것은 유현란과 양월에 의해 결정되고 있고 매화대마저 지금은 유현란의 명령권 아래에 있으니. 조금 전에도 말씀드렸지만 문제는 매화대입니다. 당주가 성년이 되고 유현란이 실권을 잃은 후, 매화대가 어느 쪽에 서느냐? 그것이 은허당의 미래를 결정

지을 것입니다."

천성의 얘기를 듣고 보니 문제는 생각보다 심각하다. 만약 은
허당이 양월의 손에 넘어가면 이 땅은 온전히 봉족의 세상이 되
고 말 것이다. 아무리 의미가 퇴색되었다고 하지만 은허당은 여
전히 은허당이다. 은허당의 한마디에 비도 오고 눈도 내렸던,
곡식을 심기도 하고 심지 않기도 했던 그 절대적인 힘을 사람들
은 기억하고 있다. 은허당의 선택은 곧 정의로 받아들여지고 말
것이다.

"양월과 선원당녀들이 봉족 편에 섰다면 매화대를 우리 편으
로 끌어들이는 수밖에 없겠군."

혼잣말처럼 중얼거리며 촌장은 유한을 물끄러미 바라보았다.
유현란과 감울란의 마음을 움직이기에 천강의 아들이라는 이름
만 한 미끼는 없을 거란 생각이 순간적으로 머리를 스친다. 특
히나 매화대의 대장인 감울란에게는.

유한은 천성의 말을 들으며 한쪽 가슴이 꽉 막힌 듯 아파왔
다. 지난번 은현이 왜 무작정 그곳을 내려왔었는지 이제야 이해
가 된다. 은현은 외로웠던 거다. 두려웠던 거다. 허수아비일 뿐
인 자신의 존재에 대해 자괴감이 들었을 것이다. 그래서 떠나왔
지만 결국은 다시 돌아갈 수밖에 없었던 곳. 은현에게 그곳은
스스로는 떨쳐 낼 수 없는 두려움의 땅일까, 아니면 놓아버릴
수 없는 애틋한 곳일까? 어쩌면 둘 다일지도 모른다. 달아나고
싶지만 달아날 수 없는, 외면하고 싶지만 외면할 수 없는……

그런 곳.

그곳에 봉족 왕 단우가 올라가 있다. 그는 파괴자다. 대전쟁 당시 그가 스쳐 간 곳은 피비린내와 마른 먼지만이 남았다고 들었다. 모든 것을 파괴한 그 자리에 그는 새로운 자신의 세상을 건설했다. 현재의 은파도 전쟁 이전의 모습이 온전히 남은 곳은 한곳도 없다고 했다. 아주 파괴적인 성격의 소유자이거나 시작을 하면 끝을 보는 대단한 집착을 가진 자일 것이다. 은허당에 오른 이상, 자신의 뜻을 관철하기 전까진 쉽게 내려오지 않을 자란 얘기다. 봉족 내에서 단우의 힘은 절대적이다. 강력한 권력을 휘둘러 온 만큼, 부재 시 자신을 대신할 권력자를 키워놓지 않은 것은 단우의 실수다. 그러므로 매족이 부활을 꿈꾼다면 단우가 은허당으로 올라간 지금이 바로 적기다.

생각을 정리하고 좌중을 둘러보던 유한은 자신이 이들을 설득할 수 있기를 바라며 천천히 입을 열었다.

"갈왕산 너머 매족 마을에서는 야생의 말을 길들여 타고 다닙니다."

천막 안의 눈들이 일순간 유한에게로 쏠렸다. 그가 왜 갑자기 이런 얘기를 꺼내는지 궁금해하며 가한이 되물었다.

"야생의 말?"

"그렇소, 야생의 말. 말을 타고 달리면 걸어서 사나흘 걸릴 길도 한나절이면 족합니다."

유한의 설명에 모두 놀랍다는 표정을 지었다. 북쪽 어느 부족

마을에 가면 바람을 가르며 달리는 짐승이 있다는 소리를 들었는데 그것이 바로 말이었던 모양이다. 유한이 왜 느닷없이 이런 얘기를 꺼내는지 모두 궁금해하는 눈치였다. 유한은 호흡을 가다듬으며 다시 말을 이었다.

"갈왕산 너머 우리 매족에게는 이 말을 자유자재로 다루며 전투를 벌일 수 있는 기마부대가 있습니다."

"말을 타고 전투를 벌인단 말인가!"

놀란 촌장의 눈이 성큼 다가왔다.

"예. 한 부대의 기마대만으로도 수천의 봉족군을 일순간에 흩뜨려 놓을 수 있을 것입니다."

"그러니까, 자네 말은……?"

"우리 매족이 전쟁을 일으킨다면…… 전 바로 지금이 적기라고 생각합니다. 봉족에게 있어 단우는 절대적인 존재입니다. 그런 자가 지금 은허당에 올랐습니다. 곧 겨울이 올 것이고, 눈이 내리면 은허당은 고립이 됩니다. 즉, 단우도 겨우내 그곳에 고립되어 있을 것이란 얘깁니다. 단우가 존재하지 않는 봉족군을 상상해 보셨습니까?"

어둠 속에서 번득이는 눈들을 돌아보며 유한이 말했다. 숨소리조차 들리지 않는 천막 안에 누군가 꿀꺽, 침 넘기는 소리가 들렸다.

아주 어릴 적부터 부족의 부활을 꿈꾸며 칼을 잡은 그들이지만 여전히 가슴속에 두려움은 있다.

과연 저 거대한 봉족을 이겨낼 수 있을까?

언제나 전쟁의 꿈을 꾸지만 승리에 대한 확신도 없다. 그런 그들 앞에서 갈왕산을 넘어온 매족 청년 유한이 승리를 눈앞에 둔 용사처럼 격한 음성으로 다그치듯 말했다.

단우가 존재하지 않는 봉족군을 상상해 보았느냐고! 전쟁을 일으킨다면 바로 지금이 적기라고!

촌장은 두근거리는 마음으로 유한을 바라보았다. 먼 꿈처럼만 여겨지던 희망이 눈앞으로 성큼 다가왔다. 청년들 사이에서 흥분한 웅성거림이 들려왔다. 촌장이 떨리는 음성으로 물었다.

"정말…… 지금이 적기라고 생각하는가?"

유한은 자신있게 고개를 끄덕였다.

"기회는 자주 오지 않습니다."

단호한 대답이 촌장의 마음을 흔들었다. 그 옛날 매족을 하나로 이끌었던 천강의 기운이 유한에게서 뿜어져 나왔다. 그와 함께라면 두려울 것이 없었던 젊은 날의 혈기가 핏속에서 꿈틀거렸다.

그러나 전쟁은 쉽게 결정할 수 있는 문제가 아니다. 한 번의 결정으로 부족이 영원히 멸족을 할 수도 있고 부활할 수도 있다. 유한의 말들이 머리로는 모두가 이해되었지만 가슴이 쉬이 움직여지지 않는다.

용기라면 누구에게도 지지 않았던 매족의 절름발이 용사 사현이 어쩌다가 이리도 겁쟁이가 되었을까? 그것은 아마도 자신이 무리를 이끌 그릇이 못 되기 때문일 것이다. 자신에게 딸린 그 많은 목숨을 감당할 용기가 나지 않기에 두려움이 앞서는 것이다.

밤새 고심에 고심을 거듭하던 촌장은 새벽이 밝아오는 것을 내다보며 미루를 불렀다. 그 또한 잠을 설친 듯 얼굴이 까칠하다. 아마도 지난밤엔 천막 안에 있었던 모든 사람이 그들처럼 잠을 설쳤을 것이다.

"자네는 어찌 생각하는가?"

의자에 앉는 미루에게 촌장은 빠르게 물었다. 단성의 아들인 그도 같은 생각인지 궁금했다.

"저 또한 유한과 같은 생각입니다."

미루는 조금의 망설임도 없이 답했다. 그러나 촌장의 얼굴엔 여전히 망설임이 남아 있다. 그 모습을 보며 미루가 다시 말을 이었다.

"제가 갈왕산에 다녀오겠습니다."

미루는 단호한 얼굴로 촌장의 결단을 요구했다. 곧 겨울이 닥칠 테니 결정은 빠를수록 좋다. 다시없는 절호의 기회다. 촌장은 여전히 가슴에 남아 있는 두려움을 떨치며 천천히 고개를 끄덕였다.

미루는 가한과 함께 갈왕산으로 떠났다. 떠나는 미루 일행을 배웅하고 돌아오는 길, 강둑을 걸으며 유한은 가을이 완연히 번진 강을 내려다보았다. 두어 번 내린 큰비로 강물은 한껏 불어 있다. 지난여름 저 강에서 피어나던 안개와, 가늘고 긴 다리를 가진 새들과, 얼굴을 간질이던 풀잎들, 그리고 은현의 나직한 음성을 이 강변에서 다시 만날 수 있을까? 먼지 섞인 매운바람에 눈시울이 따갑다.

유한은 오래도록 강둑에 서 있었다. 은현에게도 자신에게도 무언가 큰바람이 불어닥치고 있다는 것이 느껴졌다. 이것이 두 사람을 어디로 몰고 갈지 알 수 없다. 매족의 부활이라는 한 가지 소원만을 가슴에 품고 살았던 자신이 은현으로 인해 은파의 주인이 되고픈 욕망을 품었듯, 은현 또한 그 비슷한 꿈을 품게 되지 않을까? 그것이 서로를 향해 다가가는 길이기를 바란다. 상처없이, 아름다운 마음 그대로 다시 서로를 볼 수 있기를……

봉족의 수장 단우는 겨우 열다섯의 나이에 최전방에서 대전쟁을 이끌었으며 무서운 검술 실력을 가진 자라고 했다. 성격 또한 포악하기 그지없어 그가 이끄는 부대가 스쳐 간 곳에는 살아남은 생명이 없었다고 했다. 매족의 멸족을 외치며 전쟁을 이끈 자. 유천골에서 청년들을 훈련시키는 나이 든 교관은 그를 악귀라고까지 표현했다.

"상대의 죽음을 두 번 세 번 확인하고 마지막 명줄까지 끊어 놓은 다음에야 칼을 놓던 자였지. 마치 피에 굶주린 악귀 같았다고나 할까? 그런 자가 겨우 열다섯이라니 믿어지지 않았어. 그 장대한 키를 보고 누가 열다섯이라 생각했겠어?"

그런 자가 은허당으로 올라갔다.

둑길을 지나 촌장의 거처로 향하며 유한은 내내 그 생각에 잠겨 있었다.

천막 안으로 들어서는 유한의 얼굴이 왠지 어두워 보인다. 가볍게 목례를 하고 들어선 그는 무슨 생각에 잠긴 듯 의자 깊숙이 몸을 묻었다. 간간이 저렇게 말없이 앉아 있는 모습을 볼 때면 천강이 들어와 앉아 있는 착각을 불러일으킨다. 겉모습은 많이 다르지만 두 사람에게서 뿜어져 나오는 느낌은 몹시도 닮았다. 지난밤, 말 한마디로 한순간 청년들의 마음을 흔들어 버리던 그 뜨거움마저도 닮았다.

촌장은 다리를 절룩이며 다가와 유한에게 술잔을 내밀었다.

"술 한 잔 하겠는가?"

"아니, 못합니다."

"이런! 천강이 잘못 키웠군."

가벼운 농담을 흘리며 그는 단숨에 잔을 비웠다.

"우리가 자네들 나이만 할 때는 저 태대산을 제집 드나들 듯 오르내렸지. 은허당의 당녀들도 우리 매족 용사들도 다 한 핏줄이었으니까. 정말이지 그땐……."

그의 눈은 젊은 날을 떠올리듯 아득해졌다. 은파와 매족의 얘기는 귀에 딱지가 앉도록 들었지만 은허당과 당녀들의 얘기는 들은 기억이 거의 없다. 그저 '신비스런 어머니의 땅에 신비스런 여인들이 살고 있다' 그 정도로만 알고 있었다.

"아버님께서는 은허당 얘기를 극히 꺼리셨습니다."

촌장이 제집 드나들 듯 오르내린 곳이라면 아버지도 마찬가지였을 텐데 왜 한 번도 자세한 얘기가 없으셨는지 모르겠다. 유한은 궁금한 눈으로 고개를 갸웃 기울였다.

"천강이 원래 말이 많지 않은 사람이니……."

촌장은 유한의 의문에 대한 자세한 답을 주지 않은 채 고개를 돌려 버렸다. 천강은 은허당 얘기를 그리 마음 편히 꺼내지 못했을 것이다. 아니, 하고 싶지 않았는지도 모른다. 그가 굳이 하고 싶지 않았던 얘기를 자신의 입으로 꺼낼 순 없다.

언젠가 천강은 유현란이 사랑하는 여인이라면 감울란은 마음 아픈 여인이라고 말한 적이 있다. 그는 감울란을 자신의 가슴에 난 상처 같은 여자라고 했다.

감울란의 선택을 받아들이고도 천강과 유현란은 사랑을 멈추지 않았다. 여전히 도도한 빛을 뿜으며 천강의 눈과 마음을 빼앗았던 유현란, 그리고 그 모습을 고스란히 지켜보아야 했던 가련한 감울란…….

촌장은 천강의 우유부단함을 경멸했었다. 도도하고 뻔뻔한 유현란도 경멸했었다. 천강을 존경하고 좋아했지만 한편으로는 경멸했던 옛 기억이 떠올라 씁쓸한 미소가 지어진다.

유한은 팔짱을 낀 채 의자에 깊숙이 묻혀 여전히 생각에 골몰해 있었다. 미루가 갈왕산을 넘어갔으니 이제 그들이 다시 돌아올 날을 대비해야 한다. 이곳에서의 전쟁 준비는 촌장과 모화촌 청년들이 하면 될 것이고 자신이 할 일은 따로 있다고 생각한다. 촌장이 미루와 가한을 갈왕산으로 보내며 자신을 이곳에 남겨둔 이유도 바로 그것일 것이다.

"자, 이제 어떻게 했으면 좋겠는가?"

촌장은 진지한 눈으로 유한의 의견을 물었다. 촌장은 지금 유한이 은허당에 오른 봉족군에 잠입하기를 바라고 있다. 이미 마음으로는 결정을 했지만 그가 원치 않는다면 시킬 수 없는, 목숨을 건 위험한 일이다. 그러나 오로지 유한만이 할 수 있는 일이기도 하다. 은파에도 은허당에도 얼굴이 알려지지 않은 사람은 유한뿐이다.

촌장의 뜻은 말하지 않아도 이미 다 알고 있다. 이제 자신의 결정만 남았다. 은파의 상황이 어떻게 진행될지도 모르는 상황에서 봉족군에 잠입하여 스스로 고립의 길을 택하는 것은 결코 현명한 선택이 아니다. 이곳에 남아 전쟁의 선봉에 서서 공을 세우고 은파를 장악하는 것이 후일 은파의 주인이 되는 가장 빠른 길일지도 모른다. 아버지 천강 또한 바라는 일일 것이다. 그러나 유한은 자신에게 주어진 이 길을 피하고 싶지 않았다. 언젠가 매족의 부활을 위해 반드시 해야 할 일이 생긴다면 그 일을 자신이 하고 싶다는 생각을 늘 해왔었다. 그 순간이 바로 지금이라고 생각한다.

"제가 은허당에 오르겠습니다."

너무도 거침없는 유한의 결정에 촌장은 잠시 말을 잊었다.

"목숨이 위험할 수도 있는 일이다, 유한."

"알고 있습니다."

자신의 존재가 발각되는 순간, 달아날 길도 숨을 곳도 없는 그곳으로 유한은 오르겠다고 했다. 누군가는 반드시 해야 할 일이기에, 은현의 가장 가까운 곳이기에…….

유한의 얼굴에 드러난 단단한 결심을 보며 촌장은 천천히 말을 이었다.

"……그곳에서 할 일은 우선 단우란 자와 봉족군의 규모를 파악하는 것이고, 그다음은 매화대를 포섭하는 일이다. 무슨 일이 있어도 매화대를 우리 편으로 끌어들여야 해. 그러기 위해서는 먼저 매화대의 속성을 알아야 하는데……."

촌장은 잠깐 말을 멈추었다가 다시 나직한 음성으로 말을 이었다.

"매화대원 한 사람 한 사람을 포섭하는 일은 절대 불가능하다. 매화대는 곧 감울란이다. 감울란 한 사람만 우리 편으로 끌어들이면 매화대원 9할은 매족 편에 선다고 해도 과언이 아니야. 매화대에 대한 감울란의 장악력은 전 당주 부란조차 인정하던 것이었어. 감울란의 충성심이 곧 매화대 전체의 충성심이라고 생각하셨을 정도였으니까."

촌장의 말을 듣는 동안 유한은 매화대 대장 감울란이란 사람이 점점 궁금해졌다.

"대전쟁 때 심한 부상을 입어 흉측해진 얼굴로 인해 완벽한 칩거에 들어가 버렸지만 여전히 감울란의 힘을 무시할 수 없다. 그 사람이 봉족의 편에 서버린다면 은허당은 더 이상 희망이 없어."

"그렇게 충성심이 대단한 사람이라면 쉽게 봉족 편으로 기울지도 않을 것이 아닙니까?"

촌장은 고개를 흔들었다.

"감울란의 충성심은 부란에 대한 충성심이었지, 현 당주에 대한 충성심이 어떤지는 아직 미지수야. 그리고 무엇보다 현 당주의 대모인 유현란과는 몹시도 불편한 관계라는 것이 문제다."

불편한 정도가 아니지. 한 남자를 가운데에 두고 한쪽은 몸을 가졌고, 한쪽은 마음을 가졌으니 그 과정에서 감울란이 치렀을 마음의 전쟁을 다른 사람이 감히 어찌 짐작이나 할까? 감울란의 심성으로 보아 그럴 일은 없겠지만 앙심을 품자면 못할 일이 무엇이겠는가.

"감울란은 양월의 회유에 쉽게 흔들릴 사람이 아니지만 우리들의 회유에도 쉽게 흔들리지 않을 거다. 대전쟁을 치르며 어떤 행동을 취하는 것이 은허당이 살아남을 길인지 경험했으니 말이야. 게다가 그 사람은 답답할 정도로 원칙주의자라 설득하기가 매우 힘들 수도 있어."

유한은 지난번 모화촌에 나타나 은현을 데리고 사라졌던 자욱한 안개 속의 그 얼굴을 떠올렸다. 볼에 난 섬뜩한 흉터를 삿갓에 숨긴 채 자신을 노려보던 음울한 눈빛의 여자. 순식간에 사라져 버린 그 자리에 정확히 급소를 찔린 채 널브러져 있던 봉족군의 시체들을 보며 결코 보통의 칼솜씨는 아니라고 생각했었는데 매화대의 대장이었던 모양이다.

생각에 잠긴 유한의 굳은 얼굴과 단호한 입매가 믿음이 갔다. 어떤 고난 속에서도 꺾이지 않을 것 같던 젊은 날의 천강을 보는 듯했다. 그에 대한 믿음 하나로 죽음조차 두려워하지 않고 전쟁에 뛰어들었던 수많은 매족 청년이 떠올랐다. 자신도 마찬가지였다. 비록 단성의 부대를 따라나섰지만 단성을 움직인 사람은 천강이었다는 것을 잘 안다. 어쩌면 지금 유한의 행보가 그때의 천강처럼 뿔뿔이 흩어져 있는 전 매족의 마음을 움직여 줄 계기가 되어줄지도 모르겠다.

"너에게 너무 무거운 짐을 지우는 건 아닌지 모르겠다. 하지만 이 일을 해낼 수 있는 사람은 유한, 너뿐이다. 잘해내리라 믿어, 넌 천강의 아들이니까."

촌장은 무거운 마음으로 유한의 어깨를 꽉 움켜잡았다. 천강으로 인해 평생 지우지 못할 마음의 상처를 입었을 감울란에게 또다시 천강의 그림자가 드리운 유한을 들여보낸다는 것이 그의 양심을 건드렸다. 그러나 놓칠 수 없는 기회다. 감울란이 유한에게서 천강의 그림자를 발견해 주기를, 그래서 그녀의 마음이 움직여 주기를 바라는 자신의 비열함을 눈 맑은 이 청년은 결코 알지 못할 것이다.

14. 이곳의 주인은 나다

이곳의 주인은 나다
이곳의 주인은 나다

태대산 꼭대기 초성단에 눈발이 날리기 시작했다. 폴폴 날리
는 그것은 마치 모화촌을 감싸고 흐르는 건천 위를 떠다니던 마
른 먼지처럼 간간이, 그리고 오래오래 눈앞을 흐리게 한다.

유한…….

마음으로 고요히 불러보는 그 이름이 온몸으로 번져 손끝이
저리고 눈시울이 뜨거워진다.

갈왕산을 넘고 바다 끝까지라도 함께 가자던 유한의 음성이
흩날리는 눈발 사이를 떠돈다. 그래, 언젠가 그의 말대로 함께
갈왕산을 넘고 바다 끝까지 둘만의 세상 찾아 떠날지도 모르
겠다. 그러나 지금은 아니다. 지금은 오로지 은허당을 지켜야

할 순간임을 은현은 인식했다.

초성단에 눈발이 날리기 시작하면 보름이나 이십 일쯤 후면 중간마을에도 눈이 내릴 것이다. 그리고 은허당은 끝없이 쏟아지는 눈 속에 갇혀 긴긴 겨울을 보내게 될 것이다. 은허당의 겨울은 언제나 외로우면서도 따뜻했다. 세상에 존재하는 것은 오로지 하얀 눈과 은허당뿐인 듯 눈에 보이는 모든 것은 눈 속으로 숨어들었다. 혹독한 태대산의 날씨에 비해 은허당은 따뜻한 온기가 피어오르는 땅이다. 이 눈 속에 파묻혀 은허당이 거뜬히 겨울을 날 수 있는 것이 다 그 덕이다. 당녀들은 그것을 은허신의 기운이라 믿고 있다.

은현은 고개를 들어 주위를 휘, 둘러보았다. 스무 명이 훨씬 넘는 매화대원들이 한 치의 흐트러짐도 없이 초성단 주위를 감싸고 있다. 향의 매서운 눈동자는 은현의 일거수일투족을 살피고 있다. 지난번 사건 이후 향의 호위는 더욱 철저해졌다. 잠자는 시간은 물론 심지어 뒷간 가는 순간까지 따라다니며 지키고 있다. 감울란으로부터 매서운 질책을 받은 모양이다.

"곧 겨울이 오겠구나."

흩날리는 눈발을 무심히 바라보던 은현의 입에서 체념 같은 음성이 새 나온다.

향은 그저 무심한 눈으로 은현을 바라보았다. 곧 겨울이 닥쳐 눈 속에 갇혀 버리면 흔들리는 은현의 마음도 얼음처럼 단단해질 거라고 생각한다. 단우와 봉족군이 올라온 직후, 은현이 보여주었던 단호한 대처들을 보며 그런 확신이 생겼다. 성년이 되고 나이가 차면 은현은 은허당의 어떤 당주들에게도 뒤지지 않는 손색없는 당주가 될 것이라고.

"그만 내려가시지요. 날이 찹니다."

은현은 말없이 향을 바라보다 천천히 걸음을 옮겼다.

"봉족군은 어찌하고 있느냐?"

"아직 별 움직임이 없습니다."

금방이라도 군사를 물릴 것 같던 단우와 봉족군은 여전히 건평원에서 꼼짝 않고 있다. 10여 명의 군사들이 급소를 낭자당한 두 구의 시신을 수거해 내려간 것이 전부다. 건평원 내의 봉족군은 밖으로 빠져나가는 군사가 없도록 자체적으로 규율을 강화하였고, 매화대 또한 여전히 건평원을 에워싸고 있으니 더 이상 문제가 발생하지 않고 있지만 그것이 언제까지 유지될지는 아무도 장담할 수 없는 일이다.

은현은 밤이 깊도록 잠을 이루지 못한 채 은화원 뜰을 서성거렸다. 옷깃을 파고드는 찬 기운에 꽁꽁 언 살들이 아플 지경이지만 도무지 따듯한 침상이 그립지가 않고 잠이 올 것 같지도 않다. 투명한 달빛이 몹시도 차게 느껴지는 밤이다. 유한을 처음 만나던 그 밤의 달빛도 이렇게 밝았었다.

은현은 달빛을 밟으며 천천히 걸음을 옮겼다. 걸음은 은화원 뜰을 지나 은허당이 자랑하는 비원 앞의 맑은 호수로 향했다. 뒤에서 소리없이 따르는 매화대원의 발길이 느껴졌다.

밤이 되면 하늘이 내려와 잠이 든다는 하늘호수 천상연은 은화원과 건평원의 중간 즈음에 있는 자연 호수로 그 주위는 아름다운 꽃나무들과 신기한 모양의 나무들이 심어져 커다란 숲을 이루고 있다. 깊이를 알 수 없는 그 숲은 좁은 길이 거미줄처럼 얽혀 있어 한 번 들어가면 쉽게 나올 수 없는 비밀스런 정원이라 하여 비원(秘園)이라 불린다. 어릴 적부터 그 숲으로 숨어들어 노는 것을 즐기던 은현이다.

"혼자 들어가겠다."

호수를 지나 두어 걸음 내딛던 은현은 그 말로 호위하는 매화대를 떼어내고 숲 속으로 걸음을 옮겼다. 앙상한 가지 사이로 차가운 달빛이 칼끝처럼 스며든다. 유한을 처음 만나던 그날의 달빛도 이러했던 것 같다.

속속들이 다 비추는 그 달빛이 사람을 몹시도 부끄럽게 만들던 그 밤.

무엇을 참는 듯 소매 속에서 꼭 그러쥐던 유한의 주먹과 쏟아지던 달빛보다 더 선명한 빛으로 자신에게 스며들던 유한의 눈빛.

가슴은 왜 그토록 두근댔었는지, 부끄럽고 불안했었는지…….

기억은 선명한 그림이 되어 차가운 달빛 속을 떠다닌다.

보고 싶어…….

"유한."

조그맣게 불러보는 그 이름이 안개 같은 하얀 입김에 묻혀 사라진다.

은허당을 어찌 이끌어야 할지, 건평원을 차지한 봉족군을 어찌 내몰아야 할지, 또 양월과 유현란, 그리고 감울란까지. 그 산 같은 사람들은 어찌 뛰어넘어야 할지, 생각이 많다. 그 모든 일의 끝점에는 유한을 두고 있다. 그것이 자신이 걸어가야 할 길이고 또, 가고 싶은 길이기도 하다. 은현은 자신이 이제 여린 마음은 버려야 한다는 걸 알고 있다. 유현란의 따뜻한 손길을 그리워하던 어린 은현은 이제 없다. 은허당이 자신을 옭아매고 있다고 생각하던 철없는 은현도 이젠 없다. 은허당은 도망치고픈 새장이 아니라 자신이 지켜야 할 땅이고 자신에게 자유를 줄 날개라는 걸 이제야 깨닫는다.

몹시도 잠을 이루기 힘든 밤이었다. 은허당으로 올라온 지도 어느덧 보름이 넘었지만 건진 것은 아무것도 없다. 어린 당주는 여전히 그림자도 접하지 못했고 겨울은 점점 다가온다. 이대로 남광으로 돌아가기도 우스운 꼴이고 무엇보다 이대로 돌아가는 것은 자존심이 허락하지 않는다. 이건 뭐, 봉족군이 은허당을 접수한 건지 은허당이 봉족의 왕 단우를 건평원에 감금하고 있는 건지 분간이 안 가는 우스운 모양이 되어버렸으니.

감히 봉족 왕인 단우를 이런 식으로 대접하고도 멀쩡할 줄 알다니! 게다가 날이 갈수록 도도해지는 유현란이나 매화대들의 행동이 그로서는 받아들일 수 없는 대목이다. 평소의 그 같았으면 단번에 휩쓸어 버리고도 남았을 은허당이지만 웬일인지 그러고 싶지 않았다. 이곳으로 올라온 후 이상하게 마음이 온화해졌다. 평화로운 느낌이 든다. 그래서 당분간은 알 수 없는 이곳을 즐기는 마음으로 지켜볼 참이다.

단우는 호위군을 거느리지 않은 채 건평원을 벗어나 느릿느릿 걸음을 옮겼다. 문을 나서자마자 매화대가 앞을 막아섰지만 비원의 숲에서 잠깐 바람을 쏘이겠다는 말에 이내 길을 터주었다. 그가 양월의 도움으로 혼자 비원의 숲을 거닐기 시작한 것은 이미 여러 날이 되었다.

"너무 깊이 들어가진 마시오."

가슴을 막고 있던 칼자루를 치우며 경고하듯 불쑥 내뱉는 어린 매화대원의 말이 버릇없었지만 개의치 않았다.

숲으로 들어선 그는 오묘한 자태로 자라고 있는 나직한 나무들을 신기한 눈으로 살폈다. 태대산의 나무들은 하늘을 찌를 듯 치솟아 있는 침엽수인 데 반해 비원의 나무들은 유독 나직나직하다. 게다가 배배 꼬인 그 모양이 달빛 아래에서 보니 마치 살아 움직이는 듯해서 신비함을 더해주었다. 조금 더 깊이 걸어 들어가니 앙상한 나뭇가지 사이로 투명한 달빛이 새어들어 숲은 하나의 살아 있는 식물처럼 일렁거렸다.

느릿느릿 걷던 그는 문득 낯선 풍경이 눈앞에 펼쳐지자 너무 깊이 들어와 버렸다는 것을 깨달았다. 함부로 들어갔다가는 길을 잃고 헤맬 거라던 양월의 말이 떠오르자 그는 걸음을 멈추었다. 밝은 날 그 여자를 불러 안내를 해달라고 해야겠다, 생각하며 돌아서려는데 검은 그림자 하나가 스륵 눈앞을 스쳐 가는 것이 보였다.

살쾡이려니 생각했다, 처음엔. 그러나 다시 보니 그것은 사람의 형상이다.

흰 장포를 걸친 그림자는 아주 느린 걸음으로 나무 사이를 지나갔다. 간간이 손을 뻗어 나뭇가지를 스륵 훑기도 하고 또 가만히 손을 뻗었다가 다시 거두어들이는 모습은 달빛을 가지고 노니는 듯 보였다. 그러나 한순간 그림자는 사라졌다. 달이 구름 속으로 숨어든 탓이다.

단우는 몸을 낮추고 방금 보았던 그림자 가까이로 살금살금 다가갔다. 풀벌레 소리조차 멎어버린 깊은 밤, 살을 에는 듯한 날씨 속에 달빛은 다시 금방이라도 부서질 투명한 얼음처럼 제 몸을 드러내었다. 그와 함께 그림자의 형체도 한순간에 드러났다.

온몸을 감싼 흰 장포와 허리까지 드리워진 괴괴한 검은 머리칼, 숲의 그림자에 기댄 채 보일 듯 말 듯하는 조그만 흔들림······.

다시 구름이 그림자를 가렸다.

단우는 숨소리조차 멈춘 채 나뭇가지 사이에 몸을 숨기고 그림자를 살폈다. 구름이 아주 천천히······ 조금씩 거두어졌다. 그리고 달빛을 닮은 은은하고 투명한 얼굴이 드러났다. 어리고 조그만 여자다. 그러나 그녀에게서 뿜어져 나오는 빛은 달빛을 압도하고 있었다.

순간 단우는 호흡을 멈추었다.

여자가 울고 있었다.

"유한……."

다시 한 번 조그맣게 불러보는 그 이름이 하얀 입김을 타고 달빛에 스며든다. 누군가의 이름을 부르는 일이 매번 이토록 뜨겁고 아플 수 있다니 정말 알 수 없는 일이다. 그 이름이 전해주는 감당할 수 없는 그리움에 은현은 눈물이 고였다. 달빛이 그의 손인 듯 입김인 듯 기대어본다.

나 잘하고 있는 거지? 이렇게 은허당에 뿌리를 내리고 은허당을 지켜내는 것이 당신에게 다가가는 길이란 생각이 들어. 당신이 매족의 부활을 꿈꾸듯 나 또한 신성한 은허당을 꿈꿔. 내게 주어진 나의 짐, 나의 운명에서 도망치고 싶지 않아. 운명이 내 뜻을 비켜간다면…… 난 운명과 싸워 이길 거야. 때가 되어 신탁이 누구를 택하든 내 선택은 당신일 거라는 걸 잊지 마. 내가 당신을 믿듯 당신도 날 믿어.

그러니 더 이상 선택의 날을 두려워 말자. 운명은 만들어가는 거다. 아직 아무것도 일어나지 않은 미래의 운명에 미리 겁먹을 필요는 없다.

은현은 스스로에게 다짐을 하듯 주먹을 꼭 그러쥐고 일어섰다. 순간 무언가가 나무 뒤로 숨어드는 느낌이 들었다. 그러나 달이 구름 속으로 들어간 탓에 자세히 볼 수 없었다. 한참 후 다시 달이 구름 밖으로 나왔지만 숲은 고요할 뿐 방금 전에 보았던 그림자의 흔적은 없었다. 살쾡이였던 모양이다.

멀리 숲 건너편에 있는 건평원을 한동안 노려보던 은현은 돌아섰다. 숲을 나와 천상연에 다다르자 기다리던 매화대들이 다시 소리없이 뒤를 따랐다.

숲을 나간 여자는 뒷짐을 진 채 매화대에 둘러싸여 건평원의 맞은편 전각 쪽으로 사라졌다. 단우는 그제야 여자가 말로만 듣던 은허당의 어린 당주라는 것을 직감했다. 생각했던 것보다 훨씬 성숙하다. 늙은 여자들에 둘러싸여 젖비린내 풀풀 나는 애송이일 줄 알았는데.

그런데 왜 울었을까?

어깨를 들썩인 것도 아니고 흐느끼는 소리가 난 것도 아니건만 여자는 분명 울었던 것으로 느껴졌다. 숲을 가로질러 건평원으로 향하던 단우는 문득 걸음을 멈추었다. 찬 기운에 너무 오래 나와 있었던가? 심장 한 켠으로 서늘한 바람이 들어찬다. 그토록 환한 달빛도 처음이고, 그토록 신비스러운 숲도 처음이고, 또 그토록 투명한 느낌의 여자도 처음이다.

짧은 일생 동안 그의 마음을 흔들었던 여자는 어머니를 대신해 주었던 누이와 그 누이를 대신해 주었던 아내뿐이었다. 살아

생전 더 이상 그런 여자들은 만나지 못하리라 생각했었는데 방금 전 달빛 아래에서 보았던 어린 당주가 순식간에 그의 마음을 흔들어댄다. 그는 생각을 떨쳐 내듯 휘적휘적 걸음을 옮겼다. 그러나 자꾸만 뒤통수에 따라붙는 그 투명한 얼굴을 떨칠 수가 없다.

겨우 열아홉의 조무래기 계집에게 이런 마음이 생기다니, 모두가 저 휘황한 달빛 탓이다.

"제가 함께해 드릴 수 있는 것은 여기까지입니다. 지금부터 우리는 알지도 보지도 못한 사이입니다. 혹여 일이 잘못되더라도 저는 모르는 사람이어야 합니다."

서른 남짓한 당녀가 제차 다짐을 받듯 속삭였다.

"잘 알겠습니다."

유한은 걱정 말라는 듯 고개를 끄덕여 보이고 그녀가 건네주는 은자 주머니를 받아 쥐었다. 중간마을에서부터 받아온 그녀의 안내는 여기서 끝이다. 이제 그녀가 설명해 준 대로 진짜 은허당의 실체로 숨어드는 일만 남았다.

"저곳에 들어가서 가장 조심해야 할 일이 뭔지 아십니까?"

당녀는 은화원과 마주한 숲 건너편의 건평원을 바라보며 약간 상기된 음성으로 말했다. 정체를 숨기는 것 외에 또 무엇을 조심해야 하는 것일까? 고개를 갸웃하는 유한을 돌아보며 당녀는 웃음을 지었다.

"허락없이 건평원 밖을 나서서는 안 된다는 겁니다. 한 걸음이라도 잘못 내딛었다가 매화대의 눈에 띄는 날에는 명줄이 끝나는 것은 순식간이지요."

"그럼 감옥에 갇히듯 저곳에만 들어앉아 있어야 한다는 애깁니까?"

당녀는 고개를 끄덕이며 겁없이 건평원 담을 넘었다가 죽은 봉족군의 얘기를 들려주었다.

"그자들은 귀신이 되어서도 더 이상 사내 구실은 못할 겁니다."

그녀가 전하는 처참한 시신의 형상을 떠올리며 유한은 얼굴을 찌푸렸다. 은허당으로 들어서는 순간 바깥세상에서 생각하던 여인에 대한 상상은 몽땅 지워 버려야 한다던 촌장의 말이 떠올랐다. 바깥세상에서 만났던 은현과 이곳에서 만나는 은현의 모습은 어떻게 다를까, 문득 궁금해진다. 그의 눈은 짙은 안개와 간간이 흩날리는 눈발 속에 아름다운 형체로 드러나 있는 은화원에 꽂혀 있었다.

오십여 명의 호위군만 남겨두고 모든 봉족군이 산을 내려갔다. 그리고 약속이나 한 듯 태대산에는 눈이 쏟아지기 시작했다. 산도 나무도 아직은 갈빛이 뚜렷한데 눈은 지치도록 쏟아진다. 무지하게 덮어오는 하얀 눈송이에 진저리를 치며 간간이 비명처럼 바람이 불어오지만 그것은 그저 작은 몸부림일 뿐이다.

닷새 만에 드디어 모든 세상은 눈 속에 잠겼다.

흩뿌려지는 눈발을 무시한 채 은현은 은화원에서 가장 높은 누각, 하늘의 바람을 맞이한다는 천풍루에 올라 쏟아지는 눈을 바라보고 있었다. 바람 앞의 등불 같은 이 은허당을 어찌 이끌어가야 하나 하는 걱정과, 저 눈들이 다 녹기 전에는 유한을 만날 수 없으리라는 절망감이 그녀를 우울하게 했다.

누각 아래에 펼쳐진 은허당은 겨우 형체만 드러낸 채 눈 속에 갇혀 있다. 맑은 유리처럼 하늘을 담고 있던 천상연도 잿빛 그늘을 드리우고, 언제나 신비함을 자랑하던 비원의 숲은 제 비밀을 더욱 감춘 채 하얗게 잠들어 있다.

애초에 은허의 신들이 세상을 만들던 순간 그 처음의 모습도 어쩌면 지금 같지 않았을까 하는 생각이 든다. 이렇게 아무것도 없는 무(無)에서 인간을 만들고, 세상을 만들고, 선과 악을 구분 지어 바르게 살아갈 길을 알려주었고, 암수를 구분 지어 자손만대 영원히 이어질 생명을 만들어주었으리라. 그 순백 같던 세상이 이렇게 더럽혀진 것은 쏟아지는 저 눈처럼 아름답게 탄생하여 아름답게 소멸하는 법을 잊어버린 인간의 욕심 때문일 것이다. 백 년도 안 되는 그 짧은 생을 살면서 인간은 어찌 이렇게 채우는 법밖에 모르는 것일까? 버리고 비워가는 법을 알았다면 세상은 지금보다 훨씬 평화로웠을 것을.

깊고 나른한 생각 속에 은현은 자신도 이미 채우는 것에 익숙해져 버린 어쩔 수 없는 인간이라는 것을 절감한다. 가져야 할 것, 지켜야 할 것, 그리고 찾아야 할 것이 이리도 많은 걸 보면.

유한을 알고, 유한을 떠나고, 다시 유한과 함께할 생을 꿈꾸며 은현은 자신도 모르는 사이 이렇게 어른으로 성장하고 있었다.

양월이 천풍루 계단을 올라오고 있는 것이 보였다. 오동통 살찐 자그마한 몸으로 눈길을 밟아 오르는 모습이 힘겨워 보인다. 봉족군이 내려간 지 닷새가 넘도록 아무 답을 주지 않고 있으니 안달이 날 대로 났을 것이다. 은현은 드디어 올 것이 온 모양이라고 생각했다. 살찐 몸을 이끌고 올라오기 전에 내려가 만나줄 수도 있었지만 은현은 꼼짝도 않고 높은 누각에서 기다리고 있었다.

삼백여 개의 계단을 두어 번 쉬어가며 올라온 양월은 한참이 지나도록 말을 잇지 못하고 거친 숨을 헐떡였다. 젊을 적에는 하루에도 수십 번 나르듯 오르내린 곳이건만 겨우 한 번을 오르고 이리 숨을 못 견디니 이젠 자신도 늙었다는 생각이 든다.

은현은 그녀를 외면한 채 흩날리는 눈발만 응시하였다.

"봉족 왕의 인내심을 시험하는 일은 이제 그만두시지요?"

양월의 상기된 음성이 들리자 은현은 그제야 고개를 돌렸다. 여전히 숨을 헐떡이는 양월을 가만 바라보던 은현에게서 짧은 웃음소리가 흘러나왔다.

"훗."

그것은 놀랍게도 조소 같은 웃음이었다.

"볼모처럼 잡힌 자가 인내 외에 무에 할 것이 있다고?"

"무슨······?"

양월은 여전히 은현의 말을 이해하지 못한 채 눈만 끔뻑였다.

"오백의 매화대에게 오십의 봉족군은 상대거리도 안 될 테고 쏟아지는 저 눈 또한 세상을 가로막아 우리의 우군이 되어줄 테니 그동안 우리가 챙길 것이 무엇일까 생각해 보고 만날 날을 알려 드리지요."

은현은 차가운 눈빛으로 멀리 비원의 숲 너머 건평원 마당에서 어슬렁거리는 군사들을 내려다보며 중얼거렸다. 힐끗 양월을 돌아보는 은현의 입가에 조그만 미소가 스친다. 순백의 눈처럼 투명한 그 얼굴과는 너무도 어울리지 않는 비릿한 미소다.

은현이 계단 아래로 저만치 내려가고 나서야 양월의 얼굴이 경악에 일그러졌다. 군사를 내려보내고 서너 달 눈 속에 가둬두는 것으로 감히 봉족의 왕을 볼모로 잡았다고 생각하다니, 생각이 모자란 건지 철이 없는 건지 모르겠다. 그러나 단우에게서 봉족군을 떼어낸 그 방법의 맹랑함에 대해서는 경악을 금치 못했다.

저가 나를 속인 건지 내가 저를 속인 건지, 허!

어이가 없어 헛웃음이 새 나온다. 여전히 조무래기 코흘리개쯤으로 여겼던 은현은 양월이 아는 것보다 훨씬 더 자라 버린 듯하다.

유현란의 뒤에 숨어서 배운 것이 저런 것이었던가?

은현 속에 숨어 있을 유현란과 부란의 그림자를 생각하며 양월은 저도 모르게 가슴이 서늘해진다. 그러나 그녀는 이내 머리를 흔들며 스스로를 다그쳤다.

흥, 그래 봐야 아직은 어린애다. 차가운 눈빛과 조소 어린 웃음도, 그 맹랑함도, 세월은 넘어서지 못하는 법. 겨우 열아홉 해 살아온 당주가 마흔여덟 해를 산 나의 세월을 어찌 이기겠는가? 세상이란 그리 만만한 곳이 아니거늘.

당주가 제 목소리를 낼수록 유현란의 입지는 점점 좁아진다는 것을 알기에 오히려 다행이란 생각까지 든다. 아무래도 능구렁이 같은 유현란보다는 어린 당주를 상대하는 것이 쉬울 것이니 말이다.

천풍루를 내려온 은현은 곧장 매화원림으로 향했다. 당녀들이 아침저녁으로 눈을 치워 길을 트고 있지만 그 길은 이내 다시 눈으로 덮여 발목이 푹푹 빠질 지경이다. 눈 속에 고요히 잠든 세상처럼 매화원림도 눈 속에 묻힌 채 고요했다.

아주 어릴 적, 당주가 되기 전인 일곱 살의 봄에 동무들을 따라 휩쓸려 들어왔다가 무서운 얼굴의 매화대 대장을 보고 도망쳤던 기억이 있다. 그 후로 은현에게 매화대는 두려움의 대상이었고 당주가 되어서도 그것은 마찬가지였다. 자신을 보호해 주는 호위군이란 생각보다 감시자들이란 생각을 하며 산 날들이 더 많았다. 지금껏 그들에 대한 명령권이 유현란에게 있었고, 그것은 전 당주 부란의 마지막 명이었기에 그 명을 수행하는 그들은 여전히 부란의 매화대일 뿐이었다.

그러나 이제부터는 다르다. 은현은 더 이상 매화대를 두려워하지 않으리라 다짐한다. 멀찍이서 지켜보지도 않을 거다. 부란의 명은 빛바랜 그림자일 뿐이다. 이제 스스로 그들에게 명을 내리고 충성을 서약받을 때가 되었다. 부란의 시대는 이미 오래전에 끝이 났다. 잠시 보류했던 그 권한을 이제는 되찾을 때가 되었다. 이제부터 매화대의 주인은 현 당주인 나, 은현이다!

닷새가 넘도록 계속되는 눈으로 매화대원들은 매화원림의 여러 방으로 흩어져 무료한 시간을 보내고 있었다. 눈이 내리고 있는 지금이 매화대에게는 일 년 중 가장 한가하고 무료한 시간이다. 며칠 내리 잠만 자는 이들도 있고, 삼삼오오 모여 얘기꽃을 피우는 무리도 있고, 구석진 자리에 앉아 칼을 매만지는 대원도 있다.

은허당에서 태어나고 자라 이곳이 자신들이 아는 세상의 전부인 여자들. 당주의 목숨을 모든 산 자들의 목숨 위에 있다고 교육받은, 그러나 실제로는 감울란의 명에 죽고 사는 감울란의 사람들. 이곳은 은허당 속의 또 다른 세상이다.

"당주님이십니다!"

매화원림 넓은 마루에 난데없이 울려 퍼지는 그 소리에 드르륵 문이 열리고 이 방 저 방에서 매화대원들이 화드득 뛰쳐나오는 발소리에 마루가 쿵쿵 울렸다. 급한 나머지 단복을 채 차려입지도 못한 채 뛰쳐나온 그들의 모습은 중간마을에서 보았던 앳된 당녀들이 연상되었다. 난생처음 보는 매화대의 흐트러진 모습에 은현의 입가에 미소가 지어졌다.

은현이 매화원림에 나타난 것은 처음 있는 일이다.

유현란의 옷자락에 매달려 동그란 눈으로 매화대를 살피던 어린아이, 가끔은 자신들을 두려움의 대상으로 생각하며 경계의 빛을 감추지 않던 소녀, 그러면서도 자신들로서는 감히 범접할 수 없는 고매한 정신 세계 속에서 세상과 인간을 위한 고뇌를 멈추지 않는 은허당의 당주. 세상의 어머니.

그것이 매화대에 비친 은현의 모습이었다.

은현은 버릇처럼 뒷짐을 진 채 마루에 길게 늘어선 매화대를 살폈다. 모르는 얼굴이 태반이지만 간간이 눈에 익은 얼굴들이 섞여 있다. 천천히 걸음을 옮기던 은현은 경직된 채 서 있는 한 대원 앞에서 우뚝 걸음을 멈추었다. 늘어선 대원들 중에서도 나이가 어린 축에 속하는 열아홉 살의 수련이다. 그녀는 자신 앞에 서 있는 당주의 존재로 인해 숨소리조차 내지 못한 채 떨고 있었다. 긴장감에 파랗게 질린 그 얼굴을 가만 내려다보던 은현이 입을 열었다.

"수련아."

예상치 못한 부름에 고개를 번쩍 들었지만 수련은 아무 대답을 못한 채 침만 꼴깍 삼켰다.

"네 이름이 수련이 아니냐? 설마 어릴 적 함께 놀던 동무를 잊은 건 아니겠지?"

얼굴을 가까이 가져와 묻는 그 음성이 은근하고 따듯하다. 수련은 여전히 대답을 못한 채 서 있었다.

날마다 함께 놀던 은현이 당주가 되고 자신은 매화대에 뽑혀 들어와 수련 기간이 끝나는 열일곱이 될 때까지 한 번도 얼굴을 대하지 못했다. 그리고 수련 기간이 끝나고 소속부대에 배치되어 먼빛으로 딱 한 번 본 것이 전부다. 그때 은현은 선원당녀들을 거느린 채 매화대의 호위를 받으며 제단으로 오르고 있었다. 햇살을 받은 투명한 얼굴은 성스러워 보였고 그 걸음은 묵직했다. 그녀의 모습에서 더 이상 어린 날의 동무 은현은 찾아볼 수 없었다.

"요즘은 배가 아프지 않느냐?"

어릴 적 자주 배앓이를 하던 수련을 떠올리며 은현이 다시 물었다. 그 눈빛이 너무도 따뜻하여 코끝이 찡해질 지경이다. 수련은 그제야 긴장을 떨치며 입술을 달싹였다.

"괘, 괜찮습니다."

"다행이다."

은현은 가만히 웃어주고 다시 걸음을 옮겼다. 그리고 두어 걸음 걷다가 다시 우뚝 섰다. 단복도 걸치지 않은 채 뛰어나온 흐트러진 제 모습이 마음에 안 드는 듯 바짝 긴장한 채 서 있는 대원은 어릴 적 유현란의 품에서 자매처럼 함께 컸던 명현이다. 유현란만큼이나 따뜻했던 언니…… 은현의 눈이 따뜻하게 젖었다.

어찌 이리 무심하게 살았을까?

강인함이 차고 냉철한 부란의 그림자에서만 나오는 것은 아닐 텐데 유현란은 어찌하여 은현에게 부란의 그림자를 덧씌우

고 한 치의 흐트러짐도 허락하지 않았던 건지, 섣부른 감정의
동요조차 허락하지 않았던 건지?

그러나 모든 것을 유현란의 탓으로만 돌리고 싶지는 않다. 은
현은 모든 것이 모자랐던 당주다. 어미가 누구인지 알 수 없는
그 출신부터가 그러했고 당주로 결정되는 과정에서도 직접적인
하늘의 말씀을 듣지도 못했다. 우연히 알게 된 치유의 능력 외
에 당주로서 특별히 가진 능력이 아무것도 없었고 성격 또한 나
약하고 소심한, 그래서 날마다 이곳을 벗어날 궁리만 해왔던 은
현이었으니 유현란으로서는 어쩔 방법이 없었을 것이다. 부란
의 그림자로 치장을 하고 모자람을 감추기 위해 침묵 속에 가두
어두는 방법 외엔.

"명현?"

은현의 입에서 제 이름이 불려지자 명현은 그제야 고개를 들
었다. 은현이 당주로 지목되면서 명현이 스스로 매화대에 지원
해 들어온 후 열두 해 반 만에 처음 마주하는 얼굴이다. 작고 소
심하고 눈물 많던, 그래서 자신의 손으로 지켜주고 싶었던 어린
동생 은현. 명현이 매화대에 지원한 이유도 그것이었다. 제 손
으로 동생을 지켜주고 싶었다. 그러나 은현은 너무도 먼 세계의
사람이 되어버렸다. 이렇게 이름까지 불러주며 기억해 줄 줄은
꿈에도 기대하지 않았었다.

"예, 당주님."

대답하는 목소리가 떨렸다.

"요즘도 재미난 이야기를 짓고 있어?"

은현이 호기심 어린 눈을 반짝이며 물었다. 어머니 유현란이 늦는 날이면 손을 꼭 잡고 누워 스스로 지은 얘기들을 들려주며 잠을 재워주던 명현과 그 어린 날들을 기억하는 모양이다.

"예…… 아니, 지금은 짓지 않습니다."

눈을 반짝이며 들어줄 사람이 없으니 이야기를 짓는 것도 시들해졌다. 그래서 상상을 하지 않은 지 이미 오래다.

"재미났는데……."

은현은 조금 실망스런 표정으로 말했다. 명현은 언제든 재미난 이야기를 다시 들려주겠다고 말하고 싶었지만 속으로 꿀꺽 삼켰다. 감히 은허당의 당주께 그런 허황되고 잡스러운 이야기를 다시 들려 드리겠다고 할 수는 없다.

"이미 잊은 지 오래입니다."

부동자세에서 들려오는 그 음성은 단호하게 훈련된 규율이 느껴진다. 명현을 빤히 바라보던 은현은 아쉬운 눈빛을 거두며 다시 다른 대원에게로 걸음을 옮겼다. 그렇게 한 사람 한 사람 눈을 맞추며 은현은 그들의 세상으로 한 걸음 성큼 들어섰다. 그리고 그들의 주인은 부란도, 유현란도, 감울란도 아닌 바로 은현 자신이라는 것을 각인시켰다.

눈이 말끔하게 치워진 건평원 마당에 50여 명의 군사들이 둥근 원을 그리고 모였다. 좁은 공간에 꼼짝없이 갇혀 지내니 몸살이 날 지경인 군사들을 위해 단우가 검술 대회를 연 것이다.

호위부대로 남은 자들은 남광에서 왔던 친위부대 오백 중에서도 실력이 으뜸인 자들이다. 대전쟁 초창기 봉족이 고전을 했던 것은 순전히 매족 용사들에 대한 과장된 소문 때문이었다. 매족 용사가 한 번 휘두른 칼에 십여 명의 병사들이 나뭇잎처럼 떨어지더라느니, 매족군에는 백여 명의 군사를 혼자서 대적해내는 신기의 칼솜씨를 지닌 용사들이 부지기수라느니, 하는 소문들이 봉족군을 두려움에 떨게 했다. 그 어려운 순간을 타개하고 결국 전쟁을 승리로 이끌어낸 데에는 당시 겨우 열다섯이었던 단우의 활약이 견인차를 했다.

전쟁을 끝내고 단우가 가장 마음을 쏟았던 일은 매족의 용사들처럼 용맹스런 용사들을 길러내는 일이었다. 세상 어느 부족도 넘보지 못할 만큼 강한 나라를 만들고 싶었다. 그러나 누이를 잃으면서 술을 입에 대기 시작했고, 아내의 갑작스런 죽음은 그를 급격히 무너뜨렸다.

누이를 잃고 얻은 아내는 친구 같았고, 연인 같았고, 때로는 어머니 같았던 여자였다. 세상을 다 주고도 구하지 못할 보석처럼 아끼고 아꼈던 여자였다. 아내가 떠나고 술로 세월을 보내며 두 번 다시 여인을 품지 않으리라 결심했었다. 죽는 날까지 정갈한 몸으로 살다가 아내 곁으로 가리라는 다소 소년 같은 감상에 사로잡혀 살아온 3년이다. 그런 그가 다시 여인에게 호기심이 생기기 시작했다. 당주를 보았던 그날 밤의 형상은 다시 생각해도 안개 같고 꿈같다. 그 후 두어 번 더 비원으로 가보았지만 그녀의 모습은 볼 수 없었다. 실제인 듯 아닌 듯, 달빛이 보여준 환각인 듯…….

군사들을 내려보내고 눈에 갇혀 지내며 초조한 마음으로 은허당의 대답을 기다렸다. 그의 성미로 이 정도 인내한다는 것이 놀랄 일이지만 어떤 식으로도 당주의 심사를 건드리고 싶지 않았다.

양월을 통해 대답을 줄 듯 말 듯하면서 군사들을 내려보내게 만들고, 다시 침묵으로 안달나게 만드는 이것이 누구 머리에서 나온 생각인지 모르겠지만 맹랑하다 싶어 괘씸한 생각이 들면서도 빤히 보이는 그 속내에 웃음이 지어진다. 은허당에서 보내는 이번 겨울이 의외로 재미있을 거란 생각을 하며 단우는 다시 마당 가운데에서 대련을 하고 있는 군사들에게로 눈을 돌렸다. 다부진 체구를 가진 병사가 쉴 새 없이 상대를 몰아붙이고 있었다. 맞받아치는 병사의 실력도 만만찮았지만 결국 칼을 떨어뜨리며 바닥에 나뒹굴었다.

"와!"

건평원 마당에 함성 소리가 울려 퍼졌다.

유한은 병사들의 뒤편에 서서 시합을 지켜보았다. 생각보다 이들의 검술 실력이 만만찮다. 아주 오랜 기간 숙련된 솜씨들이다. 그리고 이들의 검술이 매족과는 확연히 다르다는 걸 느꼈다.

매족의 검술은 야생적이다. 어찌 보면 제멋대로인 것 같지만 그만큼 제각각의 특징을 가진 것이 매족의 검술이다. 그러나 이들의 칼은 너무도 정교하다. 그래서 좀처럼 빈틈이 보이지 않지만 다음 동작이 예견된다는 단점이 있다. 봉족의 검술이 규칙적이고 틀에 꽉 짜여진 검술이라면 매족의 검술은 본능적이고 자유로운 검술이다. 그렇기 때문에 이들은 결코 우리 매족을 이겨내지 못할 것이다.

유한은 입가에 미소를 머금으며 주먹을 그러쥐었다. 누군가 어깨를 툭 쳤다. 담솔의 친구 한경이라는 자다.

"자미대 출신이 아니라니 이런 모습이 생경할 테지?"

묻는 그의 눈빛이 따뜻하다.

부대로 숨어든 유한은 중간마을에서 자신을 안내해 온 당녀로부터 담솔이라는 자를 소개받아 은자 주머니를 건네고 이곳으로 숨어들었다. 담솔은 몸이 좋지 않다는 핑계를 대고 자신 대신 유한을 호위부대에 남게 해주었다. 그리고 호위부대에서 부장 격인 친구 한경에게 부탁까지 해주었다.

"오랫동안 떨어져 지내던 내 아우일세. 자네가 곁에서 잘 돌봐주게."

겨우내 감옥 같은 이곳에 갇혀 지내야 한다 생각했던 그에게 부대를 바꾸자는 유한의 제안은 달콤했을 것이다. 담솔의 부탁대로 한경은 유한을 친아우처럼 살갑게 대해주고 있다.

유한은 따뜻한 그의 눈을 보며 짐짓 놀랍다는 눈빛으로 대답했다.

"예. 이런 시합은 처음 봅니다. 정말 놀라운 실력들을 갖추신 분들입니다."

"자미대에 들어가면 이런 진검 대련은 시도 때도 없이 열린다네. 그러다 보니 몸이 상하는 자들도 수없이 많고. 그런 과정에서 살아남은 자들이니 대단한 실력들일밖에. 그중에서도 반유의 검술은 단연 으뜸이지."

승리한 병사를 턱으로 가리키는 그의 얼굴에 자랑스러움이 깃들어 있다. 봉족 젊은이들이라면 누구나 한번쯤 자미대에 들어가는 것을 소망하지만 그곳에 들어갈 수 있는 숫자는 극히 드물었다. 이곳에 남은 호위대들은 대부분 봉족의 무술 수련 기관인 자미대 출신들이다.

한경이 다시 바짝 다가와 유한의 귀에 속삭였다.

"이 시합에서 우승하는 자는 왕께서 내일 은허당 당주를 만나는 자리에 호위로 데려가신다더군."

나직하게 들리는 그 소리에 유한의 동공이 멈추었다. 건평원 마당을 가득 메운 병사들의 함성 소리가 더 이상 들리지 않았다.

"어떻게 생겼을까, 궁금하지 않나?"

한경이 팔꿈치로 옆구리를 툭 치려는 순간 유한은 앞으로 나아갔다. 그리고 마당 가운데에 서서 승리에 도취해 있는 다부진 체구의 반유에게 성큼성큼 걸어갔다. 병사들의 시선이 순식간에 유한에게로 쏠렸다.

자신보다 한참은 어려 보이는 병사 하나가 겁도 없이 대련장 안으로 들어서는 것을 보며 반유는 어이없다는 듯 피식 웃음을 흘렸다. 뒤에 서 있던 나이 지긋한 병사 하나가 그런 반유를 대신해 큰소리로 말했다.

"그만 들어가거라, 아가야. 집에 가서 어미젖이나 더 먹고 오지 그러냐?"

그 소리에 와, 하는 웃음소리가 터져 나왔다. 유한은 비웃음

소리를 뒤로한 채 칼을 뽑아 자세를 잡았다. 그리고 어서 칼을 뽑으라는 듯 도전적인 눈으로 반유를 노려보았다. 반유는 다시 피식 웃음을 흘리며 어쩔 수 없다는 듯 칼을 뽑았다. 칼을 잡은 자세도 노려보는 눈빛도 제법인 걸 보니 흉내는 내어본 녀석 같다. 그러나 세 합이다. 세 합 안에 끝내 버릴 참이다. 칼을 비켜 들고 탁탁 달리는 반유의 눈에 마주 달려오는 어린 병사의 모습이 보였다.

챙!

공중에서 날카로운 칼 부딪는 소리가 들리더니 두 사람이 동시에 땅으로 떨어졌다. 바닥으로 떨어지는 반유의 허리가 휘청 흔들리는 것이 보였다. 그러나 맞은편 어린 병사의 허리는 꼿꼿하다.

건평원 마당 안이 순식간에 찬물을 끼얹은 듯 조용해졌다. 방금 자신들이 보았던 모습이 아직 채 인식이 덜된 표정들이었다. 한경은 병사들을 헤치고 앞으로 나왔다. 왕의 친위부대에 들어오기 전 이리저리 용병으로 떠돌며 칼잡이 노릇을 했다기에 그저 고만고만한 실력을 가진 줄 알았더니 그게 아니었던가?

바짝 긴장한 그의 목이 울렁 흔들렸다.

반유는 손에 남은 저릿한 울림을 털어내며 돌아섰다. 어린 병사는 여전히 도전적인 눈으로 그를 노려보고 있었다. 그제야 그는 어린 병사를 자세히 살폈다. 자신보다 한 뼘은 큰 키에 딱 벌어진 어깨, 단단하게 받치고 있는 하체까지. 한눈에 보아도 오랜 수련으로 다져진 몸이라는 것이 느껴진다. 달려와 도약하는 높이가 상상외로 높았던 것은 바로 저 건장한 체구에서 나온 것이리라. 단 한 번이었지만 맞부딪치던 칼의 힘 또한 자신이 지금껏 상대했던 어떤 병사들보다 강하고 대단했다. 붉게 상기된 얼굴이 반유의 놀란 마음을 대변했다.

유한은 숨을 고르며 돌아서서 칼자루를 고쳐 잡았다.

대단한 힘을 가진 자다. 모화촌의 가한 못지않게 힘든 상대를 만난 것 같다. 유한은 칼을 비스듬히 잡고 반유의 움직임을 따라 돌며 그의 자세를 살폈다. 밖에서 구경할 때도 느낀 거지만 이자는 도무지 빈틈이라고는 없다. 그래서 쉽게 공격할 수가 없다.

마찬가지로 반유도 쉽게 공격해 들어오지 못했다. 전혀 다듬어지지 않은 야생마처럼 제멋대로 휘두르는 것처럼 보이지만 유한의 칼은 망설임이 없다. 그만큼 오랜 세월 갈고닦았다는 뜻이리라. 서로를 노려보며 탐색하는 두 사람의 눈은 맹수를 만났을 때처럼 기 싸움을 하고 있었다. 어느 쪽이든 겁먹고 달아나는 눈을 가진 쪽이 지게 되어 있는 싸움이다.

반유는 봉족 최고의 장수인 기성장군의 하나뿐인 아들이다. 싸움에서는 누구에게 져본 적도, 물러나 본 적도 없다. 언제나 최고의 자리에서 최고의 대우를 받으며 최고로 살았다. 저런 이름도 없는 조무래기 야생마 같은 녀석이나 상대할 그가 아니다.

"하앗!"

기합 소리와 함께 반유의 칼이 바람을 가르며 유한의 옆구리를 파고들었다. 그러나 유한의 몸은 이미 치솟고 있었다. 반유도 따라 치솟았다. 날카로운 쇳소리와 바람을 가르는 소리가 들렸다. 둘러선 병사들 사이에서는 숨소리조차 들리지 않는다. 눈에 덮인 태대산 자락에서 불어오는 칼바람 소리인지 칼을 맞부딪치고 있는 두 사람에게서 들려오는 소리인지 모를 바람의 울음소리가 마당 가득 울려 퍼졌다.

멀찍이 떨어져 있던 단우가 다가오자 군사들이 길을 열어주었다. 더 이상 상대가 없을 것 같아 이번에도 역시나 반유의 싱거운 우승이 되고 말았다고 생각했었는데 어느 순간 시합은 다시 시작되었다. 그런데 상대가 만만찮다.

어린 병사의 몸짓이 거칠고 힘차다. 제멋대로 휘저어대는 칼은 야만스럽기까지 하다. 지금껏 봉족군에게서 저런 칼 놀림을 본 적이 없다. 자미대의 어떤 교관도 저런 검술은 가르치지 않는다.

단우는 날카로운 눈으로 시합을 지켜보았다.

다부진 체격에서 솟아나는 무한한 체력으로 휘몰아치듯 공격하는 것이 반유의 특징인데 눈앞에 펼쳐진 풍경은 어린 병사의 쉼없는 공격에 반유가 오히려 밀릴 지경으로 보였다. 단우의 눈이 흥분으로 반짝였다.

오랜만에 구름이 걷힌 하늘에서 햇살이 쏟아져 내렸다. 하얀 눈에 반사된 빛은 눈을 뜰 수 없을 지경으로 반짝였고 그 빛 속에서 칼을 맞부딪는 두 사람의 힘찬 동작들은 마치 빼어난 검무를 보는 듯 아름답기까지 했다.

챙!

햇살보다 청명한 쇳소리가 들릴 때마다 둘러선 병사들 사이에서 안타까운 탄성 소리가 흘러나왔다. 그들에게 승과 패는 이미 의미가 없는 듯했다. 그저 두 사람의 놀라운 검술에 넋을 놓은 듯 구경하고 있었다. 거친 숨소리와 함께 동작이 현저히 느려지고 있음을 감지하며 단우가 손을 들어 시합을 중지시키려는 순간, 검붉은 핏방울이 사방으로 흩뿌려졌다. 바닥으로 내려서는 어린 병사의 옷자락에서 피가 흐르고 있었다. 너무도 뛰어났지만 역시나 반유에겐 역부족이었던 모양이다.

잠깐 웅성거리는 소리가 들리더니 병사들의 시선이 일제히 반유에게로 향했다. 그의 옷자락도 붉은 피로 물들고 있었다. 그러나 누가 먼저랄 것도 없이 다시 거친 바람을 일으키며 두 사람의 칼이 사납게 얽혔다. 빙글 돌아 회오리처럼 몰아붙이는 반유와 맞부딪는 유한의 광풍 같은 거친 바람. 어떤 망설임도 자비도 느껴지지 않는 진검 승부다. 붉게 상기된 눈만큼이나 그들의 마음도 제어하기 힘들 정도로 뜨거워져 있는 듯하다. 더 두고 보았다가는 어느 쪽이든 사단이 날 것만 같다.

챙!

청명한 쇳소리가 멈추며 두 사람의 움직임도 멈추었다. 차갑고 날카로운 칼끝이 목에 닿을 듯 말 듯 서로를 겨누고 있다. 그 칼끝보다 더 날카로운 눈빛이 서로를 노려보고 있다. 어느 쪽이든 칼끝을 움직인다면 끝이다. 바짝 긴장한 병사들은 숨소리조차 내지 못한 채 두 사람과 단우의 얼굴을 번갈아 바라보았다.

드디어 단우의 손이 높이 들렸다.

"칼을 내려라."

그러나 어느 쪽도 칼을 내리지 않고 있었다. 단우는 한 걸음 앞으로 나아가며 다시 소리를 높였다.

"칼을 내려라!"

반유는 상한 자존심을 감추지 못한 채 이를 꽉 깨물며 칼을 내렸다. 반유의 칼이 먼저 떨어지자 유한의 칼도 아래로 툭 떨어졌다. 그와 함께 긴장했던 마음도 함께 툭 떨어졌다. 그제야 유한의 입에서 신음 소리가 터져 나오며 피로 흥건히 젖은 왼쪽 어깨를 움켜잡고 주저앉았다. 급하게 달려온 한경이 유한을 감싸 일으켰다.

저녁이 되자 푸짐한 술자리가 마련되었다.

단우는 바싹 마른 몸에 유한보다는 한 주먹이나 큰 키였다. 술기운이 가득한 붉은 얼굴로 유한의 술잔을 채워주며 커다란 키로 내려다보는 그의 눈빛은 온화했다. 대전쟁 당시의 그의 모습이 피에 굶주린 악귀 같았다고 해서 거친 자일 거라 생각했는데 의외로 조용한 느낌이 드는 자다. 그 얼굴은 나른하기까지 하다.

"나이와 이름을 말해라."

단우의 뒤에 서 있던 부장이 날카로운 눈매로 물었다. 그 정도의 검술 실력을 지녔다면 자신이 분명히 알고 있었을 텐데 유한의 얼굴은 아무리 보아도 생소했던 모양이다.

"유한이라고 합니다. 해가 바뀌면 스물셋이 됩니다."

유한은 긴장을 숨기며 담담한 어조로 대답했다. 의심 가득한 그의 눈이 두렵거나 겁이 나지 않았다. 적군의 한가운데 들어와 있는데도 겁이 나지 않는다는 것이 스스로도 신기했다. 다시 다그치는 눈으로 무언가를 물으려던 부장을 제지하며 단우가 먼저 입을 열었다.

"스물셋이라…… 무사로서 가장 빛을 뿜을 나이군."

단우는 만족스런 눈으로 유한을 바라보았다. 당당한 체구와 담대한 눈빛이 마음에 든다. 잘만 다듬으면 앞으로 봉족군을 이끌어갈 훌륭한 장수로 성장할 것 같다. 특히나 거침없고 야성이 넘치던 검술이 마음에 든다. 그것은 그 옛날 봉족군이 가장 두려워했던 매족 용사들의 검술을 닮았었다.

"자미대의 것은 아니던데…… 검술이 아주 특이하더구나."

그 말은 그 검술을 어디에서 익혔는지 묻는 말이기도 했다. 유한은 잠깐 망설이다가 고개를 들어 그의 눈을 바라보며 대답했다.

"매족 노예에게 배웠습니다."

순간 찬물을 끼얹은 듯 싸늘한 기운이 감돌았다. 노예에게 검술을 배우다니, 그것도 매족의 노예에게 말이다. 그건 봉족의 무사로서 참을 수 없는 수치다. 단우의 뒤에 서 있던 부장들의 눈빛이 싸늘하게 변하는 것이 보였다. 조금 전에 보았던 반유와의 시합은 그들에게 더 이상 가치가 없었다. 고귀한 선민(選民)의 부족인 봉족의 검술을 두고 야만스런 매족의 검술을 배웠다는 말을 저리도 겁없이 떠들다니, 이곳이 태대산이 아니라 남광이었다면 분개한 무사들에게 매장을 당했을 일이다. 이런 자가 어찌 왕의 친위대에 들어올 수 있었으며 호위부대에까지 남게 되었는지 모를 일이다.

그러나 다른 무사들과 달리 단우는 매족의 노예에게 검술을 배웠다는 유한의 말을 흥미로운 표정으로 들었다. 남광으로 끌려온 매족의 포로들은 지금도 인간 이하의 취급을 받으며 겨우 목숨을 연명하고 있다. 깊은 산으로 끌려가 나무를 베고 깎는 일을 하거나 하루에도 두어 명씩 죽어나간다는 위험한 광산에서 짐승처럼 땅을 파는 일을 하고 있다고 들었다. 개중에 운이 좋은 한두 명은 시장에 끌려 나와 거래가 되기도 하는데 유한은 아마도 그렇게 팔린 사노예에게 검술을 배운 모양이다.

단우는 언제나 그들의 검술이 탐났었다. 그러나 앞뒤양옆으로 생각이 꽉 막힌 무장들과 자미대의 교관들이 버티고 있는 한 단우로서도 어쩔 수 없는 일이었다. 미운 것은 매족이지 매족의 검술이 아닐 텐데 봉족 무사들에게 매족의 검술은 천박하고 야만스런 것일 뿐이었다. 그런데 이 겁없는 녀석이 그들에게 검술을 배우고 봉족 최고의 부대라 할 수 있는 왕의 친위대 앞에서 그것을 선보였다. 그것도 반유를 상대로 말이다.

단우는 흐뭇한 미소를 지으며 다시 유한의 술잔을 채워주었다.

단우의 관심이 온통 유한에게 쏠려 있는 것을 분개한 심정으로 지켜보고 있던 반유가 유한에게로 다가왔다. 아직도 시합의 여운이 남은 탓인지 아니면 두어 잔 들어간 술기운 탓인지 그의 얼굴은 붉다. 슬쩍 다가온 그는 들릴 듯 말 듯 유한의 귓가에 속삭였다.

"그따위 천한 검술로 감히 내게 도전하다니 간이 배 밖으로 나왔구나."

그리고 흰 천으로 동여맨 유한의 어깨를 꽉 잡았다가 놓았다.

"윽!"

앙다문 유한의 입에서 참을 수 없는 신음 소리가 새 나왔다. 그 모습에 반유는 입술이 비틀어져 올라갔다. 그리고 제 어깨의 상처를 보라는 듯 툭 쳤다. 천한 칼에 맞은 치욕스런 상처다. 그래서 더욱 화가 나는 것이다. 이 시건방진 꼬맹이에게도 화가 나지만 스스로에게 나는 화가 더 크다. 반유의 검술은 서른을 넘기면서 절정에 달하고 있었다. 그래서 이런 조무래기에게 일격을 당할 줄은 상상조차 못했었다.

유한은 어깨를 움켜잡고 반유를 살폈다. 비틀려 올라간 입술과 붉게 상기된 얼굴에 그의 좁은 속내가 다 보였다. 좀 전에 대적했던 놀라운 검술은 이런 자와 어울리지 않는다. 그 손에 쥐어진 칼이 아깝다는 생각을 하며 회심의 미소를 지었다. 완벽하게 이기진 못했지만 이미 이긴 시합이다.

병사들 사이를 돌며 술을 권하고 있던 단우가 다시 그들 곁으로 다가왔다. 그리고 모든 병사가 들을 수 있도록 말했다.

"내일 호위는 이 두 사람으로 하겠다."

승부를 내지 못했으니 어느 한 사람만 택할 수는 없다. 웅성거리는 소리가 들렸지만 단우의 단호한 눈빛에 이내 조용해졌다. 유한은 소매 속에서 가만히 주먹을 그러쥐었다.

은현…….

드디어 은현을 만난다. 사사로운 감정이 일을 그르칠 수 있으니 은현을 보고 싶은 마음이 앞선다면 올라오지 말아야 한다고 생각했지만 막상 올라오고 나니 손에 잡힐 듯 가까이 있는 은현의 존재를 외면하기가 힘들었다. 검술 대회에서 승리하는 자를 당주를 만나는 자리에 호위로 데려간다는 한경의 말에 순간적으로 이성을 잃었었다. 위험할 거란 생각도 잠시 잊었었다. 괜한 짓을 했나, 잠깐 후회도 했지만 그의 가슴은 이내 설렘으로 두근거렸다.

당주와 단우가 만날 장소는 은화원 옆의 선원당으로 정해졌다. 그곳은 어린 당녀들이 당녀 수업을 받고 선원당녀들이 모여 회의를 하는 곳이다. 또한 유현란을 비롯한 선원들의 처소가 있는 곳이기도 하다. 장소를 그곳으로 정한 것은 당주가 아직은 유현란의 보호 아래 있다는 것과 은허당의 모든 결정이 유현란의 판단을 거쳐 나온다는 것을 은연중에 보여주는 결정이다. 바로 유현란을 위한 은현의 배려였다.

은현이 성년이 되고 나면 유현란은 모든 힘을 잃게 된다. 양월처럼 부(富)를 가진 것도 아니고 감울란처럼 무력도 없다. 오직 당주인 은현뿐인데 은현의 마음은 이미 유현란에게서 너무도 멀어져 버렸다. 그런 생각들을 하면 유현란의 처지가 참 딱하게 되었다 싶지만 은현은 이제 유현란을 떠올리면 더 이상 애틋한 마음이 일지 않는다. 애틋하게 그리는 또 다른 사람이 생겨 버려서일까? 아니면 그녀의 품을 벗어날 만큼 자란 탓일까?

단우의 일로 한동안 유한을 잊고 살았다. 아니, 잊으려고 노력했던 것 같다. 그러지 않으면 쏟아지는 저 눈을 감당할 수 없었기에. 멈추지 않는 눈을 바라보며 그 절망감에 숨을 멈추고 싶었을지도 모른다.

은허당에서 산다는 것은 쏟아지는 저 눈을 스스로의 가슴속에도 똑같이 쌓는 것과 같은 것이 아닐까? 저렇게 가슴에 눈을 쌓아 세상과 단절을 하고 여인이라 어쩔 수 없이 이는 사내에 대한 그리움과 뜨거움을 스스로 삭이며 살아야 하는 것, 그것이 바로 이 은허당에 적을 둔 여인네들의 삶 같다.

이런 삶이 과연 옳은 걸까?

문득 의문이 든다. 은허의 신들은 왜 만물에 암수를 구분 지어놓은 걸까? 하나로는 불완전하니 둘이 만나 온전한 하나가 되라는 뜻이 아니었을까? 신의 뜻은 그것이었는데 은허당은 오히려 그 뜻을 거스르며 살아왔다는 생각이 문득 가슴을 친다. 이렇게 스스로를 세상과 차단시키고 자연의 섭리를 거스르며 그것이 마치 여인이 가지는 가장 고결한 가치라도 되는 양 떠받들며 살아가는 것이 과연 옳은 삶일까? 그것은 진정 스스로를 위한 삶은 아닐 것이다.

나는 은허신의 은현이 아니라 그냥 은현일 뿐이다. 그것은 다른 당녀들도 마찬가지겠지? 향은 향일 뿐이고 수련은 수련일 뿐이다. 유현란도 감울란도 그리고 양월도. 그들은 각각 그들일 뿐인데 지금 그들에겐 각각의 그들이 없다. 누군가가 만들었을 은허당이라는 거대한 이기 덩어리에 스스로를 묻어버린 사람들. 첫 당주였던 당화연부터 여섯 번째 당주였던 부란까지, 그들의 삶도 다를 바가 없었다. 은허당이란 이름 앞에 스스로의 삶을 망각해 버린 삶.

그러나 은현은 그렇게 살고 싶지 않다.

나는 나이고 나의 생각을 지배할 수 있는 것은 오직 나 자신뿐이다.

유한을 사랑하고, 유한에게 사랑받고, 같은 곳을 바라보며 꿈을 꾸는 삶.

유한의 소원처럼 은현이 원하는 것도 그것이다. 고결한 삶보다는 스스로가 원하는 아름다운 삶을 살고 싶다. 선대의 당주들도 한때는 꿈꾸었을지도 모를 그런 삶…….

신탁이란…… 어쩌면 부란이 지어낸 부란의 꿈이었을지도 모른다.

은허당의 한가운데인 은화원에 앉아 감히 이런 생각을 하다니, 신들이 분노하여 벼락을 칠 일이다. 은현은 오싹한 기분이 들어 두 주먹을 꼭 쥐었다. 양월의 말대로 자신은 어쩌면 애초부터 은허당의 당주가 될 자격이 없었는지도 모른다는 생각이 든다.

유현란이 그토록 주입시켜 왔던 모든 사상들은 조금도 은현을 지배하지 못했다. 은현 속에 심어두려던 부란의 그림자는 힘을 잃은 채 은현의 가슴에서 밀려나고 있었다.

단우는 전에 보지 못한 화려한 의복을 걸치고 매화대원의 안내를 받으며 건평원을 나섰다. 선원당으로 향하는 그의 얼굴도 다소 흥분되어 있는 듯하다. 늘 술에 절어 붉어져 있던 얼굴도 오늘만은 말갛다. 유한은 반유와 나란히 그 뒤를 따랐다. 건평원을 나서자마자 유한은 재빠르게 주위를 살폈다. 처음 숨어들던 날도 느꼈지만 이곳은 특이한 지형에 특이한 기운이 흐르는 곳 같다. 열흘이 넘도록 쉼없이 내린 눈으로 주변을 감싸고 있는 산들은 온전히 눈 속에 잠겼는데 은허당이 자리한 이곳은 나뭇가지에 간간이 걸려 있는 눈덩이가 없었다면 눈이 왔다는 사실조차 모를 만큼 감쪽같이 녹아버렸다. 주변을 감싸고 있는 뻗어 오른 산들이 찬바람을 막아주니 햇살이 조금만 비추어도 이곳은 따듯한 기운이 감돌았다. 나직나직한 나무들이 신비한 모양으로 자라고 있는 숲을 지나 조금 더 가니 커다란 호수가 나왔다. 그런데 놀랍게도 호수에서는 안개 같은 김이 피어오르고 있었다. 은허당에 가면 땅에서부터 따듯한 물이 솟아오르는 곳이 있다고 들었는데 이곳이 바로 소문으로 듣던 그곳인가 보다. 그제야 유한은 그 많은 눈이 순식간에 녹아버린 이유를 알았다. 이곳은 열기가 흐르는 땅이다. 그러니 이 높은 고지에서 수백 년을 멀쩡히 살아가고 있는 것이리라.

호수를 지나 한참을 더 걸어 선원당에 도착하니 기다리고 있었다는 듯 십여 명의 매화대원이 그들을 에워쌌다. 단우는 잠깐 당황했지만 이내 평정을 되찾았다. 매화대원들이 에워싼 이유는 다른 당녀들이 그들을 볼 수 없도록 하기 위한 이유 같았다. 에워싼 매화대원들은 재빠른 걸음으로 그들을 이끌었다. 그리고 도착한 곳은 조용한 전각 앞이었다. 전각 앞에는 두 명의 매화대원이 기다리고 있었다. 느린 걸음으로 그들에게 다가가던 단우의 걸음이 우뚝 멈춰졌다. 그의 몸이 왠지 경직되었다는 것을 느끼며 유한은 고개를 들었다.

그들의 앞을 막고 선 이는 단정한 이목구비와 때묻지 않은 순진함이 느껴지는 젊은 매화대원과 또 한 명의 매화대원이다. 한쪽 볼에 흉측한 흉터를 가진 음울한 눈빛의 안개 속 그 얼굴, 매화대 대장 감울란이다. 고개를 들던 반유에게서 두려움이 깃든 신음 소리가 들릴 듯 말 듯 새어 나왔다.

"들어가시지요. 당주님께서 기다리고 계십니다."

흘러나오는 목소리 또한 음울하다. 놀란 듯 경직되어 있던 단우는 그제야 가벼운 인사를 건네고 감울란을 따라 전각 안으로 걸음을 옮겼다. 그리고 그 뒤를 반유가 따르고 다시 유한이 들어서려는데 칼집 하나가 가슴께로 척 올라왔다.

"내실로는 한 사람만 따를 수 있소."

다급하게 칼집을 쳐내는 순간 전각의 문은 이미 닫혀 버렸다. 은현을 만날 절호의 기회를 놓쳐 버렸다. 유한은 낭패감에 얼굴이 상기되어 칼자루로 바닥을 내려쳤다. 그리고 자신의 앞을 가로막았던 칼집의 주인을 돌아보았다. 여린 몸매에 건조한 눈빛을 지닌 여자다. 나이는 스물대여섯쯤 되어 보였고 반듯한 이목구비를 지녔다. 눈이 마주치자 여자가 움찔 놀라며 한 걸음 물러났다. 그 옛날, 매족 용사들조차 두려워했다는 매화대원이 겨우 자신의 거친 행동 하나에 놀라기까지 하다니, 의아한 생각이 들었다.

"흠, 미안하오."

유한은 퉁명스런 말을 내뱉고 다시 문이 닫힌 전각을 노려보았다. 반유보다 앞서 들어가지 못한 것이 땅을 치도록 후회스러웠다. 이런 식으로 기회를 놓쳐 버리면 두 번 다시 은현을 만날 기회가 오지 않을지도 모른다. 건평원을 나온 이상 무슨 수를 써서든 은현에게 자신이 이곳에 숨어들었음을 알려야 한다는 생각이 들었다. 방법이 없을까 생각하던 유한은 왠지 모를 따가운 시선을 느끼며 고개를 돌렸다. 옆에 서 있던 매화대원이 다시 움찔하며 다급하게 고개를 돌렸다. 사람을 보고 왜 저렇게 놀라는지 모르겠다, 생각하던 유한은 다시 이 매화대원은 한 번도 은허당을 벗어나 보지 못했고, 그래서 사내를 처음 대면하는 여자인가 보다고 생각했다.

한참 후 유한의 고개가 돌려지는 것을 느끼며 향은 다시 곁눈으로 유한을 훔쳐보았다.

도대체 이 남자가 어떻게 이곳에 있을까?

도무지 납득이 가지 않는다. 혹시 닮은 사람은 아닐까 싶어 다시 살펴보아도 역시나 모화촌에서 보았던 유한이 분명하다. 닫힌 전각의 문을 노려보는 그에게서 빠득 이 가는 소리가 들렸다. 부드럽던 턱 선은 분을 이기지 못해 딱딱하게 각이 졌고 칼을 움켜쥔 주먹은 터질 듯하다.

도대체 무슨 심산으로 은허당까지 올라온 건지 모르겠다. 지난번 은현과 동굴에서 만나 서로 밀약이 있었던 건지, 아니면 일방적으로 올라온 건지, 그것도 아니면 또 다른 목적을 위해 봉족군에 숨어든 건지? 그러다 언뜻 이 남자가 매족이 아니라 실은 매족들에 숨어 있던 봉족이 아닐까, 하는 생각이 머리를 스친다. 정말 그럴지도 모른다. 그러니 이렇게 은현을 만나는 자리에 단우의 호위까지 맡은 것이리라.

향은 모화촌 사람들이 유한에게 우롱당한 기분이 들어 저도 모르게 불끈한 마음이 생긴다. 그러나 향은 이내 침착한 마음으로 제 마음의 방향을 바로잡았다. 지금 중요한 것은 그가 어느 부족이냐가 아니라 은현과의 관계가 어떤 것이냐 하는 것이다.

유한은 지금 단우의 호위를 맡아 이곳으로 왔으면서 전각 안으로 들어간 단우 따위는 이미 안중에도 없는 듯 보인다. 각진 턱도, 불끈 쥔 주먹도, 그리고 상기된 저 얼굴도 향의 눈에는 온통 은현을 향한 갈급한 감정으로 비쳤다.

그 감정이 얼마나 위험한 건지 이 남자는 알까?

그것이 들통나는 순간 이 남자의 목숨은 물론 은현의 안위도 보장할 수 없게 된다. 유현란도 양월도 감울란도 향은 두려웠다. 모두 자신의 뜻을 이루기 위해 은현을 이리저리 몰아가려는 사람들로만 보였다. 은현은 지금 은허당이라는 거대한 호수 위에 떠 있는 외로운 섬이다. 그 막막함을 견딜 수 없어 이 남자를 마음에 품었는지도 모른다. 향은 그 외로운 섬을 지켜주고 싶었다.

16. 환각 혹은 예지

감울란을 따라 전각 안으로 들어서니 양쪽에 수십 개의 방이 늘어선 긴 마루가 나타났다. 방문들은 아주 특이한 문양이 제각 각으로 그려져 있었는데 그것은 마치 그 방들 하나하나의 표식처럼 보였다.

복도의 끝자락 즈음에 이르자 감울란의 걸음이 멈춰졌다. 그리고 방 안을 향해 예를 갖추었다. 그 방 안에 당주가 있는 모양이었다.

"당주님."

감울란이 몹시도 침울하고 무뚝뚝한 음성으로 부르자 짧은 침묵의 시간이 흐른 후 문 안쪽에서 맑은 음성이 흘러나왔다.

"들어오세요."

독특한 긴장감이 느껴지는, 그러나 아직 어린 느낌의 음성이다. 감울란은 돌아서서 단우를 잠깐 살폈다. 약간 상기된 얼굴로 방문을 노려보던 단우의 고개가 끄덕여지는 것을 보고 감울란은 천천히 문을 열었다.

맞은편 문으로부터 햇살이 쏟아져 들어와 방 안은 눈이 부실 지경으로 환했다. 그래서 아주 잠깐 동안 방 안의 풍경을 다 알아볼 수 없었다. 볕에 조금씩 눈이 익으며 아주 긴 탁자가 눈에 들어왔다. 그 긴 탁자의 끝에 화려한 은빛의 수가 놓인 하얀 장포를 걸친 여자가 앉아 있었다.

멀리서 빤히 쏘아보는 그 눈이 어린 시절 보았던 늙은 여우 부란을 닮았다는 생각이 들었다. 도무지 무슨 생각을 하는지 알수 없는 다분히 기분 나쁘고 정치적이었던 그 눈.

달빛 아래에서 보았던 모습은 그저 환각이었을까?

살짝 찌푸려지는 눈길 너머 다시 여리고 투명한 느낌이 드는 어린 여자의 얼굴이 단우의 눈에 들어왔다. 그제야 그의 입가에 안도의 빛을 띤 작은 미소가 스쳐 갔다. 몇 날 며칠 눈앞에서 아른거리던 여자가 실체의 모습으로 앉아 있다.

상대를 압도할 듯 노려보는 눈과 입가에 보일 듯 말 듯 흐르는 조소, 그리고 딱딱하고 투명한 얼굴에서 건너오는 차가움이 다시금 그 옛날 부란을 연상케 했다. 그러나 그 모든 것이 깎아 놓은 거짓 인형의 모습 같아서 단우는 왠지 씁쓸한 기분이 들었다. 양월과 유현란, 그 늙은 여우들이 저 어린 여자아이에게 무슨 장난을 쳐놓았나 싶어 측은한 마음마저 들었다.

"봉족의 왕 단우라고……."

지극히 예의를 갖춘 소개였다. 그러나 인사가 채 끝나기도 전에 당주의 간결한 음성이 들려왔다.

"앉으세요."

눈이 마주치자 다시 한 번 앉으라는 뜻으로 은현은 고개를 까딱했다. 단우의 얼굴에 미약한 노기가 스쳐 가는 것이 보였다. 그러나 이내 다시 평온한 얼굴이 되어 은현이 권하는 대로 탁자의 긴 끝에 그녀와 마주 보며 앉았다.

몹시도 키가 크고 날카로운 느낌이 드는 사내다. 어린 나이에 대전쟁을 승리로 이끈 자라더니 생각처럼 포악해 보이지도, 거칠어 보이지도 않는다. 오히려 가만히 바라보는 눈빛은 나른할 지경이다. 나른한 그 눈빛이 여름날의 햇살처럼 느리고 따갑게 은현을 살폈다.

뒤편에서 쏟아져 들어오는 햇살이 너무도 눈이 부셔 당주의 얼굴이 자꾸 그 빛에 감추어졌다. 달빛 쏟아지던 그 밤에는 구름이 방해를 하더니 이번에는 햇살이다.

이마를 찡그리며 고개를 갸웃 기울이는데 당주의 뒤에 서 있던 흉측한 얼굴의 매화대 대장이 한 걸음 걸어나와 슬며시 햇살을 가리는 것이 보였다. 그제야 당주의 얼굴이 선명하게 드러났다.

뚜렷하고 단정한 이목구비가 흠잡을 곳 하나 없이 아름답다. 약간 마른 듯한 얼굴에 차가움을 가장한 그 눈은 실은 금방이라도 물기가 어릴 듯 애잔해 보이기까지 한다. 나이로 미루어 아직 젖살이 채 빠지지 않은 어린아이의 모습일 거라 여겼던 당주는 생각보다 훨씬 성숙한 여인이다. 달빛 아래에서 훔쳐보았던 그날의 모습은 잘못 본 것이 아니었다.

어린 당녀들이 다과를 내어왔다. 꽃 모양의 조그만 잔에 옥빛의 찻물이 따라지고 이어 은은한 차향이 피어올랐다. 지금껏 맡아보지 못한 독특한 향이다. 이곳에서 접하는 모든 것은 생소하고 신비스럽다. 인간의 세상에는 존재하지 않을 것 같은 독특한 나무들과 풍경, 안개, 향취, 그리고 저 앞에 앉은 어린 여인까지.

은현은 단우에게 눈짓으로 차를 권하며 천천히 찻잔을 들었다. 상대가 자신을 관찰하고 있다는 것이 느껴졌다. 지금껏 한 번도 이렇게 노골적으로 누군가에게 관찰당한 적이 없다. 관찰은 언제나 그녀가 했고 관찰한 대로 판단하면 되었다. 그런데 반대로 관찰당하는 입장이 되고 보니 무엇을 어찌해야 할지 판단이 잘 서지 않는다. 게다가 저런 나른한 눈빛이라니…… 참을 수가 없다. 나른하면서도 벗어날 수 없을 만큼 집요하게 건너오는 따가운 눈빛이다. 머리가 찌릿 아프다. 은현은 얼른 찻잔으로 눈을 돌렸다. 그 청명하고 맑은 빛을 바라보고 있자니 유한이 떠올랐다. 그의 입가에 흐르던 미소와 다정한 눈빛이 차 빛

깔을 닮았다.

　내게 힘을 줘, 유한.

　마음 깊이 유한을 부르며 은현은 찻잔을 꼭 쥐었다. 저런 눈
길 하나조차 이겨내지 못한다면 이 겨울 내내 봉족군과 함께 지
내야 할 시간들이 아주 힘들어질지도 모른다. 어차피 이렇게 한
번 만난 이상 서너 달 내내 저 눈길에서 벗어나지 못할 것이다.
그가 또다시 만남을 요구할 것은 불을 보듯 뻔하다. 은현은 마
음을 다지며 고개를 들었다.

　눈이 마주치자 차를 한 모금 들이켜던 단우가 차 맛이 좋다며
칭찬을 했다.

　"남광에서는 맛보지 못한 독특한 맛입니다."

　"내려가실 때 좀 싸드리지요."

　"흠, 그럴 것까진 없고…… 여기서 지치도록 마시고 가지요.
지치도록 내리는 저 눈이 길을 막고 있으니 함께 차 마실 시간
또한 지치도록 많지 않겠습니까?"

　하며 빙긋 웃는 모습이 어이가 없다. 그는 노골적으로 잦은
만남을 요구하고 있다. 비록 호위군만 남긴 채 모든 군사를 내
려보냈다고는 하지만 단우가 부담스럽기는 그때나 지금이나 매
한가지다. 눈이 녹으면 한나절 안에 짓쳐 올라와 은허당을 장악
해 버릴 수 있는 군사가 은파에 주둔해 있다. 은파와 호족 땅에
있는 은허당 소유의 땅을 빼앗아 수천의 당녀들을 하루아침에
굶겨 버릴 수도 있다. 이자가 마음만 먹는다면 그건 아주 쉬운

일이다. 봉족에겐 여타 다른 부족들처럼 은허당을 신성시 여기는 마음이 없으니. 그래서 섣불리 대할 수 없는 것이다.

단우는 은허당의 신비로운 풍경을 이야기하며 내내 은현의 얼굴에서 눈을 떼지 못했다. 차가운 듯하면서도 음울해 보이는 눈빛과 간간이 고개를 들 때마다 서늘한 기운이 뿜겨져 나오는 얼굴이 단우에게는 참을 수 없는 간절함으로 다가왔다. 사람을 눈앞에 두고 이토록 간절한 마음이 들 수 있다니 이해되지 않았다. 왠지 오래전부터 몹시도 그리워했던 사람을 만난 듯 마음이 들떴다.

다시 단우는 은허당의 유례에 대해 물었고 은현은 길고 자세한 설명을 해주었다. 단우는 진지한 표정으로 은현의 얘기를 경청했다.

사람을 저렇게 뚫어지게 바라보다니 꼭 유한이 하는 양 같다. 그러나 유한과 마주할 때는 가슴이 콩닥거렸고, 뭉클하고 뜨거운 무언가가 있었다면 단우와 마주 앉아 그의 눈빛을 받는 지금은 몹시도 불편하다. 가슴 설레는 두근거림보다는 약간의 두려움이 깃든 성가심 같은 것이 느껴진다. 다시 머리가 지끈 아팠다. 며칠 전부터 은근히 따라다니며 괴롭히는 두통이다. 단우를 만나는 일로 신경이 예민해져 그런 모양이다. 은현은 머리칼을 매만지는 척하며 이마를 스륵 짚어보았다. 뜨겁다.

다시 단우의 음성이 들렸다.

"제 나이 열다섯에 은허당의 전 당주였던 부란을 본 적이 있지요. 내원산이었던가, 수타계곡이었던가?"

기억이 가물한 듯 단우는 고개를 갸웃했다. 감울란의 몸이 약간 흔들리면서 단우의 얼굴이 뒤편에서 들어온 빛에 반사되어 환하다 못해 하얗게 보였다. 은현은 다시 머리가 지끈 아파옴을 느끼며 눈을 감았다가 다시 떴다. 순간 아찔한 현기증과 함께 은현의 눈앞에 알 수 없는 그림이 찰나처럼 스쳐 갔다.

단우의 하얀 얼굴 위로 붉은 핏물이 빗방울처럼 후드득 튀었다. 단우는 그 피비린내를 즐기듯 싱긋 웃었다. 그리고 칼을 높이 들었다. 칼끝에서 핏물이 뚝뚝 떨어졌다. 단우의 칼끝이 향한 곳에 누군가 쓰러져 있다. 그의 몸 어딘가에서 검붉은 피가 흘러나오고 있었다. 천천히 다가선 단우가 다시 칼을 휘두르려는 순간 은현이 소리쳤다.

"안 돼!"

갑작스런 은현의 외침에 단우도 감울란도 놀란 눈으로 그녀를 바라보았다. 은현은 그제야 정신이 든 듯했지만 얼굴은 여전히 놀라움에서 벗어나지 못한 듯 보였다.

"괜찮으십니까?"

감울란의 음성이 들려오자 은현의 입에서 다시 조그만 소리가 새 나왔다.

"안 돼……."

"당주님?"

고개를 숙여 얼굴을 가져가는데 은현에게서 후끈한 열기가 느껴졌다. 재빠르게 이마를 짚어보니 불덩어리다.

이런!

다급한 마음으로 은현을 살피던 감울란은 자신만큼이나 놀란 얼굴의 단우에게 말했다.

"당주님께서 몸이 좋지 않으시니 오늘은 그만 합시다."

"무슨 일이오? 갑자기……."

감울란은 단우의 말을 무시한 채 칼자루로 거칠게 바닥을 두 번 쿵쿵 울렸다. 그러자 뒷문이 열리며 서너 명의 당녀들이 뛰어들어 왔다. 그녀들은 재빠른 손길로 당주를 살피더니 품듯이 안고 그곳을 나갔다. 당녀들에 이끌려 나가던 당주가 문득 돌아보았다. 마주친 그녀의 눈에 가득 든 두려움을 단우는 이해할 수 없었다. 그저 단순한 두려움으로 보이지 않을 만큼 그녀의 눈빛은 흔들리고 있었다. 갑자기 꺼낸 대전쟁 얘기에 겁을 먹은 건가 싶다가, 당주에게 말 못할 병이 있는 건 아닌가 하는 생각도 들었다.

감울란은 당황스런 마음으로 은현이 빠져나간 문을 바라보았다. 이 방에 들어선 순간부터 온 신경을 곤두세우고 지켜보고 있었지만 전혀 이상한 느낌이 없었었다. 은현은 걱정했던 것보다 훨씬 침착했고 능글능글한 단우의 말도 잘 받아넘기고 있었다. 그런데 왜 '안 돼!' 라는 느닷없는 외침이 은현에게서 튀어나온 건지, 후끈한 그 열은 또 어찌 된 건지 도무지 이해가 되지 않았다. 의(醫)당녀들로부터 은현의 몸에 이상이 있다는 언질도 전혀 받지 못했다.

단우는 여전히 놀란 얼굴로 은현이 사라진 뒷문만 응시하고 있었다.

"그만 나가시지요."

"어떻게 된 일이오?"

단우가 다시 물었지만 그의 궁금증에 대답할 뜻이 없다는 듯 감울란은 재빠른 걸음으로 나가 버렸다.

유한은 속이 다 타 들어가는 심정으로 전각 앞을 서성거렸다. 생각했던 것보다 이곳에서의 규율은 훨씬 엄격했고, 그래서 건 평원 밖으로 나올 기회가 쉽게 주어지지 않을 것 같다. 지금이 아니면 은현에게 자신이 이곳에 있음을 알릴 기회는 두 번 다시 없을지도 모른다는 생각이 들었다. 참고 있을 때는 몰랐는데 한 번 만나고자 마음먹고 나니 그의 마음은 걷잡을 수 없이 조급해 졌다.

주먹을 쥔 채 서성이던 유한은 따가운 눈길을 느끼고 다시 고 개를 휙 돌렸다. 저만치 떨어져 부동자세로 서 있던 매화대원이 도망치듯 고개를 돌렸다. 그제야 유한은 그녀의 얼굴이 눈에 익 다는 것을 깨달았다. 그리고 잊고 있던 이름 하나를 떠올렸다.

은파의 객점에서 보았던 여린 칼잡이. 은현의 수하 향!

매화대원 앞으로 한발 성큼 다가간 유한은 그녀의 여린 몸 매와 옆에 차고 있는 칼을 유심히 살피다가 단도직입적으로 물었다.

"나를 모르시겠습니까?"

갑작스런 질문에 향은 한 발 물러나며 고개를 흔들었다.

"모, 모르오."

동그란 눈으로 물러서는 모습을 보며 유한은 슬몃 미소를 지었다. 새벽같이 모화촌으로 찾아왔을 때 은현을 안고 있던 자신을 보며 놀라던 향의 눈이 떠올라서다. 그 동그랗던 눈을 이제야 기억해 내다니!

유한은 그녀의 부정을 무시한 채 다시 물었다.

"은현은…… 당주께서는 잘 있습니까?"

간절한 물음에 향은 아무 대답을 않은 채 바짝 경계하는 눈으로 유한을 살폈다. 유한은 아랑곳 않고 다시 한 걸음 다가가 들릴 듯 말 듯 속삭였다.

"제가 봉족군에 숨어들었다는 걸 알려주십시오. 아직은 안전하니 걱정하지 말라고도 전해주십시오. 그리고……."

유한의 속삭임이 채 끝나기도 전에 전각의 문이 벌컥 열리며 감울란이 상기된 얼굴로 걸어나왔다. 그와 함께 약속이나 된 듯 사라졌던 10여 명의 매화대원이 다시 나타났다. 이어 안으로 들어갔던 단우와 반유도 걸어나왔다. 단우의 얼굴 역시 당황한 기색이 역력하다. 유한은 혹시나 하는 마음에 뒤를 살폈지만 더 이상 나오는 사람은 없었다.

단우가 무슨 말인가 하려 했지만 감울란이 먼저 매화대에 명을 내렸다.

"건평원까지 모셔라."

그리고 할 말이 가득한 듯한 단우의 얼굴을 보며 예를 갖추어 목례를 했다. 아무것도 묻지 말고 아무것도 궁금해하지 말라는 뜻 같았다. 단우는 불만 가득한 얼굴로 돌아섰다. 쉽게 발을 떼지 못한 채 머뭇거리던 유한도 둘러싼 매화대원에 울컥 밀려 걸음을 옮겨야 했다. 전각 안에서 도대체 무슨 일이 있었던 건지, 단우도 감울란도 왜 이토록 침울한 얼굴들인지, 은현에게 나쁜 일이 생긴 것은 아닐까, 불안하고 걱정되었다. 두어 걸음 떼던 유한이 다시 고개를 돌려 향을 찾았지만 그녀는 눈을 마주쳐 주지 않았다. 대신 섬뜩한 얼굴의 감울란이 자신을 뚫어질 듯 바라보고 있는 것을 발견했다. 모화촌의 강둑에서 보았던 섬뜩하고 어두운 눈빛이다. 너무도 뚫어질 듯 보았기 때문에 유한은 자신이 그녀의 얼굴을 기억하는 것처럼 감울란도 자신을 기억한 것은 아닐까 하는 생각이 들었다. 그러나 모퉁이를 돌면서 감울란의 눈빛도 이내 사라졌다.

"저자를 아느냐?"

단우 일행이 사라져 간 모퉁이를 바라보며 감울란이 향에게 물었다.

"누구를 말씀하시는지?"

"단우를 따라온 그 어린 호위무사 말이다."

향은 두려운 마음을 숨기며 머리를 흔들었다.

"모릅니다. 남광에서 온 자를 어찌 알겠습니까?"

그러게? 저들은 남광에서 데려온 군사들이니 한 번도 대면했을 리가 없다. 그런데 이상도 하지? 그 어린 병사의 얼굴이 눈에 익다.

고개를 갸웃하던 감울란은 얼른 고개를 흔들고 은화원으로 걸음을 재촉했다. 은현이 걱정되었다. 성큼성큼 걷는 그 뒤를 향이 다급하게 따랐다.

"요 며칠 당주님의 건강은 어떠셨느냐?"

"건강이라니? 당주님께 무슨 일이라도 생기신 겁니까?"

펄쩍 뛰듯 놀라며 되묻는 향에게 감울란은 엄한 눈길을 주었다. 당주의 그림자가 되려면 진중해야 한다.

"열이 오른다거나 환각을 보신다거나 그런 일이 없었느냐?"

전혀 그런 적이 없다. 오늘 아침 이곳으로 향하던 순간까지 은현의 정신은 너무도 맑았고 눈빛도 총명했다. 더군다나 좀처럼 열을 내며 아파본 적이 없는 은현이다.

"한 번도 그러신 적 없습니다."

감울란의 심각한 얼굴을 보니 단우를 만나는 자리에서 은현이 그런 모습을 보였다는 뜻이다. 향의 눈동자가 흔들리는가 싶더니 어느새 감울란을 앞질러 은화원으로 달렸다.

잠든 은현을 내려다보던 유현란이 조그만 한숨을 내쉬며 이불을 다독여 주고 밖으로 나왔다. 문밖에 감울란과 향이 기다리고 있었다.

"막 잠이 드셨으니 곁에서 지켜라."

유현란은 향에게 명을 내리고 감울란을 데리고 그곳을 나왔다.

당녀들의 부축을 받으며 은화원으로 들어서는 은현에게서 후끈한 열기가 느껴졌었다. 왠지 모를 두려움이 두 눈 가득 들어 있었고 무슨 일이냐는 물음에도 대답이 없었다. 그리고 침상에 오르자마자 까무러치듯 잠이 들어버린 것이다. 은현을 키우며 한 번도 겪어보지 못한 일이다.

"도대체 무슨 일인가? 그자와 무슨 일이 있었는가?"

다그치는 유현란을 보며 감울란은 잠시 뜸을 들였다.

방으로 들어서며 은현을 바라보던 단우의 눈빛에 왠지 모를 안타까움이 묻어 있었다. 눈부신 햇살이 성가신 듯 불안해 보이기까지 하던 얼굴이 한 발 움직여 빛을 가려주자 그제야 안도의 빛이 되었다. 감울란은 한눈에 그가 사내의 마음으로 은현을 보고 있음을 알아보았다. 여인을 그리는 사내들의 눈빛은 언제나 그랬었다. 젊었을 적 보았던 은허당을 오르내리는 수많은 사내의 눈빛도 그랬었고, 유현란을 바라보던 천강의 눈빛도 그랬었다. 자신의 선택을 받아들이고 첫 밤을 보내던 그날의 눈빛도……

감울란은 잠깐 눈을 감았다가 다시 떴다.

"아무 일 없었습니다. 그저 담담히 얘기를 나누시다가……"

"갑자기 열이 올랐단 말인가?"

"그자가 대전쟁 얘기를 꺼내자 갑자기 안색이 변하셨습니다."

"대전쟁 얘기를?"

"그리고 안 된다고 소리를 치셨습니다."

감울란의 얘기를 이해할 수 없다.

"당주님께서 환각을 보신 듯했습니다."

"환각이라니?"

"예지 말입니다."

"당주님껜 예지의 능력이 없네!"

유현란은 단호하게 말했다. 은현에게서 무던히도 찾고자 했었던 그 능력은 끝내 찾지 못했다. 결국 은현에게는 예지의 능력이 없다는 쪽으로 결론을 내린 지 오래다.

글쎄…… 과연 그럴까요?

감울란은 목까지 올라온 그 말을 꿀꺽 삼켰다. 두 번의 일탈 후 몰라보도록 변해 버린 은현을 유현란은 다 감지하지 못하고 있는 것 같다. 두 번째 사라졌다 돌아온 후 은현의 눈빛은 매서워졌고 말수가 현저히 줄었다. 그리고 담담하고 대범해졌으며 행동 또한 거침이 없다. 은현의 내부에서 소용돌이치던 무언가가 드디어 잠잠해졌으며 길을 잡았다는 뜻이리라. 그것이 어떤 방향으로 은현을 이끌어갈지 감울란은 은근히 기대가 된다. 달려간 그 끝이 어느 곳이든 자신은 가슴 아플 일도 두려울 일도 없다. 다만 그 끝에 유현란만 세워두면 된다. 그리고 은허당이 어떤 식으로 무너져 가는지, 생살이 뜯겨 나가는 고통이 어떤 것인지, 그것만 보여주면 된다.

감울란은 입가에 비어져 나오는 쓸쓸한 미소를 얼른 감추었다. 제 속에 비어져 나올 웃음이 남았다는 것이 놀라울 지경이다. 이토록 처절한 마음으로 은허당의 미래를 생각할 수 있다는 것도 신기하다. 한때는 자신의 삶도 죽음도 은허당의 운명과 함께하리라 생각했었는데.

"사혜에게 보여야겠어."

"사혜는 눈이 내리기 전에 중간마을에 내려갔다가 지금 그곳에 갇혀 있습니다."

"어찌 당주님이 계신 곳을 두고 그곳으로 갔단 말인가! 눈이 내리면 움직이지 못한다는 걸 잊었는가!"

조급한 마음에 저도 모르게 또다시 감울란을 다그치고 만다. 유현란은 미안하다는 듯 손을 흔들고 이마를 짚었다. 사혜는 은허당에서 의술이 가장 뛰어난 늙은 의당녀다. 한창 때에는 사경을 헤매던 부란을 두어 번이나 일으켜 앉힌 적도 있었다. 그런 사혜가 눈이 쏟아질 것을 뻔히 알고도 당주가 있는 은허당을 비우고 중간마을로 내려갔다는 것이 너무도 화가 났다. 감울란은 팔짱을 낀 채 의자에 기대어 그 모습을 바라보았다. 의자를 잡고 있는 유현란의 손이 떨리는 걸 보니 몹시도 힘든 모양이었다.

겨우 열 조금 오른 걸 가지고 뭘 저러시나? 아직은 은허당도 멀쩡하고 당주도 멀쩡하거늘.

픽 흘러나오려는 웃음을 참아 넘기기가 힘들다. 흠…… 기침을 흘리며 감울란은 그곳을 나왔다. 매화원림으로 걸음을 옮기던 그녀는 문득 걸음을 멈추고 은화원을 돌아보았다. 은현의 몸에서 후끈 끼쳐 오던 뜨거운 열기가 다시금 느껴졌다. 분명 보통의 열은 아니었다. 두어 걸음 옮기던 그녀는 다시 우뚝 멈춰 섰다. 유현란 앞에서 피식 새어 나오던 그 웃음이 무색할 만큼 은현이 걱정되었다. 언젠가는 제 칼로 베어버리리라 생각하고 있는 사람에게 이 무슨 애틋한 마음인지……? 너무도 상반된 두 마음을 스스로도 가늠할 길이 없다.

단우의 칼에서 핏물이 뚝뚝 떨어졌다. 입고 있는 옷도 얼굴도 온통 피로 범벅이 된 그의 모습은 마치 사람의 피 맛을 알아버린 짐승처럼 보였다. 그는 번들거리는 두 눈을 치켜뜨고 핏물이 뚝뚝 떨어지는 칼을 높이 들었다. 그 아래 죽은 듯 쓰러져 있던 사람이 몸을 꿈틀거렸다.

누굴까?

몹시도 고통스러워 보인다. 그에게서 흘러나오는 피를 보며 은현은 이상하게 마음이 찢어질 듯이 아팠다. 단우의 칼이 사선으로 떨어지는 순간 꿈틀거리던 그가 몸을 돌리며 얼굴이 드러났다. 놀랍게도 그는 유한이었다.

안 돼!

은현은 소리쳤다.

몸속 어디선가 감당할 수 없는 뜨거운 열기가 폭발하듯 치솟아올라 왔다. 그녀는 불덩어리를 토해내듯 거친 숨을 토해내었다.

하…… 하…….

그녀는 시체처럼 누워 있는 유한을 향해 손을 뻗었다. 그러나 손이 닿지 않는다. 얼른 도망치라고 목이 터져라 외쳐 보지만 소리가 되어 나오지 않는다.

도망쳐, 유한! 제발…… 제발 도망쳐!

"당주님!"

허우적대는 손을 잡아오는 손이 있었다. 은현은 매달리듯 그 손을 꼭 잡았다. 움직일 수도 없고, 소리도 낼 수 없는 자신을 대신해 이 손의 주인이 유한을 구해주기를 바랐다. 단우는 점점 유한에게 다가가고 있었다.

안 돼…… 안 돼…… 유한!!!

드디어 소리가 터져 나왔다.

"유한…….”

"당주님!"

익숙한 향내, 익숙한 공기, 그리고 익숙한 목소리. 다시 꼭 잡아오는 손을 느끼며 은현은 눈을 떴다. 그곳은 은화원에 있는 자신의 방이다. 눈앞에 향이 있었다.

"정신이 드십니까, 당주님?"

"향아."

향을 부르는 은현의 눈에 두려움이 가득하다.

무슨 일일까?

향은 땀으로 흠뻑 젖은 은현의 이마를 닦아내었다. 바짝 마른 은현의 입술이 달막거렸다. 그러나 입안이 말라 말이 쉬이 나오지 않는 듯했다. 향은 얼른 수건에 물을 적셔 입술을 축여주었다. 그제야 은현의 입에서 목소리가 다시 들렸다.

"……한."

무슨 말인지 알아들을 수 없었다. 향은 귀를 가까이 가져갔다. 은현의 입에서 후끈한 열기가 뿜어져 나왔다. 은현은 향의 손을 꼭 쥐고 가까이 다가온 그녀의 귀에 천천히 속삭였다.

"……유한."

향은 자신의 귀를 의심했다. 은현은 마치 유한이 이곳에 숨어든 것을 안다는 듯한 표정으로 향을 바라보았다. 그러나 그것은 향의 착각이었다. 잠깐 정신이 든 듯하던 은현이 다시 까무룩 정신을 놓아버렸다.

의(醫)당녀들이 은화원으로 달려왔다. 의(醫)당녀들은 은현의 열을 고뿔에 의한 열로 단정 지었다. 그리고 그 열은 하루 이틀이면 떨어질 거라고 안심시켰다. 열을 내리는 약을 처방하고 간호에 나섰지만 이틀이 지나도록 은현의 열은 떨어지지 않았다.

간간이 눈을 뜰 때마다 은현은 향을 찾았다. 무언가 할 말이 있는 듯했지만 곁을 지키고 있는 유현란과 감울란 때문에 입을 열지 못하는 것 같았다.

모두가 잠든 새벽녘, 향은 조용히 은현이 잠든 방으로 들어갔다. 그리고 꾸벅꾸벅 졸고 앉아 있는 의(醫)당녀를 깨워 내보내고 대신 그 자리에 앉았다. 은현에게서는 여전히 후끈한 열기가 느껴졌다. 이불을 다독여 준 향은 은현이 깨어나기를 기다렸다.

달빛이 스며들어 은현의 모습을 환하게 비추었다. 잠든 은현의 모습은 너무도 어리다. 이 어린 여자가 겪고 있는 마음의 갈등을 향은 여전히 다 이해하기가 어렵다. 사랑이란 것이 무엇이기에 이토록 마음을 앓는 건지?

향은 은현의 고뿔과 열이 유한을 그리는 마음에서 왔다고 생각했다. 잠시 눈을 떠 자신을 불러 앉히고도 유현란의 눈치를 보며 아무 말을 못하던 은현의 눈이 그리던 사람은 유한이었다. 모화촌에서 그를 향해 반짝이던 은현의 눈을 향은 기억한다. 은허당으로 돌아오던 길에 유한에게 꼭 할 말이 있다며 돌아서던 단호한 은현의 눈도 기억한다. 그리고 동굴 속에서 홀로 울고 있던 그날의 은현도 기억한다. 그 순간 은현은 은허당의 당주가 아니었다. 그저 한 남자를 그리는 어린 여자일 뿐이었다.

유한이 이곳에 와 있음을 알려야 할지 말아야 할지 고민되었다. 만약 사실을 안다면 은현이 어떤 행동을 할지 짐작을 할 수가 없다. 무엇이 은현을 위한 길인지도 알 수가 없다. 온갖 생각에 골똘히 빠져 있는데 어둠 속에서 무슨 소린가 들렸다.

"유한……."

그것은 은현에게서 들리는 소리였다.

그곳은 물안개가 피어오르는 모화촌의 강둑이다. 밤새 지치
듯 서로를 안고 새벽이면 강에서 피어오르는 물안개를 보기 위
해 그곳으로 달려가곤 했었다. 유한과 함께 보는 그림 같은 그
풍경이 너무도 좋았다. 이렇게 날마다 그와 함께 살 수 있다면
은허당을 떠날 수도 있겠다는 생각도 잠깐 했다. 하지만 그럴
수 없다.

은허당을 어떻게 버려? 내 살과 피 같은 곳인데.

유한의 따뜻한 손이 다시 볼을 쓰다듬는 그곳은 태대산 중턱
어딘가에 있던 동굴 속이다.

"기다려. 내가 찾아갈 때까지."

은현은 볼을 스치는 따뜻한 손을 잡았다. 그리고 눈을 떴다.
향이 그녀를 내려다보고 있었다. 걱정스런 그 눈을 보며 은현은
물었다.

"저 눈들이 다 녹으려면 얼마나 걸릴까, 향아?"

"예?"

"유한이 보고 싶어."

너무도 직설적인 말에 향은 낮은 음성으로 소리쳤다.

"당주님!"

그러나 은현은 향의 나무람 따위는 귀에 들어오지 않는다. 견딜 수 없이 유한이 보고 싶어서 이렇게 꿈에도 나타나고 환각으로도 보이는 거라고 생각했다. 선원당에서 건장한 체구의 단우를 만나며 유한을 생각했고, 그의 입가에 흐르던 은근한 미소를 보며 유한의 따뜻한 미소가 떠올랐다. 그래서 얘기를 나누는 내내 마음이 불편했었다. 이토록 뜨거운 열이 오르는 것은 환각을 본 후, 눌러두었던 유한에 대한 그리움이 드디어 터져 버린 거라고 생각했다. 그래서 이렇게 꼼짝도 할 수 없을 만큼 온몸이 아픈 거라고.

"보고 싶어, 향아. 참을 수 없이 보고 싶어. 그래서 죽을 만큼 아파."

어제도 그제도 눈을 뜰 때마다 향에게 하고 싶었던 말은 그것이었다. 은현의 귓전으로 눈물이 흘러내렸다. 젖은 음성이 향의 마음을 아프게 했다. 유현란과 감울란, 그리고 양월을 비롯한 나이 든 선원당녀들 앞에서는 너무도 어른스럽고 꼿꼿한 모습을 보이지만 언제부턴가 향에게는 연약하고 어린 속내를 여과 없이 보이는 은현이다. 그만큼 그녀를 믿고 의지한다는 뜻이리라.

향은 따뜻한 손으로 눈물을 닦아주며 말했다.

"눈은 금방 녹을 것입니다. 저 눈이 다 녹고 봄이 오면 당주님은 성년식을 치르실 것입니다. 그때 그분을 부르십시오. 그러면 되지 않습니까? 무슨 걱정을 하십니까?"

향의 말은 조금도 위로가 되지 않았다. 은현은 지금 당장 유한이 보고 싶다. 한 번 시작된 눈물은 쉽게 멈추어지지 않았다. 어떤 위로의 말도 유한을 향한 그리움을 삭여주지는 못할 것 같았다. 그럼에도 향은 그가 이곳에 와 있다는 말을 쉽게 꺼낼 수가 없다. 봉족군 단우의 호위부대에 숨어 있다는 말은 더더욱 할 수가 없다. 그곳이 얼마나 위험한 곳인지, 그리고 사실을 안 후 은현의 행동을 감당할 수 없을 것 같아서다. 지금 그녀의 모습으로 보아서는 사실을 안다면 당장 만나러 가겠다고 나서고도 남을 듯하다. 향은 은현의 흥분이 가라앉기를 기다렸다.

문밖에 푸르스름한 새벽빛이 감돌 즈음에서야 은현의 울음이 조금씩 잦아들고 있었다. 치솟던 열도 조금 떨어지고 어느덧 마음도 안정이 된 듯했다. 그제야 향은 은현의 손을 꼭 잡고 속삭였다.

"저 눈이 녹으면 제가 제일 먼저 달려 내려가겠습니다. 그러니……."

그때 문이 조심스럽게 열리며 그림자 하나가 방으로 들어왔다. 등을 손에 든 유현란이었다. 향은 재빨리 의자에서 일어났다. 유현란은 등을 들어 향의 얼굴을 확인하고 의아한 표정을 지었다.

"의(醫)당녀는 어디 가고 네가 여기 있느냐?"

"자, 잠시 눈이라도 붙이라고 내보냈습니다."

"그래?"

여전히 미심쩍은 얼굴로 향을 살피던 그녀는 조그만 등을 은현이 누운 침상으로 스륵 올렸다. 은현은 방금 전까지 운 흔적이 역력한 얼굴로 유현란을 빤히 올려다보았다.

수심이 가득하던 유현란의 얼굴이 순식간에 얼음처럼 차가워졌다.

"눈물을 보이신 겁니까?"

몸이 조금 고통스럽다 하여 눈물을 보이다니, 그것도 매화대원 앞에서 말이다. 유현란은 은현의 이런 모습을 도저히 용납할 수 없었다. 매섭게 질책하는 유현란의 눈을 보며 은현은 다시 눈물을 주룩 흘렸다.

"아파요, 대모님."

"당주는……! 아무리 몸이 아파도 약한 모습을 보이지 말아야 할 것이 은허당의 당주라는 걸 잊으셨습니까? 은허신들이 몸의 고통을 거두어갈 때까지 그 고통을 한 치도 내비치셔서는 안 되는 것이 당주입니다!"

서릿발 같은 유현란의 다그침이 방 안을 쩌렁쩌렁 울렸다. 겨우 고뿔 정도에 눈물을 보이는 모자란 마음으로 어찌 봉족의 수장을 만날 마음은 낸 것일까? 어이가 없을 지경이다. 한동안 다 자란 듯하던 은현의 모습들은 모두 거짓이었을까? 여전히 나약하고 여전히 눈물투성이다!

파르르 떨리는 유현란의 입술을 보며 향은 주먹을 꼭 쥐었다. 유현란의 호통 앞에 아무 말도 못한 채 굵은 눈물만 뚝뚝 흘리

고 앉아 있는 은현의 모습이 안타까웠다. 은현이 정말 아픈 것
은 몸이 아니라 마음이라는 것을, 그래서 그 아픈 마음을 위로
받고 싶어한다는 것을 유현란은 모르고 있다.

아홉 번의 죽음과 이름 부르는 일
아홉 번의 죽음과 이름 부르는 일

17. 아홉 번의 죽음과 이름 부르는 일

　당주가 단우를 만난 직후 병석에 누웠다는 소문이 건평원에
있는 봉족군에게도 알려졌다. 병사들은 당주가 난생처음 사내
를 대면하여 놀랐을 것이라고 말했다. 거기다가 자신들의 왕과
같은 대단한 사내를 만났으니 그 기를 이기지 못해 몸살이 난
것이라고 낄낄거렸다.

　"은허당의 당주라고 뭐 별거 있나? 사내 품에 안겨 버리면 꼼
짝도 못하는 계집인 것은 별반 다를 게 없을걸?"

　"그렇겠지? 이제 겨우 열아홉이라 하니 살이 아주 보들보들
할 거야. 킥킥킥."

　유한은 음탕하게 지껄여 대는 소리들을 듣고 있기가 거북하

여 밖으로 나왔다. 달빛이 은현을 처음 만나던 그날처럼 건평원 마당을 속속들이 비추며 쏟아져 내렸다. 어디선가 조그만 소리로 흥얼거리던 은현의 노랫소리가 들리는 듯하다.

선원당에서 나오던 그들의 얼굴이 심상찮아 내내 마음을 졸이던 차였다. 반유에게 넌지시 물었지만 엄한 눈길만 날릴 뿐 말이 없었다. 또다시 건평원에 갇혀 버렸으니 이제 향의 선택을 기다리는 수밖에 없는 건가?

달빛 탓인지 건평원 담장이 유난히 낮아 보이는 밤이다. 유한은 어슬렁어슬렁 걸음을 옮겨 담벼락으로 다가갔다. 마음만 먹으면 한번에 뛰어넘을 수 있는 높이다. 이곳을 뛰어넘어 은화원까지 한달음에 달린다면 얼마만큼의 시간이 걸릴까 가늠해 본다. 신비한 나무들이 자라고 있는 그 너른 숲을 거쳐 가거나, 아니면 호수를 돌아 내쳐 달리거나⋯⋯.

유한은 침을 꿀꺽 삼키며 주먹을 가만 그러쥐었다. 담장을 뛰어넘어 내달리는 마음을 가라앉히기가 너무도 힘이 든다.

"뭘 하고 섰느냐?"

소리에 돌아보니 놀랍게도 단우가 서 있었다. 유한은 얼른 고개를 숙여 예를 갖추었다. 느린 걸음으로 다가온 단우는 유한이 노려보고 있던 담장을 손으로 스륵 쓰다듬었다.

"유혹을 느끼느냐?"

"⋯⋯?"

"이 담장을 넘고 싶으냔 말이다."

"아닙니다."

유한의 단호한 말에 단우의 얼굴이 스륵 가까이 다가왔다. 달빛에 비친 그의 눈은 더욱 예민한 기운을 뿜으며 유한을 살폈다. 유한은 어둠을 틈타 그 얼굴을 살폈다. 칼을 휘두르며 전쟁터를 누빈 사람의 얼굴이라 하기엔 너무 여린 감성이 느껴진다. 이 여린 감성 뒤에 차고 냉엄한 단우가 숨어 있을 것이다.

유한을 가만 살피던 단우는 피식 웃음을 흘리며 고개를 돌렸다. 그리고 약간 감상에 젖은 음성으로 물었다.

"여인을 사모해 본 적이 있느냐?"

그의 눈은 건평원 너머의 어딘가로 향해 있었다. 서른일곱이라 했으니 단우는 자신보다는 훨씬 많은 인생을 겪었을 것이고 봉족 수장이니만큼 수많은 여인을 접했을 것이라고 생각했다. 유한은 달빛 속에 번진 은현을 느끼며 대답했다.

"예."

"그래?"

유한의 대답에 단우는 호기심 가득한 얼굴로 유한을 내려다보았다. 이제 겨우 스물셋, 사랑을 해봐야 얼마나 해봤을까 싶은데 대답하는 모양이 제법이다. 이 어린 병사가 사모하는 여인은 어떤 여인일까 궁금하기도 하다.

지난번 검술 대회 이후, 단우는 유한에게 잔뜩 호기심이 생겼다. 봉족의 그늘을 용감히 벗어던진 그의 검술을 아껴주고 싶었다. 잘 키워 자미대를 맡겨도 좋겠지만 그것은 무장들의 반발이

심해 어려울 것 같고 자신을 그림자처럼 따르는 호위로 두어도 좋으리라.

단우는 다시 빙긋 웃으며 담장 너머로 눈을 돌렸다. 당주의 어린 얼굴이 떠올랐다. 한번 마음에 담아버리면 좀체 꺼내지지도, 버려지지도 않는 것이 그의 성격이다. 평생을 따라다니는 누이의 얼굴도…… 세 해가 넘도록 죽은 아내를 끌어안고 살았던 것도 그 성격 탓이었다. 그는 달밤에 숲에서 보았던 당주에게 호기심이 일었고, 선원당에서 만난 당주에게 더더욱 호기심이 생겨 버렸다. 사내의 마음으로 사로잡지 못한다면 힘으로라도 차지해 버리고 싶은 욕심이 생겼다. 그러기 위해서는 당주를 꼼짝 못하게 손아귀에 옭아맬 구실이 필요했다. 그게 무엇일지 지금부터 궁리해 볼 참이다. 달빛 너머 어둠 속을 바라보는 그의 눈이 반짝인다. 무슨 생각엔가 골똘히 빠진 단우를 바라보는 유한의 눈동자도 반짝인다.

은현의 열은 사흘이 되어도 떨어지지 않았다. 유현란은 선원 회의를 열어 중간마을에 있는 사혜를 데려오기로 결정을 했다.

"할 수 있겠는가?"

유현란의 물음에 감울란은 쉽게 대답을 하지 않았다. 저 눈을 뚫고 중간마을로 내려간다는 것은 쉬운 일이 아니다. 더구나 늙은 사혜를 데려와야 하는 일이다. 유현란이 명을 내리면 따를 수밖에 없는 것이 매화대인데 그녀는 감울란의 의견을 먼저 물었다. 생각에 잠겨 있던 감울란이 한참 만에 천천히 고개를 끄덕였다.

"해보지요."

선원당을 나와 매화원림으로 걸음을 옮기는데 양월이 앞을 막아섰다.

"당주님의 병환이 어느 정도시기에 위험한 눈길을 나선단 말인가?"

"신열이 떨어지지 않고 있습니다."

"그래? 이거야 원, 내일모레면 성년이 되시는 분을 아직까지 저렇게 제 품에만 끼고 있으려고 하니……."

은현이 앓아누운 내내 선원당녀들의 은화원 출입이 금지되던 것에 대한 불만이다. 게다가 단우를 만난 자리에서 그런 소동이 일어났으니 양월로서는 불편하기 짝이 없는 노릇이었다.

흠, 그래 봐야 두어 달이다. 두어 달 후면…….

조그만 눈을 굴리던 양월의 입가에 회심의 미소가 번진다.

"어쨌거나 매화대가 유현란의 명을 수행하는 것도 이번이 마지막일 터이니 잘 수행하시게. 이젠 자네도 부란님의 그림자에서 그만 벗어나야지? 은허당의 당주는 이제 은현님이시란 걸 잊고 있는 건 아닐 테니 말일세."

양월은 감울란을 유혹하듯 은근한 목소리로 속삭였다. 앞날을 위해 현명하게 처신하라는 뜻이다. 이 눈이 녹으면 유현란의 권세도 눈처럼 녹아 끝이 나고 말 것이다.

어리석은 유현란. 혼자 잘난 척 기고만장하더니 도대체 이뤄 놓은 게 뭔가? 당주는 스물이 다 되도록 아직도 유현란의 품을 벗어나지 못하고 있고, 은허당은 봉족의 도움 없이는 제 식구 입에 풀칠도 제대로 못할 지경이 되었으며, 아래세상 사람들은 은허당 알기를 제 발 사이 때쯤으로 여긴다. 존경도 우러름도 그냥 나오는 것이 아니다. 거기에는 필수적으로 재물이 들어가 게 마련이다. 열흘을 꼬박 굶은 사람들이 하늘을 올려다보며 존 경을 표하겠는가, 원망을 하겠는가? 어리석은 유현란…… 그렇 게 고고히 산다고 하여 누가 알아나 주던가? 결국은 빈털터리로 선원당의 뒷방으로 밀려나 비참한 말년을 보내게 되고 말 것을. 쯧쯧쯧…….

혀를 차며 돌아서는 양월의 얼굴에 거만이 가득하다. 일찍이 부란의 총애를 포기하고 봉족의 편에 붙어 재물을 쫓았던 자신 의 선택이 탁월했다 싶은 것이다. 늙은 부란이야 죽어 없어지면 그만이지만 재물은 자신이 사라지지 않는 한 평생 자신을 지켜 줄 가장 확실한 무기다. 또한 은허당을 지켜줄 유일한 수단이기 도 하다.

"잘해보게. 이번 일이 잘되면 당주님께서도 자네 공을 잊지 않으시겠지. 매화대를 떠나기엔 아직 아까운 나이가 아닌가. 어 찌 지킨 자린데……."

말꼬리를 흐리며 양월이 멀어져 가자 감울란은 검은 눈을 들 어 은허당을 감싸고 있는 태대산을 둘러보았다. 이곳에서 나고 자랐으니 마흔다섯 해를 보아온 산하다. 그런데…… 아무런 애착이 없다. 부란이 내린 마지막 명도 두어 달이면 그 시효가 끝이 나고, 그러면 은허당과 자신의 연도 끝이다. 저 도도한 유현란도 끝을 내어줄 것이고 거만한 웃음을 흘리고 멀어져 가는 양월, 당신도 끝이야.

감울란은 무심한 눈을 거두며 매화원림으로 걸음을 옮겼다. 얼른 대원들을 차출하여 중간마을로 내려보내야겠다. 늙은 사혜를 데리고 올라오려면 꽤나 힘든 여정이 될 것이다.

스륵, 짚어보는 이마가 여전히 후끈하다.

어찌 이리도 애를 태우십니까?

유현란은 가뭇 꺼지는 눈으로 은현을 내려다보았다. 지금껏 병치레 한번 하지 않고 커온 은현인데 갑자기 무슨 일인지 모르겠다. 여름의 끝자락에는 느닷없이 산을 내려가 종적을 감추었고, 가을 내내 거침없는 반항으로 속을 썩이더니 겨울로 접어들면서는 생전 하지 않던 모진 병치레까지 하고 있다. 마치 막바지로 치닫는 열병처럼 은현은 열아홉의 나이를 유난히 힘들게 넘기고 있다.

은현을 품에서 떼내어야 할 날이 점점 다가오면서 사흘이 멀다 하고 병치레를 하는 자신처럼 이 아이도 그런 것일까? 떼어내기 두려운 나처럼 떨어져 나가기가 두려워 몸이 먼저 병을 앓는 것일까?

이마에 한동안 머물러 있던 유현란의 손이 떠나자 은현은 천천히 눈을 떴다. 방문을 나가는 유현란의 옷자락이 보인다. 문밖에서 한동안 나직한 음성이 들리더니 유현란의 그림자가 사라졌다. 은현은 그제야 조그맣게 한숨을 내쉬었다.

눈을 감을 때마다 유한의 꿈을 꾼다. 꿈속에서의 유한은 언제나 궁지에 몰려 있다.

무슨 일이 생긴 것일까?

그에게 위험이 닥친 것은 아닐까 걱정된다. 두려운 마음에 눈을 가만 감았다. 번뜩이는 눈으로 매족의 부활을 꿈꾼다고 말하던 유한이 떠오른다.

곧 무서운 전쟁이 일어날 거야, 대전쟁에 버금가는!

머릿속에서 들리는 그 소리에 은현은 눈을 번쩍 떴다.

"향아…… 향아!"

향과 의(醫)당녀가 뛰어들어 왔다. 머리가 깨어질 듯이 아팠고 식은땀이 쏟아져 내렸다. 향은 허우적대는 은현의 손을 꼭 잡았다. 조그만 손이 불덩이다.

"당주님!"

"향아, 아직 눈이 녹지 않았니?"

은현의 눈은 아득한 시간을 달려온 듯 노곤해 보였다.

"나흘밖에 지나지 않았습니다."

"마음이 조급해. 자꾸 무서운 생각이 들어. 머릿속에서 이상한 말들이 들린다."

"마음이 약해지셔서 그렇습니다. 얼른 떨치고 일어나십시오."

은현은 다잡는 향의 손을 꼭 쥐었다.

그래, 몸이 아프니 마음까지 약해져서 그런 걸 거야.

그러나 은현의 눈은 너무도 또렷하고 맑다. 그 눈과 어울리지 않게 바짝 마른 입술엔 피들이 말라붙어 있고, 며칠 속을 태운 열 탓인지 얼굴빛은 붉다 못해 검다. 의(醫)당녀들의 간호도, 영험하다는 약재들도 소용없다. 은현은 향만 보면 유한을 찾는다. 그가 턱밑에 다가와 있는 줄도 모른 채 은현은 그리움을 앓고 있는 것이다. 이런 상황에서 사혜가 온다 한들 무슨 소용이겠는가. 지금 은현을 낫게 할 수 있는 것은 유한이라는 그 사내의 안녕을 확인시켜 주는 일뿐인 것 같다. 향은 안타까움을 이기지 못하고 은현의 손을 꼭 잡았다.

"당주님……."

"유……."

다시 그의 이름을 되뇌려던 은현이 곁에 선 의(醫)당녀를 발견하고 재빨리 입을 다물었다. 무섭게 끓어오르는 열 속에서도 은현의 의식은 이처럼 또렷했다. 향은 의(醫)당녀에게 그만 나가라 명하고 밖을 살핀 후 얼른 문고리를 걸어 잠갔다.

은현은 어느새 다시 잠이 들어 있었다. 바짝 마른 입술과 혈색 없는 얼굴을 보며 향은 마음이 혼란스러웠다. 과연 당주를 잘 모시는 것이란 어떤 것일까? 문제가 될 만한 일들을 사전에 차단하고 올곧은 길을 걸을 수 있도록 보필하는 것이 당주를 모시는 자의 본분일 것인데 자꾸 마음이 흔들린다. 올곧은 길보다 진정으로 원하는 길을 가게 해주고 싶다, 생각하며 향은 스스로에게 절망감이 들었다. 자신은 결코 충성스러운 매화대원은 되지 못할 것 같아서다.

향은 드디어 고개를 숙여 은현의 귀에 대고 무슨 말인가를 속삭였다. 잠든 듯하던 은현의 눈이 번쩍 떠졌다. 열에 들떠 나른하던 눈동자에 바람이 인다. 태대산 꼭대기 눈발 위를 내달리는 바람처럼 차고 냉엄한. 은현은 심장을 두드리는 격해진 어린 흥분을 그 바람에 감추었다.

건평원 마당에서 다시 검술 시합이 열렸다. 둘러선 병사들의 얼굴에 긴장과 함께 전율 같은 흥분이 흐른다. 그도 그럴 것이 칼을 들고 시합장에 나선 사람은 바로 그들의 왕 단우였던 것이다. 봉족 왕의 문양이 새겨진 청호검을 들고 마당 가운데로 나온 단우는 둘러선 병사들을 휘, 둘러보다가 어느 한곳에서 눈이 멈추었다. 그리고 그곳에 선 누군가를 향해 나오라는 손짓을 했다. 병사들의 눈이 일제히 그곳으로 향했다. 당연히 반유일 거라 생각하며 돌아보던 그들의 눈에 들어온 사람은 놀랍게도 유한이었다. 멀뚱히 서 있던 유한은 쏟아지는 눈들을 보고서야 단우가 지목한 사람이 자신이라는 것을 깨달았다. 놀란 눈으로 서 있는 그를 향해 단우가 다시 손짓을 했다. 한경이 머뭇거리는 유한의 등을 밀며 속삭였다.

"어서 나가, 유한. 왕께서 널 알아보셨으니 넌 곧 장군이 될 수도 있어."

한경의 음성은 잔뜩 흥분되어 있었다.

단우는 전쟁 참여를 반대하는 아버지의 허락을 얻기 위해 열다섯의 나이에 검술 대회에 나섰으며 그 자리에서 봉족군의 내로라하는 무장들을 제 칼 아래 무릎을 꿇게 했다고 들었다. 그러나 여기 모인 병사들 어느 누구도 그들의 왕이 칼을 휘두르는 모습을 본 사람이 없다. 왕은 조용하고 나른한 눈으로 궁궐 안을 거닐었다. 그 곁에는 늘 아리따운 부인이 있었고, 그 부인이 세상을 떠난 후로 왕의 곁을 지킨 것은 술이었다. 병사들이 지금껏 보아온 왕은 무예와는 무관한 사람이었다. 그러니 전설처럼 전해지는 대전쟁 때의 모습은 그저 왕을 영웅스럽게 미화하려는 위정자들의 거짓말쯤으로 생각하는 사람들이 많았다.

유한은 얼떨결에 떠밀려 앞으로 나갔다. 단우는 엷은 미소를 지으며 여전히 나른한 눈으로 유한을 바라보았다. 그 옛날 몰아치는 광풍처럼 은파를 휩쓸고 매족을 멸족시키기 위해 혈안이 되어 덤볐던 사람이라고는 상상이 되지 않을 만큼 그는 순하고 평화로운 얼굴이다. 유한은 침을 꿀꺽 삼키며 그의 큰 키를 올려다보았다.

바짝 마른 얼굴과 나른한 눈빛, 아무 감흥 없는 얼굴. 그러나 그 속에 들어 있을 광기를 유한은 잊지 않았다. 매족의 멸족을 원했던 자다. 칼자루를 지그시 그러쥐는 유한의 손이 떨린다.

"칼을 뽑아라."

눈빛만큼이나 나른한 음성이 들렸다. 스륵 뽑아 드는 청호검에서 반사된 햇살이 유한의 눈을 찔러왔다. 그는 진검승부를 원했다. 병사들 사이에서 누군가 꿀꺽, 침 넘기는 소리가 들려왔다. 눈짓으로 몇 번 더 재촉을 받고서야 유한은 천천히 칼을 뽑았다. 치리링, 쇳소리에 살들이 찌르르 떨렸다.

두껍고 무거운, 또한 가볍고도 가벼운 백색의 세상 태대산 자락에 유일하게 붉은 흙을 드러내고 있는 땅 은허당. 여인들의 세상인 그 은허당에서 또한 유일하게 사내들이 기거하고 있는 건평원 마당에 함성 소리가 울려 퍼졌다. 그 소리는 담장을 넘어 비원의 숲을 건너 은화원과 선원당, 그리고 매화원림 마당까지 울렸다. 그것은 마치 자신의 존재를 잊지 말라는 단우의 은근한 목소리 같았다.

칼을 비스듬히 재고 느린 걸음으로 유한을 탐색하는 단우의 얼굴에 그제야 나른함과 따분함이 조금 거두어지고 있다. 그만큼 그도 긴장하고 있다는 뜻이었다. 뒤에서 지켜보던 것보다 마주하고 선 유한의 자세가 훨씬 견고하고 오랜 무예에 단련된 듯 보이는 탓이다.

마주 선 유한 또한 바짝 긴장한 얼굴로 쉽게 공격해 들어오지 못하고 있었다. 나른한 듯 따분해 보이는 저 눈빛과 느린 움직임이 이토록 강렬하게 느껴질 수는 없다. 도무지 빈틈이라고는 보이지 않는 그 모습은 어린 날 아버지 천강과 칼을 마주하고 섰을 때와도 같은 절망감이 밀려들 지경이었다.

유한은 긴장을 이기지 못한 채 온몸이 딱딱하게 굳을 지경인
데 반해 단우는 여전히 느린 몸짓으로 제법 느긋한 웃음까지 베
어 문 채 유한을 살폈다. 처음 마주섰을 때의 대범함은 어디 가
고 웬 겁먹은 애송이 하나가 살쾡이처럼 자신을 노려보고 있지
않은가. 단우는 빙긋 웃으며 먼저 가볍게 칼을 휘둘러 다가갔
다. 유한의 긴장을 풀어주려 함이었다. 단우의 첫 공격을 유한
은 가벼운 몸놀림으로 슬쩍 피했다. 스쳐 가는 유한의 몸에 열
기가 후끈하다.

조상 대대로 뿌리내려 살아오던 기름진 땅을 빼앗고 매족의
멸족을 꿈꾸었던 자, 수많은 매족의 용사를 베고 벗들의 부모를
앗아간 자, 그리고 자신의 어머니를 죽인 봉족의 수장!

그것만으로도 칼을 휘두를 충분한 이유가 되었다. 절대로 지
고 싶지 않았다. 유한은 칼을 고쳐 잡고 순식간에 몸을 솟구쳐
날아올랐다. 쏟아져 내리는 햇살은 사방을 뒤덮은 하얀 눈에 반
사되어 그 밝음을 더하였고, 빛을 가르며 날아오른 두 칼의 부
딪힘은 태대산을 타고 내리꽂히는 바람처럼 차고 날카로웠다.

큰 키에서 내리꽂히는 단우의 칼과 홱치며 오르는 유한의 칼
은 서로 한 치의 물러섬도 없이 공중에서 맞부딪쳤다. 빙글 돌
아 떨어지며 순식간에 옆구리를 찔러오는 유한의 칼을 피하는
단우의 입가에 희미한 미소가 지어진다.

도무지 다음을 가늠할 수 없이 거칠게 휘둘러 대는 칼이다.

유한의 붉게 상기된 얼굴과 거친 숨결은 왕에 대한 조심도 겁도 느껴지지 않는다. 그래서 이 어린 무사가 마음에 든다.

늘 나른하던 단우의 몸은 일순간에 깨어나 생기로 펄떡이고 있었다.

다시 쉴 틈 없이 덤벼오는 칼을 피해 옆에 쌓아놓은 나무토막을 밟고 날아오른 단우는 공중에서 한 바퀴 돌아 떨어져 내리는 순간 유한과 눈이 마주쳤다. 그리고 자신의 눈을 의심했다.

살의다!

오랫동안 칼을 휘둘러 본 자들은 안다. 칼 쥔 자의 눈에 흐르는 감정을. 그리고 그 칼끝에 묻어 나오는 마음을.

유한의 눈과 칼끝에서 느껴지는 것은 분명 살의다!

느끼는 순간, 유한의 칼이 그의 허벅지를 스쳐 갔다. 찢어진 바지 자락으로 날카롭게 스며드는 찬바람에 등골이 오싹하다. 병사들 사이에서 놀란 비명 소리가 들려왔다.

"전하!"

소리를 지르며 놀란 얼굴로 뛰어드는 호위부장을 단우가 제지했다.

"멈춰라!"

잘린 옷자락 사이로 싸늘하게 파고드는 오싹한 기운을 느끼며 단우는 유한과 눈을 마주쳤다. 유한은 여전히 칼을 겨눈 채 붉게 달아오른 얼굴로 서 있었다.

한순간, 자신도 모르게 드러나 버린 단우에 대한 본능 같은 살의를 감당하기가 힘이 든다. 저자의 칼에 동족을 잃었고, 조상의 땅을 잃었고, 어머니도 잃었다. 언젠가는 자신의 칼로 꼭 베고 싶었던, 바로 그자가 눈앞에 서 있다. 칼자루를 움켜쥔 주먹 속이 뜨거웠다. 짧은 순간 부딪혔지만 대적하고자 한다면 감당 못할 칼도 아니었다. 지지 않을 자신도 있었다. 그러나 순간 유한을 붙잡는 것은 태대산의 바람 같은 차가운 이성이다. 단우의 눈 속에서 금방이라도 뛰쳐나올 듯 이글거리는 야수의 광기보다 더 무서운 차가운 이성이 유한을 일깨웠다. 그제야 유한의 눈에 사방을 둘러싼 병사들이 보였다. 모두가 하나같이 단우의 수족들인 봉족 왕의 호위군이다. 혼란과 분기가 엉킨 그 눈들이 금방이라도 휘몰아칠 바람처럼 유한을 향하고 있었다. 그제야 유한은 자신의 눈 속에 두려움을 들여앉혔다.

유한의 눈에서 여전히 살의가 거두어지지 않고 있었다. 천하의 봉족 왕을 바라보는 시선치고 지나치게 겁이 없는, 죽고자 마음먹지 않고서는 감히 저런 눈으로 자신을 바라볼 수는 없다. 단우는 제 속에서 꿈틀, 이는 광기를 느꼈다. 그러나 다음 순간 유한의 눈에 두려움이 스며드는 것이 보였다. 얼굴은 붉고, 여전히 펄떡이는 가슴이 멀리서도 다 보였다.

유한은 어리고 칼은 거칠다. 어린 그가 거친 칼을 감당하지 못해 잠깐 흥분을 했던 거라고 단우는 생각했다. 그래서 괘씸하지만 용서하기로 했다. 용서는 하되 경고는 해야겠다.

자신이 저의 주인이며 봉족의 왕 단우란 것을.

그 거친 칼은 오로지 적을 향해서만 사용되어야 한다는 것을.

그리고 다시 한 번 이런 실수를 한다면 용서하지 않겠다는 것을!

"시합은 아직 끝나지 않았다. 칼을 들어라."

거역할 수 없는 단호한 명령이 떨어졌다. 망설이던 유한이 다시 칼을 들고 자세를 잡는 순간 단우의 몸이 바람을 가르며 공중으로 날아오르는 것이 보였다. 유한도 따라 올랐다. 두 마리의 용이 한 몸으로 엉켜 똬리를 틀며 날아올랐다. 쏟아지던 햇살이 쇳소리에 갈라지고 바람은 그들 속에 휘감겨 길을 잃어버렸다. 무서운 포효를 내뿜는 칼의 부딪힘을 지켜보는 병사들 사이에는 두려운 적막이 흘렀다.

폭발하는 단우의 엄청난 힘을 받아내기에 유한은 역시 역부족이었던 것일까? 팽팽하던 균형이 순식간에 깨어지며 단우의 칼이 춤을 추듯 유한의 몸을 넘나들었다.

칼은 정확히 급소 앞에서 미세한 틈을 사이에 두고 멈추었다 물러갔다. 그 순간순간마다 단우는 유한의 눈을 놓치지 않았다. 그 눈은 유한에게 죽음을 줄 수 있는 것도, 삶을 허락하는 것도 바로 단우, 자신뿐이라는 것을 각인시키려는 것 같았다.

관자놀이!

유한은 한 번 죽었다.

명치!

유한은 두 번 죽었다.

경추!

유한은 다시 죽었다.

오금! 낭심! 하복부! 혈복! 정광! 그리고…… 숨통!

드디어 칼이 멈추었다. 울렁 흔들리는 울대에 서늘한 칼날이 닿았다 떨어졌다. 하얗게 질린 유한의 얼굴을 건너다보던 단우가 칼을 거두고 빙긋 웃으며 다가왔다.

"좋은 대련이었다. 아주 훌륭한 솜씨였어!"

커다란 손으로 꽉 잡는 어깨가 부서질 듯 아팠다.

그날 밤, 유한은 단우에게 무방비로 내어주었던 제 목숨을 생각하며 어둠을 응시하고 있었다. 춤을 추듯 급소를 넘나들던 단우의 칼, 그 칼이 전하던 의미를 생각하며 유한의 입가에 조소가 흘렀다.

단우는 오만을 넘어 안하무인의 칼을 휘두르는 자였다. 그 칼 앞에 수그리지 않는 자는 살아 있어서는 안 되는, 아무 가치 없는 목숨일 뿐이다. 만약 유한의 눈에 거짓 두려움이 없었고, 칼 끝에 힘을 감추지 않았다면 그의 목숨 또한 한순간에 달아나고 말았을 것이다.

지나치게 강하여 오히려 독이 되고 말 칼, 그 칼 아래 수그린 자들에겐 충성심보다 더 큰 것이 두려움일 것이다. 그래서 유한은 오십이나 되는 봉족 최고의 무사들에게 둘러싸여 있어도 그들이 두렵지 않았다.

이곳으로 올라온 후, 유한은 낯선 군사들과 스스럼없이 어울리며 봉족군의 상황을 파악하고 있었다. 왕의 친위부대 외에 봉족군의 주력부대 오천 명이 단우와 함께 남광을 떠나왔으며 그들이 지금 서라연에 주둔하고 있다는 사실을 알아낸 것은 아주 큰 수확이었다.

미루는 갈왕산을 잘 넘어갔을까?

어쩌면 이미 많은 용사를 이끌고 산을 넘어왔는지도 모르겠다. 그 속에 아버지 천강이 끼어 있을지도 모른다. 상상만으로도 흥분이 되어 주먹이 불끈 쥐어진다. 스스로의 의지로 떨쳐 일어선 매족 앞에 단우가 없는 봉족은 그저 흩어지는 바람 같으리라, 생각하며 유한은 어둠 속에서 다시 조소를 흘렸다.

은현이 열병을 앓고 있다고 했다. 그 열이 어느새 제게로 건너온 듯 유한은 가슴이 뜨겁고 아프다. 이곳에 올라와 거대한 벽 같은 은허당을 바라보며 은현이 얼마나 압박감 속에 살았을지 상상이 되었다. 그리고 지금도 그 벽 속에 갇혀 열병을 앓고 있는 은현을 떠올리며 그는 주먹을 그러쥐었다. 그녀를 그 벽 속에서 끄집어내고 싶었다. 그 속에 갇혀 앓지 말고 자유롭게, 당신의 마음이 원하는 대로 날아보라고 말해주고 싶었다.

자신을 갈망하면서도 또한 자신에게서 달아나던 은현의 눈, 눈앞에 상처 같은 은현의 웃음이 스쳐 간다. 그것이 안개처럼 가슴을 자욱이 덮쳐 오는 느낌에 유한은 가슴을 움켜쥐었다.

은현…….

가만히 불러보는 그 이름에 가슴이 뜨겁고 아프다.

18. 마지막 성장통

마지막 성장통
마지막 성장통

중간마을로 내려갔던 매화대가 사혜를 데리고 올라왔다. 썰매에 꽁꽁 묶여 있던 몸이 풀려나자 그녀는 분한 얼굴로 지팡이를 들어 마당을 땅땅 쳤다.

"아무리 늙었어도 이 지팡이 하나만 짚고 태대산을 바람처럼 오르내리는 나다! 설피 하나 신겨주면 내가 네년들 걸음 하나 따라잡지 못할 것 같아 이리 짐짝 취급이냐? 나쁜 년들. 칼질이나 할 줄 알았지 사람 맘 헤아릴 줄은 죽었다 깨나도 못할 것들이로구나! 감울란이 그리 가르치더냐? 그 흉악한 년이 나를 이리 괄시할 줄 몰랐다! 천하에 나쁜 년!"

숭숭 빠진 이 사이에서 새어 나오는 말들이 거칠다. 힘이 펄

펄 넘치는 제 몸을 보여주기라도 하려는 듯 사혜는 지팡이를 더욱 높이 들어 마당을 두드려 댔다. 아무리 생각해도 짐짝처럼 썰매에 묶여온 것이 분해 죽겠는 모양이다. 그러나 한눈에 보기에도 그녀의 몸은 안타까울 만큼 마르고 허리가 굽어서 흔들어대는 저 지팡이가 아니면 열 걸음도 떼기 힘들어 보인다.

거침없이 나오는 욕설들과 지팡이 삿대질을 받고 서 있는 매화대를 뒤에서 가만 지켜보고 있던 감울란이 다가왔다. 거친 말투와 카랑한 저 성미가 여전한 걸 보니 사혜가 아직 몇 해는 더 살 것 같다. 다행인지 불행인지?

감울란이 다가오는 것을 보자마자 사혜가 다시 지팡이로 삿대질을 했다.

"이 흉악한 년들이 감히 나를……."

감울란은 그녀의 말을 무시한 채 지친 얼굴로 서 있는 매화대를 돌려보냈다.

"고생하였다. 가서들 쉬어라."

그리고 찌푸린 얼굴로 사혜를 가만 바라보다가 먼저 걸음을 떼었다.

"그만 떠들고 갑시다."

"아니, 저년이!"

무시당한 것이 분한 듯 지팡이로 땅을 땅땅 굴려보지만 감울란은 뒤도 돌아보지 않은 채 걸음을 재촉했다. 저 쉼없는 말을 다 듣고 있다가는 오늘 안으로 은현을 들여다보지 못할 것이다.

"당주님의 열이 심상찮습니다."

그제야 사혜는 지팡이를 짚으며 걸음을 옮겼다. 그리고 뒤뚱
뒤뚱 걸으면서 다시 거친 말들을 쏟아낸다.

"사지 멀쩡한 것들이 뭘 하느라 당주님 한 분을 건사 못해 열
을 내시게 만들었느냐? 내가 잠시라도 자리를 비우면 이 꼴이
나니 늙은 것이 쉬이 죽을 수도 없겠구나! 흠, 흠."

잔뜩 잘난 척 헛기침을 하며 걷던 사혜가 감울란을 돌아보았
다. 움푹 팬 볼의 흉터를 긴 머리칼로 가린 채 사시사철 먹장구
름이 뒤덮인 얼굴로 다니고 있는 감울란이다. 그 심성으로 어찌
칼을 휘두르나 싶을 만큼 곱고 여리던 아이가 차고 험한 얼굴의
중늙은이가 되었다.

그러고 보니 세월이 참 많이도 흘렀구나. 내가 더 험한 꼴 보
기 전에 부란님을 따라가야 할 터인데 이 목숨은 어찌 이리도
질길꼬?

저 차고 험한 얼굴의 감울란이 무슨 일을 저지를까, 사혜는
늘 불안하다.

"천천히 좀 걸어라, 이년아! 이 늙은 것이 은화원에 닿기도 전
에 숨이 차 먼저 돌아가시겠다!"

사혜는 소리를 꽥 지르며 지팡이로 다시 땅을 굴렸다. 이렇게
소리라도 지르고 욕설이라도 한바탕 퍼부어야 마음이 편하다.
사혜에게 있어 감울란에게 퍼부어대는 욕들은 애틋한 마음의
표현이고, 그만 모든 것을 털어버리라는 질책의 말 같은 것이

다. 고함 소리에 멈칫 서 있는 감울란을 앞서 사혜는 지팡이를 콩콩 짚으며 은화원으로 걸음을 옮겼다.

"사시사철 그렇게 먹장구름을 뒤덮어 쓰고 다니니 보는 내가 다 숨이 막힌다, 이년아! 구름이 끼면 비가 내리는 법이고 비가 그치면 구름도 걷히는 법이거늘, 차고 넘치는 그 비를 다 끌어 안고 앉았으니 어이 견딜꼬? 아서라, 말아라, 이년아. 다 부질없는 짓이니라."

코를 땅에 박을 듯 허리를 구부린 채 뒤뚱뒤뚱 걸으며 사혜는 쉼없이 중얼거렸다.

은화원으로 들어서니 초조하게 기다리던 유현란이 빠른 걸음으로 다가와 목례를 했다.

"오시느라 고생하셨습니다."

유현란의 백옥 같은 얼굴은 세월이 흘러도 주름조차 지지 않는 것 같다.

"수고하였네."

감울란을 치하하는 음성이 따듯하기도 하다. 사혜의 입술이 실룩 비틀렸다.

뻔뻔한 년!

그러나 유현란 또한 사혜에게는 안타까운 어린것이다. 잘잘못을 따져 무엇 하랴, 은허당에서 나고 자란 것이 죄다. 비틀린 그 입술을 보며 유현란이 사혜를 공손하게 모셨다.

"들어가시지요."

"오냐!"

사혜는 쏘아붙이듯 대답을 하고 은현이 누운 방으로 들어섰다. 앳된 얼굴의 당주가 침상 위에 잠들어 있었다. 향이 화들짝 놀라 의자에서 일어났다. 또 무슨 꼬투리를 잡혀 욕설을 들을까, 잔뜩 긴장한 얼굴이다. 향의 긴장을 보았는지 사혜가 얼굴 가득 심술궂은 장난기를 드러내며 물었다.

"이년은 누구냐?"

"향이라고, 당주님의 호위대 대장을 맡고 있는 아이입니다."

유현란의 설명에 그녀는 향의 아래위를 살폈다. 저 얼굴로 무슨 칼을 휘두르나 싶을 만큼 순하고 여려 보이는 아이다.

누구에게도 모진 짓은 못하겠구나, 감울란이 딱 저 같은 것을 당주님께 붙여놓았구나 싶다.

쯧쯧, 혀를 차며 돌아선 사혜는 의자에 앉으며 그제야 은현의 얼굴을 가만 들여다보았다.

지난여름에 보았을 때보다 훨씬 말랐고 며칠 들뜬 열에 지친 듯 혈색 없는 하얀 얼굴은 몰라보도록 성숙해 보인다. 사혜의 늙은 손이 은현의 손을 꼭 잡았다.

참 많이도 자라셨다.

사혜의 눈이 촉촉해지는가 싶더니 지금껏 들어보지 못한 온화한 음성이 그녀의 입에서 흘러나왔다.

"그만 일어나시지요, 당주님. 사혜가 왔습니다."

잠결에 그 소리를 들은 듯 은현이 천천히 눈을 떴다. 혈색 없는 얼굴에 비해 눈빛은 무섭도록 맑다. 사혜는 손목을 꼭 잡고 맥을 짚으며 은현의 얼굴을 가만 들여다보았다. 유현란이나 감 울란의 걱정에 비해 그다지 큰 병은 아닌 것 같다.

"사혜?"

"예, 당주님."

"힘든 길을 오르시게 해서 죄송해요."

"늙은 것이 천지분간을 못하고 당주님 곁을 비운 것이 잘못입니다. 소인이 아무리 늙었다고는 하나 아직은 매화대의 그 어린 것들보다도 몸이 더 날래니 걱정하지 마십시오. 그것들의 걸음에 맞춰오느라 이리 늦었습니다."

사혜는 짐짝처럼 썰매에 묶여온 것을 어느새 잊은 듯 허풍을 떨었다. 은현은 사혜의 허풍을 들으며 재미있다는 듯 웃었다.

사혜는 언제나 지팡이를 짚고 코를 땅에 박을 듯 허리를 구부린 채 은허당을 휘젓고 다녔다. 만나는 당녀마다 그녀에게 꼬투리를 잡혀 욕을 얻어먹었다. 그것이 매화대원이든 선원당녀든 상관하지 않았다. 그러나 누구도 그 욕지거리 때문에 마음 상해하는 사람은 없었다. 사혜의 욕지거리 속에는 은허당에서 가장 나이 많은 어른으로서 건네는 애틋한 정이 가득 들어 있다는 걸 알기 때문이다. 그렇게 야단을 치고 욕을 하며 돌아다니다가도 은현만 나타나면 그녀는 금세 얌전해졌다. 언제 그랬냐는 듯 말투도 온화하고 따뜻해졌고, 마치 어린아이처럼 순한 눈빛이 되어 온갖 허풍스런 이야기로 은현을 웃게 만들어주었다. 그래서 좀처럼 웃는 법이 없는 어린 당주가 늙은 의(醫)당녀 사혜 앞에 서만은 깔깔거리며 웃는다는 소문이 떠돌기도 했다. 병치레를 잘 하지 않던 은현에게 사혜는 몸의 병을 치료하는 사람이 아니라 마음 병을 치료해 주던 사람이었다.

오랜 시간 맥을 짚으며 온갖 허풍스런 이야기를 늘어놓던 사혜는 유현란에게 긴한 곳을 보아야 하니 나가라고 했다. 아직도 어린 은현인데 왜 그곳을 보아야 하는지 의아했지만 유현란은 어쩔 수 없이 나갔다. 간호하던 의(醫)당녀와 향도 따라나가자 방 안에는 은현과 사혜만 남았다.

은현은 은근히 두려웠다. 사혜는 사람의 눈빛만 보고도 병을 알아맞힌다고 소문이 난 뛰어난 의(醫)당녀다. 그런 그녀가 자신의 긴한 곳을 본다면 유한과 나누었던 사랑마저 단박에 알아맞혀 버릴 것 같다. 눈을 감고 한참을 기다려도 사혜가 아무것도 하지 않자 은현이 다시 눈을 떴다. 주름이 가득한 사혜의 늙은 얼굴이 가만히 내려다보고 있었다. 은현은 바짝 긴장한 채 이불을 꼭 그러쥐고 조그만 소리로 물었다.

"저기, 사혜. 긴한 곳을 본다고……?"

"예, 지금부터 볼 겁니다."

사혜의 눈에 다시 장난기가 흘렀다. 그녀가 원래 나이 많은 장난꾸러기라는 건 알지만 이렇게 난감한 순간에 장난기라니, 은현은 은근 부아가 나서 엄한 눈빛이 되었다. 감히 당주에게 이 무슨 무례한 마음이냐고 한마디 하려는데 사혜의 손이 아랫도리로 향했다. 은현은 화들짝 놀라며 다리를 오므렸다.

"긴한 곳은 여기만이 아니라……."

사혜의 손이 바짝 오므려진 다리를 지나고 복부를 거쳐 올라오더니 가슴께에서 멈추었다. 그리고 진지한 얼굴로 말했다.

"이곳도 긴한 곳입니다."

은현은 사혜가 긴한 곳이라고 말하는 곳이 어디를 두고 하는 말인지 확실히 알 수 없었다. 봉긋한 가슴을 두고 하는 말인지, 아니면 심장을 두고 하는 말인지, 그것도 아니면 그 근방의 몸속 어느 곳인지.

맥을 짚어본 결과 은현에게 특별한 병증은 느껴지지 않았다. 오히려 혈류가 예전보다 훨씬 힘차졌다. 그렇다면 이 열은 어디에서 비롯된 것일까? 단순히 고뿔 때문이라고 하기에는 그 기간이 너무 길고 뜨거운 열이다. 게다가 열이 난다고는 믿어지지 않을 만큼 은현의 눈빛은 총명하다. 이제껏 이렇게 총명한 눈의 당주를 본 적이 없다. 간혹 넘치는 기를 몸이 다 감당하지 못할 때 이렇게 열을 내기도 한다. 사혜가 내린 결론은 그것이었다. 몸이 자라면서 모종의 무언가가 잠들어 있던 당주의 기를 깨우고 있는 것이다.

"마음이 아프십니까?"

사혜는 가슴 윗부분을 가만히 누르며 물었다. 그 물음이 너무도 따뜻하고 적막하여 은현은 눈물이 날 것 같았다. 누구에게도 말할 수 없는 이 비밀스런 두려움을 사혜 앞에서 터뜨려 버리고 싫을 만큼. 그러나 사혜 또한 은허당에서 나고 자라 이곳에 뿌리를 둔 온전한 은허당의 여인일 뿐이다. 또렷하고 차가운 이성이 은현의 입을 닫게 했다.

은현은 입을 꼭 다문 채 말똥한 눈으로 사혜를 바라보았다. 마치 안개 속으로 숨어들 듯 총명해 보였던 눈빛마저 감추어 버렸다. 그러나 사혜는 그 모든 것을 놓치지 않고 보고 있었다. 당주가 무언가를 숨기고 있다는 것이 확연히 느껴졌다. 50년이 넘도록 전 당주 부란의 맥을 짚으며 변모하던 그녀의 내면을 지켜보았던 사혜. 그러니 이제 갓 스물이 되는 어린 당주의 변화쯤이야 한눈에 들여다보인다.

"당주님의 마음을 아프게 하는 것이 무엇입니까?"

사혜는 확신에 찬 음성으로 다시 물었다. 한참 생각에 잠겨 있던 은현이 천천히 입을 열었다.

"난, 은허당이 걱정돼요. 저기 건평원에 들어와 있는 봉족군도 두렵고, 성년식을 치르고 나면 이제 대모님의 품도 벗어나야 하는데 혼자 판단하고 결정해야 하는 그 모든 것이 두렵기만 해요. 이렇게 못난 내가 당주여서 은허당이 걱정스러워요."

사혜는 속으로 웃음을 지었다. 당주는 거짓말을 하고 있다. 그것도 말짱하고 능청스런 얼굴로. 은현이 혼자 속으로 무언가 고뇌하고 있는 것이라고 생각했다. 고뇌하는 그것이 무언지 알 수 없지만 자신으로서는 알 수 없는, 당주만이 가진 능력으로 그것을 잘 풀어나갈 것이라고 생각했다. 부란님이 당주로 점지를 하셨을 때는 다 그만한 능력을 보셨기 때문일 것이다. 늙고 따듯한 사혜의 손이 은현의 손을 꼭 쥐었다.

"마음의 소리를 거부하지 마십시오. 이 늙은 것이 죽을 날이 훨씬 지나도록 살고 보니 당주님…… 그것이 그렇습디다. 마음이 원하는 곳에 몸이 있어야 병을 내지 않는 법입니다. 당주님 마음을 들여다보십시오. 그곳에 답이 있습니다. 답을 찾으시면 열도 내릴 것입니다."

사혜는 은현의 마음을 다 안다는 듯 손을 다독여 주고 밖으로 나갔다. 이내 문밖에서 거친 말들이 들려왔다.

"오십 줄을 바라보는 년들이 어찌 그리 진중치 못하고 호들갑을 떨어 늙은 것을 고생시키느냐! 네년들 하는 꼴을 보니 이 늙은 것이 쉬이 죽지도 못하겠다!"

"당주님은?"

"걱정 마라, 별일 아니니. 몸이 허하신 게다. 눈밭에 어슬렁거리는 주린 짐승은 없더냐? 실한 놈으로 잡아 기를 채워 드려라. 흠, 답답한 것들. 눈알은 뒤통수에 박아두는 겐지 원, 쯧쯧……."

혀를 차며 탁탁 지팡이 짚는 소리가 멀어져 갔다. 은현은 조그맣게 한숨을 내쉬었다. 다시 잠결에 들려오던 향의 음성을 떠올렸다. 향은 조그만 소리로 유한이 이곳에 와 있다고 속삭였다. 건평원에 숨어들어 단우의 곁에 머물고 있다고.

유한은 어쩌자고 그 위험한 곳에 숨어들었을까? 어쩌자고,

어쩌자고…….

아무리 생각하여도 막막하고 두려운 생각만 든다. 환각처럼 보았던 그 그림은 가까이 다가온 유한의 존재를 암시한 것일까? 하지만 그것은 너무도 두려운 그림이었다. 흡사 유한의 죽음을 암시하는 듯……!

순간 은현은 머리를 세차게 흔들었다. 그것은 상상조차도 하고 싶지 않은 일이다. 있어서도 안 되고 있을 수도 없다.

유한이 없으면 나도 없어!

하얀 손을 꼭 그러쥐며 생각했다. 아무리 생각해도 부란님은 당주의 재목을 잘못 뽑으신 것 같다. 풍전등화 같은 은허당보다 유한을 더 걱정하고 있는 자신이 한심스러워 드는 생각이다.

다시 뜨거운 열이 치받아 오르자 은현은 한숨처럼 그것을 토해내었다. 사혜는 마음이 원하는 곳에 몸이 있어야 병을 내지 않는 법이라고 했다. 마음을 들여다보라고, 그곳에 답이 있다고. 그러나 아무리 들여다보아도 그곳에는 답이 없다. 오직 유한뿐이다. 그를 보고 싶은 마음뿐이다. 향의 입술에서 그 이름이 흘러나오던 그 순간부터 그랬다. 가슴이 터질 것처럼 뻐근하게 아파왔다.

이게 답일 리는 없잖아! 나는 은허당의 당주인데?

그렇게 스스로를 다그쳐 보지만 유한의 형상은 사라지지 않는다. 자신을 견딜 수 없이 그리워하여 위험을 무릅쓰고 봉족군에 숨어든 유한의 눈동자만 아른거렸다. 죽음의 두려움마저 그 그리움은 막을 수 없었을 것이라고 은현은 생각했다. 그만큼 유한이 자신을 그리워하고 있다는 생각에 가슴이 뻐근하도록 행복해서 눈물이 났다. 그가 이곳으로 올라온 또 다른 이유는 생각하고 싶지 않았다.

"당주님은 속으로 자라고 계시는 거다."

함께 산책이나 하자며 유현란을 데리고 나온 사혜가 은화원을 벗어나자마자 나직이 속삭였다.

"내가 어릴 적부터 부란님의 맥을 짚어보아서 알아. 맥이 저렇게 한바탕 뛰놀고 나면 부란님은 늘 새로운 능력을 보이곤 하셨지."

"당주님께 치유 능력 외에 또 다른 능력이 있단 말입니까?"

그 소리에 사혜가 몸을 돌려 퀭한 눈으로 노려보았다.

"너도 양월이 년처럼 당주님을 얕잡아보는 마음이 있었던 게냐?"

"그럴 리가요?"

얕잡아본 것이 아니라 은현의 타고난 능력은 치유의 능력까지라고 생각하고 있었다. 다른 능력은 스스로 키워 나가는 수밖에 없다고, 그래서 은현을 그토록 다그쳤던 것이다.

사혜는 다시 몸을 돌려 뒤뚱뒤뚱 걸으며 말을 이었다.

"내내 곁에 있었으면서 전혀 낌새를 못 차렸던 게냐?"

"변하셨다는 건 알았지만……."

그것이 숨은 능력이 깨어나고 있는 것이라고는 생각하지 못했다.

"두고 봐라. 부란님 못지않은 당주님이 되실 터이니."

은현을 끔찍이도 아끼는 사혜이기에 그리되기를 바라는 마음에서 하는 소리겠지만 유현란은 그 말을 진심으로 믿고 싶었다. 정말 부란 못지않은 당주가 되어 은허당을 잘 이끌어주기를, 자신이 평생 꿈꾸던 고귀한 여인들의 천국인 이상향의 은허당을 만들어주기를.

"그러니 너도 그만 욕심부리고 당주님을 마음에서 놓아드려라."

사혜는 뒤뚱뒤뚱 걸으며 버릇처럼 중얼거렸다.

"당주님 성년식 치르고 나면 그만 훌훌 털고 떠나는 게다. 그것이 네년이 살길이야. 너나 감울란이나, 내가 너희 두 년만 생각하면 자다가도 벌떡벌떡 일어나 앉는다. 모질고 독한 년들. 그런 일을 겪고도 어찌 말짱한 눈으로 서로의 얼굴을 마주하고 있는지…… 부란님이 무슨 마음으로 너희 두 년을 이렇게 붙여두고 가셨는지 알 수가 없다."

지금껏 어느 누구도 입 밖으로 꺼내지 못하고 있던 말을 사혜는 거침없이 쏟아내었다. 유현란은 주먹을 꼭 쥐고 입술을 깨물었다. 떠올리고 싶지 않은 이야기를 중얼중얼 쏟아내는 사혜가 원망스러웠다. 감울란과 아기가 무사하기를, 그래서 천강과 함께 은파를 무사히 빠져나가기를 진심으로 바랐었다. 매화대원들이 아기를 잃을 줄은 정말 생각 못했다.

"제 뜻이 아니었습니다!"

원망이 가득한 음성이 유현란의 입에서 흘러나왔다.

"네 뜻이 아니었어도 결과는 그리되었지 않느냐!"

모질게도 쏘아붙이는 사혜다. 유현란은 눈물이 왈칵 쏟아질 것 같다. 어느 곳에도 하소연할 수 없고 누구에게도 이해받을 수 없는 자신의 처지가 적막했다.

두 사람은 선원당을 거쳐 천풍루가 정면으로 바라보이는 언덕에 올랐다. 그곳에서는 은허당의 모든 전각이 한눈에 내려다보인다. 은화원을 중심으로 선원당과 매화원림이 양옆에 자리하고 그 앞에 하늘을 담은 호수인 천상연과 신비로운 숲, 비원이 있다. 비원은 그 넓이가 웬만한 마을 하나는 될 만큼 넓고 시작과 끝을 알 수 없는 작은 길들이 거미줄처럼 얽혀 있어 길을 잃어버리기 십상인 곳이다. 비원의 건너편에는 건평원과 이름 없는 소소한 전각들이 마을을 이루듯 즐비하게 들어서 있다.

한때는 이곳에 사는 것이 삶의 자부심이고 자랑이었는데 지금은 모르겠다. 자신의 피를 이어받은 아들이 은파 어디쯤에서 살고 있을지, 아니면 봉족의 포로가 되어 남광의 어디쯤에서 노예로 살아가고 있을지, 그것도 모른다. 살아 있다면 이미 쉰이 넘었을 그 아이. 열 달을 품어 낳은 아기가 아들이었으니 아비에게 넘겨주는 것은 당연한 일이었다. 자신은 은허당을 떠날 생각이 없었고 남아(男兒)는 은허당에서 키울 수 없었으니. 그 후,

사혜는 두 번 다시 사내를 선택하지 않았다. 두 번 다시 사내를 안고 싶지 않았다. 제가 낳은 제 새끼를 남아(男兒)라는 이유만으로 젖 한 번 물려보지 못하고 내치는 그것이 어디 사람이 할 짓인가!

"벌을 받는 게지."

사혜는 늙은 몸을 지팡이에 의지한 채 은허당을 내려다보며 중얼거렸다. 늙어버린 추한 몸으로 쉬이 죽어지지도 않는 것이 다 자식을 버린 벌 같다.

"감율란은 모질고 독한 년이다. 그 일에 대해 입 한 번 뻥긋 않고 지금껏 버텨오는 걸 보면……. 원래 순둥이 같은 년들이 한번 모진 마음을 먹으면 무서운 법이니라. 그러니 네가 먼저 훌훌 털고 떠나라는 게다. 나는 그년을 볼 때마다 불안하고 무섭다. 그년이 무슨 일을 저지르기 전에 내가 먼저 죽어야 할 터인데……."

그 누구도 입 밖으로 꺼내지 않던 말을 사혜는 적나라하게 쏟아내었다. 이것은 자신만이 해줄 수 있는 말이라 생각해서다. 누가 감히 당주의 대모에게 이런 말을 할 것이며 또 누가 감히 매화대 대장을 이리 말할 수 있겠는가. 죽을 날이 코앞에 다가와 있는 늙은 것에게 더 이상 두려움도 없다.

쉼없이 중얼거리는 사혜의 말을 들으며 유현란은 건조한 눈으로 은허당을 내려다보고 있었다.

떠난들 어디로 떠날 것이며 숨는다 한들 어디로 숨어들 것인가? 나는 평생 목숨 바쳐 은허당을 지킨 죄밖에 없다!

사혜가 올라온 지 사흘째 되는 날, 은현의 열은 거짓말처럼
떨어졌다. 그리고 근 열흘 만에 일어나 목욕재계를 하고 제단에
올랐다. 은허당은 아무리 눈이 쏟아지더라도 이내 붉은 흙을 드
러내고 따듯한 기운이 감돌지만 천풍루보다 더 높은 곳에 위치
한 제단에는 살을 에는 칼바람이 몰아친다. 매일 아침저녁으로
제단을 쓸고 닦는 당녀들이 없다면 이곳도 저 태대산처럼 눈 속
에 갇혀 그 형체조차 없을 것이다.

가벼운 제를 올린 은현은 생각할 것이 있다며 따라 올라온 선
원당녀들을 내려보냈다. 그리고 불안한 눈으로 바라보고 있는
유현란에게도 내려가라 명했다. 유현란은 마지못한 얼굴로 제
단을 내려갔다.

사혜의 말대로 유현란은 은현을 조금씩 마음에서 놓으려고
한다. 이미 오래전에 했었어야 할 일이었지만 하지 못했다. 누
가 그랬던가? 한 번도 자식을 낳아보지 않은 사람이 어미의 마
음을 어찌 알겠느냐고. 그러나 그것은 기른 정 또한 낳은 정 못
지않다는 걸 몰라서 하는 소리다. 유현란에게 은현은 피 같고
살 같고 목숨 같은 아이라는 것을 누가 알겠는가? 은현조차 모
르리라.

은현은 유현란이 하얀 점이 되어 사라지는 것을 초연한 눈으
로 내려다보았다. 그리고 기다렸다는 듯 뒤에 선 향을 불렀다.

"향아."

"예, 당주님."

"사냥날이 언제라고 했느냐?"

"모렙니다."

매년 겨울이면 매화대는 서너 차례의 사냥을 한다. 먹이를 찾아 아래로 내려오는 노루, 토끼에서부터 사나운 짐승인 곰과 범 사냥까지 서슴지 않고 한다. 그렇게 잡은 짐승들은 약재로도 쓰이고 겨우내 양식으로도 소용(所用)된다. 잠깐 생각에 잠겨 있던 은현이 다시 말을 이었다.

"감울란을 불러라."

"이곳으로 말입니까?"

"그래."

"날이 차니 은화원으로 내려가셔서……."

"곧장 올라오라 해라."

향이 새파랗게 언 은현의 얼굴을 걱정스럽게 바라보며 내려가기를 종용해 보지만 소용없다. 아직 온전치 않은 몸으로 찬바람을 맞고 있는 은현이 걱정스럽지만 고집을 꺾을 수 없을 것 같다. 앓고 일어난 후 은현의 눈은 더욱 검은빛을 띠었고 얼굴은 왠지 모를 단호함이 느껴진다.

향이 빠른 걸음으로 언덕을 내려가는 것을 보던 은현의 눈이 건평원 쪽으로 향했다. 그러나 눈 덮인 산에 가려 건평원의 모습은 보이지 않았다. 저곳에 유한이 있다 생각하니 자꾸만 마음이 조급해진다.

　열이 내리고 제단에 오르기 위해 목욕을 하며 은현은 결심했다. 유한을 만나야겠다고. 그의 안전을 확인하지 않고서는 아무것도 할 수 없을 것 같아서였다.

　산을 넘어온 바람이 짐승 같은 울음소리를 내며 제단 위를 휘감았다. 그것은 은허신들의 울음소리처럼 들렸다. 수백 년 이어온 거룩한 땅 은허당에 그들을 부정하는 몹쓸 당주가 태어난 것을 슬퍼하는 울음소리 같았다.

　용서하소서…… 용서하소서. 오로지 당신들만 채울 수 있는 그릇이 되지 못한 저를 용서하소서. 거룩한 신들보다 더 크고 아픈 존재가 가슴에 들어와 버렸습니다.

　은현의 눈에서 눈물이 흘러내렸다. 은허당의 당주가 하늘이 내린 운명이었다면 유한은 이제 은현 스스로 선택한 운명이 되었다. 어찌하면 이 둘을 온전히 지켜낼 수 있을 것인가?

　은현의 작은 어깨가 매운바람에 오소소 떨렸다.

　하늘이 그녀에게 내린 운명이 은허당의 당주로 이 은허당을 지켜내는 것이라면 그녀가 선택한 운명은 유한과의 사랑을 지켜내는 것이다. 은허당의 은현이 둘이 될 수 없듯이 운명 또한 둘이 될 수는 없다. 두 운명은 하나다. 그러므로 어느 것에도 경중을 두지 않겠다. 은허당의 당주로서 유한을 사랑하고, 유한의 여인으로 은허당을 지켜낼 것이다.

　스스로 만들어가는 운명은 힘이 세다고 했던가?

은현은 찬 기운에 곱은 손을 꼭 그러쥐었다. 향이 감울란을 데리고 제단으로 올라오는 것이 보였다. 잔뜩 찌푸린 하늘처럼 감울란의 얼굴은 여전히 어둡다. 무엇이 감울란을 저토록 짙은 어둠 속에 가두어두는지 모르겠다.

"모레쯤 사냥을 나간다고요?"

올라서는 감울란에게 은현은 다짜고짜 물었다.

"예, 매화대원을 쉰 명쯤 차출하여 두 패로 나누어 다녀올 참입니다."

사혜의 조언대로 은현의 허약해진 몸을 보하려면 큰 짐승을 두어 마리쯤은 잡아야겠기에 인원을 늘렸다. 그런데 은현은 갑자기 사냥이 왜 궁금해진 것일까? 사냥은 매화대의 일일 뿐인데? 고개를 갸웃하는 감울란을 보며 은현은 다시 말했다.

"향이도 데려가세요."

느닷없는 말이다. 향은 당주의 호위대이니 그런 거친 일에 차출될 필요가 전혀 없다. 그 말을 하려는데 은현이 다시 말했다.

"그리고 나도 따라갈 겁니다."

너무도 어이없는 말에 감울란은 잠시 말을 잊고 있었다. 훈련에 단련된 매화대원들도 한 번 다녀오고 나면 며칠 몸살을 앓는 것이 사냥이다. 아주 가끔이지만 굶주린 범을 만나 목숨을 잃는 대원들도 있다. 감울란은 은현이 사냥을 무슨 놀이쯤으로 여긴 모양이라고 생각했다.

"당주님, 그곳은 위험한 곳이라······."

데려갈 수 없다고 말하려는데 은현이 다시 말을 이었다. 흘러나오는 말은 더더욱 어이없다.

"건평원에 있는 봉족군도 참여시킬 것입니다."

"당주님!"

"그래도 은허당을 찾아온 손님인데 그동안 대접이 너무 소홀했습니다. 지난번 봉족 수장과의 만남도 그리 흐지부지 끝을 내어버렸으니 은허당의 주인으로서 예가 아닙니다. 그들을 너무 가두어두었어요. 짐승도 가두어두기만 하면 사고를 치는 법입니다."

"사냥은 우리 매화대에게는 중요한 일입니다. 검을 세워 당주님과 은허당을 지켰듯이 겨울 사냥으로 고기를 장만하는 일 또한 매화대의 책무입니다. 그 책무에 봉족군의 손을 빌릴 수는 없습니다."

단호한 그 말속에는 감울란 자신과 매화대의 강한 자존심이 들어 있었다. 이처럼 단호하게 자신의 뜻을 드러내는 감울란은 처음이다. 은현은 감울란의 그 얼굴을 똑바로 바라보았다. 흉측한 볼의 흉터도, 검고 어두운 그 눈도 피하지 않았다. 무언가 전에는 느낄 수 없던 기운이 은현에게서 느껴진다 생각하는 순간, 교만하고 떫은 미소가 은현의 입가에 지어졌다. 그리고 그 미소보다 더 교만하고 떫은 음성이 흘러나왔다.

"당주의 명이다, 감울란. 수행하라!"

눈발을 실은 바람이 제단 위에 휘몰아쳤다. 따갑게 볼을 때리는 바람처럼 은현의 음성은 감울란의 귓전을 따갑게 울렸다.

은현이 난생처음 감울란에게 하대를 한 날, 유현란도 양월도 은현으로부터 하대를 들어야 했다. 존대와 하대의 차이는 은현의 위치를 바꿔 버렸다. 보호받던 어린아이에서 스스로를 책임지는 성인으로, 권력 밖의 방관자에서 순식간에 실질적인 결정권자로 만들어 버렸다. 은허당에서 어느 누구도 당주에게 반발할 자격은 없다.

봉족군을 사냥에 참여시키겠다는 은현의 고집은 쉬이 꺾이지 않았다. 양월과 그녀를 따르는 선원당녀들은 일찌감치 은현의 뜻을 따르겠다는 쪽으로 의사표시를 했고 마지막까지 반대한 사람은 유현란이었다. 유현란은 신성한 어머니의 산인 태대산에 칼을 든 사내들을 들일 수는 없다는 이유로 강하게 반대했다. 심한 열병을 앓고 일어난 은현이 차가운 눈밭으로 나서는 것에 대해서도 반대했다. 급기야 은현은 유현란을 무시한 채 일을 진행시켰다. 모레 하루 동안 건평원의 문을 개방하고 모든 봉족군은 사냥에 참여해도 좋다는 당주의 명이 건평원으로 전달되었다. 사냥에 참여할 매화대원과 봉족군에게 나누어줄 주먹밥을 준비하라는 명도 떨어졌다.

고요하게 잠들어 있던 은허당에 갑작스런 활기가 넘쳤다. 명을 내리는 은현은 거침없었고, 당녀들은 바쁜 걸음으로 명을 따랐다. 어딘가 어긋나 있던 바퀴가 이제야 아귀가 맞춰진 듯한 느낌이 들었다. 유현란은 야릇한 심정으로 그 모습을 지켜보았다. 은현은 이제 그녀의 품을 완전히 벗어나 버린 듯하다. 사혜가 예견했던 은현의 성장은 생각보다 훨씬 빠른 속도로 그 모습을 드러낼 모양이었다. 뿌듯하고 아프다.

19. 사냥

사냥날 아침, 매화대원들이 눈 덮인 산으로 오르고 얼마 지나
지 않아 건평원 문이 열리며 번을 서는 십여 명의 군사들만 남
겨둔 채 봉족군이 산으로 올랐다. 유한은 군사들 틈에 끼어 단
우의 뒤를 따르고 있었다. 겨울 햇살이 부서질 듯 반짝이며 눈
밭으로 쏟아지는 날이었다.

언덕을 오르니 이미 사냥은 시작되었다. 노루를 쫓던 매화대
원들이 일시에 양 갈래로 흩어지며 조그만 나무숲을 에워쌌다.
활짝 펼쳐졌던 꽃잎이 오므라들 듯 순식간에 반경을 좁혀가더
니 어느 순간, 고고한 짐승의 비명 소리가 짧게 들려왔다. 바짝
긴장해 있던 몸들이 풀려진 것을 보니 이미 짐승을 잡은 모양이

었다. 화살을 날리는 것을 본 듯도 하고 아닌 듯도 하다. 나무숲에서 커다란 노루 한 마리가 다리가 묶인 채 거꾸로 들려 나오는 것이 보였다.

매화대의 사냥은 조용하게, 그리고 순식간에 이루어졌다. 짐승을 몰기 위해 요란하게 소리를 지르거나 무언가를 두드려 대는 행위 따위는 하지 않았다. 오로지 빠른 움직임과 서로의 눈짓만으로 짐승을 몰아 잡았다. 쓸데없는 공격으로 피를 보지도 않고 한번에 숨통을 끊어버렸다. 그들에게 사냥은 마치 성스러운 행위처럼 느껴졌다.

산을 오르기 전 봉족군에게 은허당의 뜻이 전달되었었다.

사냥 중 요란한 소리를 내지 마라, 은허신이 노할 것이다.
새끼 딸린 짐승과 지나치게 어린 짐승은 잡지 마라.
그리고 매화대와는 일정한 거리를 두어라.

그것이 은허당의 요구였다. 숲이 쩌렁쩌렁 울리도록 북을 두드리고 소리를 질러 짐승을 몰고, 사냥을 시합이나 놀이처럼 즐기던 봉족군에게는 이 생소한 방법의 사냥이 영 마땅찮다. 게다가 사시사철 따뜻한 남광에서 살던 그들이라 눈 속에서의 사냥이 더욱 생소할 수밖에 없었다. 조금만 걸어도 발이 푹푹 빠지는 통에 도무지 걸음조차 옮기기 힘든 눈밭에서 매화대원들은 마치 날다람쥐처럼 뛰어다녔다.

눈 위를 달리는 것에 조금씩 익숙해지자 봉족군의 사냥도 점차 활기를 띠어갔다. 병사들이 산돼지를 쫓는 것을 보며 유한은 조금씩 옆으로 비켜 무리를 벗어나고 있었다. 매화대가 사냥을 하고 있는 언덕 쪽으로 접근을 할 참이다. 어떡하든 감울란을 만나 매족의 뜻을 전하고 그녀를 설득해야 한다.

무리를 거의 빠져나왔다 싶을 즈음 누군가 바람처럼 스치며 옷자락을 잡아당겼다. 재빠르게 바위로 숨어드는 그림자의 옷자락은 놀랍게도 매화대의 것이었다. 유한은 얼른 주위를 살피며 옷자락이 숨어든 바위 쪽으로 걸음을 옮겼다. 바위에 가까이 접근했을 즈음, 눈앞으로 그림자 하나가 불쑥 튀어나왔다. 향이었다.

"따라오시오."

그녀는 그 말만을 남긴 채 빠른 걸음으로 눈길을 헤치고 나무 사이를 달렸다. 그녀는 신기하게도 딱딱하게 굳은 눈을 정확하게 찾아 밟으며 달리고 있었다. 간간이 나뭇가지에서 눈덩이가 투두둑 떨어져 내렸다. 노루를 쫓는 봉족군을 피해, 매화대의 눈을 피해 향은 바람처럼 눈밭을 미끄러져 달렸다.

"보고 싶어…… 그 사람이 보고 싶어, 향아."

그렁한 눈으로 바라보는 은현의 눈이 단호한 명령조차 거부하던 향의 마음을 무너뜨려 버렸다. 진정으로 은현을 위한 길은 이게 아닌 것 같은데 매번 그녀의 눈물 앞에 무너지고 마는 자신이 원망스럽다.

팔을 벌려 안으면 한 아름은 훨씬 넘을 것 같은 거대한 나무들 사이로 가녀린 향의 몸이 바람처럼 빠져나갔다. 유한도 그녀를 놓치지 않기 위해 바람처럼 달렸다. 등성이 하나를 완전히 넘어서자 향의 걸음이 조금씩 느려지더니 어느 순간 우뚝 멈추어 섰다. 눈앞에 조그만 바위굴이 보였다.

"저곳에 당주님이 계시오."

바위굴을 가리키던 향은 울컥 달려가려는 유한의 앞을 막아섰다.

이자의 진심은 뭘까?

그것이 궁금했다. 그가 봉족군에 숨어든 데에는 은현을 만나려는 이유 외에 분명히 또 다른 목적이 있을 거라고 생각되었다. 그러나 그런 질문들을 하기에는 그의 눈이 너무도 절박하다. 이자가 보고 싶다던 은현의 젖은 눈만큼이나 유한의 눈도 다급하고 애틋해 보였다. 향은 목젖까지 올라온 모든 물음들을 꿀꺽 삼켰다. 가슴을 가로막고 있던 칼자루도 내렸다. 향에게 고맙다는 눈인사를 하고 막 걸음을 옮기려던 유한의 귀에 단호한 향의 음성이 들렸다.

"당주님의 진심이 사사로이 이용당할 시에는 내 칼이 용서하지 않겠소."

유한은 아무 대답도 하지 않은 채 멈추었던 걸음을 다시 떼었다. 한 걸음, 두 걸음…… 그리고 달렸다. 애초에 이곳으로 올라온 목적이 오직 은현을 만나기 위한 것이었던 듯 다른 모든 것은 머릿속에서 까마득히 사라져 버렸다.

터질 것 같은 심정으로 뛰어든 그곳, 어둠 속에 은현이 있었다. 모화촌에서 안개처럼 사라졌던, 그리고 다시 만나 함께 떠나자며 매달리던 그를 단호하게 밀쳐 내던 은현이.

보이지 않는 어둠 속에서 그녀의 여린 떨림이 느껴졌다.

유한…….

소리없는 그녀의 부름도 들렸다. 한 걸음 다가서자 어느새 다가온 보드라운 짐승의 털이 잡아채듯 그의 목에 매달렸다. 호피에 감싸인 은현의 팔이었다. 목에 매달린 은현에게서는 오랫동안 숨소리조차 들리지 않았다.

온몸을 태울 듯 들끓던 그 그리움의 열이 또다시 내장을 타고 들끓어올랐다. 은허신이 잠들어 계신 이 산에서 유한의 목에 매달려 있는 것이 어느새 조금도 부끄럽지 않았다. 죄스럽지도 않았다. 유한만 있으면 그런 것 따위, 다 감수할 수 있을 것 같다. 은허당의 당주는 지금, 이루지 못하면 죽을 것 같은 사랑에 빠져 있다.

숨이 막히도록 매달려 있는 은현 때문에 가슴이 벅찼다. 잠깐 일었던 신에 대한 질투가 무색해질 만큼 자신을 삼켜 버릴 것 같은 소유욕이 은현에게서 느껴졌다. 허리를 꺾을 듯 당겨 안고 있던 유한의 손이 은현의 등을 고요하게 쓸었다. 그리고 나직이 중얼거렸다.

"미안해."

그제야 팔을 푼 은현이 어둠을 더듬어 유한을 바라보았다.

왜……?

"이런 모습으로 나타나서……. 아프게 하고, 불안하게 해서."

유한은 은현의 열병이 자신 탓이라고 생각하는 것 같았다. 매달리듯 안긴 이 떨림이 불안이라고 생각하는 것 같았다. 그게 아니라고 고개를 흔들려던 은현은 이내 관두었다. 그 열병도, 이 불안도 유한 탓인 건 분명하니까. 해갈되지 못한 그리움이 환각으로 나타나고, 열로 발산이 되었던 거다. 그 환각이 두려웠고, 향이 전한 유한의 소식이 그녀를 불안에 떨게 했으니까.

하늘 아래 가장 신성한 땅에 사는 가장 신성한 여인인 은허당의 당주의 마음에 이토록 견딜 수 없는 감정을 들여앉혀 놓은 유한, 당신이 미워. 정말이지 대모님이 바라는 훌륭한 당주가 되고 싶었는데…… 부란님에 버금가는 당주가 되어 은허당을 다시 존경받는 어머니의 땅으로 만들고 싶었는데…… 이제 난, 신의 경계를 넘어서고 신을 부정한 당주가 되어버렸어.

그것이 견딜 수 없이 아파서 은현의 눈에 눈물이 가랑 맺혔다.

"당신이 미워."

약간의 원망이 섞인 목소리를 들으며 유한은 안타까움이 깃든 손으로 눈물을 닦아주었다. 그녀의 고뇌를 다 알 수는 없지만 이 눈물의 의미를 조금은 알 것 같다. 안개 같은 그녀만의 세상에 갇혀 살았다면 영원히 알지 못했을지도 모를 이 아픔이, 그래도 그 대상이 유한 당신이라서 행복하다고 말해주었으면 좋겠다. 유한의 안타까운 손길에 답하듯 은현이 말했다.

"유한을 사랑해."

거룩한 신보다도, 이 은허당보다도 유한을 더 사랑해.

어둠 속에서 반짝이는 눈이 그렇게 말했다. 가슴을 파고드는 다급한 몸짓은 이곳을 벗어나고픈 은현의 몸부림처럼 느껴졌다. 드디어 이곳을 떠나 어디로든 달아나고픈 용기가 생긴 것일까?

그러나 다시 보는 은현의 눈에는 흔들림이 없다. 은현은 단호한 얼굴로 말했다. 드디어 당신을 향해 걸음을 내딛기 시작했다고, 아주 길고 힘겨운 싸움이 될 거라고, 그러니 기다려 달라고.

"난 은허당의 당주로서 당신을 사랑하고, 당신의 여자로서 은허당을 지켜낼 거야."

은허당에서 달아나지도 않을 것이고, 유한의 존재를 감추지도 않겠다는 뜻이다. 한차례의 열병과 함께 어느새 훌쩍 커버린 은현이 유한의 앞에 서 있었다. 은파의 주인으로, 거대한 권력자가 되어 그녀와 함께 이 은허당마저 차지해 버리겠다고 다짐했던 자신의 어린 치기가 부끄러웠다. 그러나 이 어리고 눈물 많은 여자가 과연 잘해낼 수 있을까, 걱정도 되었다.

유한은 여전히 여린 빛이 역력한 은현의 얼굴을 두 손으로 감싸고 단호히 말했다.

"그래, 그렇게 강해져. 다시는 아프지도 말고, 울지도 말고, 당당히 당신을 지켜. 그럼 나도 안심이 될 거야."

"응."

은현은 착한 아이처럼 고개를 끄덕였다. 이제야 나아갈 길이 뚜렷이 보인다. 무엇을 위해, 누구와 싸워야 하는지도 확연해졌다. 유한을 바라보던 은현의 얼굴에 다시 불안이 드리워졌다.

"당신은……."

"내 걱정은 하지 마. 난 지금 안전하고, 앞으로도 위험할 일은 없어."

그러나 은현의 불안은 가시지 않는다. 눈앞에 펼쳐지던 환각이 아직도 머릿속에 또렷이 박혀 있다.

"단우. 그자를 조심해, 유한. 그자가……."

"당주님!"

굴 밖에서 다급한 향의 음성이 들렸다. 매화대가 다가오고 있는 모양이다. 유한은 은현의 손을 꼭 잡았다. 자신이 왜 봉족군에 잠입했는지, 매족이 지금 은파에서 무슨 일을 계획하고 있는지 다 설명해 줄 시간이 없었다. 유한은 가슴에 가득한 말 대신 은현을 꼭 끌어안았다. 지금은 비록 봉족군에 숨어든 미미한 존재로 은허당에 올라왔지만 다음엔 반드시 은파의 주인으로, 은현의 남자로 당당히 오겠다고 말없는 약속을 남길 뿐이다.

얼음처럼 차가운 입술이 닿았다 떨어졌다.

은현은 향의 손에 이끌려 언덕을 돌아 매화대의 행보를 따라 잡기 위해 바쁘게 걸었다. 지금쯤 감을란은 은현이 사라진 것을 알아차렸을지도 모른다. 하늘을 찌를 듯 치솟은 침엽수 숲에서 갈 길을 잃은 바람이 짐승처럼 울어대었다.

은현은 가슴께의 옷자락을 꼭 움켜쥔 채 향을 따라 정신없이 걸었다. 볼이 떨어져 나갈 듯 따가웠다. 은현은 목에 감긴 호피를 감아올려 눈만 내놓은 채 얼굴을 가렸다. 바람을 맞는 곳은 볼인데 아픈 곳은 따로 있다.

명치가 이렇게 꽉 막히고 아픈 것은 저 바람 탓일 거다.

"난 강해질 거야, 향아."

울음기가 섞인 은현의 말이 바람에 실려왔다.

"은허당도 굳건히 지켜낼 거고 사혜도 대모님도 내가 지켜 드릴 거야."

짐승을 몰아붙이는 봉족군의 함성 소리가 바람을 타고 등성이를 넘어왔다. 꼭 잡은 향의 손이 뜨거웠다. 은현의 작은 어깨에 지워진 짐이 너무도 무거워 잡은 손마저 무겁게 느껴진다. 조금 전 바위굴에서 보았던 은현의 눈물이 자신에게 건너온 듯 향은 마음이 울컥해졌다.

예. 강해지십시오, 당주님. 누구보다 강해지십시오. 강해지셔서 풍전등화 같은 이 은허당도 굳건히 지켜내시고, 대모님도, 우리 매화대도, 아직도 철없는 저 어린 당녀들도 당주님이 다

지켜주셔야 합니다.

그리고 은현을 이토록 아프게 하는 유한과의 사랑도 꼭 지켜
내기를 바란다. 향은 은현의 손을 다시 힘주어 꼭 잡았다. 하늘
아래 가장 신성한 땅에서 선택받은 가장 신성한 여인인 당주에
게 어찌하여 사랑의 자유가 주어지지 않는 것일까? 이것은 부당
하다. 그동안 다 이해할 수 없었던 은현의 사랑이 비로소 향에
게도 아픔으로 다가왔다. 은허당이 자신이 생각하던 이상향의
땅만은 아니라는 생각이 문득 든다.

바위굴을 빠져나온 유한은 봉족군의 함성 소리가 들리는 계
곡을 향해 바람처럼 달렸다. 가슴은 아직도 은현의 온기가 남아
묵직하게 아프다. 은허당의 당주로, 그의 여인으로 두 자리를
모두 지키겠다는 은현의 다부진 결심이 묵직한 바위처럼 가슴
을 짓누른다. 과연 어떤 마음으로 이 은허당을 바라보아야 하는
지, 은허당 당주로서의 은현을 진정한 제 여인으로 품어 안을
수 있을지⋯⋯ 하염없이 쌓인 이 눈처럼 생각은 아득하기만 하
다.

언덕을 미끄러져 내려오자 한 무리의 매화대가 짐승을 쫓아
올라오는 모습이 보였다. 그는 얼른 바위 뒤에 몸을 숨기고 그
들이 지나가기를 기다렸다. 매화대원들이 언덕을 넘어 사라지
자 그는 다시 봉족군의 소리가 들리는 계곡을 향해 달렸다. 쭉
쭉 뻗은 거대한 침엽수림 사이를 다람쥐처럼 달리던 그의 걸음

이 문득 멈추었다. 저편 바위 위에서 무언가 떨어져 내리는 것이 얼핏 보였다. 처음에는 몰이꾼에 쫓긴 짐승인 줄 알았다. 그러나 그것이 곧 사람임을 알아차린 유한은 계곡으로 향하던 방향을 틀어 그곳으로 달렸다.

바위는 멀리서 볼 때보다 높지 않았다. 사람이 떨어지던 자리로 다가가니 눈 위에 흔적만 있을 뿐 사람은 보이지 않았다. 고개를 갸웃하며 돌아 내려오려는데 뒤편에서 인기척이 들렸다. 유한은 소리를 죽여 그곳으로 다가갔다. 거대한 나무 아래에서 발목을 그러쥐고 앉아 있는 사람은 흉측한 얼굴의 감울란이었다.

은현이 사라진 것을 안 것은 사냥이 한창 무르익었을 무렵이었다. 두 패로 나뉜 매화대를 진두지휘하며 뛰어다니다 보니 어느 순간부터 은현이 보이지 않았다. 향도 함께 사라졌다. 그제야 감울란은 은현이 기어이 사냥에 따라나선 데에는 무언가 이유가 있었을 거란 생각이 들었다. 그것을 이미 알고 있었을 향이 감쪽같이 자신을 속였다. 입안의 혀처럼, 수족처럼 부리던 향이 어느새 자신의 손을 벗어나 완전한 은현의 사람이 된 모양이다. 괘씸한 생각이 들었다. 사냥 행렬에서 빠져나와 은현과 향의 흔적을 찾던 중 잠깐 생각이 흐트러지면서 발을 헛디뎌 바위 아래로 굴러떨어진 것이다.

"후…… 늙은 게야."

중얼거리며 감울란은 시큰한 발목을 움켜쥐었다. 30여 년 동안 겨울마다 사냥을 하며 눈밭을 뛰어다녔지만 발을 헛디디기는 처음이다. 정말 늙은 모양이다. 이제 어찌 내려가나 걱정하며 앉았는데 갑자기 그늘이 졌다.

무슨……?

고개를 들어보니 봉족 병사 하나가 해를 가린 채 우뚝 서서 그녀를 내려다보고 있었다.

"괜찮으십니까?"

묻는 음성이 굵직하다. 해를 등에 지고 있어서 그 얼굴을 자세히 볼 수 없었다. 잠깐 바라보던 감울란은 이내 그를 무시한 채 다시 발목을 주물렀다. 접질린 발목이 심상찮다.

그녀가 하는 양을 가만 지켜보던 유한이 한 걸음 다가섰다. 혹시라도 뼈가 어긋난 것이라면 어릴 적부터 아버지께 배운 것이 있으니 끼워 맞출 자신이 있었다.

"제가 보아드려도 되겠습니까?"

그러나 감울란은 여전히 그의 존재를 무시한 채 중얼거렸다.

"아래로 조금만 더 내려가면 계곡 쪽에 봉족군이 있으니 가보아라."

이 병사가 무리에서 떨어져 나와 길을 잃은 모양이라고 생각했다. 이런 일을 염려하여 아래로 위로 달리며 두 패로 나뉜 매화대를 감독하고 있었던 것이다. 무리에서 떨어져 나온 사람이 자신이었기에 망정이지 혹시라도 나이 어린 매화대가 이런 상황을 맞닥뜨렸다면 어찌했을까 싶었다. 굵직한 사내의 음성은 어린 여자들을 흔들기에 충분했다.

고통을 참으며 자리에서 일어서던 감울란은 저도 모르게 짧은 비명 소리를 내며 다시 주저앉았다. 그와 동시에 앞에 서 있던 병사의 손이 그녀의 발목을 움켜잡았다.

"그대로 계십시오."

그리고 말릴 틈도 없이 설피를 벗겨내고 호피로 만든 신발까지 벗겨내었다. 두툼한 솜버선이 신겨진 발이 드러나자 유한은 잠깐 놀랐다. '감울란'이라는 이름에 어울리지 않게 그녀의 발은 너무도 작다.

순식간에 어린 사내에게 발이 잡혀 버린 감울란은 당황하며 발을 빼려 했다. 그러나 커다란 손아귀에 잡혀 버린 발은 꼼짝도 할 수 없다.

"노, 놓아라!"

"뼈가 어긋난 듯합니다. 고통스러우셔도 잠깐만 참으십시오."

크고 무뚝뚝한 손이 조그만 발을 움켜잡고 순식간에 틀어 밀었다.

"악!"

비명 소리와 함께 감울란의 얼굴이 노랗게 질렸다. 식은땀이 쏟아지며 눈앞이 아찔했다.

참으로 모질게도 만진다, 누구처럼…….

부란의 명을 받고 은파로 달려 내려가다가 바위에서 떨어져 발목을 접질렸다. 너무도 깊은 산중이라 사냥을 나왔던 매족 청년들을 만나지 못했다면 범의 밥이 되어버렸을 것이다. 고통스럽게 발목을 움켜쥐고 있는 곁으로 성큼 다가온 한 사내가 크고 무뚝뚝한 손으로 발목을 살피더니 순식간에 틀어 뼈를 끼워 맞췄다. 그 행동이 어찌나 재빠르고 모질었던지 눈물이 울컥 쏟아질 지경이었다.

　"거짓 매화대원인가 보군?"

　그렇하게 맺힌 눈물방울을 보며 사내가 놀렸다.

　그의 이름은 천강이라고 했다. 은파에도 은허당에도 소문이 자자하게 난 유현란의 남자, 천강.

　"하룻밤 주무시고 나면 한결 나아지실 겁니다."

　발목을 주무르는 커다란 손에서 건너오는 온기가 너무도 따듯하다. 발목을 살짝 움직여 보니 뼈가 제자리를 잡은 듯했다. 나이도 어려 보이는 자가 재주 하나는 뛰어나다. 감울란은 여전히 발목을 주무르고 있는 그의 손을 떼어내고 호피 신을 신고 끈을 단단히 여몄다.

　"너의 주군에게 일러 상을 내리게 해주마."

　단우를 일컬어 절대로 봉족의 '왕'이라 부르지 않는 은파 사람들처럼 감울란의 말투도 그렇다. 유한은 왠지 모를 동질감을 느끼며 빙긋 웃었다.

"상은 필요없습니다."

그제야 감율란은 고개를 들어 병사의 얼굴을 똑바로 바라보았다. 해를 등에 지고 있어 잘 볼 수 없었던 얼굴이 환하게 드러났다. 잔잔한 미소를 머금고 있는 얼굴이 어딘가 낯이 익다. 어디서 보았던가? 고개를 갸웃하던 감율란은 이내 그를 떠올렸다. 지난번 선원당까지 단우를 호위해 왔던 어린 무사다. 잠깐 스쳐 보았을 뿐인 얼굴이 뇌리에 오래 남아 있다는 것이 이상하다 생각하며 일어서던 감율란은 다시 주저앉았다. 뼈를 맞춰 넣었다 하더라도 금방 일어나 걷는 것은 아무래도 무리였던 모양이다. 얼른 다가간 유한이 다시 발목을 주무르다 저도 모르게 피식 웃음을 흘렸다. 은현이 은허당의 당주란 사실이 여전히 믿어지지 않는 것처럼 발목을 움켜잡고 앉은 이 여자는 자신이 알던 감율란 같지가 않아서다. 말로만 들을 때는 신비로운 여인들일 거라 생각했는데 막상 만난 그녀들은 모두 그저 평범한 여자들일 뿐이다. 느닷없는 웃음에 고개를 갸웃하는 감율란을 보며 유한이 대답했다.

"제가 알고 있는 감율란님 같지 않아서요."

의외의 말이다. 이 어린 봉족 병사가 단번에 자신을 알아본 것도 의외고 감율란이란 이름을 알고 있다는 것도 의외다. 그가 알고 있던 감율란은 어떤 사람이었는지 문득 궁금해졌다.

"그래? 궁금하구나. 네가 알던 감율란은 어떤 사람이냐?"

물음에 유한은 그녀를 유심히 바라보았다. 이상하게 섬뜩한 볼의 흉터가 전혀 무섭지 않다. 오히려 그 아픔이 전해져 와 마음이 찌르르하다.

"눈빛만으로 전 매화대원에게 명을 내리고, 한칼에 바람의 방향도 바꾸고, 이런 눈밭 따위는 날아다니는 분이시죠."

유한은 다소 과장된 표현을 하며 빙긋 웃었다. 실제로 모화촌에서는 어린아이들 사이에서 그런 말들이 흔히 오간다.

산 아래 사람들에게 은허당이 신성시되어 과장된 소문이 떠돈다는 것은 알지만 그가 알고 있는 모습은 너무 과하다 싶어 감울란도 피식 웃음을 흘렸다.

"이런 눈밭을 날아다닐 사람이 발을 헛디뎌 발목을 삐었으니 우습긴 하겠구나."

감울란은 자신의 입에서 가볍게 흘러나오는 농담이 너무도 생소하다. 사혜의 핀잔처럼 사시사철 먹장구름이 잔뜩 낀 얼굴에서 흘러나왔을 조그만 웃음도 생소하다. 얼마 만에 나누는 농인지? 낯선 병사 앞에서 보였을 자신의 모습이 어색하여 감울란은 이마를 찌푸렸다.

"헌데 봉족군이 어찌 감울란에 대해 알고 있느냐?"

"은파에 와서 들은 이야깁니다."

유한은 어릴 적 갈왕산을 오르내리다 발목을 다쳤을 때 아버지가 해주던 그대로 단단한 나뭇가지를 꺾어와 부목을 대고 제 허리춤의 옷자락을 북북 찢어 감울란의 발목을 단단히 동여맸다. 이 정도면 땅을 디뎌도 크게 통증은 느껴지지 않을 것이다.

감울란은 크고 무뚝뚝한 손이 부목을 대고 옷자락을 북북 찢어 발목을 동여매는 모습을 물끄러미 바라보았다. 뼈를 맞춰 밀어 넣을 때와는 너무도 다르게 세심하고 꼼꼼한 손놀림이다.

부목을 단단히 동여매어 주고 일어나 걸어보라며 부추기던 천강이 두어 걸음 옮기는 그녀를 바라보며 다시 놀랐다.

"이제야 진짜 매화대원 같군. 범보다도 빠르게 달리겠어."

스무 살 성년식을 치르고 처음으로 만난 남자였다. 중간마을을 오르내리는 많은 사내들을 보았지만 감울란에게 그들은 남자가 아니었다. 그런데 이미 유현란의 남자로 소문이 자자하게 나 있는 천강은 감울란에게 남자로 다가왔다.

"한번 디뎌보십시오."

문득 들리는 소리에 감울란은 꿈에서 깨듯 자신의 발을 내려다보았다. 부목을 대어 단단하고 야무지게 묶인 발목이 눈에 들어왔다. 유한의 다그침에 감울란은 설피를 신고 눈 위를 디뎌보았다. 신기하게도 통증이 거의 느껴지지 않는다. 정말 범이 따라와도 달아날 수 있을 만큼 가뿐하기까지 하다.

"많이 해본 솜씨로군?"

"아버님께 배웠습니다."

빙긋 웃는 얼굴 위로 햇살이 쏟아졌다. 순간, 그 얼굴이 다시 감울란의 눈에 강하게 인식되어 들어왔다. 아무래도 낯이 익다. 어디서 보았던가?

"남광에 홀로 되신 아버님이 계십니다. 겨울이 오기 전에 돌아가겠다 약속드렸는데 이렇게 눈 속에 갇혀 버렸으니……."

유한은 감울란의 눈치를 살피며 느릿느릿 말을 이었다.

"은파가 봉족 땅이니 은허당 또한 이미 봉족의 그늘에 들어온 것이 아닙니까? 왕께서 무얼 더 확인하고 싶어 이곳에 남으셨는지 모르겠습니다."

감울란의 걸음이 문득 멈추어졌다. 보기보다 말이 많은 녀석이다, 생각하며 고개를 스륵 돌리는데 또다시 그의 모습이 눈에 박혀온다.

"은허당의 모든 재정이 이미 봉족의 손에 달려 있으니 매화대가 봉족에게 칼을 겨눌 일은 없지 않겠습니까?"

빙긋 웃으며 돌아보는 눈이 예리하게 반짝인다. 마치 감울란에게서 자신이 알지 못하는 답을 찾으려는 듯 살피는 눈이 매섭다. 분명 어디선가 보았던 자다. 감울란은 유한의 얼굴을 살피며 대답했다.

"매화대는 은허당의 뜻으로 움직이지 않는다. 매화대를 움직일 수 있는 분은 오직 당주님 한 분뿐이다."

순간, 그의 눈이 반짝 빛났다. 동시에 감울란의 눈도 날카롭게 빛이 났다. 스륵 다가온 유한이 확신에 찬 음성으로 속삭였다.

"그리고 그 매화대를 이루는 대원들 하나하나를 움직일 수 있는 사람은 감울란님이십니다. 그렇지 않습니까?"

유한의 눈에서 강렬한 빛이 뿜어져 나왔다. 움찔 물러난 감울란의 얼굴에서 움푹 팬 볼의 흉터가 실룩 움직이는가 싶더니 순식간에 서늘한 칼날이 유한의 목전으로 들어왔다. 차고 음울한 눈동자가 유한을 노려보고 있었다.

이자의 낯이 왜 이렇게 눈에 익은가 했더니 이제야 알겠다. 모화촌 강둑에서 보았던 자다. 은현을 향해 미친 듯이 달려오던 그 청년. 유현란을 갈망하던 천강의 눈동자를 닮은, 그래서 몹시도 화가 났던 그자……!

"정체가 뭐냐?"

실룩 비틀린 입술에서 차가운 음성이 흘러나왔다. 너무도 갑작스런 공격이라 유한은 꼼짝없이 목을 내주고 말았다. 매화대 특유의 날렵한 세검이 목에 닿아 서늘한 기운이 몸속으로 스며들어 온다. 유한은 섬뜩함을 느끼며 침을 꿀꺽 삼켰다.

"매족이냐? 봉족이냐?"

짤막하고 직설적인 물음이 그녀의 눈빛만큼이나 차갑게 들렸다. 짧지만 너무도 강렬한 느낌이 들었던 모화촌에서의 만남을 기억한 듯했다. 감울란에게 접근하려면 어차피 자신의 정체를 드러낼 수밖에 없었는데 차라리 잘되었다 싶었다. 그래서 유한은 거침없이 대답했다.

"매족입니다. 매족의 용사 유한이라고 합니다."

그에게서 망설임없는 대답이 흘러나왔다. 서늘한 칼끝을 목전에 두고도 그의 얼굴은 두려운 기색조차 없다. 오히려 차분한 음성으로 제 소개까지 했다. 매화대의 칼을 보고도 두려움조차 느끼지 않다니, 더군다나 아직 젖비린내도 가시지 않은 것 같은 애송이가 말이다. 그것이 감울란의 심기를 건드렸다.

"목숨이 아깝지 않은 모양이로구나? 감히 허락도 없이 은허당에 발을 들여놓다니!"

목에 닿은 칼을 당장 휘둘러 버릴 듯 험한 눈을 해 보이는 감울란을 보고도 겁이 나지 않았다. 단우와 칼을 겨누고 섰을 때도 그랬지만 유한은 절박한 순간에 닿으면 이상하게도 겁이 사라졌다. 오히려 더욱 과감해지는 것이다. 그것은 그의 타고난 성격 같기도 했다. 그는 한결 느긋해진 음성으로 말했다.

"전 감울란님을 회유하러 왔습니다."

당당하다 못해 당돌하기까지 한 말이 유한의 입에서 서슴없이 나오자 볼의 흉터가 움찔했다. 도무지 돌려서 말하는 법을 모르던 누구처럼, 잘못된 말 한마디에 목숨이 오락가락한다는 것을 아랑곳 않는 듯 그는 직설적인 말을 쏟아낸다. 그 당당함이 다시 감울란의 심기를 건드렸다. 아니, 실은 그가 모화촌에서 보았던 그 청년이라는 것을 기억해 낸 순간부터 심사가 뒤틀려 있었다. 이유는 단지 은현을 바라보던 이자의 눈빛이 유현란을 갈망하던 천강의 눈빛을 닮았다는 것. 유현란 외에는 누구도 들여놓지 않겠다는 듯 고집스러웠던 그 눈빛이 떠올라서다. 그 눈빛을 대할 때마다 절망스러웠던 젊은 날의 기억이 되살아났다. 잊고 있던 절망이 고개를 들자 감울란은 화가 났다.

"감히 나를 회유하겠다니, 무슨 연유인진 모르겠지만 허락없이 은허당의 경계를 넘어 들어왔으니 널 단칼에 베어 은파 대로에 던져 두어도 은허당을 탓할 사람은 없을 것이다."

감울란의 서늘한 얼굴을 보니 정말 단칼에 베어 은파 대로에 던져 두고도 남을 사람 같아 보인다. 움푹 팬 볼의 흉터와 차고 서늘한 눈빛이 왠지 자신에게 이유없는 거부감을 담고 있다는 생각이 들었다. 방금 전 다친 발목을 치료해 줄 때 보였던 은근한 부드러움은 온데간데없고 막무가내 같은 화만 보인다. 그러나 다시없을 절호의 기회를 만났는데 이대로 물러날 수는 없다. 유한은 용기를 내어 다시 입을 열었다.

"우리 매족은 다시 일어설 겁니다. 그러기 위해서는 은허당의 중립이 반드시 필요합니다. 아래세상 사람들에게 은허당은 여전히 절대적인 존재니까 은허당이 봉족으로 기울면 민심을 모으기가 힘이 들어집니다. 지금 은허당은 봉족에게 현저히 기울어 있습니다. 그것을 바로잡아 줄 수 있는 사람은 매화대와 감울란 당신뿐입니다."

유한의 음성은 절실하게 들렸다.

그의 말은 모두 옳다. 그러나 감울란에게는 깊이 와 닿지 않았다. 은허당이 매족에 기울든 봉족에 기울든 그녀와는 상관없는 일이다. 어차피 세상과는 인연이 끊어져 버린 마음. 은허당

의 앞날 따위, 매족의 부활 따위 관심 밖의 일이다. 그러나 유한
이라는 이자의 행동이나 말투 하나하나가 감울란을 자극한다.
잊고 있었던…… 잊은 줄 알았던 그 누군가를 떠올리게 하는 묘
한 기운이 유한에게서 느껴졌다. 왜인지는 모른다. 매족이라서?
마음속에 아직도 매족에 대한 아릿한 여운이 남아 있어서? 그것
도 아니면 은현을 향해 달려오던 그 고집스럽고 절박했던 눈빛
때문인지도 모른다. 그래서 유한을 마주하고 있는 내내 화가 나
고 마음이 아프다. 사람으로 인해 마음 아플 일은 두 번 다시 생
기지 않을 줄 알았는데 묵은 상처는 억겁의 세월이 흘러도 여전
히 그녀의 마음속에서 횡포를 부릴 모양이다. 또다시 그 상처를
대면할 용기가 나지 않았다. 그래서 처음부터 이자의 존재가 신
경에 거슬렸는지도 모른다.

　아무 연관도 없는 자인 것을…….

　그녀는 칼끝에 흐르던 어이없는 분노를 내려놓았다.

　"눈이 녹는 대로 이곳을 빠져나갈 길을 알아봐 주겠다. 그때
까지 납작 엎드려 목숨이나 부지하는 것이 현명한 일일 것이
다."

　"감울란님!"

　"발목을 치료해 준 대가로 그 정도면 충분하지 않겠느냐?"

　더 이상 유한과 마주하고 싶지 않아 감울란은 얼른 돌아섰다.
어리고 낯선 청년을 바라보며 아픈 상처를 끄집어내는 것이 싫
었고 부족 간의 싸움에 끼어드는 것은 더더욱 싫었다. 그 싸움

의 희생양이 되고 미끼가 되어버린 어린 아기의 혼령은 아직도 수타계곡 어디쯤에서 어미의 젖가슴을 찾아 헤매고 있을 것이다. 뜨거워진 눈시울 속에 희고 반짝이는 눈들이 녹아들었다.

"감울란님!"

유한의 안타까운 음성이 다시 들렸지만 무시했다. 얼른 이 눈들이 녹아 저 청년이 무사히 산을 내려갈 수 있기를 바랄 뿐이다.

한 손으로 달랑 안아 올려도 될 것 같은 조그만 여자가 온몸을 호피로 감싼 채 언덕 위에 차려놓은 봉족의 막사에 찾아왔다. 두 눈을 동그랗게 뜨고 얼굴을 도도히 들고 있는 모습이 막 세상 밖으로 나온 겁없는 새끼 범을 연상시켜서 단우는 저도 모르게 풋, 웃음을 흘렸다.

어찌 이리도 귀여울 수가 있을까?

달밤에 보았던 신비로움은 저를 속인 달빛의 장난 같아서 괘씸하기까지 하다.

"흠……."

느닷없이 쏟아낸 웃음이 미안하여 단우는 주먹으로 입을 가리고 헛기침을 하며 은현에게 다가갔다. 하얀 눈에 반사된 빛 때문인지 단우의 키는 더욱 커 보였다. 하늘을 찌를 듯 치솟은 침엽수 같은 남자가 성큼 다가와 허리를 굽혔다.

"신성한 모태산에서 사냥을 허락해 주신 것도 감사한데 이렇게 친히 납시어주시니 영광입니다."

허리를 잔뜩 굽히고서야 은현과 눈높이가 맞다. 뚫어질 듯 내려다보던 그는 까만 눈이 마주치자 그제야 머리를 숙이며 아주 느리게 은현의 호칭을 붙여주었다.

"……당주님."

한껏 굽힌 단우의 머리가 눈앞에 닿아 있었다. 은현은 꼿꼿한 눈으로 그의 까만 정수리를 바라보았다. 지난번에도 느꼈지만 이자의 행동 하나하나가 자신을 놀리는 느낌이 든다. 감히 은허당의 당주를!

"지난번 무례도 사과할 겸, 손님을 그리 가두어두는 건 예가 아닌 것 같아서요."

독특한 긴장감이 느껴지는 음성이 정수리 위에서 들려왔다. '가두어두었다'는 그 말에 단우는 다시 보이지 않게 웃음을 흘렸다. 은허당의 늙은 여우들이 머잖아 이 조그만 여자에게 된통 당하지 않을까 싶어 걱정이 될 지경이다.

또다!

또다시 단우의 입가에 빈들거리는 웃음기가 비친다. 은현은 주먹을 발끈 쥐었다. 여인들만 살고 있는 은허당이 이 사내에게 놀림거리인 걸까, 아니면 당주의 옷을 입은 모자란 자신의 모습이 놀림거리일까, 잠깐 생각했다. 어느 쪽이든 좋다. 상대를 얕잡아보고 있다는 것은 그에게 좋을 것이 없을 터이니.

단우는 은현을 막사 안으로 이끌었다. 언덕으로 몰아치는 바람이 몹시도 차다. 매운바람에 드러난 은현의 양 볼이 불에 덴 듯 빨갛다. 그 모습이 어릴 적 가지고 놀던 목각인형을 닮아서 단우는 다시 새어 나오려는 웃음을 주먹으로 막았다.

머리끝에서 발끝까지 호피 속에 폭 잠긴 은현의 모습은 다시 보아도 재미있다. 은허당의 늙은 것들이 애지중지 길러 내놓은 새끼 범의 형상이다. 동그란 눈 속에 가득 든 것은 두려움인지 호기심인지 알 수 없다. 침엽수 같은 그의 키를 곁눈으로 스륵 가늠하다가, 빈들거리는 웃음이 번진 얼굴을 발끈한 눈으로 살피기도 했다.

"참으로 대단한 위용을 자랑하는 산세(山勢)입니다. 남광의 나직나직한 산들만 보다가 태대산을 대하니 마음이 벅차고 비로소 제대로 된 산을 본 듯합니다."

그의 말처럼 태대산은 거대한 용의 몸부림을 보는 듯 눈구름 속에서 가늠할 수 없는 형체로 아득히 펼쳐져 있다. 유현란은 저 산처럼 크고 넓은 마음으로 세상을 품으라고 했다. 기쁨도 슬픔도 분노도 원망도 한데 아울러 끌어안는 어머니가 되라고, 그것이 이 모태산을 지키는 은허당 당주의 몫이라고 했다.

거대한 산 앞에서 은현은 부끄러움이 엄습했다. 자신은 호피를 걸칠 자격이 없는 당주 같다. 용트림하는 산의 형상을 바라보며 방금 만나고 온 유한을 먼저 떠올리고, 침엽수 같은 이 사내가 두려운 이유가 바람 앞의 촛불 같은 은허당의 운명이 아닌 그 곁에 숨어든 유한 때문인 걸 보면.

단우는 구릉처럼 펼쳐진 봉우리들에 대해 물었고 은현은 그 봉우리 하나하나에 얽힌 이야기들을 들려주었다.

정면으로 보이는 천수봉은 은허당의 첫 당주이신 당화연이 은허신의 신력을 빌어 이레 낮, 이레 밤 만에 만들어낸 봉우리 이고, 그 좌우에 솟아 있는 봉은 하늘을 오르던 검은 용이 천수 봉에 막혀 하늘을 오르지 못한 채 봉우리가 되었고, 끝이 보이 지 않는 저 깎아지른 절벽은 신들이 이 숨은 언덕으로 내려오던 하늘길이라고 했다.

그 신비한 이야기들을 모두 진실로 믿는 듯 손가락으로 하나 하나 가리키며 설명하는 은현의 얼굴은 몹시도 진지하다. 특유 의 긴장감이 도는 음성이 찬 기운과 어우러져 들려올 때마다 단 우는 소름이 돋고 근육이 경직될 것 같았다.

이런……! 목까지 바싹 마르고 있지 않은가?

흠, 목에 무언가 걸린 듯 자꾸만 헛기침이 나온다. 후끈한 기 운이 내장을 타고 올라오는가 싶더니 어느새 얼굴까지 번져 버 렸다. 호피 속에 든 은현의 하얀 얼굴이 고개를 갸웃하자 껑충 한 그의 키가 세찬 바람에 휘청 흔들렸다.

무슨 일인지……?

흔들리는 왕을 향해 재빨리 다가오는 호위 병사의 손을 그가 밀쳐 냈다.

술을 끊어야겠다.

눈밭에 쏟아지는 햇살처럼 반짝이는 단우의 눈이 은현의 얼굴 위로 따갑게 쏟아졌다.

가져야 할 것이 생겼으니…….

가지고 싶은 옥가인형
가지고 싶은 옥가인형

20. 가지고 싶은 옥가인형

은현은 푸르스름한 빛으로 반짝이는 구슬을 손바닥 위에 올려놓고 가만히 들여다보았다. 그 빛이 너무도 영롱하여 들여다보는 제 마음까지 맑아지는 느낌이다.

"남광의 보타산 광산에서 캔 옥입니다. 최고의 품질을 자랑하는 옥이지요. 오늘의 사냥에 대한 감사의 뜻으로 드리는 것이니 사양치 마십시오."

사냥을 하던 날, 단우로부터 받은 구슬이다. 봉족의 막사에 잠깐 들렀다 먼저 내려오는 은현에게 그의 키를 닮은 길고 하얀 손가락이 사양할 틈도 없이 은현의 손바닥 위에 구슬을 툭, 던지듯 내려놓고 달아났다.

이상한 사람이야······.

여전히 영롱한 구슬에 눈을 박은 채 은현은 생각했다. 가느란 그의 눈은 기분 나쁘게 비웃는 듯하다가도 고양이처럼 살금살금 다가와 은현을 훔쳐보곤 했다. 대전쟁 때 그의 부대가 지나간 자리에는 살아남은 생명이 없었을 만큼 잔인한 악귀 같았다던데 은현이 두 번 만난 단우는 그저 고요한 느낌이 드는 사람이었다. 게다가 자신을 슬쩍슬쩍 훔쳐보는 모습에서는 소년 같은 어린기까지 느껴졌다. 구슬을 던지듯 건네주고 달아나던 그 얼굴에 붉은 기가 돌았던 것은 추위 탓이었는지?

수줍은 붉은 기가 돌던 단우의 얼굴을 떠올리며 구슬을 들여다보던 은현은 그 영롱한 빛에 언뜻 스며드는 유한의 얼굴을 떠올리며 구슬을 꼭 그러쥐었다. 이런 모습으로 나타나 미안하다며 자괴감이 깃든 눈으로 내려다보던 그의 모습이 마음 아팠다.

자신 속에 얼마나 큰 세상이 들어 있는지 유한은 아직 느끼지 못하는 것 같다. 그러나 은현은 그것이 다 보였다. 그녀에게는 분명 예지의 능력이 없는데 이상하게도 유한에게서는 많은 것이 느껴진다. 그가 꿈꾸는 세상이 자신이 꿈꾸는 은허당의 모습과 많이 닮아 있다는 것까지. 마음과 마음이 닿아 있어서일까?

한바탕 부산스럽던 사냥이 끝나고 은허당은 다시 고요 속에 갇혔다. 은허당을 둘러싼 태대산은 여전히 혹한의 겨울인데 은허당만은 따듯한 봄기운이 감돌았다. 사냥에 나섰던 매화대들은 오랜만에 달콤한 휴식의 시간을 갖고 있었다. 그사이를 참지 못하고 매화원림 마당에 나와 칼을 휘두르는 대원도 보이지만 대부분은 나른한 잠 속에 빠져 있었다.

감울란은 건평원을 둘러싸고 있는 매화대원 사이를 절룩이며 걷고 있었다. 며칠 어수선한 분위기에 휩쓸려 풀어져 있을지도 모를 대원들을 다그치는 마음에서 나온 것이다. 절룩절룩 걸어 건평원 문 앞을 걸으며 저도 모르게 눈길을 스륵, 건넸다. 꽁꽁 닫힌 문 너머에서 병사들의 기합 소리가 들린다. 그들은 하루도 쉬지 않고 훈련을 하고 있다. 날마다 이어지는 고된 훈련은 혹시나 일어날지도 모를 불상사를 막기 위한 단우의 수단이라는 걸 안다. 저런 훈련이면 어떤 병사든 밤만 되면 곯아떨어지고 말 것이다. 그저 고요해 보이지만 단우는 절대로 만만히 볼 자가 아니다. 대전쟁 때의 그를 기억하는 사람이라면 누구나 한 자락의 두려움은 있을 것이다.

그런 자 곁에 숨어들어 있다니, 유한이라는 매족의 그 청년도 보통 간은 아니다 싶다. 성큼 옮기는 걸음에 부목이 대인 발목이 눈에 들어왔다. 크고 무뚝뚝하던 그 손을 떠올리며 감울란은 매화원림으로 향하던 발걸음을 돌려 은화원으로 향했다.

향을 만나 물어보아야겠다. 몹시도 신경이 거슬리는 그 청년에 대해.

은화원에서 만난 향은 입을 꼭 다문 채 아무 말도 하지 않았다. 자신이 아는 것은 유한이 모화촌의 청년이라는 것뿐이라고 했다. 그러나 이미 감울란은 향의 거짓말을 빤히 들여다보고 있었다. 20년 가까이 곁에 두고 지켜본 향이니 눈빛 하나만으로도 그 마음을 짐작하고도 남는다.

감울란은 모화촌에서 은현을 구해낼 때 이미 유한을 보았음을 먼저 밝혔다. 그때 유한이 왜 은현을 향해 그토록 절박한 눈으로 달려왔는지, 그리고 사냥날은 은현과 어디로 사라졌던 건지 몇 번 다그쳐 묻자 향은 어쩔 수 없다는 듯 입을 열기 시작했다. 감울란에게 거짓은 통하지 않는다는 걸 아는 탓이다. 차라리 모든 걸 실토하고 도움을 청하는 쪽이 빠를 것이다.

지난여름 은파에 내려갔을 때 위험에 처한 은현을 구해 모화촌으로 달아난 사람이 유한이고 향이 찾아갈 때까지 둘은 쭉 함께 있었다는 것이다.

"쭉 함께?"

되묻는 감울란의 말에 향은 눈을 마주치지 못했다.

"새벽에 모화촌으로 찾아갔는데……."

향은 더 이상 말을 잇지 못했다. 어린아이처럼 평화로운 얼굴로 유한의 품에 안겨 잠들어 있던 은현의 모습을 제 입으로 말할 수가 없었다. 감울란은 휘청 흔들리는 다리에 힘을 주며 칼자루로 균형을 잡았다. 은현을 향해 미친 듯 달려오던 것으로 보아 둘 사이가 보통 사이는 결코 아닐 거라 짐작했지만 이렇게 큰일일 줄은 몰랐다.

"넌 도대체 뭘 했던 것이냐!"

감울란의 눈에 불꽃이 튀었다. '당주가 사내를 안았다' 그것이 얼마나 큰일인지 향은 정녕 모르는 것일까? 아무리 신탁이 당주의 선택을 허락하였다고는 하나 그것은 성년이 되고 난 이후의 일이다. 하찮은 당녀들조차도 저지르지 않는 일을 당주인 은현이 저질렀다. 조그만 일에도 눈물이 그렁하던 소심한 은현의 얼굴이 떠오르자 감울란은 어이가 없었다.

어리석은 것일까, 당돌한 것일까?

"그럼 두 번째로 사라지셨던 그날 새벽에도 그자를 만나러 가셨던 게냐?"

향은 고개를 들지 못한 채 그날의 일을 이야기했다.

"당주님은 처녀바위 건너편 동굴에서 울고 계셨습니다."

그 소리에 감울란의 기세가 조금 꺾였다.

"왜 내게 진작 고하지 않았느냐?"

"그것으로 마지막이 될 줄 알았습니다. 그래서 당주님의 과실을…… 저 혼자 조용히 덮어드리고 싶었습니다. 그자가 이곳까지 찾아올 줄은 정말 몰랐습니다."

"그래도 내게 알렸어야 했다. 막았어야 했어!"

최소한 이곳에서 다시 만나는 일만이라도 막았어야 했다. 늘 걱정되던 향의 여린 심성이 일을 이렇게 크게 벌여놓은 것이다. 칼자루를 그러쥔 채 불안하게 서성이던 감울란의 발이 문득 멈추었다.

뭘 이렇게 불안해할까? 원하던 바가 아닌가?

당주는 이제 은허신만의 여인이 아니다. 유현란이 원하던 고결하고 이상적인 당주는 사라졌다. 이 사실을 안다면 유현란의 기분이 어떨까, 궁금해진다. 당주를 이용해 제 욕심을 차려보려는 양월과 선원당녀들 또한 이 사실을 안다면 경악하지 않을까?

부란을 살리기 위해, 자신들이 살아남기 위해, 그리고 은허당의 명맥을 유지하기 위해 어린 핏덩이를 미끼로 삼았던 인간들. 그리고도 멀쩡한 얼굴로 자신을 대하던 그 인간들의 면면이 떠오르자 감울란은 구역질이 날 것 같다. 다스려지지 않는 분노가 신음이 되어 흘러나왔다.

"흐음……."

향은 일그러지는 감울란의 얼굴이 두려웠다. 볼의 흉터는 더욱 깊어지고 눈동자에는 붉은 기운이 감돌았다. 감울란이 죄를 물어 칼을 휘두른다 해도 꼼짝없이 받아들여야 할 처지다. 그러나 그것은 입을 열면서 이미 각오한 일이니 두렵지 않았다. 다만 은현이 걱정되었다. 자신마저 사라지고 나면 은현은 어떻게 될까? 그 사랑은 어찌 될까? 걱정되었다. 누구에게도 이해받지 못할 은현의 사랑이 안타까워 눈물이 날 것만 같다.

향은 감울란의 앞에 무릎을 꿇었다. 이 일이 대모인 유현란이나 선원당녀들의 귀에 들어간다면 그들은 은현을 가만두지 않을 것이다. 성년식을 치르기도 전에 은허당의 일곱 번째 당주의 운명은 끝이 나고 말 것이다.

"어떤 벌이든 제가 다 받겠습니다. 그러니 당주님만은 지켜주십시오."

고개를 떨구고 꿇어앉은 향을 보며 감울란은 끓어오른 분기를 가라앉혔다. 은현이 유현란이나 선원당녀들에게 내침을 당하는 꼴은 그녀 또한 보고 싶지 않다. 은현이 유현란이 원하는 모습의 이상적인 당주가 되는 것 또한 원치 않는다. 서서히 몰락해 가는 은허당의 모습을 즐기고 싶을 뿐이다. 가끔 지금처럼 본능 같은 정의가 불쑥 치솟을 때도 있겠지만 그녀의 이성은 은허당의 몰락을 원한다.

철저하게, 처절하게. 그리고 그 마지막은 나의 칼로……!

수타계곡에 떠돌던 아기의 울음소리가 귓가에 들렸다. 잊고 있던 병증처럼 또다시 젖무덤에 참을 수 없는 통증이 밀려든다.

평생 젖꼭지 한 번 물려보지 않은 너희들은 모르리라. 고물거리는 그것이 빨아대는 그 끈적한 힘을…… 죽어서도 잊히지 않을 이 통증을…….

감울란은 숨통을 막힐 듯한 통증을 느끼며 가슴을 그러쥐었다. 그녀의 거친 숨소리가 향의 귀에까지 들렸다. 향은 두려움에 눈을 꼭 감았다. 금방이라도 차가운 칼날이 목으로 떨어질 것 같았다. 그러나 향을 깨운 것은 차가운 칼날이 아니라 감울란의 건조한 음성이다.

"당주님의 행적을 아는 자가 너 말고 또 있느냐?"

"……?"

"있다면 네 칼로 베어버려야 할 것이다."

"없습니다, 아무도."

한 호흡을 가다듬은 감울란이 다시 말을 이었다.

"조심, 또 조심해라. 누구에게도 들켜서는 안 된다. 내게조차
도 들키지 마라."

그러나 감울란은 유한과의 만남을 그만두란 소리는 하지 않
았다.

"내 마음이 어찌 변할지 나도 모르니까."

그리고 스륵, 옷자락이 스치는 소리가 들리더니 감울란의 발
소리가 멀어졌다. 향은 그 자리에 오래오래 꿇어앉아 있었다.
산자락에서 간간이 눈바람이 몰아쳤다. 감울란이 눈감아준 것
은 무엇이었을까? 매화대의 책무를 다하지 못한 향의 행동에 대
한 용서인지, 아니면 당주로서 해서는 안 될 행동을 한 은현에
대해 눈을 감은 건지?

저녁에 잠자리에 드는 은현을 살피러 잠깐 침실에 들렀더니
그녀가 조그만 소리로 향의 귓가에 속삭였다.

"건평원에 몰래 연락을 취할 방법이 없을까, 향아?"

"당주님!"

"유한에게 연락하겠다고 했어."

'유한'이라는 이름을 말할 때마다 은현의 음성은 떨리는 것
같다. 들키는 날에는 목숨이 위험할지도 모른다는 것을 아는지

모르는지 이불 밖으로 빠끔히 나온 은현의 눈은 반짝이기까지 한다. 선원당녀나 매화대 앞에서는 당돌하리만치 당당한 모습을 보이다가도 '유한'이라는 이름만 접하면 은현은 사랑을 앓는 스무 살 어린 여자가 되는 것 같다.

"주무십시오."

이불을 당겨 다독여 주는 향을 바라보며 입을 달싹이던 은현은 그러나 아무 말도 하지 못한 채 침만 꼴깍 삼켰다. 향의 입장이 얼마나 난감할까, 힘들까 싶어 더 매달리지 못하겠다.

은현이 잠든 것을 확인하고 은화원 마당으로 나온 향은 하얗게 언 달을 올려다보았다. 느닷없이 은현에게 찾아온 이 위험한 놀이가 자신들을 어떤 곳으로 몰고 갈지 불안하기만 하다. 그러나 은현은 이 아슬한 불안조차 즐기는 듯하다.

언젠가 나도 사랑을 알게 될까?

참 낯선 단어지만 왠지 모르게 마음이 찌릿해진다. 은허신이 아닌 인간의 사내를 사모하면 아픈 일이 생길 거라던 나이 든 매화대원의 말이 떠올랐다. 그것은 은허당에 적을 둔 여인들의 숙명이라고 했다. 사랑을 이루려면 어느 쪽이든 한쪽은 버려야 할 테니까. 사내를 택하든, 은허신을 택하든 그 아픔은 비슷할 거라고 했다.

당주님은 과연 어느 쪽을 버리게 될까? 그리고 나는……?

은허당에 다시 눈이 쏟아지기 시작했다. 지난번보다 더욱 굵고 많은 눈이다. 은화원 뜰에서 한숨처럼 덮어오는 그것을 바라보고 서 있던 은현은 천천히 걸음을 옮겨 비원으로 향했다.

꿈처럼 유한을 만난 후, 은현의 눈은 내내 건평원 쪽을 향해 있었다. 무슨 일인지 향의 태도는 더욱 단호해져 버렸고, 또 그 일이 얼마나 위험한 일인지 알기에 쉬이 부탁을 할 수도 없었다.

은허당은 여전히 봉족군의 위협에 직면해 있고 유현란과 양월의 대립은 끊이지를 않는다. 지금 은허당의 실질적인 모든 권력은 양월이 쥐고 있다. 유현란이 쥐고 있는 것은 매화대에 대한 명령권과 당주의 대모라는 권한뿐이다. 그러나 그것은 곧 잃어버릴 것들이다. 빈 껍질뿐인 것들을 끌어안고 있는 유현란이 무얼 믿고 저리도 도도한지 모르겠다.

대모님이 사라진 후의 내 모습은 과연 어떨까?

감히 상상되지 않는다. 그러나 이제는 현실로 받아들여야 할 때다.

생각에 잠겨 걷던 은현은 문득 고개를 들었다. 어느새 천상연에 닿아 있었다. 호위들에게 기다리라 명을 내린 은현은 홀로 비원으로 들어갔다. 땅에서 올라오는 따뜻한 기운으로 인해 다 녹았던 눈이 어느새 발이 푹푹 빠질 만큼 쌓여 있었다. 나직나직한 나무들은 눈이 쌓여 땅에 닿을 듯 늘어져 있고, 수십 갈래로 뻗어 있던 길은 형체도 없이 사라졌다. 누구도 밟지 않은 태초의 땅처럼 눈 쌓인 비원은 신비롭고 외로웠다. 눈 쌓인 비원은 은허당의 풍경 중 은현이 가장 사랑하는 풍경이다. 언젠가는 이곳을 유한에게 보여주고 싶었다.

눈어림으로 길을 찾아 조금 걷다 보니 커다란 발자국 하나가 눈에 들어왔다. 그것은 어찌나 큰지 도무지 사람의 발자국 같지 않았다. 은허당에 이런 발을 가진 사람이 누굴까? 생각하던 은현은 저도 모르게 풋, 웃음을 터뜨렸다. 여인의 발이 이렇게 크다니, 생각만으로도 웃음이 났다. 은현은 그 커다란 발자국에 제 발을 넣어보았다. 세상에! 자신의 조그만 발이 둘 다 들어가고도 남겠다. 오른발을 발자국에 넣고 다시 왼발을 앞으로 내디뎠다. 뒷짐을 지고 부란의 흉내를 내며 성큼성큼 걷던 걸음만큼이나 발자국의 걸음도 큰 듯했다. 감히 누가 당주의 놀이 공간에 들어왔을까 궁금했다. 성큼성큼, 커다란 발자국 속에 제 조그만 발을 넣으며 은현은 걸음을 따라갔다. 한참 걷던 은현은 문득 앞을 가로막는 그림자에 놀라 고개를 들었다. 침엽수 같은 사내가 흩날리는 눈발 속에서 혼란이 가득한 눈으로 빤히 내려다보고 있었다. 단우였다.

단우는 자신의 커다란 발자국 속에 잠겨 있는 조그만 여자를 감당 못할 마음으로 내려다보았다.

도대체…… 어쩌자고 이런 모습으로 나타난 건지?

온통 새하얀 눈을 덮어쓴 호피 속에 동그랗게 뜬 까만 눈과 야무지게 다문 입, 그리고 도전적인 느낌으로 꼭 쥔 두 주먹까지! 단우에게는 그 모든 것이 감당할 수 없는 그림으로 비쳤다. 마음을 사로잡던 눈 덮인 비원의 풍경은 더 이상 눈에 들어오지 않았다.

어릴 적 가지고 놀던 얼굴이 빨갛고 눈이 동그란 목각인형이 떠올랐다. 조금 더 자라서는 누구도 보지 못하게 꽁꽁 숨기고 다니던 조그만 그 인형.

하얀 눈을 머리에 잔뜩 이고 서 있는 은현의 모습이 딱 그랬다.

"이곳엔 어쩐 일……?"

"눈 구경이나 하려고 나왔습니다. 남광선 좀처럼 보기 힘든 풍경이라."

그의 음성은 정말 눈을 처음 보는 아이처럼 다소 들떠 있었다. 서른일곱이나 된 남자가 얼굴까지 붉어졌다. 추위 탓이라 하기엔……?

은현의 얼굴이 갸웃 기울어지는 것을 보며 단우는 터져 나오려는 웃음을 꿀꺽 삼켰다. 섣불리 웃음을 흘렸다가는 또 저를 무시한다 생각하며 날 선 눈으로 경계할 것이 뻔하다. 이 조그만 여자를 가만 들여다보고 있으면 그런 속내들이 빤히 보인다. 천상연을 닮은 맑은 두 눈에서도, 온 세상을 덮은 이 눈을 닮은 저 얼굴에서도.

저만치 높은 곳에서 뚫어질 듯이 내려다보는 단우의 눈이 불편하여 은현은 고개를 돌려 버렸다.

뭐가 저리도 재미난지……?

단우의 굳은 얼굴 속에 감추어진 웃음이 다 보인다. 분명히 자신과 이 은허당을 놀리는 웃음일 거라 짐작되자 은현은 다시 발끈한 눈이 되어 그를 쏘아보았다. 그는 솜덩이 같은 눈이 쏟아지는 하늘을 황홀한 눈으로 바라보고 있었다. 포악하고 탐욕에 젖어 있을 거라 상상했던 봉족 왕의 모습은 그의 얼굴 어디에도 없다. 장난기 가득한 소년 같은 엷은 입매와 순한 눈. 그의 속 어디에 대전쟁 당시의 악귀가 숨어 있을까?

쏘아보는 은현의 눈이 느껴지자 그는 마치 어린 짐승처럼 장난스럽게 몸을 부르르 떨어 머리와 어깨 위에 소복이 쌓인 눈을 털어내었다.

풋!

은현은 저도 모르게 터져 나오는 웃음을 두 손으로 막았다. 정말 이상한 남자다.

"남광은 따듯한 지방입니다. 한겨울에도 간간이 꽃이 필 정도로 말입니다. 이 눈이 다 녹으면 제가 한번 초대하지요. 온갖 진귀한 보석이 가득한 보타산 광산……."

"은허당의 당주는 태대산을 벗어날 수 없습니다."

경계심이 잔뜩 든 뾰족한 말이 단우의 말을 끊고 다급하게 나왔다. 태대산과 은허당을 지키는 것이 자신의 유일한 사명이라는 듯 동그랗게 뜬 눈에 결기가 가득하다. 삶의 목적도 이유도 그것뿐인 듯 보이는 은현의 모습이 단우를 안타깝게 했다.

은허당의 늙은 여우들이 평생 저 아이를 이 깊은 골에 가두어둘 것이다. 그리고 이곳이 세상의 끝인 듯, 전부인 듯 가르칠 것이고 은현은 자신이 세상을 다 가진 것이라 착각하며 그 늙은 여우들처럼 도도히 늙어갈 테지?

"가련하군."

흩날리는 눈발에 섞여 들려오는 단우의 말에 은현은 입술을 잘근 깨물었다. 은허당을 지독히도 무시하고 있다. 그래서 이자 앞에서는 더더욱 철저한 당주이고 싶고 도도해지고 싶어진다.

"가련한 이들은 은허당의 너른 품을 알지 못하는 족속들이지요. 뿌리가 빈약하고, 그래서 마음이 허하고 외로운 자들. 그들을 위해 우리 은허당이 존재하는 겁니다."

'뿌리가 빈약하고, 그래서 마음이 허하고 외로운 자들'이란 말을 또박또박 하며 은현의 까만 눈이 겁도 없이 단우를 빤히 바라보고 있었다. 감히 봉족을 지칭하여 하는 말이란 걸 단우가 모를 리 없건만.

당돌하고, 고집스럽고, 귀엽고, 도도하다. 그래서 가지고 싶은 거다.

단우는 어쩔 수 없이 비어져 나오는 미소를 흘렸다.

"가뭄이 들면 미개한 자들은 하늘을 바라보고, 깨어 있는 자들은 우물을 파지요."

순간 호피 속 은현의 얼굴이 빨갛게 달아올랐다. 파르르 떠는 눈매에 분기가 가득하다. 단우는 그제야 자신이 과한 말을 했다는 생각이 들었다.

섣불리 건드리면 상처가 나는 인형이다. 상처난 인형은 달갑지가 않다.

단우는 허리를 숙여 상기된 은현의 얼굴 앞으로 제 얼굴을 스륵 가져갔다. 움찔 물러나는 은현을 보며 그는 미소 띤 얼굴로 조용히 말했다.

"그래서…… 은허당이 존재하는 것이 아닐는지요?"

그의 따듯한 입김이 얼굴을 스쳤다. 그제야 굳어 있던 은현의
얼굴이 조금 펴졌다.

"건평원으로 한번 오시지 않겠습니까? 남광에서 들고 온 귀
한 차를 대접해 드리고 싶습니다."

정중히 허리를 굽힌 채 건평원으로 초대하는 그의 모습이 너
무도 진지하여 단번에 '싫소' 라고 거절을 할 수 없었다. 이런 거
만한 자 앞에서 뒷걸음치는 모습은 절대 보이고 싶지 않다. 은
현은 옷자락 속에서 주먹을 꼭 그러쥐었다.

"그러지요."

독특한 긴장감이 도는 목소리가 흩날리는 눈발에 섞여 들려
온다. 단우에게는 생소하고도 신기한…….

다시 한 번 장난스럽게 푸득, 눈을 털어내며 그는 바람 같은
웃음을 흘렸다.

『은허당』 2부에서 계속…